KATHY LETTE

Keine Frau ist eine Insel

KATHY LETTE

Keine Frau ist eine Insel

Roman

Aus dem Englischen von Ruth Keen

Diana Verlag

Die Originalausgabe erschien 2003 unter dem Titel *Dead Sexy*
bei Simon & Schuster UK Ltd., A Viacom Company, London

Redaktion Angela Troni
Layout und Herstellung Helga Schörnig
Gesetzt aus der Palatino Light 10,5/14,3 Punkt
Satz Christine Roithner Verlagsservice, Breitenaich
Druck und Bindung GGP Media GmbH, Pößneck

Printed in Germany

ISBN 3-453-26504-1

Für John Mortimer,
den literarischen Liebesgott,
zu Ehren seines achtzigsten Geburtstages

Wie können wir den Krieg der Geschlechter
denn beilegen,
wenn wir uns ständig mit dem Feind verbrüdern?

Keine Frau ist eine Insel.

Herkunft

Frauen kommen von der Venus.
Männer … meistens aus Marzahn.

Die Charme-Offensive

1 Gott hat sich, zweifellos als schlechten Scherz, zwei Geschlechter ausgedacht und sie »verschieden« genannt. Fünftausend Jahre tobt nun schon der Krieg der Geschlechter und ein Waffenstillstand ist noch lange nicht in Sicht. Während Vögel und Vieh, ja sogar Amöben fröhlich Pärchen bilden und sich ohne jede Hilfe von Noppenkondomen, nippelfreien BHs und Videos namens *Feucht* oder *Stoß zu*, ganz ohne Viagra und Sheagra und Seminare über klitorale Bewusstseinserweiterung, ohne Internetdating für Verzweifelte mit »viel Sinn für Humor« vermehren, was das Zeug hält, liegen die Männchen und Weibchen der menschlichen Rasse permanent miteinander im Clinch. Angeblich stellen wir ja unter den Tieren eine höhere Lebensform dar, aber haben Sie schon mal Tintenfische gesehen, die sich die demütigende Prozedur eines *Herzblatt*-Quiz vor laufender Kamera antun, nur um mal wieder ordentlich zu vögeln?

Derlei Gedanken bewegten Shelly Green, als sie an einem trüben, nassen Februartag vor dem Altar einer Kirche in der Euston Road wartete und sich ein Schweißfleck von der Größe Irlands in jeder Achselhöhle ihres eleganten Kleidchens bildete, das zu tragen man sie unter dem Vorwand überlistet hatte, sie müsse bei einer Hochzeit am Valentinstag klassische Gitarre spielen.

Sie hatte ja keine Ahnung, dass es ihre eigene sein sollte.

Der Fernsehmoderator mit seiner wüsten, ungestümen Tolle, für die nur wenige Männer außerhalb einer Heavy-Metal-Band den Mut aufbrächten, war gerade dabei, Zuschauern in ganz England die laufenden Ereignisse über das Mikrofon in seiner Hand nahe zu bringen.

»Endlich können wir Ihnen die vom Computer ermittelten Gewinner unserer Partnersuche hier auf Channel Six bekannt geben, sie heißen … Shelly Green und Kit Kinkade!«, verkündete er mit geisteskranker Begeisterung. »Und ihr Preis? Sind sie selber! Sowie einhunderttausend Pfund! Für jeden! Hochzeit in Weiß in Gretna Green, festlicher Empfang im fan*tas*tischen Balmoral Hotel, Flitterwochen auf der *sen*sationellen, unberührten Insel Réunion, Dreizimmerwohnung in den Docklands und« – hier folgte ein verbaler Trommelwirbel – »ein Honda-Kombi! Und das alles dürfen unsere beiden Turteltäubchen behalten, vorausgesetzt, und ich betone, *vorausgesetzt,* sie schaffen es, ein ganzes Jahr zusammenzubleiben! Was meinen Sie, liebe Zuschauer? Ob sich hier zwei Seelenverwandte gefunden haben? Oder werden wir mitansehen müssen, wie sich Kit und Shelly in einer Schlammschlacht aus hässlichen Vorwürfen und unüberbrückbaren Gegensätzen wieder trennen?«

Die Landkarte unterhalb von Shellys Ärmeln umfasste nun das Gesamtareal der Britischen Inseln. Sie warf der schnatternden Abiturientenschar auf den besten Plätzen in der ersten Reihe tödliche Blicke zu. Denn die hatten ihr diesen unsäglichen Schlamassel eingebrockt. Eine Bande pickeliger Teenager, die das Fach Musik gewählt hatten, um sich vor Hauswirtschaft und Laubsägearbeiten zu drücken, und dann das Glück besessen hatten, an die einzige Lehrkraft geraten zu sein, die ihnen nicht das Gefühl vermittelte, einer niederen Lebensform anzugehören. Diese Schüler hatten erkannt, dass ihre geliebte Lehrerin, das spät geborene Einzelkind, immer noch ihrer Mutter nachtrauerte, die vor drei Jahren ihrem Eierstockkrebs erlegen war. Um ihr Leben wieder in Schwung zu bringen, hatten sie Shelly ohne deren Wissen bei dieser Reality-TV-Hochzeitsshow als

Kandidatin aufgestellt, ein Verbrechen, für das sie sich, wie Shelly sich im Stillen schwor, auf Nachsitzen mit jeder Menge Trigonometrie für den Rest ihres erbärmlichen Lebens gefasst machen konnten.

»Na, Shelly, ist das nicht der Traum eines jeden kleinen Mädchens – am Valentinstag zu heiraten?« Der toupierte Moderator hielt ihr das Mikro vor das verschreckte Gesicht.

»Ich finde die Vorstellung, zu heiraten, eigentlich an keinem Tag des Jahres schön«, antwortete Shelly wie betäubt. »Offen gestanden, gefällt mir nicht einmal die Vorstellung von Männern besonders!«

Shellys Musikschüler schauten zutiefst bestürzt aus der Wäsche, als ihr dieses unbesonnene Geständnis entfuhr. Bestimmt machte man sich in irgendeiner Form strafbar, wenn man auf einem Antragsformular die Unterschrift seiner Lehrerin fälschte. Der Moderator wirkte nicht minder schockiert. Abrupt riss er das Mikro wieder an sich und begann im nervös-beschwingten Plauderton den später dazugeschalteten Zuschauern den Ablauf des Programms zu erläutern. Nachdem sie vom Computer unter tausenden von Bewerbern für einander bestimmt worden waren und bereits diese »sagenhafte« erste Chance eines Fernsehauftritts erhalten hatten, würden Braut und Bräutigam zunächst in einer Limousine nach Gretna Green chauffiert werden. Das Dorf gleich hinter der schottischen Grenze, erläuterte er, sei ein beliebtes Ziel für durchbrennende Pärchen, da man dort das übliche einmonatige Aufgebot nicht verlangte. Auf der fünfstündigen Fahrt würde die gesamte Nation die Luft anhalten – und der Sender massenhaft Werbezeit verkaufen –, während die »Gewinner« sich überlegten, ob sie das computergesteuerte Heiratsangebot annehmen wollten oder nicht.

Aber gerade als Shelly ihren ganzen Mut zusammennahm, um den Moderator in seinem Wortschwall zu unterbrechen und dieser idiotischen Nummer ein Ende zu bereiten, bevor die PR-Leute sie in die schnurrende Limousine des Senders bugsieren konnten, die vor der Tür bereitstand, kündigte der aufgeregte Ansager die Ankunft ihres »Zukünftigen« an.

»Wer kann schon angesichts dieser drei männlichen Finalisten, einem Systemanalytiker aus Ipswich und« – der Moderator konsultierte sein Klemmbrett – »einem Anwalt aus Milton Keynes, einem Mann widerstehen, der auf Amors Anfrage über seine Einstellung zur Liebe antwortete: ›Ungefähr mein Größe, nur dicker‹? Und wisst ihr was, Leute? Der Computer war ganz seiner Meinung!«

Während der Moderator fortfuhr, den Zuschauern Kit Kinkade zu beschreiben, einschließlich dessen Antwort auf die Frage über seine Einstellung zum Thema Sex (was laut Mr Kinkade mit Ausnahme der unmittelbar Beteiligten niemanden etwas anging, sondern eben nur das Pferd, den Hund, die Ehefrau und die beiden Nutten), wehte ein Hauch von Chic in Zylinder und Frack mit der nonchalanten Eleganz eines Fred Astaire herein, direkt auf Shelly zu.

»*Größe:* Eins fünfundachtzig. *Teint:* oliv. *Haarfarbe:* blond. *Alter:* 35. *Beruf:* Arzt« erreichte den Altar, wirbelte auf einem Stiefelabsatz zu Shelly herum und schob sich den Zylinder verwegen über ein Auge. Mit seinem sonnengebräunten Gesicht, dem goldblonden, schulterlangen Haar, den vollen Lippen, grünen Augen und der gemeißelten Figur (trotz seines Diamantohrsteckers war er eindeutig ein richtiger Kerl, ein Typ, der eine Grippekapsel einnehmen und trotzdem noch schweres Gerät bedienen konnte) stand fest, dass Mr Kinkade ein Arzt war, vor dessen Praxis sich fünf Kilometer lange Schlangen und für dessen Palmtop sich fünf Jahre lange Warteschleifen bildeten.

Als Shelly ihren Auserkorenen zum ersten Mal sah, lächelte sie so sehr, dass sie sich den Kiefer ausrenkte.

Kits Blick wanderte einmal von oben nach unten an ihrem Körper entlang, und sie spürte, wie sie knallrot anlief.

»*Größe:* Eins vierundsechzig. *Hautfarbe:* hell. *Haarfarbe:* brünett. *Alter:* 31. *Beruf:* Musikerin« verkrampfte sich, drückte die Schultern durch und zog so heftig den Bauch ein, dass sie sich einbildete, man hätte ihr einen Staubsauger auf den Rücken geschnallt. Shelly war dermaßen vom Anblick ihres Bräutigams eingenommen, dass sie sich keine Gedanken darüber gemacht hatte, was sein erster Eindruck von *ihr* sein würde.

Die Oberstufen-Musiklehrerin kam sich plötzlich ziemlich bescheuert vor in ihrem Soufflé aus weißem Chiffon, das ihr eine Nummer zu klein war und das sie für ihr nicht existentes Hochzeitsständchen irgendwo ganz hinten aus dem Schrank hervorgekramt hatte. Sie wusste auch, dass sie im Verlauf der letzten paar Jahre ziemlich unaufregend geworden war, nachdem sie sich das Haar kurz geschnitten, das Schminken aufgegeben, ihren Pep verloren und das Leben aus ihrem Leben rausgeworfen hatte. Menschliches Kaufhausgedudel war sie geworden, etwas, das einfach nur im Hintergrund verblasste. Shelly war sich ziemlich sicher: Wenn sie sich so sehen könnte, wie andere sie sahen, würde sie sich keines zweiten Blickes würdigen.

»Du hast gelogen« waren die ersten Worte, die ihr per Computer ermittelter zukünftiger Gatte an sie richtete. »Auf deinem Bewerbungsbogen.«

Shelly war so erstaunt darüber, dass ihr Verlobter vor dem Altar Kaugummi kaute, dass ihr nicht gleich auffiel, wie amerikanisch sein niedliches Näseln daherkam. »Eins vierundsechzig, blaue Augen, natürlicher Charme …«

Oh mein Gott, krümmte sie sich innerlich. Was hatten diese blöden Gören eigentlich noch alles behauptet? Sie fuhr sich mit der Hand durch das zottelige Haar. Shellys Frisur, ein Billigschnitt von der Mutter einer Schülerin, war nicht gerade das

Nonplusultra an Designerstyling, sondern vermittelte eher den Eindruck, sie sei von einem amoklaufenden Rasenmäher überfahren worden, der anschließend auf ihrem Kopf Pirouetten vollführt hatte. Oder vielleicht – sie steigerte sich unter seinem prüfenden Blick in eine wachsende Panik – hätte sie auch der Straffung ihres Muskeltonus ein bisschen mehr Auffmerksamkeit schenken sollen? War nicht allgemein bekannt, dass »natürlicher Charme« dechiffriert schlicht bedeutete, dass man zu faul war, sich alle vier Wochen den Damenbart zu bleichen?

»Na ja«, stammelte sie, »wer gibt schon gern zu, dass er normal aussieht, oder?«

»Nee«, stellte Kit richtig. »Du hast gelogen, was deine Augen betrifft. Die sind nicht blau – sondern aquamarin.« Dann schenkte er ihr ein genüssliches Lächeln, während ein köstlich verwegenes Funkeln seine herrlichen Augen aufleuchten ließ. »Ganz zu schweigen von deiner scharfen Figur. Von Rechts wegen müsste man dir verbieten, so enge Kleider zu tragen, damit arme, wehrlose Typen nicht sehen können, wie sexy du bist. Vorsichtshalber solltest du nichts als deinen großen Zeh vorzeigen … oder vielleicht einen Ellbogen.«

Na ja, modifizierte Shelly im Stillen ihren Plan, vielleicht sollte sie wenigstens in der Limousine mitfahren. Was konnte eine harmlose Fahrt in einem Auto schon groß anrichten? Es würde ihr ein bisschen Zeit zum Nachdenken geben, wie sie sich aus dieser unsäglichen Situation herauswinden konnte, ohne gleich ihre Schüler wegen Urkundenfälschung, Verschwörung und groben Unfugs in irgendeine disziplinarische Scheiße hineinzureiten.

»Hör mal«, gestand Shelly, sobald sich die Limousine mit den getönten Scheiben ruckartig stadtauswärts Richtung Norden in den dichten Londoner Verkehr eingereiht hatte und Kit mit einem optimistischen Plopp den Dom Perignon knallen ließ. »Eigentlich bin ich misogam.«

»Wirklich?« Kit Kinkades laserartige Augen brannten sich in sie hinein. Shelly musste sich kurz vergewissern, dass sie nicht mehr Löcher im Leib hatte, als streng genommen notwendig waren. »Du kannst Frauen nicht leiden? Ich dachte immer, alle Bräute sind lesbisch – auf der Gefühlsebene. Und dass wir Kerle bloß mal kommen dürfen, wenn ihr kommen wollt.« Er grinste frech.

»Nein! Nicht misogyn. Ein Misogynist ist ja nur das griechische Wort für ›Mann‹.« (Hatte ihre Mutter immer gesagt.) »Ich bin miso*gam.* Ich bin allergisch gegen die Ehe.« Diese Eröffnung stürzte den Mann neben ihr offenkundig in tiefste Besorgnis. Eins seiner langen Beine zuckte, als wäre ein unsichtbares Arzthämmerchen darauf niedergegangen. Shelly beschäftigte sich eiligst damit, das schäumende Zeug aus ihrer Kristallflöte in sich hineinzukippen, während er sich wieder fing.

»Klar, ich doch auch«, beeilte er sich zu sagen. »Jedenfalls gegen die normale Ehe. Aber das hier ist ja nicht normal, oder? Wie viele gescheiterte ›normale‹ Beziehungen hast du hinter dir? Trilliarden, stimmt's?« Er hielt kurz inne, um sich einen neuen Kaugummi in den Mund zu schieben. »Siehst du, ich auch. Darum sind arrangierte Ehen auch das einzig Wahre. Früher wurden Ehen von den Stammesältesten und der Familie gestiftet … aber leider sind meine alten Leutchen nun mal tot.«

»Das tut mir wirklich Leid«, sagte Shelly voller Mitgefühl. »Bestimmt fehlen sie dir schrecklich«, fügte sie hinzu und verspürte einen Stich der eigenen Trauer, die sich in ihrem Herzen festgesetzt hatte.

Kit zuckte die Achseln. »Nee. Mama hat immer nur aufgehört, über ihre diversen gynäkologischen Probleme zu reden, um mir zum tausendsten Mal zu erzählen, was für eine Verschwendung von Geburtswehen ich gewesen bin. Irgendwo hab ich ein Bild von ihr« – er begann, in seiner Brieftasche zu wühlen –, »oben ohne und in der Beilage für die mitlesenden Ehefrauen von irgend so einem Wurstblatt. Nicht, dass sie lange ›Ehefrau‹ gewesen wäre, das nun auch wieder nicht. Ich hab meinen Papa nur einmal gesehen, an Thanksgiving.«

»Und, wie war es?«, war alles, was Shelly dazu einfiel. Eine Unterhaltung mit Kit Kinkade bedeutete weniger ein Gespräch als permanente Attacken verbaler Höhenangst.

»Romanhaft. *Endstation Sehnsucht*. Erster Akt, vierte Szene.«

»Genau genommen ist es ein Theaterstück, kein Ro…«, wollte Shelly einwenden, aber Kit fuhr ungerührt fort.

»Er hatte ein mobiles Heim und zehn Autos, die es nicht waren, falls du verstehst, was ich meine. Oh, und ein Mobiltelefon auch, wenn man's recht bedenkt. Mit einer Kurzwahl für die Ufo-Sichtungs-Hotline.«

Hätte Shelly doch nur aufhören können, darüber nachzugrübeln, wie das Gemisch von Champagner und Kaugummi auf seinen herrlichen Lippen schmeckte, wäre sie vielleicht in der Lage gewesen, etwas Schlaues beizusteuern, wie zum Beispiel: »Wie wunderbar, dich kennen gelernt zu haben, aber unser unterschiedliches Bildungsniveau muss leider als mildernder Umstand gegen das Vorhaben geltend gemacht werden, eine glückliche Verbindung eingehen zu wollen.« Stattdessen gelang es ihr nur, sich lahm zu erkundigen: »Wenn es Aliens wirklich gibt, wie kommt's dann, dass sie nie vernünftige Briten entführen – sondern immer nur durchgeknallte Typen aus Texas?«

»Arkansas, genau genommen«, verbesserte er mit einem sarkastischen kleinen Lächeln.

»Und dein Vater?« Shelly versuchte nicht hinzusehen, wie er seinen sinnlichen Mund mit der Zunge benetzte. »Was macht er jetzt?«

»Tot. Leberzirrhose. Immerhin hat er bis zuletzt seine transvestitischen Neigungen vor der Familie geheim gehalten, das ist doch schon was.«

»Oh«, sagte Shelly. Sie sagte irgendwie ziemlich oft »oh«. »Bedaure«, fügte sie diplomatisch hinzu. »Dass dein Vater gestorben ist, meine ich.«

»Kein Problem. Ich bin nur zur Beerdigung gefahren, um einen Holzpflock durch den Sargdeckel zu stoßen und ›Nimm dies, du grässliche Nachtgestalt!‹ rufen zu können.«

»Oh.« (Schon wieder dieses »Oh«.) »Also sind wir beide Waisen.« Sie erwartete, dass er sich nun nach ihrer Geschichte erkundigte, dass ein gegenseitiges Mitgefühl sie einander näher bringen könnte. Aber Kit Kinkade machte gerade eine durchsichtige Kaugummiblase, die die Hälfte seines hübschen Gesichts verdeckte. Sie waren bereits bei der zweiten Flasche Dom Perignon und seiner zehnten urkomischen Familienanekdote angelangt und er hatte sie immer noch nichts Persönliches gefragt.

Eigentlich war das auch ganz in Ordnung, denn viel gab es ohnehin nicht zu erzählen, musste sie sich eingestehen, als sie irgendwo in den Midlands über einem ekligen Autobahnraststättenklo hockte.

Shellys geliebte Mutter war von ihrem Papa sitzen gelassen worden – einem von Drogen verkorksten, promiskuitiven keltischen Gitarristen einer Rockband mit dem Namen *Ich spuck dir in die Suppe*. Dann war sie von ihrer erzreligiösen walisischen Familie verstoßen worden, weil sie ein uneheliches Kind bekommen hatte.

Obwohl Shellys Mama eine Intellektuelle war, entwickelte sie sich notgedrungen zu einer begeisterten Leserin von Do-it-yourself-Handbüchern aus der Reader's-Digest-Reihe, mit spezieller Vorliebe für Sonderausgaben, in denen höhenverstellbare Regalsysteme abgehandelt wurden. Sie guckte sich Videos an, die »Wie schließe ich eine Steckdose an den Stromkreis an?« hießen. Für ihre Wohnung brauchten sie keine Putzfrau, sondern einen Handwerker. Da sie sich nicht einmal Pauschalreisen leisten konnten, hatte sie *Schöner Campen* abonniert. Ja, dachte Shelly, man kann ziemlich sicher davon ausgehen, dass man aus dem Leben meiner kleinen Rumpf-Familie nie eine Sitcom machen wird.

»Also, wo bin ich stehen geblieben?« Sie fuhren durch Birmingham und Kit streifte sein schwarzes, satingefüttertes Jackett ab. Shelly kam nicht umhin, zu bemerken, dass das enge Seidenhemd des Mannes jede Faser seiner Muskulatur anzubeten schien.

»Ach ja. Arrangierte Ehen. Früher wurden die Paare von den Stammesältesten zusammengeführt, oder? Na ja, in diesem Jahrtausend übernehmen das die Computer. Nun weiß ich aber, dass du Engländerin bist, also mit einem angeborenen Pessimismus – du hast Blutgruppe B negativ, hab ich Recht?« Er grinste. »Aber denk doch bloß mal drüber nach. Ein Haus! Ein Auto! Ganz abgesehen von der vielen Kohle! Jeder von uns kriegt noch heute 25 000 Pfund, weitere 25 000 nach einer Woche, wenn wir es schaffen, zusammenzubleiben, plus noch mal 50 000, wenn wir es ein ganzes Jahr miteinander aushalten!«

»Geld ist nicht alles, Kit.«

»Ich weiß – es gibt auch noch MasterCard und Travellerschecks!«, frotzelte er. »Außerdem einen Wahnsinnsurlaub. Dieses Strandhotel auf La Réunion ist so exklusiv, dass sie da nicht mal die Flut reinlassen.«

Shelly lächelte. Er war zwar schräg, aber auch schlagfertig, eine Eigenschaft, die ihr bei einem Liebesgott gefiel. »Hör mal, Kit. Nicht, dass ich etwas dagegen hätte, an einen Ferienort mit lauter Vokalen und türkisgrünem Meer zu fahren – und alles noch umsonst –, aber …«

»Was, aber? He, Shelly, in unserem Alter, da heißt es allmählich tempus fugit, und zwar nicht zu knapp.«

Shelly blickte ihn interessiert an. »In vino veritas«, prostete sie ihm zu. Aber sein Gesicht blieb ausdruckslos.

»Kannst du Latein?«, fragte sie überflüssigerweise. Ihre Mutter hatte es ihr eingepaukt, zusammen mit den Grundlagen der Musik.

»Versuch's mit deiner Bildungsscheiße nicht bei mir, Schätzchen. Ich bin schon mit fünfzehn vom Hochsicherheitstrakt der Arkansas High School abgegangen.« Wieder ließ er seinen Kaugummi knallen. »Ich bin Autodidakt.«

Da allerdings musste Shelly linguistisch passen. »Was heißt das?«

»Selbstgelehrt ... das Wort hab ich mir selbst beigebracht.« Er lächelte sie herausfordernd an. »Und du?«

»Ich habe meine prägenden Schmoll- und Angstjahre auf einer Gesamtschule in Cardiff verbracht, dann bin ich auf die Musikakademie gegangen.«

»He, ich zeig dir die Narben von meinen Selbstmordversuchen, wenn du mir deine zeigst.« Kit leerte sein Glas in einem einzigen langen Zug, sodass sein caffèlattefarbener Hals zum Vorschein kam. »Nee. So schlimm war's gar nicht. Das Gefährlichste war eigentlich, dem pädophilen Turnlehrer aus dem Weg zu gehen. Was in einer katholischen Lehranstalt für Knaben mit dem Schulmotto ›Den Lehrern folgen, um fürs Leben zu lernen!‹ nicht immer leicht war.«

Schallendes Gelächter, das sich so wenig unterdrücken ließ wie ein Niesen, brach aus Shelly hervor und überraschte sie in seiner Heftigkeit. Kit lachte ebenfalls, ein rauchiges, mitternächtliches, sexy Lachen, das Shellys Puls doppelt so schnell schlagen ließ.

»Was hast du zu verlieren, Shelly Green? Sag Ja, und ich verspreche dir, dass ich nach unserer Rückkehr aus den Flitterwochen richtig nette Sachen im Fernsehen über dich verbreite, okay? Und du wirst natürlich sagen, dass ich besser ausgestattet bin als ein Dschungeldickhäuter.« Er zwinkerte ihr zu. »Und dass dir jetzt, im Gegensatz zu dem, was die Frauenzeitschriften immer behaupten, klar geworden ist, dass die Größe *doch* zählt.«

»Die Größe des Egos, meinst du«, lästerte sie. »Was das betrifft, würde ich ohne weiteres zugeben, dass sich Mutter Natur sehr großzügig bei dir gezeigt hat. Bedaure, aber ich werde nie heiraten, Kit. Brautkleider sind weiß, weil sie so gut zu den meisten Kücheneinrichtungen passen«, verkündete sie vehement. »Darum heißt es ja auch E.H.E.F.R.A.U.: Einkaufen, Hemden bügeln, Essen kochen, Ficken, Reinemachen, Abwaschen, Und so weiter.« (Auch das stammte von ihrer Mutter.)

Kit nahm ihr Kinn in die Hand, drehte ihr blasses Gesicht zu sich herum, kippte ihren Kopf nach hinten und flößte ihr prickelnden Champagner aus seinem eigenen Mund ein. »Was willst du damit sagen, Shelly?« Seine verführerischen Lippen schmollten voller aufsässigen Charmes. »Glaubst du nicht an Liebe auf den ersten Blick?«

Shelly schluckte und schob dann seine Hand weg. »Ich glaube nicht mal an Liebe auf den *zweiten* Blick.« Aber trotz ihrer praktischen Einstellung zur Liebe – dass sie eine Selbsttäuschung mit gefährlichen Nebenwirkungen war, genetisch dazu konzipiert, die Leute zum Zweck der Fortpflanzung voneinander abhängig zu machen, und dass es romantische Liebe nie gegeben hatte, bis Hollywood kam und dafür Reklame machte – merkte sie, wie sie bereits begann, über die niedliche kleine Nachricht zu fantasieren, die sie auf ihrem gemeinsamen Anrufbeantworter hinterlassen würden.

Die Augen, die der Amerikaner jetzt auf sie richtete, waren klar und abschätzend. »Wie kann ein Mensch nicht an die Liebe glauben?« Nonchalant zog Kit eine Schachtel Marlboro aus dem Bund seiner Calvin-Klein-Unterhose und zündete sich eine Zigarette an. »Möchtest du nicht vernarrt sein? Euphorisch? Hingerissen? Vibrieren vor Lust und Verlangen? Trunken vor orgasmischen Wonnen?« Shelly warf einen vielsagenden Blick auf das Nichtraucherschild direkt neben seinem Kopf. »Warst du schon mal verheiratet?« Er musterte sie kritisch durch die Rauchkringel, bevor er sich scherzhaft verbesserte: »Besser gesagt *verabredet*?«

»Herrgott noch mal, glaub mir, ich war schon auf so vielen Blind Dates, dass ich allmählich den Hund umsonst dazukriegen müsste!«

Kit warf den Kopf in den Nacken und lachte mit jener hemmungslosen Hingabe, die Shelly so sexy und verwirrend zugleich fand. »Warst du jemals richtig verliebt?«

»Nur einmal. In einen Oboisten. Ich hab ihn angebetet. Trotz der Tatsache, dass er eine Laktoseunverträglichkeit hatte und ein analverklemmter Veganer war.«

»Was ist schief gegangen? Lass mich raten. Er hat sich geweigert, Cunnilingus zu praktizieren, weil er Vegetarier ist.«

Shelly prustete. Champagner spritzte ihr reizvoll aus beiden Nasenlöchern. Aber das hinderte sie nicht zu spüren, wie eine elektrisierende Hitze in ihren Schenkeln pulsierte. Sie setzte sich gerade hin und versuchte, nüchtern zu wirken. »Lass es mich mal so sagen. Was den Krieg der Geschlechter betrifft, habe ich mich inzwischen zum Wehrdienstverweigerer erklärt.« (Daher auch die Verabredungen in letzter Zeit in einem Internet-Chatroom, dachte sie verzagt, wo sie mit einer Hand tippte oder, wie einmal geschehen, mit der *Nase*.) »Jedenfalls dachten wohl darum meine … äh, Freunde, es sei wahrscheinlich sicherer, wenn ein Computer mir einen Partner auswählt, und haben mich in diesen dämlichen Wettbewerb eingetragen. Unter Vortäuschung falscher Tatsachen. Ich fürchte, ich habe von der ganzen Sache nichts gewusst.«

Einen Moment lang klappten Kit vor Enttäuschung die Augen zu, bevor er sich wieder fing.

»Aber deine Kumpel haben Recht, Shelly!« Er köpfte noch eine Flasche. »Amors Pfeil ist ungefähr so zielsicher, wie Bushs

Bomben auf Bagdad es sind. Ich habe schon immer die schlimmsten Frauen angezogen. Ausschussware des Lebens.« Er drückte seine Zigarette mit dem Absatz aus und warf sie dann aus dem Wagen; dort landete sie auf der Nase irgendeiner uralten Statue auf einem Marktplatz irgendeines Städtchens, wohin sie einen Abstecher gemacht hatten, um Fish and Chips zu essen. (Offensichtlich hatte er mit Klassizismus nichts am Hut.) »Zeig mir eine Psychopathin, und ich zeig dir eine Exfreundin von mir.«

Shelly nahm einen tiefen Zug abgestandene, zentralgeheizte Luft. »Ähm, Mister Kinkade, vielleicht sollten Sie mir jetzt mal einen historischen Abriss Ihrer Liaisons geben, unter Ausklammerung der Haustiere und Verwandten.« Es sollte im leichten Scherzton daherkommen, aber sie konnte das Beben in ihrer Stimme nicht unterdrücken.

»Na klar. Also, es hat mich nur zweimal erwischt. Beim ersten Mal war ich in eine Puppe verknallt, weil sie so tierlieb war – bis ich erfuhr, dass sie deswegen auf Bewährung draußen war.«

»Hündische Liebe, was?« Shelly bemühte sich, abgeklärt zu klingen, goss sich aber zur Stärkung schnell ein bisschen nach.

»Ja, und sie besaß die Pornofilme, es zu beweisen. Als ich mich über die Wahl ihrer Schauspielerkollegen beschwerte, sagte sie mir, ich sei überempfindlich, und schoss auf mich.«

Wieder fiel Shelly auf die Schnelle nur ein uninspiriertes »Oh« ein.

»Aber nur ins Bein.« Er krempelte sein Hosenbein hoch und zeigte ihr eine muskulösen Wade, die durch ein ausgefranstes Einschussloch entstellt war. Kit lächelte breit und unverschämt, wodurch sein lebendiges, herzliches Gesicht aufleuchtete, eine Herzlichkeit, welche die seltsame Narbe Lügen strafte, wie Shelly ebenfalls auffiel. Okay, der Mann war zügellos, aber auf faszinierende Weise. Seine gebrochene Nase ließ ihn aussehen wie ein mit allen Wassern gewaschener griechischer Gott; wie Herkules, wenn er in einer Rockband mitgespielt hätte.

»Und was war beim zweiten Mal?«

Kits Miene versteinerte. Er biss sich auf die Lippe und wandte das Gesicht ab. »Sagen wir einfach, ich musste eine Menge Frösche küssen, um meine Prinzessin zu finden. An *dir* ist zum Gück gar nichts Amphibisches.« Er legte seine Hand auf Shellys chiffonbedecktes Knie, woraufhin ihre Muschi einen schnellen Fandango vollführte. Seine Berührung war ein Weckruf für ihre Sinne, ein hormoneller Fanfarenstoß. Die traurige Wahrheit war nämlich, dass sie seit dem Tod ihrer Mutter enthaltsam geblieben war. Würde die Schule sie je zum Aufklärungsunterricht einteilen, müsste sie vom *Blatt* ablesen. Ihre Klitoris war dazu übergegangen, ein gelegentliches SOS à la »Kennst du mich noch?« auszusenden. Gäbe es nicht Mutter Handgelenk und ihre fünf Töchter (obwohl die ältesten beiden meistens genügten, während sich die anderen drei um die Fernbedienung für den Videorecorder stritten), sie wäre vollends ausgetrocknet. Ja, es ließ sich so manches für die Keuschheit sagen, und zwar vor allem: »*Warum ich?*«

»Das einzige Problem daran ist – Männer und Frauen«, beharrte Shelly und wischte Kits Hand weg wie ein lästige Fliege. »Wir kommen nicht nur von verschiedenen Planeten – wir stammen aus verschiedenen Galaxien. Es kann einfach nicht funktionieren.«

»Na ja, unsere Schuld ist es nicht. Ich meine, die Bedürfnisse von Männern sind ganz einfach: Fußball, Essen, Musik und« – seine warme Hand schlich sich wieder an ihrem Bein hinauf, diesmal ein bisschen höher – »Sex. Nur ihr Miezen wollt immer so verdammt viel!«

Während die dritte Flasche Champagner Shellys Blut in Wallung brachte und ihr Hirn moussierte, merkte sie, wie sie sich für diesen eloquenten Casanova neben ihr zu erwärmen begann. »Ich will gar nicht viel! Nur einen Mann, der die zweite Geige spielt und zugibt, dass alles seine Schuld ist«, neckte ihn Shelly. »Und der schlau genug ist, sich einzugestehen, dass Frauen überlegen sind.«

Kit warf wieder den Kopf in den Nacken und lachte. Er hatte eine animalische Vitalität an sich, eine Art gefährlicher Hitze. Und das kam nicht von der übermäßig zentralgeheizten Limousine, wofür sie dennoch äußerst dankbar war, da sich Kit nun veranlasst sah, sein Hemd aufzuknöpfen und seinen trampolinstraffen Waschbrettbauch und die Brustmuskeln zu entblößen. »Natürlich sind Frauen überlegen.« Kit hielt trotzig ihrem Blick stand. »Ich meine, ihr müsst ja intelligent sein, denn guck mal, wen ihr heiratet: uns Kerle!« Er zwinkerte. »Das macht es ja so wahnsinnig nervig, wenn ihr immer herumjammert, wir würden in einer Männerwelt leben!«

»Ach, hör doch auf! Es ist viel viel leichter, ein Typ zu sein.«

»Wie kommst du denn darauf?«

»Pass auf ... Falten und graue Haare machen euch nur interessant. Ihr könnt eine Banane essen, ohne dass gleich jeder Mann in der Nähe sich euch nackt vorstellt. Ihr müsst euch nicht umbringen, wenn irgendjemand auf einer Party auftaucht und dasselbe Teil anhat wie man selbst.« Beschwipst zählte Shelly die Punkte einzeln an den Fingern ab. »Ihr müsst euch nie unterhalb des Halses rasieren. Es macht euch nichts aus, wenn keinem auffällt, dass ihr beim Friseur wart, der euch übrigens auch nicht das Doppelte dafür abgenommen hat! Eure Telefonate dauern dreißig Sekunden, allerhöchstens. Ihr habt immer Lust. Ihr ...«

»He«, unterbrach sie Kit Kinkade, »mit dem richtigen Mann hättest du *auch* immer Lust.« Seine lang gezogenen Vokale hinterließen einen verbalen Kondensstreifen. »Du willst einen Beweis, dass die Welt den Frauen gehört? Den kann ich dir in zwei Wörtern sagen, Kleine.« Er lehnte sich zurück und breitete selbstgefällig seine Arme über die Lederpolster. »›Multipler Orgasmus‹. Ein weiterer Grund, warum der Krieg der Geschlechter eure Schuld ist. Wir Männer sind so was von hingebungsvoll. Während ihr Mädels nichts als selbstsüchtig und fordernd seid! Dieses endlose, stundenlange ›Hör nicht auf! Hör nicht auf!‹. Um unseren Orgasmus zurückzuhalten, sollen wir ja angeblich an was Schreckliches denken. Also habe ich mir einmal Andrea Dworkin, Maggie Thatcher und Barbara Bush nackt vorgestellt und meinen Orgasmus um drei verdammte Monate herausgezögert!« Kit lachte wieder lauthals und schallend los, dieses zynische, unverschämte, jazzschuppenartige amerikanische Lachen, das Shelly anfangs leicht irritiert hatte und das sie nun unerklärlicherweise hinreißend zu finden begann.

»Wenigstens sind eure Orgasmen alle echt!«, konterte sie.

»Wie ich schon sagte, mit dem Richtigen …«, seine Stimme war seidenweich, wie auch seine Hände – Hände, die sich nun unter dem unsäglichen Soufflé zu schaffen machten. Und Shelly ließ sie gewähren. Es war ja nicht so, als hätte sie je einen Orgasmus vorgetäuscht, ganz und gar nicht. Ihr Problem war, dass sie immer nur mit Männern zusammen gewesen war, die das Vorspiel vortäuschten.

Aber nicht dieser hier. Die Luft in der Limousine knisterte plötzlich erotisch wie die Zündschnur an einer Bombe. »Ah, wie ich sehe, verhütest du schon.«

Schwer atmend gelang es Shelly, fragend eine Augenbraue zu heben.

»Strumpfhose«, erläuterte er spitzbübisch.

»He, wenn Strapse so toll wären, würdet ihr Typen sie tragen. Außerdem« – sie tauchte jäh aus ihrer sinnlichen Trance auf –, »was machst du da eigentlich, verdammt noch mal?«

Ein bisschen harmloses Geknutsche war eine Sache, aber dieser siegesgewisse Yankee war inzwischen dazu übergegangen, geschickt den Bund ihrer Strumpfhose herunterzuziehen. »He, Eure Ladyschaft. Tut mir ja soooo Leid. Ich habe die Turnüre und das Häubchen übersehen. Wie schön, dass Sie auf einen Sprung aus dem viktorianischen England vorbeigeschaut haben.« Seine Finger begannen nun, auf der Unterseite ihres Bauchs zu kreisen, bis sie sich gegen ihren Willen wie eine Katze krümmte.

Aber als seine Hand weiter nach unten wanderte, umklammerte sie diese mit einem Schraubstockgriff. »He, Moment mal. Was glaubst du eigentlich, wo ich herkomme, aus einem Selbstbedienungsladen für Sexspielzeug?«

»Du denkst zu viel. Wenn man es richtig macht, sollte eine Frau dabei an gar nichts denken, weil sie sich in einem Trancezustand sexueller Überwältigung befindet. Sozusagen komamös.« Kits Finger stahlen sich wieder unter den Bund ihrer Strumpfhose. Unwillkürlich stöhnte sie vor Lust. Der Mann konnte libidinöse Orte aufspüren, wo Frauen gar keine Orte hatten. Er war ein Kartograph des Fleisches und notierte all ihre erogenen Zonen – um darin seinen Claim abzustecken.

»Männer … haben … es … leichter … weil sie … die Gefühle außen vor lassen können … und hinterher kein schlechtes Gewissen haben. Ich meine« – Shelly schluckte mühsam, während ein sexuelles Aufwallen ihre Brustwarzen in Brand setzte –, »man kann doch nicht einfach mit einer vollkommen fremden Person schlafen, oder?«

»Auf gar keinen Fall!«

Shelly spürte, wie sie von einer Welle der Enttäuschung erfasst wurde.

»Ich möchte nicht, dass sie vollkommen ist«, präzisierte Kit frech, »ich will, dass sie ein richtig dreckiges Luder ist.« Dann küsste er sie – heiß und aufwühlend. Sie schmeckte das warme, salzige Innere seines Mundes und fühlte ein dumpfes, hämmerndes Begehren, das einer Szene aus einem Miederschlitzer würdig gewesen wäre.

»Du kriegst davon wahrscheinlich ein lebenslanges Trauma, aber, he« – er lachte unbekümmert –, »dafür ist es eine Erfahrung, die du nie vergessen wirst!«

Irgendwo wusste Shelly, dass das stimmte. Sie wusste, dass es gefährlich sein würde, mit Kit Kinkade zu schlafen – er war so exotisch, irgendwie ungezähmt und außerirdisch. Wie eine Begegnung mit einem tasmanischen Tiger oder einem Poltergeist. Aber ihr Körper hatte schon ohne sie angefangen. Sie verspürte die schwache Hoffnung, dass ihre Strumpfhose sie vor ihren niederen Instinkten bewahren würde, aber er war gerade dabei, diese mit beiden Händen mitten im Schritt in Stücke zu reißen, während sie fühlte, wie sich ihre treulosen Beine begeistert für ihn öffneten, ohne sich mit Mission Control abgesprochen zu haben. Seine Finger verweilten auf dem äquatorialen Fleisch ihrer Innenschenkel und bewegten sich dann in den – oh nein, wie ihr zu spät einfiel – äußerst tropischen Dschungel zwischen ihren Beinen. Houston, wir haben ein Problem.

»Ich enthaare mich nicht im Winter«, stammelte sie hastig, brach den Kuss ab und versuchte, die Beine zu verschränken. Wenn er Strumpfhosen unsexy findet, was hält er dann erst von meinem Unterholz, dachte sie verzweifelt, während sie vesuchte, die Lust zu ignorieren, die in ihrem Blut pulsierte.

Die wendigen Finger des Fremden spreizten ihr erneut die Schenkel.

»Vielleicht entdeckst du ja dort den legendären verlorenen Tempel vom Stamm der Xinguanos, weißt du«, keuchte Shelly verschämt, aber immer noch heiser vor Lust dicht vor seinem Mund. »Oder vielleicht ein paar Mitspieler von Big Brother, die noch nicht mitbekommen haben, dass die Staffel vorbei ist.«

Er küsste sie heiß in ihre Halsbeuge. Es fühlte sich an wie reines, gebündeltes Begehren. Er roch würzig und wild. Shelly brauchte ihn nicht in der Leistengegend zu reiben, um zu wissen, dass er scharf war wie Dijonsenf – aber sie tat es dennoch.

Dann drückte er sie sanft gegen die Polster und bedeckte ihren Hals mit einer Reihe von kleinen Küssen bis hinab zu den Brüsten. Alle Nerven ihres Körpers zuckten wild, als sein Kopf zwischen ihrem synthetischen Soufflé verschwand.

»Ich glaube, der Zeitpunkt ist gekommen, wo ich dir sagen muss, dass ich *kein Vegetarier* bin.«

Wäre die schalldichte Trennscheibe der Limousine nicht getönt gewesen, als sie zunächst an Manchester, linkerhand, dann an Blackpool, rechterhand, vorbeisausten, hätte der Fahrer sehen können, wie seine Fahrgäste sich mit primitiver Hemmungslosigkeit aufeinander stürzten. Flüchtige Eindrücke von Cumbria und Carlisle huschten kaleidoskopartig an Shelly vorbei, während Kit auf dem Teppichbelag der Limousine spielerisch mit ihr rang. Zu Shellys Verblüffung stellte sie an sich eine dermaßene Leidenschaft fest, dass nicht einmal ein versierter Ölquellenlöscher wie Red Adair sie hätte eindämmen können. Die Welt und mit ihr alle Vernunft wurden von der Lust ausgeschaltet. Als Shelly, die sich an Kits Haaren festgekrallt hatte, aufschrie, war sie sich nicht sicher, ob ein Orgasmus oder dämonische Besessenheit der Auslöser gewesen war. Würde Kit noch einmal seine Zunge in sie hineinstoßen oder einen Exorzisten rufen? Was auch immer, sie wollte mehr davon.

»Wow!« Ihr Gesicht tauchte vom Boden der Limousine auf, um ihn voller Bewunderung anzusehen. Kit Kinkade grinste selbstgefällig. Hätte er ein Billardqueue in der Hand gehabt, er hätte mild lächelnd auf die Spitze gepustet. Dann kletterte er an ihrem Körper hinauf, fand ihren Mund und küsste sie feucht und zärtlich, ließ sie ihren eigenen Saft schmecken, während sie ihre gegenseitigen Essenzen einatmeten, ihre »Unsenzen«, wie Kit es nannte, jene berauschende pheremoniale Ambrosia, mit denen Mutter Natur Männer und Frauen ausstattet, damit wir gelegentlich aufhören, einander zu bekämpfen.

Als Shelly feststellte, dass sie Kit begehrlich zwischen die Beine fasste, stieß er sie sanft auf den Ledersitz zurück. Dann sprach er die Worte, die sich jede Frau ein Leben lang herbeifantasiert (neben »Wissenschaftler haben nachgewiesen, dass Sellerie doch dick macht«): »Mein Glück ist, dich zu beglücken.«

Nun war es so, dass die Hand voll Männer, mit denen Shelly bisher geschlafen hatte, die sexuelle Aufmerksamkeitsspanne eines Insekts besessen hatten. Sie waren abrupt und arrogant gewesen und hatten den Sex zu einem freudlosen, funktionellen Akt gemacht. Es kam ihr so vor, als würden die meisten Männer ihren Beitrag an mechanischem Cunnilingus ableisten, um dann den damit einhergehenden erotischen Schuldschein, nämlich ihre Schwanzzuwendung, einklagen zu können. Weshalb sich Shelly jetzt kneifen musste, um sich zu vergewissern, dass sie nicht gerade einen feuchten Traum hatte. Aber nein, Sekunden später war sie mehr als nur ein Gedanke, der ihm auf der Zunge lag. Sie hörte ein wohliges, leises Stöhnen und stellte erschreckt fest, dass es von ihr selbst stammte, während sie sich abermals unter seinem Mund wand. Diese Lust war exquisit und unerträglich zugleich – als würde sie in einem tiefen, himmlischen Teich abwechselnd durch warme und eiskalte Stellen schwimmen.

Als Shelly zum letzten Mal auf dieser Fahrt zum Höhepunkt kam, war das Gefühl so lang anhaltend und intensiv und markerschütternd fantastisch, dass sie ihn nur als einen außerkörperlichen Orgasmus beschreiben konnte. Ihre Ausrichtung war komasexuell! Erstaunt berührte sie Kits Gesicht. Als es ihr schließlich gelang, zitternd Luft zu schnappen, gestand sie ihm, dass sie soeben einen Orgasmus gehabt hatte, der länger war als Wagners *Ring*.

»Wagners Ring?«, fragte Kit und leckte sich ihren salzigen Saft von den Lippen. »Was zum Teufel soll das sein? Zsa Zsa Gabors Erkennungsmelodie?«

»Zsa Zsa Gabor?«, fragte Shelly, während sie seine bernsteinfarbenen Strähnen streichelte.

»Wagner?«, fragte Kit.

Aber es spielte keine Rolle. Die beiden strahlten so breit auf ihrem Endorphintrip, dass sie auf der Lächelskala nicht mehr erfasst wurden. Sie grinsten sich nur in euphorischer Komplizenschaft gegenseitig in die vernarrten Augen. Es war nichts Geringeres als ein magischer Moment. Verdammt, sogar so magisch, dass es sie nicht überrascht hätte, wenn Gandalf dahintersteckte.

»Also, Shelly Green« – Kit küsste sie auf die Stirn –, »glaubst du jetzt endlich an Liebe auf den ersten Blick? Oder soll ich später noch mal vorbeikommen?«

DER UNTERSCHIED ZWISCHEN DEN GESCHLECHTERN

Intelligenz

Warum mögen Männer kluge Frauen?
Weil Gegensätze sich anziehen.

Entspannungspolitik

2 »Glaubst du jetzt endlich an Liebe auf den ersten Blick? Oder soll ich später noch mal vorbeikommen?«, hatte Kit sie gefragt und Shelly hätte ihm gern geantwortet. Aber obgleich ihr Herz voll war, hatte sie die Begeisterung vollkommen sprachlos gemacht. Stattdessen presste sich ihr Unterleib wie von selbst eifrig gegen den seinen.

»Ich hoffe, dass ich dich am nächsten Morgen immer noch respektieren werde«, brachte sie schließlich hervor. Aber zu ihrer Überraschung wich Kit zurück.

»Es ist nur so, Süße, ich spar mich noch für meinen Hochzeitstag auf.« Er sah sie mit einem verträumten, zerzausten Gesichtsausdruck an. »Wird das mein Hochzeitstag, Shelly?«

Die Vorstellung einer Shelly Green, die einem Mann das Jawort gab, war ungefähr genauso wahrscheinlich, wie Osama bin Laden bei einer Kneipentour zu begegnen. Aber die Misogamistin in ihr begann zu schwanken. Was Shelly durch den Kopf ging, war eine Mischung aus: 1. Boah! 2. Eine Wohnung, ein Auto und genügend Flocken, um sich diese Fleta-Konzertgitarre zu kaufen, die sie sich seit ihrem Hochschulabschluss wünschte. 3. Carpe diem oder, um es mit Kit auszudrücken, scheiß drauf, Baby. 4. Hicks, ich bin kein bisschen beschickert. Wochen später sollte sie zugeben, dass es nicht der Alkohol gewesen war, der sie in diesen Rausch versetzt hatte, sondern seine absolute, uneigennützige Hingabe. Wenn sie diesen Mann heiratete, würde sie ihn vielleicht auf einer halbwegs regulären Basis anfassen dürfen … wenn das kein unzüchtiges Heiratsangebot war!

»Shelly …« Seine Art, ihren Namen mit dieser gewissen Samtstimme zu hauchen, genügte, um ein knisterndes Kribbeln durch ihren unteren Wirbelsäulenbereich zu jagen. »Was hast du zu verlieren, Baby?«

In der Tat. Nicht einmal ihren Job; ihre Schüler hatten ihr zum Abschied zugeflüstert, dass sie einen »Springer« organisiert hätten, der sie während der nächsten zwei Wochen vertreten würde. In einem Anfall von schonungsloser Ehrlichkeit musste Shelly sich außerdem eingestehen, wie leid sie es war, jahraus, jahrein am Neujahrstag aufzuwachen, ohne sich das Geringste vorwerfen zu müssen. Zu lange schon hatte sie das Gefühl, das Leben würde sie ansprechen, zugleich aber nach jemandem hinter ihr Ausschau halten, der interessanter war. Ihre Mutter hätte sie für unzurechnungsfähig erklärt, aber sie würde, wie Shelly jetzt in einer schwindelerregend optimistischen Anwandlung klar wurde, verdammt noch mal »Ja« sagen. Wieso? Weil ihre Seele nur noch Molltöne von sich gab. Weil bei ihr alles Ouvertüre und nie Oper war. Weil sie eine nostalgische Sehnsucht nach einer Sache ergriff, die sie noch nie besessen hatte. Ja, anfangs war sie wütend auf ihre Schüler gewesen, weil die sie bei *Verzweifelt und Vereinsamt* aufgestellt hatten, aber während der letzten paar Stunden war ihr klar geworden, dass Kit Kinkade vielleicht genau der Stromstoß war, den sie brauchte, um ihrem Leben einen Neustart zu verpassen, dass er die Zündkerze für ihren Gefühlsmotor sein könnte. Abenteuer. Das war das Elixier des Lebens. Und sie wollte diese Frischzellenkur. Ihre Blutgruppe war nicht B negativ, verdammt noch mal.

»Warum hebst du nicht mal ein bisschen ab, he?«, setzte Kit nach und heftete zärtlich die grünen Rauten seiner Augen auf sie. »Wenn du anfängst, Zeit totzuschlagen, fängt die Zeit schnell an, dich totzuschlagen«, philosophierte er. »Der einzige Ort, an dem sich leben lässt, ist die Gegenwart – mit Ausnahme von einem *château* in Südfrankreich natürlich! Für Muschis gibt es auch nur eine einzige Regel.« Bewusst langsam leckte er sich die Lippen: »Wer rastet, rostet.« Er schenkte ihr sein Casanova-Grinsen – frech, jungenhaft, diabolisch und unverschämt.

»Also, was soll's werden, Baby?«, fragte er, als sie endlich über die schottische Grenze fuhren.

Shelly hatte ihren Abschluss an der königlichen Musikakademie gemacht. Sie hatte jeden Komponisten von Monteverdi bis Mahler studiert. Sie konnte eine Quinte vergrößern. Sie konnte eine Sext in drei Sprachen vergrößern, Herrgott noch mal! Aber sie schmolz dahin, wenn dieser Cowboy »Baby« zu ihr sagte. Männer waren auf das Lustprinzip abonniert und sie regierten die Welt. Warum sollten sich nicht auch mal Frauen einem primitiven, unkomplizierten Begehren hingeben dürfen? Warum sollten nicht auch einmal Frauen wegen Akuter Wollust Ersten Grades verurteilt werden?

»He, wo sonst stehen eine Wohnung und ein neues Auto auf der Liste der Hochzeitsgeschenke?«, sagte Shelly trocken. Diese Erkenntnis zu feiern, kippte sie ein weiteres Glas des Prickelwassers hinunter. »Hiermit erkläre ich die Ehepartnersaison für eröffnet.«

»Ha, so ein Glück! Zufällig bin ich ein eingefleischter Treueschwörer!«, rief Kit begeistert, bevor er Shelly unter sich bugsierte, ihr mit seinem ganzen Gewicht die Knie auseinander drückte und mit einer Hand ihre Handgelenke über ihrem Kopf festhielt. »Wir fahren auf diese Insel, aber enthaar dich bitte nicht.« Er schob seine freie Hand unter ihren schäumenden Rüschenchiffon und legte sie auf ihre Vulva. »Deine Muschi ist wie eine Schauspielerin in einer Soap aus den Siebzigerjahren – alles Pose, mit Schulterpolstern und Puffärmeln. Farrah Fawcett hoch zehn. Wenn wir diese Ehe vollziehen, Shelly Green, dann möchte ich dich genau so, wie du bist.«

Sie küssten sich während der nächsten paar Meilen, bis die Limousine vor dem Blacksmith's Cottage in Gretna Green vorfuhr. Gemäß der schottischen Volkssage durfte der Dorfschmied, der über dem Amboss heißes Metall vereinte, auch eine Verbindung zwischen zwei Liebenden schmieden. Shelly rappelte sich auf, setzte sich gerade hin, wobei sie das, was von ihrer Strumpfhose noch übrig war, wieder vom Halbmast heraufzog, und blickte erwartungsvoll in die Meute wartender Reporter.

Kit drückte ihr die Hand. »Danke, Shelly«, sagte er und in seiner Stimme schwang echte Rührung mit. Hinter der Verwegenheit des bösen Buben, die er immer an der Tag legte, entdeckte Shelly eine zerzauste Zärtlichkeit, eine kryptische Traurigkeit, die sie nicht so recht entziffern konnte. »Ich weiß, dass du ein paar ziemlich miese Typen in deinem Leben kennen gelernt hast, darum möchte ich mich gleich im Vorfeld für jedes eventuelle Arschlochverhalten entschuldigen, das ich dir versehentlich zufügen werde.«

Shelly lachte und tastete nach ihren Schuhen. »Mannomann, es ist schon schwer genug, einen Kerl so weit zu kriegen, sich hinterher zu entschuldigen, geschweige denn vorher. Du musst *doch* betrunken sein.«

»Was du hier für mich tust – dass du mir die Chance gibst, noch mal von vorn anzufangen … na ja, das ist der schönste Tag meines Lebens«, gestand er ihr in aufrichtiger Dankbarkeit.

»Oh!« Shellys misogame Skepsis löste sich in Luft auf. »Meiner auch«, hörte sie sich hauchen wie ein Doris-Day-Klon.

»Wirklich?«

»Unbedingt«, sagte sie, wobei sie schnell ihr sarkastisches Gleichgewicht wiedergewann. »Ich habe heute früh Jennifer Aniston im Fernsehen gesehen und sie wirkte ein bisschen pummelig um die Hüften.«

Kit kniff ihr in die Wange. »Wollen wir?«

Alle Augen waren auf sie gerichtet, als sie auf das Blacksmith's Cottage zuliefen.

»Nun?«, erkundigte sich der Moderator von *Verzweifelt und Vereinsamt*, der ihnen im Flugzeug vorausgeeilt war. Wollen sie oder wollen sie nicht? Altar oder Laufpass? Trennen oder trauen? Die Zuschauermenge – Medienmogule, Fengshui-Fuzzis, Rundfunkreporter, ölige Marketing-Macker, aufgeblasene PR-Redakteure, Astrologen in Sachen Liebe, Eheberater, kleine Freischaffende und andere schottische Calvinisten von der Kirche an der Ecke sowie jene Computertechniker, die beschlossen hatten, dass Kitson Kinkade der ideale Lebenspartner für Shelly Green wäre – war in zwei Lager geteilt, in die »Daumen rauf«- und die »Daumen runter«-Fraktion.

»Trennen! Trennen! Trennen!«

»Trauen! Trauen! Trauen!«

Im Colosseum des alten Roms war es nicht viel anders zugangen. Das erwartungsvolle Schweigen der TV-Bosse lastete schwer auf Shelly. Aber als sie Kits Hand ergriff, jubelte die Menge. Ohrenbetäubender Applaus brach los.

Unter die synthetische Aufregung mischten sich die Parolen der puritanischen Protestkundgebung. Kit musste sich an den Dissidenten vorbeizwängen, wobei er Shelly schützend in den Arm nahm und sie über das Kopfsteinpflaster des Vorplatzes manövrierte. Sie konnte hören, was die Köpfe der Opponenten vor den Kameras über den heiligen Bund der Ehe zu sagen hatten.

»Dieser Wettbewerb hat die Ehe zu neuen Tiefen geführt. Er ist ein erschreckendes Beispiel für unsere Kultur der schnellen Genussbefriedigung«, schwadronierte ein Geistlicher.

»Einen Partner für eine lebenslange Bindung ›gewinnen‹? Seit wann ist die Ehe ein Beziehungs-Roulette?«, fragte ein Kirchenältester.

»Sie haben eine gottgegebene Institution auf das Niveau einer Gameshow herabgewürdigt. Was sagen Sie dazu?«, rief ihr ein anderer zu.

Der Moderator hielt Shelly das Mikro vor die Nase. »Aber ich dachte, Sie mögen Männer nicht? Erzählen Sie uns bitte, ob es zu einem sexuellen Waffenstillstand kam? Zu einer amourösen Amnestie?« Der Mann kommt ja richtig in Fahrt, dachte Shelly. Offenbar witterte er schon seinen Bafta-Preis im Medienwind. »Eine emotionale Waffenruhe? Das Schlafzimmer eine entmilitarisierte Zone?«

»Vielleicht könnte es so etwas wie einen Burgfrieden im Krieg der Geschlechter geben«, mutmaßte eine leicht angeheiterte Shelly. »Ich meine, trotz der Differenzen zwischen Männern und Frauen wollen wir doch im Grunde alle nur das eine, oder? Die Liebe …«

Ihre Worte gingen im höhnischen Gewieher der wartenden Presseleute unter. Ein Waffenstillstand? Im Krieg der Geschlechter? Selten so gelacht! Shellys Mutter wäre entsetzt gewesen. Was muss eine Frau tun, wenn ein Mann nur noch im Kreis läuft? »Nachladen und weiterschießen!«, lautete ihr Motto. Mütterliche Warnungen vor dem Schlechten im Manne waren praktisch in Shellys Hirn eingraviert.

»Nun?«, hakte der Moderator nach.

Kit drückte Shellys Hand. Sie fühlte sich euphorisch. Wie der freudige erste Akkord in Berlioz' *Symphonie Fantastique.* Shelly erwiderte Kits Händedruck.

Wir zwei gegen den Rest der Welt!

Als der Schmied und Ehevollzugsbeamte in Personalunion fragte, ob Shelly Green diesen Mann zu ihrem angetrauten Ehegatten nehmen wolle, strahlte sie ihn an. »Ja!«

Als Kit an der Reihe war, sein Ehegelöbnis zu leisten, betrachtete er sie etwas kritischer. Sie spürte seinen Blick vor allem in der Magengrube. Eine Pause entstand, eine Pause wie in einem Pinter-Stück, eine Pause, die länger war, als Shelly streng genommen schicklich fand. Eine Woge unterdrückten Kicherns schwappte über die Kirchenbänke. Die Landkarte von Großbritannien unter ihren Achselhöhlen nahm nun die Ausmaße halb Europas an. »Willst du, Kitson Kinkade, diese Frau, Shelly Green, zu deiner angetrauten Ehegattin nehmen?«, wiederholte der Ehezeremonienmeister.

»Ähm«, erwiderte er endlich lakonisch und grinste Shelly frech an. »Darf ich noch mal drüber schlafen?«

Angespanntes Gelächter wurde in der Gemeinde laut. »Sinn für Humor! Darum hat der Computer diese beiden Komiker zusammengeführt«, säuselte der Moderator mit seiner professionell aufgesetzten Höflichkeit zu seinem Fernsehpublikum, während er gleichzeitig verzweifelt zu Kit hinübergestikulierte, diese Nummer verdammt noch mal durchzuziehen.

Kit machte zur Antwort eine große Kaugummiblase.

»Willst du, Kitson Kinkade, diese Frau zu deiner angetrauten Ehegattin nehmen?«, beharrte eisern der Schmied.

Shelly kam sich mittlerweile ungefähr so wertvoll vor wie eine Probetube Shampoo, die einer Modezeitschrift beiliegt. Sie atmete einmal tief die feuchte Februarluft ein, was sie schlagartig nüchtern werden ließ. Ein dünner Strahl fiebrigen Atems entwich ihrer Lunge. Was hatte sie denn gedacht? Der Mann spielte doch in einer völlig anderen Liga. Er war ein Filetstück. Offensichtlich waren ihre Augen größer als ihre Vagina gewesen. Vergessen wir den »Sinn für Humor«. In ihrem Bewerbungsbogen hätte NLP stehen müssen: Nur Lauter Probleme. Dann hätten sie ihre Schüler gar nicht erst anzumelden brauchen.

Als Kits Kaugummiblase platzte, klang es, als löste sich ein Schuss aus einer Handfeuerwaffe. Ein Omen, dachte Shelly, dass sie vielleicht Schutz suchen sollte, am besten in *Neuseeland*. Ihr »Zukünftiger« saugte sich mit einem trägen Schmatzen die klebrigen Überreste seines Kaugummis in den Mund. Die Augenbrauen des Moderators waren vor angespannter Erwartung in sein Haar hinaufgerutscht. »Scheiße, wenn sie Ja sagt, tu ich's auch«, verkündete Kit schließlich auf seine impertinente Art.

Sie wurden zu »Mann und Frau« erklärt und in einem Schneegestöber von Paparazzi-Blitzlichtern und Kamerascheinwerfern schob man ihr einen goldenen Ring über den Finger. Darauf folgte der inzwischen vertraute Geschmack jener Kaugummilippen, die Shellys Herz erneut höher schlagen ließen, während das Blut auf Hochtouren durch ihre Adern pumpte. Aus dem Gewühl der Firmensponsoren und Radioproduzenten streckten sich ihnen Hände entgegen, die gratulieren wollten, und eine Welle unaufrichtiger Glückwunschküsschen ergoss sich über die Frischvermählten.

Der Moderator machte die obligatorischen, schreiend komischen Scherze – »Hoffen wir, dass der Vollzug der Ehe nicht einem Vollzug gleichkommt« –, bevor er Kit das Mikro vors Gesicht hielt. »Haben Sie vielleicht einen ehelichen Rat für alle anderen *Verzweifelten und Vereinsamten* da draußen?«

Kit Kinkade erwiderte, ohne mit der Wimper zu zucken: »Na ja, Jungs, eine klitzekleine klitorale Zuwendung genügt, dass sie euch zu Füßen liegt«, zwinkerte er. Hätten die Augenbrauen des Ansagers nicht bereits zwei Zentimeter über seinem Haaransatz geschwebt, so hätten sie nach Kits Nachsatz vollends abgehoben: »Jawoll! Ein bisschen von Amors Zahnpasta, die hält ultralange.«

Shellys Lächeln war so angespannt, dass sie befürchtete, es sei für immer festgefroren.

Bindung

Frauen wollen Liebe und Heirat und gemeinsam glücklich sein bis ans Ende ihrer Tage.

Männer wollen einen gepflegten One-Night-Stand - vorzugsweise mit Koks und zwölf Prostituierten.

Einberufung

3 Verehelichungen sollten eigentlich nur in Lourdes vorgenommen werden, da für eine funktionierende Ehe offensichtlich ein *Wunder* erforderlich ist, dachte Shelly während des gesamten Medienrummels im Balmoral Hotel in Edinburgh – einem wuchtigen architektonischen Mausoleum auf der Princes Street, das an eine vor Anker liegende *Titanic* erinnerte. Nach dem Presseempfang wurden sie in ein Nebenzimmer geschleust, um die Hochzeitsreise-Garderobe anlegen zu können, die man ihnen verehrt hatte.

Shelly litt vom vielen Strahlen in die Kameras der Fotografen bereits an Kieferstarre und strahlte deshalb munter weiter, als ihr ein Goldlamé-Minikleid von Versace überreicht wurde, eins von der Sorte, das sie nie, nie im Leben tragen würde.

Nachdem sie sich auch für ihr Flugticket zur Insel Réunion am folgenden Tag, den Aussteuerkoffer voller Sommerkleidchen Größe 38 und erotischer Dessous für die tropischen Ferien sowie ihren Schlüssel zur Honeymoon-Suite im Balmoral strahlend bedankt hatte, waren ihre Wangen ebenfalls vom Lächellag wie gelähmt. Da sie im Verlauf der letzten Stunden immer nüchterner geworden war, entfaltete sie jetzt das Charisma einer Crashtestpuppe. Und Kit Kinkade, vermutete sie, würde das Fahrzeug sein, das mit erhöhter Geschwindigkeit auf sie zuraste.

Shelly wandte ihrem Ehemann den Rücken zu, um sich mühsam den weißen Chiffon über die Hüften zu quetschen, wo er dann wie verschüttete Milch herumschlabberte – worüber man nicht weinen soll, dachte sie, gegen eine aufkommende Verzagtheit ankämpfend.

Kit lehnte dankend seinen Hotelzimmerschlüssel ab und erklärte, er würde bei Freunden übernachten. Als Nächstes gab er seinen geliehenen Smoking zurück, weigerte sich, den Designeranzug von Armani anzunehmen, den ihm ein PR-Lakai reichen wollte, und kramte stattdessen ein paar zerknitterte Kleidungsstücke aus einem zerbeulten Rucksack – schmuddelige Jeans mit einer Packung Kondome, die aus einer zerrissenen Tasche auffallend ins Auge stach, ein ausgefranstes Samthemd mit Haifischflossenrevers, ein Schnappmesser ... *Schnappmesser?*

»Sind das deine Klamotten für die Hochzeitsreise?«, fragte Shelly verdattert.

»Hm.«

»Wo willst du damit hin? Auf eine *Orgie*? Und wieso bleibst du nicht im Hotel? Bei mir?«

»Noch keine fünf Minuten verheiratet, und schon sagst du mir, was ich anziehen soll! Fragst mich, wo ich hingehe!« Kit riss sich den Zylinder vom Kopf und schleuderte ihn in Richtung Kronleuchter, wo er dann hängen blieb und trostlos hin und her baumelte. »Liebe macht ja vielleicht blind, dafür öffnet einem die Ehe umso mehr die Augen, verdammt noch mal«, stellte er verbittert fest.

»Woher ... woher willst du das wissen?« Shelly hatte ihre Stimmbänder wiedergefunden. »In deinem Antrag stand, dass du immer Single gewesen bist.«

»Was?« Kit wich ihrem Blick aus. Ein geheimnisvoller Ausdruck huschte über sein Gesicht wie eine meteorologische Erscheinung – ein stürmischer Gedanke.

Warum hatte sie das Gefühl, soeben eine Gesprächsgranate entsichert zu haben? Nachdenklich machte sie einen Schritt auf ihn zu und hielt dann inne. »Wenn du so über die Ehe denkst, warum hast du dich dann an dem Wettbewerb beteiligt?«, entfuhr es ihr fassungslos.

»Ich bin Amerikaner«, improvisierte er. »Zwanghaftes Verhalten ist bei uns Zwang.« Er lachte, aber diesmal lag in seinem Lachen keine rauchgeschwängerte, spätnächtliche Leichtigkeit. Traurigkeit breitete sich über sein Gesicht.

Shelly beschlich das Gefühl, dass dieser Mann genug Ausreden aus dem Hut zauberte, um in einem Varieté auftreten zu können. Wehmütig entsann sie sich des Zweit- und Drittplatzierten, die sie auf dem Hochzeitsempfang kennen gelernt hatte. Dieser nette, vernünftige Systemanalytiker aus Ipswich. Obwohl er fließend Hackersprech beherrschte (ein außerirdischer Slang voller heißer Expansionbays), war er immerhin doch ein Mann, der seinen Müll trennte und die Zeitungen ins Altpapier gab. Und dieser Anwalt aus Milton Keynes. Shelly bezweifelte stark, dass er aller Welt gestanden hätte, er sei ein Mösengourmet.

»Warum hast *du's* denn gemacht?« Kit zerrte sich sein Hemd vom Leib und entblößte seinen herrlichen Brustkorb; dabei schaute er sie mit unverhüllter Neugier an. »Warum hast du dich an dem Wettbewerb beteiligt, meine ich?« Ein ungekannter Argwohn lag in seiner Stimme.

»Hab ich dir doch gesagt. Meine Schüler haben mich bei diesem verdammten Ding aufgestellt.«

»Schüler?«, hakte Kit mit stechendem Blick nach. »Du hast gesagt, es wären *Freunde* gewesen. Von Schülern war nie die Rede.«

»Meine Musikschüler. Ich unterrichte Gitarre an einer Londoner Oberschule, Rockgitarre, ob du's nun glaubst oder nicht.«

»In deinem Lebenslauf stand ›Klassische Musikerin‹.«

»Ich habe ihn nicht verfasst. Das waren die Kids. Und ich *bin* eine klassische Musikerin. Nur hört mich keiner mehr.«

Shelly presste die Lippen zusammen, als hätte sie soeben Lippenstift aufgetragen.

»Warte mal. Trittst du, ähm, trittst du denn nicht auf?«

Oh, dachte Shelly. Fangen wir lieber mit den einfachen Fragen an: Wann hatte sie zum ersten Mal die Nerven verloren? Kurz nachdem der Körper ihrer Mutter von bösartigen Zellen befallen war. Shelly war mitten im Präludium von Bachs *Vierter Lautensuite* erstarrt. Der Schmerz und die Demütigung, von denen sie glaubte, sie seien längst abgestumpft, meldeten sich jetzt mit aller Macht zurück. Da war auch diese Anspannung wieder, bei der sich ihr Innerstes krampfartig zusammenzog. Die Stille in Wigmore Hall war ohrenbetäubender gewesen als die in ihren Adern pulsierende Panik. Seit jenem katastrophalen Augenblick hatte diese preisgekrönte Musikerin mit dem virtuosen Flair und den flinken Fingerspitzen ihr Talent mutwillig zerstört, hatte es auf den zombiehaften Unterricht von Heavy-Metal-Grundgriffen für schwitzende Teenager reduziert, die in Schulkapellen namens *Mageninhalt, Gedärme-Abschaum und Reißlinie* spielten.

»Bühnenangst«, gestand sie leise.

»Also bist du eigentlich nur … eine Oberstufen-Lehrerin?« Ihr Ehemann pustete einen Heiligenschein aus Rauch gen Himmel.

»Das hättest du im Auto leicht erfahren können, wenn du mal zwei Sekunden aufgehört hättest, von dir selbst zu reden.«

»Ich dachte, du bist Künstlerin. Du weißt ja, was die Leute sagen: Die, die's drauf haben, packen's auch. Die, die's nicht drauf haben, werden Lehrer«, urteilte er gnadenlos. »Und die, die's nicht drauf haben, Lehrer zu sein, werden Musiklehrer.«

Wäre Kits Neugier das einzig Unverhüllte an ihm gewesen, hätte Shelly ihm vielleicht antworten können, nicht aber, wenn er so in knappen Calvin Kleins vor ihr stand. Dieser exquisite

Anblick hatte sie in einen vegetativen Zustand versetzt. Die einzige Reaktion, die er jetzt noch von ihr erwarten konnte, war Photosynthese. »Ähm.«

Sie riss die Augen mit einer übermenschlichen Anstrengung vom leckeren Leib ihres geilen Gatten los, um neue Kräfte für ihre Schlagfertigkeit zu sammeln. »Nun ja, Mister Kinkade, zumindest musst du nicht erst alles ausziehen, um den Leuten zu beweisen, dass du naturblond bist.«

»He, Witze über blöde Blondinen prallen voll an mir ab, denn genauso wenig wie Dolly Parton bin ich a) blöd noch b) blond.«

Sprach's und zog mit einem kräftigen Ruck an seinem Haar, das er nun zu Shellys großem Erstaunen in der Hand hielt. Er warf seine Perücke in den Papierkorb und schüttelte eine statisch aufgeladene Mähne schwarzer Locken, die darunter zum Vorschein kam.

Entgeistert starrte sie ihn an. Warum die Perücke? Wer zum Teufel war dieser Mann? Dieser Mann, den sie gerade – heilige Scheiße noch mal – *geheiratet* hatte? Shelly betrachtete das Leuchten in Kit Kinkades Augen nun in einem anderen Licht. Plötzlich erschien es ihr wie ein intensives, irres Flackern. Was hatte sie sich eigentlich eingebildet? Wie konnte sie nur einen Mann heiraten, den sie gerade erst kennen gelernt hatte? In Shellys *Eisschrank* standen Sachen, mit denen sie eine längere Beziehung verband! Wie konnte sie nur mit einem fremden Mann intim gewesen sein? Wer zum Teufel war sie eigentlich? *Blanche Du Bois?*

Sie spürte deutlich, wie es in ihrem Gesicht zu zucken begann. Kit Kinkade, mittlerweile ganz Heathcliff-Haar und stromernde Augen, zog sich seine vergammelten Jeans über den himmlischen Hintern, warf sich in sein schwarzes Samthemd mit dem Haifischflossenrevers und schob sein Schnappmesser in den Schaft seines kubanischen Stiefels, bevor er ihr spielerisch mit der ersten Rate ihres Preisgeldes die Wange tätschelte – einem Geldbündel über 25 000 Pfund. »Wir sehen uns in den Flitterwochen, Puppe. Oh, und alles Gute zum Valentinstag.«

Das sah nicht gerade nach Waffenruhe aus. Eher wie eine Offensive aus dem Hinterhalt. Sie hatte nur einen einzigen Gedanken, etwas Weinerliches wie »Ich will meine Mami«.

Als sich die Tür hinter seinem tänzelnden Po schloss, hinterließ er in Shelly das sichere Gefühl, dass die Ehe mit Kit Kinkade in vielerlei Hinsicht einer Wurzelbehandlung ähneln würde – nur nicht ganz so gemütlich.

Religion

In vielen Fällen ist es die Religion,
die Paare zur Trennung zwingt:
Männer glauben, sie seien Gott –
Frauen wissen, dass sie es nicht sind.

Der Präventivschlag

4 Am Mittwoch, dem 15. Februar, dem Morgen des ersten Tages ihrer Flitterwochen, waren Shellys Gefühle ähnlich aufgeladen wie ihre Polyesterunterhosen unter dem neuen Versace-Rock. Sie hatte beschlossen, dass Kits sprunghaftes Verhalten während des Hochzeitsempfangs auf ein schwaches Nervenkostüm zurückzuführen war – oder Volltrunkenheit. Sie hatte einen zum Niederknien scharfen, wenn auch leicht verblödeten amerikanischen Schmachtfetzen geheiratet, den sie bald in einer bettbetonten Umgebung besser kennen lernen würde. Musste sie da nicht im siebten Himmel schweben? Als die Limousine sie vom Hotel abholte und zum City Airport von Edinburgh brachte, befand sich Shelly dermaßen über den Wolken, dass sie den Flughafen nicht einmal mehr sah.

Die libidinöse Wahrheit war, dass ihr Kit Kinkade die ersten Orgasmen ihres Lebens beschert hatte. Es war wie ein Wunder, ja eine biblische Offenbarung gewesen – »Ich kann sehen! Ich kann sehen!« Neil Armstrong, als er auf dem Mond spazieren ging, hatte nicht mehr gestaunt als sie. Ein kleiner Schritt für einen Mann … der Durchbruch für eine Frau! Ihre Begegnung in der Limousine war dermaßen erotisch gewesen, dass sie einen Moment lang geglaubt hatte, sich in einem schwedischen Film zu befinden, nur ohne die Ikea-Möbel und Strickpullis.

Shelly wusste, dass sie wollüstig gewesen war. Ihr war klar, dass sie sich wie eine Schlampe aufgeführt hatte. Brave Mädchen, musste sie gestehen, taten so etwas nicht. Aber sie war ihr Leben lang ein braves Mädchen gewesen und was hatte es ihr genutzt? Selbst ihre Katze hatte sie wegen der Herz-Kreislauf-Aerobictrainerin verlassen, die unter ihr wohnte. Was ihr Sexualleben betraf, auweia: mehr oder weniger *amisch*. Man brauchte ihr nur noch die weiße Haube zu geben und sie in einen Planwagen zu setzen, und sie könnte sofort anfangen, Weizen zu dreschen und Butter zu schlagen.

Nein. Es gab Zeiten, da musste man unartig sein. Und die waren jetzt gekommen. Ohne Rücksicht auf Verluste. Wild. Caligulamäßig. Die römischen Kaiser hätten noch einiges von ihr lernen können! Her mit den gemästeten Kälbern! Die Frau lebt nicht vom Vibrator allein, schwor sie sich.

Shelly war so überdreht, dass sie einen ganzen Film verknipste, bevor sie überhaupt eingecheckt hatte – eine Rolle mit Flugzeugrümpfen vom Parkhaus des City Airport. *Das* war ein Diaabend, auf den man sich schon freuen konnte. So – dachte sie, während sie zupfend versuchte, ihr widerspenstiges Haar in Form zu bringen, obwohl sie vorhin im Hotelbadezimmer eine Stunde damit verbracht hatte, es mit Gel in die Knie zu zwingen –, und wo ist jetzt mein Göttergatte?

Mit Röntgenaugen suchte sie die Menschenmenge in der Abflughalle ab, aber das Einzige, was am Terminal auf sie wartete, war eine lange Schlange. Sie stellte sich hinter einem bärtigen Mann an, der in seinen Taschen nach seinem Pass oder vielleicht seinem Anthrax kramte.

»Er ist *abgereist*? Was soll das heißen, er ist *abgereist*?«

»Gestern Abend. Er ist einfach nach London geflogen und hat eine frühere Maschine nach Mauritius genommen. Dann ist er am Seewoosagur Ramgoolam International Airport umgestiegen, sag *das* mal, wenn du blau bist, und ist jetzt schon auf Réunion. Dieses hinterhältige amerikanische Arschloch.«

Es war Gaby Conran, die ihr diese erschütternde Nachricht überbrachte, eine kleine Frau mit den derben Zügen eines wild lebenden Waldtiers. Sie sprach in einem aufgesetzten East-End-

Akzent und trug eine modisch-hässliche rechteckige Hornbrille von der Sorte, wie sie in den Sechzigerjahren streberhafte Wissenschaftler bevorzugten. Selbst wenn man sie ihr am Vorabend beim Empfang nicht mehr oder weniger vorgestellt hätte, war aufgrund ihrer mitgebrachten Gepäckstücke klar, dass sie die Regisseurin der Realityshow *Verzweifelt und Vereinsamt* sein musste. Robert Falcon Scott war mit weniger in die Antarktis aufgebrochen.

Obwohl die nördliche Hemisphäre unter einer dünnen Decke feuchten grauen Februarnebels fröstelte, brach für die Programmgestalter der britischen Fernsehstationen, die drei Monate im Voraus planen, der Frühling an. Und wenn der Frühling anbricht, wenden sich die Gedanken junger Frauen der Liebe zu, besonders wenn sie Programmgestalterinnen sind. Shelly hatte keine Ahnung, dass an jenem Morgen in Heathrow sage und schreibe sechs verschiedene Pärchen mit ihren jeweiligen Fernsehcrews im Schlepptau ihre Reise zu einem romantischen Urlaub antraten. *Single trifft Single, Blind Date, Jahrmarkt der Zweisamkeiten, Hormonelle Hölle* – alles *Herzblatt*-Sendungen, bei denen das Ziel der Kandidaten darin besteht, endlich mal wieder zu vögeln, und das der Zuschauer, gespannt darauf zu warten, ob es ihnen gelingt.

»Wie kommt er dazu, ohne mich loszufahren?« Die Ehe mit Kit Kinkade würde sich offensichtlich einen Hauch schwieriger gestalten als die Ehe mit einem tatsächlichen Mitglied der menschlichen Rasse. »Vielleicht sollte ich mir die Kosten für den Psychiater sparen und mich einfach gleich scheiden lassen?«

Gaby schob ihre dicke schwarze Hornbrille hoch und erbleichte. »Hör mal, Kindchen, alle Männer sind der letzte Dreck. Ich werde nie begreifen, warum sie beim Laufen nicht die Handknöchel am Boden schleifen lassen. Aber dieser Kinkade-Typ ist heiß. Was sag ich, heiß? Der ist echtes Poolboy-Material! Die meisten Mädchen würden sich schon mit einem Kerl zufrieden geben, der eigenes Haar besitzt und keine sichtbaren Bodypiercings hat. Dieser Knabe dagegen ist so ein Hengst, dass sie feuchte Höschen kriegen. Also hör auf zu jammern. Außerdem, was ist mit der Wohnung? Dem Auto? Dem Thermosflaschenset für ›Sie‹ und ›Ihn‹?«, fügte sie scherzhaft hinzu. »Glaube mir, Mrs K., Männer sind vielleicht nicht gerade die romantischste Spezies auf diesem verdammten Planeten, aber Technologie-Freaks sind sie alle, stimmt's? Und es war ein Computer, der euch beide zusammengeführt hat. Kinkade wird die Sache wenigstens ausprobieren wollen. Nur der guten alten Wissenschaft zuliebe sollten wir durchhalten, was meinst du, Herzchen?«

Na schön, alles für die Wissenschaft – und diesen frechen kleinen, Calvin-Klein-gewandeten Arsch, dachte Shelly lüstern auf dem Flug von Edinburgh nach London. Der Gedanke daran, wie Kit Kinkades Mund sie am Boden der Spiegelglas-Stretchlimo bearbeitet hatte, hatte die ganze Nacht ihr Unterbewusstsein beschäftigt. »Stairway to Heaven« hatte es aus den Boxen im Wagen geklungen. Aber sie hatte sich gar nicht mit den Stufen abgemüht – sie war auf der verdammten *Rolltreppe* gefahren!

So kam es, dass Shelly sich nicht gleich wieder in ihre Wohnung nach Hammersmith verdrückte, sobald sie in Heathrow gelandet waren. Sie schlüpfte jedoch in die Damentoilette, um ihr Make-up zu entfernen, ihr gegeltes Haar zu verwuscheln und ihr sexy »Hochzeitsreise-Outfit« durch zollfreie Jeans, T-Shirt und Turnschuhe zu ersetzen, bevor sie verspätet zum Check-in-Schalter von Air Mauritius sprintete.

Obwohl sie ein gutes Tempo vorgab, hatte Shelly nur geringfügig weniger Angst, das Flugzeug zu verpassen, als es zu erwischen. Es war nicht zu leugnen, dass Shelly keine besonders gute Flugreisende war. Zwar waren ihr die Statistiken bekannt – dass Fliegen die sicherste Form des Reisens ist, dass die Wahrscheinlichkeit größer war, auf ihrem Nachhauseweg von der Lotto-Annahmestelle, wo sie gerade in einer Gemeinschaftswette für sich und ihren besten Freund *Brad Pitt* den Millionengewinn getippt hatte, vom Blitz erschlagen zu werden, als bei einem Flugzeugabsturz ums Leben zu kommen. Aber die Erkenntnis half ihr nicht weiter. Als sie das Flugzeug bestieg, wurde sie direkt in die Economy-Class geschleust (da keine Presse anwesend war, machten die Veranstalter von *Verzweifelt und Vereinsamt* offenbar vor gar nichts halt – im wahrsten Sinne des Wortes). Ihr Sitz befand sich in der Reihe gegenüber dem Toilettentrakt. Shelly war klar, wenn sie nicht von einer Bombe getroffen würde, dann würden ihr die Bakterien den Garaus machen. Sich eine Toilette mit zwanzig verschiedenen Nationalitäten teilen zu müssen, deren Einstellung zur Körperpflege variierten und mitunter sehr eigenwillig war, das war nicht gerade ihr Ding.

Ebenso wenig wie der Hintern des Mannes, der soeben seine massige Leibesfülle in den Nachbarsitz fallen ließ. Stellen Sie sich Elvis vor, den späten Elvis. Das Fleisch des Mannes breitete sich vorübergehend über beide Armlehnen, bevor es sich mit einem traurigen »Fffft« lavamäßig in die Lederpolster ergoss. Nichts ist so gut wie die warme Cellulite eines Fremden, die sich gegen den eigenen Schenkel drückt, um einen für den Start vollkommen zu entspannen, sinnierte Shelly. Ein kurzer Seitenblick offenbarte einen Mann, der an die Illustration aus einer dieser Sexhandbücher der Sechzigerjahre erinnerte: viel Bart, schütteres Haar und etwas Grundschullehrerhaftes. Shelly konnte sich lebhaft vorstellen, dass er sein Bier selber braute und schräge Sachen mit behaarten Frauen auf Juteteppichen trieb.

»Na?« – der Fettkloß schlug Shelly auf den Schenkel – »Wie ist's denn so, verheiratet zu sein? Für mich gilt eher, beim Fliegen sollst du schweben oder vögeln, gemietet wird hinterher. Aber nie gekauft. Das ist meine einzige Lebensphilosophie«, sagte der Gewinner des Wettbewerbs »Mister Macho-T-Shirt«.

(Auf seiner Brust stand: »Ich bin eine Lesbe, die im Körper dieses dicken fetten hässlichen Arschlochs gefangen gehalten wird.«) Der Cro-Magnon-Mann stellte sich daraufhin als Tony Tucker vor, Australier und Kameramann bei ihrem Dreh.

»Ähm … sehr erfreut.« Aber Shelly hatte vorschnell gesprochen, denn genau in diesem Augenblick schälte er sich eine Socke vom Fuß, sodass das ganze Flugzeug jene pilzartige Feuchtigkeit eines Kühlschranks annahm, den man versehentlich während einer langen Urlaubsreise abgestellt hat. Man konnte zu Recht behaupten, dass Tony Tucker ein Mann mit alternativem Körpergeruch war. Die Beulenpest würde vermutlich Antibiotika nehmen, bevor sie sich in den Organismus dieses Kerls hineinwagte. Zum Glück demonstrierte die Stewardess gerade, wo sich die Sauerstoffmasken befanden. Shelly versuchte, sich auf die Sicherheitsansage zu konzentrieren, wenn auch nur, um das Ächzen und Stöhnen des Kameramanns zu überhören, der gerade seine zweite stinkende Socke auszog. Sie stellte fest, dass sie den Anweisungen für einen Notfall nur so lange Glauben schenken konnte, bis die Stewardess auf die kleine Pfeife zeigte, die Shelly betätigen sollte, um auf sich aufmerksam zu machen, für den Fall, dass die Maschine in den Indischen Ozean stürzte. Aber war angesichts der Tatsache, dass sie jetzt nach drei Jahren der Keuschheit ohne Ehemann in die Flitterwochen fuhr, dafür aber ein Kamerateam im Schlepptau hatte, das ihre öffentliche Demütigung für die Nachwelt aufzeichnete, der Tod wirklich eine so schlechte Alternative?

Flitterwochen sollten von Rechts wegen eine Zeit orgiastischen Gefummels sein, eine Zeit der Seriennummern, Champagnerübersättigung und endloser oraler Lustbefriedigung … und das galt vorerst nur für den Flieger. Sie hatte erwartet, Mitglied im Mile High Club zu werden, sobald das »Sie können Ihr Höschen ablegen«-Schild aufleuchtete. Nun saß sie hier, festgeklemmt neben einem schmuddeligen Gammler mit grauer

Haut und ausgedünntem fettigem Haar, dessen Hand soeben »versehentlich« ihre Brustwarze gestreift hatte, als er sich sein Kissen zurechtlegte.

Shelly suchte gerade nach ihrem Fallschirm und der besagten Trillerpfeife, als Tony sie in die Rippen stach. »Hier kommt die Klette.« Er zeigte auf Gaby, die aus der Business-Class auf sie zusteuerte. »Ich nenn die Schlampe so, weil sie einem ständig im Nacken sitzt. Ihre Regie ist unter aller Sau. Sie sollte sich lieber an einen einsamen Ort begeben und dort ihre Gebärmutter besingen.«

»Hat dich mein Kameramann schon zur Verzweiflung gebracht? Nimm sein politisch inkorrektes Gehabe nicht ernst. Er macht lediglich eine Retrophase in Neandertaler-Verhalten durch und verbirgt sein Machotum hinter der hohlen Phrase des ›postironisch‹.«

»Tatsächlich?«, fragte Tony Tucker entgeistert.

»Ich hab ja um eine Kamerafrau gebeten, aber ...«

»Aber der Produzent fand wahrscheinlich, dass ein Männerhirn dem Dreh gut tun würde«, prahlte er.

»Stimmt«, entgegnete Gaby wutschnaubend. »Nur fehlt mir blöderweise der Penis, in dem ich es aufbewahren könnte. Wir haben ihm den Spitznamen Manko gegeben.«

»Warum?«, fragte Shelly.

»Weil er ein geistiges Defizit hat.«

»Allerdings, sehr richtig. Aber erst, seit ich für dich arbeiten muss.«

Gabys Blick blieb an der Einreiseerklärung haften, die Shelly gerade auf ihrem Klapptisch ausfüllte. Unter »Ehestand« hatte sie mit zittriger Hand »katastrophal« eingetragen.

Gaby seufzte, zutiefst irritiert. »Offensichtlich bin ich fürs Fernsehen nicht geschaffen. Mein alkoholisches Fassungsvermögen ist einfach nicht groß genug«, klagte sie erschöpft. »Hör mal, Mrs K., Kinkade versucht sich nur interessant zu machen.

Ihr beide werdet den schwindenden Glauben an die Liebe in der Öffentlichkeit wieder anfachen und sehr, sehr glücklich sein – und wenn ich euch dafür unter Drogen setzen, zusammenschlagen oder bestechen muss!« Sie tätschelte Shelly die Hand. »Jede dritte Ehe endet in der Scheidung. Nur arrangierte Ehen haben seit Jahrhunderten eine sensationelle Erfolgsquote. Ich werde dabei sein und alles für die Nation dokumentieren – und ganz nebenbei befördert werden. Alles klar?«, strahlte sie.

Während die obligatorischen Filme gezeigt und Mahlzeiten gebracht und abgeräumt wurden, spürte Shelly, wie sie wieder ein wenig in die Spur kam. Vielleicht hatte Gaby ja Recht. Es lag etwas seltsam Lebensbejahendes in der waghalsigen Hemmungslosigkeit einer stürmischen Romanze. Kit hatte ihr dermaßen spontan einen Heiratsantrag gemacht – was für eine hinreißend ritterliche Geste in einer Welt, die der Liebe nicht mehr über den Weg traute. Vielleicht war ja bloß diese scheußliche Reise an ihrer Niedergeschlagenheit schuld.

Hinterher fiel ihr schwer, genau zu sagen, was an dem Flug das Schlimmste gewesen war. Waren es die Turbulenzen über Saudi-Arabien, die die Passagiere durcheinander geschüttelt hatten wie Würfel in einem Becher und die Shelly in dem verzweifelten Versuch, Sauerstoff in die Muskeln ihres wogenden Brustkorbs zu pumpen, hyperventilieren ließen? Oder war es Manko, der sich den Dreck unter seinen Fingernägeln mit der Gabel herausgepult hatte, bevor er damit zu essen begann? Oder doch eher, als der Klops von einem Kameramann das Ketchuptütchen mit den Zähnen aufriss, dessen Inhalt fast ausschließlich auf dem weißen T-Shirt landete, das Shelly in Heathrow erstanden hatte? Vielleicht war es ja auch die geistreiche Unterhaltung gewesen, in deren Verlauf er seinen Penis als »Kojak« bezeichnete, seine Vorhaut als »Kojacks Rollkragenpulli« und die weiblichen Genitalien als »Fransentörtchen«.

Was war mit der Tatsache, dass zwar Shelly auf dem Seewoosagur-Ragoolam-Flughafen auf Mauritius gelandet, umgestiegen und nach Réunion weitergeflogen war, ihr Koffer aber nicht? Wie es hieß, befand er sich im Moment in einer Warteschleife über der Bucht von Bengalen – weitergeleitet nach Rangun statt nach Réunion, was bedeutete, dass sie ihrem Angetrauten an jedem Tag ihrer Flitterwochen in einem entzückenden T-Shirt mit Ketchupflecken entgegentreten würde. Oder vielleicht war es ja doch die endlich erfolgte Ankunft auf Réunion gewesen, wo eine argusäugige Zollbeamtin in sämtlichen Körperöffnungen Shellys nach Substanzen suchte, die unter französischem Recht verboten waren, zum Beispiel Manieren, Toleranz, Mitleid …

»Oh!«, sagte Shelly sarkastisch zu der dickbusigen Zollbeamtin, nachdem diese ihre Leibesvisitation beendet hatte. »Das war fantastisch! Und jetzt ich bei Ihnen!«

Die Flughafenangestellte gab vor, nicht zu verstehen, und machte sich stattdessen daran, die soeben Eingetroffene eines Kreuzverhörs über den Zweck ihres Aufenthalts in der französischen Kolonie zu unterziehen. Wie konnte sie auf ihren Flitterwochen hier sein – ohne Ehemann und ohne Gepäck?

Sicherlich verfolgte sie noch weitere Interessen auf der Insel – geschäftliche, politische? Sei sie beispielsweise je Mitglied der Partie Communiste gewesen? Habe sie eine ablehnende Haltung gegenüber dem französischen Kolonialsystem?

Shelly war versucht zu sagen, dass sie sich als Engländerin nicht für Franzosen interessiere … höchstens um zu sehen, wie eine Zwangsernährung mit Hamburgern und Pommes von McDonald's ihre legendäre Leichtigkeit in einem Treibsandszenario beeinträchtigen würde. Sie entschloss sich jedoch, die Wahrheit zu sagen – dass ihr Gatte zwar atemberaubend schön, verwegen, draufgängerisch und sexuell dynamisch war, aber gleichzeitig auch eine feige Memme, was sie ihm auch mitzuteilen gedenke, sobald sie das Grande Bay Hotel betrat. Ach ja, zu Recht hatte ihre Mutter sie vor Männern gewarnt.

Die Zollbeamtin ließ es sich nicht nehmen, ihre Hotelreservierung zu überprüfen, und Shelly musste bis dahin im Verhörraum sitzen, der nach Urin, Kerosin und Männerschweiß stank. Während sie wartete, wanderten ihre Gedanken zu ihrer Mutter. Schuldgefühle gegenüber ihrer Mama lasteten schwer auf ihr. Ihre Mutter war bis zum Schluss eine schöne Frau gewesen, sogar dann noch, als sie von den Steroiden und der Chemo ganz aufgedunsen war. Nein, ihr Gesicht war nicht in sich zusammengesackt, nur ihre Hoffnungen waren zerstört. Könnte man doch nur eine plastische Chirurgie für die Liebe erfinden, kein Facelifting, sondern ein Laune-Lifting. Eine Spritze, mit der man Gefühle auf Dauer einfrieren könnte, dann wäre ihr Papa nicht mit *Godspell* auf Tournee gegangen, die sich von drei auf sechs Monate und dann auf ein Jahr ausdehnte, bis ihr klar wurde, dass er nicht mehr wiederkommen würde. Ihre Mutter war fortan gezwungen, ein improvisiertes Leben zu führen – ab und zu eine Aufnahmesession zu machen, gelegentlich Geigenstunden zu geben, obwohl die merkwürdigerweise in einer Sozialbausiedlung in Cardiff nicht sonderlich begehrt waren und es dafür jede Menge Putzjobs für vier Pfund die Stunde gab. Sie hatte Shelly bis zur achten Klasse Geigenunterricht erteilt – nur damit sich dann die Gene ihres Vaters zur Stelle meldeten, was so vorhersehbar gewesen war wie die banalen Klischees seiner Popsongs. Als Shelly die Geige gegen die Gitarre eintauschte, fühlte ihre Mutter sich betrogen. Allerdings nur so lange, bis ihre musikalische Tochter ein herausragendes Können an den Tag legte und sich versiert durch das klassische Repertoire spielte.

Aber was würde sie heute von ihrer Tochter halten, die sich ihren Lebensunterhalt mit Riffs und Gejaule auf der E-Gitarre verdiente?

Schlimmer noch, stellte Shelly plötzlich schlagartig und entsetzt fest, während sie ihre Kleidung in Ordnung brachte, sie hatte versehentlich einen unverschämten, anmaßenden und dummdreisten Klon ihres zügellosen Vaters geheiratet. Als sie sich die Turnschuhe zuband, übermannte sie ein niederschmetterndes Versagen und die Enttäuschung umhüllte sie wie ein Mantel – nicht gerade ein tolles Tropenoutfit, seufzte sie im Stillen.

Ein Stöhnen im angrenzenden Verhörraum unterbrach ihre deprimierten Gedanken. Shelly lugte durch das Metallgitter, das die einzelnen Kabinen voneinander trennte. Die Nachbarzelle war von einer trüben Glühbirne beleuchtet, unter der ein französischer Polizeihauptmann und zwei Beamte mit Sonnenbrillen einen etwa fünfundzwanzigjährigen kreolischen Mann verhörten. Sie sah zu, wie der Hauptmann kurz nickte, was den einen Polizisten veranlasste, den Gefangenen so stark in den Magen zu boxen, dass er auf dem Boden zusammenbrach. Der Captain nickte abermals, woraufhin der andere Cop den Verdächtigen diesmal in die Nieren trat. Das Ganze wirkte gut choreografiert und ging rasend schnell. Der Mann wand sich wie ein tropischer Fisch, der aus dem Becken gehopst war.

Shellys einzige Begegnung mit Männern in Polizeiuniform war ein Stripper gewesen, den man ihr einmal zum Geburtstag ins Lehrerzimmer bestellt hatte. Was sollte sie tun? Diesen Wachtmeistern einen Zwanzigpfundschein ins Gummiband ihrer Unterhosen zu stecken schien ihr irgendwie nicht ganz das Richtige zu sein. Vielleicht wenn sie versuchte, einfach dazustehen und britisch auszusehen, würde das die Typen von ihrem Vorhaben ablenken, aus den Genitalien des armen Kerls *pâté de foie gras* machen zu wollen? Was würde ein *Mann* tun?, fragte sie sich. Da sie inzwischen begonnen hatte, wie einer zu denken, könnte sie ja auch anfangen, wie einer zu *handeln*.

»He!«, rief Shelly durch das engmaschige Gitter. Die drei wirbelten herum und starrten sie an. Aber obwohl Shelly gern die heldenhafte Entrüstung eines aufrechten Bürgers ausgestrahlt hätte, war ein Abschluss in klassischer Musik seltsamerweise wohl doch nicht ganz die geeignete Vorbereitung auf einen Nahkampf mit bewaffneten Gendarmen. Ein Fausthieb in den Magen würde zwar nicht gleich den Weltuntergang bedeuten, könnte allerdings den Flitterwochen einer jungen Frau ganz bestimmt einen Dämpfer versetzen.

Während sich die drei schlagstockschwingenden Polizisten wie ein Mann dem Gitter näherten, stürzte Shelly zur Tür hinaus und landete direkt in den Armen ihrer Vernehmungsbeamtin. Aber gerade als ihr der Verdacht kam, man habe ihre Reise über den Veranstalter »Abgründe der Dritten Welt« gebucht, lotste sie die Beamtin wieder durch den Zoll und hinaus in den Mief befreundeter Nationen: der Rucksacktouris, Globetrotter im Gucci-Ensemble, geschäftigen Geschäftsleute und überdrüssigen Mütter, die die Mäuler maulender Babys mit Fläschchen stopften. Wenig später sah sie voller Angst, wie der Polizeihauptmann auf sie zuschritt. Er benötigte keine Dienstabzeichen, um seinen Rang zu verkünden: Die Sicherheit offizieller Protektion und Privilegien lag in seinem Gang. Shelly war entgeistert, als er ihr im Vorbeigehen ein Colgate-Lächeln voller beunruhigender Liebenswürdigkeit schenkte. Dieses Gesicht würde sie bestimmt nie vergessen – es sah aus, als hätte es Feuer gefangen und sei dann mit dem Spaten gelöscht worden.

Nachdem sie die anderen wiedergefunden hatte, versuchte sie, ihnen von ihrer schrecklichen Erfahrung zu erzählen, aber sie waren vollauf damit beschäftigt, ihre bockigen Kofferkulis durch die Drehtüren zu bugsieren. Als sich alle auf dem Flughafenvorplatz an den Taxi-Schleppern vorbeidrängten, versuchte sie ein weiteres Mal von ihrem Abenteuer zu berichten, aber da machte ihnen die Hitze viel zu sehr zu schaffen, als dass sie Interesse aufbringen konnten. Die Glut war so überwältigend, dass einem die Selbstverbrennung wie eine echte Alternative vorkam. Die Hühner auf La Réunion können bestimmt nur hartgekochte Eier legen, mutmaßte Shelly, und die Kühe nur Kondensmilch geben. Nachdem sie sich die Hand am Türgriff des Taxis verbrüht hatte, zwängte sie sich verschwitzt zwischen Manko, Gaby und den dürren Tontechniker Michael Moore, scherzhaft »Silent Mike« genannt, weil er nie etwas sagte (»Er lebt in seiner eigenen kleinen Welt, aber es ist okay, sie kennen ihn da«, erklärte Gaby), sowie die gesamte Ausrüstung und machte sich auf den Weg des letzten Abschnitts ihrer Reise.

Ein weiterer Grund, warum Shelly es insgeheim nicht ganz so schlimm gefunden hatte, dass ihre Schüler sie als Heiratskandidatin aufgestellt hatten, war die Tatsache, dass möglicherweise außerhalb von Cardiff noch ein weiterer beliebter Ferienort existierte, der allgemein unter dem Begriff »Welt« firmierte. Und sie hatte Lust, ihn zu sehen. Obwohl sie sich dank ihrer Mutter und vier Jahren an der Musikakademie für kultiviert und belesen hielt, hatten Shellys Mitarbeit in Reih und Glied (»klein und müd«) diverser Orchester und nun ihr Vollzeitjob an der Schule, mit dem sie das Bafög-Darlehen abzahlte, sie komischerweise davon abgehalten, auf Weltreise zu gehen.

Aus der Lektüre zwischen den Zeilen ihres Lonely-Planet-Führers (von denen die Buchläden so voll waren, dass es schwer fiel zu glauben, es könne auf dem Planeten noch ein einziges einsames Plätzchen geben) war ihr klar geworden, dass die meisten Inseln im Indischen Ozean seit Jahrhunderten zwischen den Engländern und den Franzosen hin und her pendelten. Für die Briten war die geographische Balgerei jedes Mal beendet, sobald die Einheimischen ihre Insel behalten konnten und die Engländer sie dort besuchen durften, um ihre Jungfräulichkeit loszuwerden und sich Alkoholvergiftungen zu holen. Aber nachdem das Englische zur Sprache des alles beherrschenden Internets geworden war, hielten die Franzosen wie besessen an ihrer Vorstellung eines Großreichs fest und klammerten sich noch eiserner an ihre wenigen verbliebenen Besitztümer: Papeete, Neukaledonien, Martinique, Dominica, Mayotte, Französisch-Guayana, Guadeloupe, Saint Barts, Saint-Pierre und La Réunion.

Die Insel Réunion, zwischen Mauritius und Madagaskar vor der Küste Afrikas gelegen, ist eigentlich nichts weiter als die Spitze eines gigantischen, unter Wasser gelegenen Vulkans. Shelly konnte flüchtige Blicke auf die schreckenerregende Landschaft werfen, während das Taxi auf der Küstenstraße hin und her schaukelte – zwischen bedrohlichen Kluften und Schluchten, die von tosenden Wasserfällen und drei abweisenden Karen zerfurcht waren, zwischen breiten, natürlichen Amphitheatern, die sich gebildet hatten, als der Krater des Vulkans vor ewigen Zeiten implodiert war. Kleine Ortschaften klammerten sich an die Ränder der Insel und kauerten zu Füßen dieser vulkanischen Bergspitzen, als fürchteten sie, ins Meer zu rutschen.

Das Lenkrad des Taxis war so glühend heiß, dass der Fahrer es offenbar vorzog, es nur mit zwei Fingern zu bedienen. Als die Bremsen hilflos jammerten, während sie in einer Haarnadelkurve auf einen entgegenkommenden Polizeilastwagen zusausten, fand Shelly, dass nicht einmal Michael Palin dieser Reise eine heitere Note abgewinnen könnte. Selbst die abgebrühte Gaby wirkte beunruhigt.

»Scheiße! Herrscht hier eigentlich Links- oder Rechtsverkehr?«, kreischte sie und hielt sich die Augen zu, als ihnen im rasenden Tempo Citroëns und Peugeots entgegendonnerten.

»Es sind Franzosen«, sagte Shelly. »Sie fahren auf beiden Seiten.«

»Langsam, du Arschgesicht!«, brüllte Manko den Fahrer an. »Ich find das echt keine super Idee, im vierten den verdammten Berg runterzufahren!«

Aber der Gauloise rauchende Fahrer brummte nur etwas Unverständliches, was Shelly zu der Vermutung veranlasste, die Kolonialisten vor Ort – oder *»colons«*, wie der Reiseführer sie bezeichnet hatte – seien ebenso abweisend wie die Landschaft. Shelly wusste nicht allzu viel über die Franzosen, außer dass sie auf die stolze Tradition zurückblicken konnten, ausnahmslos jeden zu hassen. Sie wusste auch, dass man einen französischen Film an seinen endlosen Dialogen erkannte. Dialoge, die Shelly nie verstand, weil sie immer so »tief« waren. Waren sie nicht gerade existenzialistisch, dann waren sie elitär. Auf ihrer halsbrecherischen Fahrt war das Taxi an drei Schildern vorbeigekommen, auf denen die üblichen Warnbilder fehlten, dafür unverständliche Worte wie *interdit d'entree* und *fermé* und *sens interdit* darauf standen – Französisch für »können Engländer ohne Symbole nie übersetzen«, aber deutlich genug für Shelly, um zu folgern, dass es klug gewesen wäre, ihren Organspenderausweis auszufüllen.

Allmählich beschlich sie das Gefühl, dass sie diese Flitterwochen nur überleben würde, wenn sie sich für jede Schrecksekunde einzeln wappnete.

Aber nein, noch würde sie nicht die weiße Fahne schwenken. Es war falsch, die Kabbelei zwischen Männern und Frauen als »Kampf« der Geschlechter zu bezeichnen. Ein Kampf zieht sich über vier oder fünf Tage hin. Und die Geschlechter sind seit Anbeginn der Zeiten darin geübt – was die Sache zu einem ausgewachsenen Krieg macht. Sie hatte sich an ihren Teil der Abmachung gehalten, indem sie Kit ihr Vertrauen geschenkt hatte und den Bund der Ehe mit ihm eingegangen war. (Sie konnte ja nicht ahnen, dass *sie* dabei *auch* eingehen würde.) Nun war es für Dr. Kinkade an der Zeit, die Bedingungen seiner Kapitulation auszuhandeln.

Wie um die Entdeckung des dritten Ganges durch den Fahrer zu feiern, vollführten die Scheibenwischer einen halbherzigen Salut vor dem sintflutartigen tropischen Regen, der plötzlich auf den Wagen niederprasselte.

Als sie über die heimtückische Küstenstraße geschleudert wurden, die in die Flanken der schwindelerregenden Berge hineinschnitt, und als bei jeder Biege ein tödlicher Sturz ins Meer drohte, versuchte Shelly sich darauf zu konzentrieren, wie sehr sie sich auf ihren geheimnisumwobenen Gatten freute. Im Geiste erschienen ihr Kit Kinkades hohe, mit Sommersprossen gesprenkelte Wangenknochen, der volle, aufmüpfige Mund und die lachenden, übermütigen Augen: der Prototyp des barbarischen Brandschatzers, wenn man es recht bedachte. »Ach ja«, seufzte sie, als das Taxi wieder gefährlich nah an eine gähnende Felsschlucht heranschlingerte, eine völlig neue Welt tat sich vor ihr auf – wie eine Gruft.

Sex

Mann: Liebling, bin ich der erste Mann, mit dem du schläfst?

Frau: Natürlich. Ich versteh einfach nicht, warum ihr alle immer dieselbe blöde Frage stellt.

Regeln für den Kampfeinsatz

5 Die menschliche Rasse ist einfach zu irrational, um sich durch Dinge wie ungefähr zehn Jahrhunderte grauenhafter Erfahrungen von der Ehe abschrecken zu lassen. Weshalb Shelly, die jetzt ihrem Flitterwochen-Hotel zustrebte, plötzlich von einer hoffnungsvollen oder zumindest freudigen Erwartung erfasst wurde.

Die Londoner Polizei war gerade im Begriff gewesen, einen stadtweiten Keuschheitsalarm auszurufen: SHELAINE GREEN: *NICHT* GESUCHT, TOT ODER LEBENDIG. Aber Kit hatte sie gesucht, und gewollt. Wie zur Bestätigung durchzuckten immer noch genüssliche Nachbeben ihren Körper. Weshalb sie jetzt Kits Rat befolgte und sich dem Lustprinzip hingab. Wozu gegen die Männer meutern, wenn man es ihnen auch gleichtun konnte? Das war der Fehler ihrer Mutter gewesen. Männer wurden ständig dafür gelobt, wenn sie mit ihrer »femininen Seite« im Einklang standen. Na also, dann würde *sie* eben mit ihrer *männlichen* Seite harmonieren! Man male sich die Vorzüge aus! Endlich würde man ihr in der Autowerkstatt die Wahrheit sagen! Sie würde in der Lage sein, Marmeladengläser selbst zu öffnen! Ein Leben lang mit vier Paar Schuhen auskommen! Und die ganze Welt würde zu ihrem Urinal! Von der Notwendigkeit befreit, einen Mann dazu zu bringen, sich in sie zu verlieben, stand es ihr nun frei, sich auf den Sex zu konzentrieren, ohne dass ihr dabei irgendwelche lästigen Gefühle in die Quere kamen. Es gab doch nichts Besseres als ein kleines Gleichberechtigungsszenario, um eine Frau in bessere Laune zu versetzen!

Das Taxi donnerte schließlich auf einer unbefestigten Straße zum bunt schillernden Ozean hinunter und kam ruckartig und mit quietschenden Reifen vor dem Grande Bay Hotel zum Stehen. Die Landzunge erstreckte sich wie ein gekrümmter Arm ins Meer, wobei sich das Hotel in der Bucht in die Armbeuge schmiegte. Die Luxusanlage lag in einem großen Areal eines auf Billardtischniveau geschnittenen Rasens, in dem schwarze Gärtner bienenfleißig herumwuselten. Ein kreolischer Portier – der unpassenderweise mit einem türkisfarbenen Turban, gelben Pantalons und weißen Handschuhen wie ein indischer Prinz gekleidet war – öffnete sanft die Wagentür, um sie in Empfang zu nehmen.

Auf dem T-Shirt, das Shelly in Heathrow gekauft hatte, stand: »Wenn niemand dieses T-Shirt anschaut, existiert es dann?« – nur um ihren schnöseligen französischen Gastgebern zu zeigen, was eine Harke war –, aber die Hitzewand, gegen die sie stieß, als sie aus dem klimatisierten Auto stieg, hatte so gar keinen unterkühlten Existenzialismus an sich. Es war dermaßen heiß, dass die Bäume verzweifelt nach Hunden pfiffen. Die Luft war der reinste Küchenschwamm.

Apropos aufgebläht und saugfähig: Manko folgte ihr keuchend aus dem Taxi. »Verdammte Scheiße. Meine Kehle ist trockener als ein Fick ohne Vorspiel«, sagte er in seiner typisch eloquenten Art. »Ja, hallo!« Plötzlich wurde der Widerling munter und hatte nur noch Augen für die Phalanx von Frauen im Bikini, die auf dem bitterschokoladenfarbenen Streifen vulkanischen Sandes vor ihnen lagen und eine heroische Hingabe an den Tag legten, den perfekten Honigteint zu erzielen. »Das ist ja Muschiland! Große Schaumlippen! Willkommen« – hier breitete er die Arme aus – »in Schenkelstadt!«

»Was soll ich sagen?« Gaby verzog schmerzlich das Gesicht. »Der Mann ist die Krönung der menschlichen Rasse.«

Shelly blickte sich vorsichtig um und sofort verließ sie wieder der Mut. Eine Pagode, welche die Bar, das Restaurant und den

Tanzboden beherbergte, gähnte zur Linken. Dahinter erstreckte sich ein Pool, der von Weinlaub-berankten Umkleidekabinen gesäumt war. Zu ihrer Rechten, vor einem türkisfarbenen Meer, baumelten müßige Hängematten zwischen Palmen.

Erwartungsvoll musterte sie die Lobby, da sie ziemlich sicher war, dass ihr Gatte sie dort mit einer bühnenreifen Willkommensgeste begrüßen würde, samt einer in Geschenkpapier verpackten Entschuldigung für seine vorzeitige Abreise aus England. Stattdessen wurde sie vom Animateur des Hotels in Empfang genommen, einer Art anspruchsvollem *gentil organisateur*. Denn es gehört schon eine Menge Persönlichkeit und Chuzpe dazu, Animateur zu sein, und Dominic war darin überqualifiziert, vorsichtig ausgedrückt.

»*Bonjour!!!!!!!!!!*« Sein Lächeln war so gnadenlos wie die tropische Sonne über ihnen. Dominic war zweifellos einem Katalog für Bademode entsprungen: Er trug leuchtend orangefarbene Speedos, die so eng waren, dass seine Genitalien nur noch mithilfe eines Schweißgeräts hätten entfernt werden können. Ein Nabelpiercing glitzerte in seiner bronzenen Bauchpartie. Der Mann war so gebräunt, dass Shelly ihn im Geiste auf den Namen »Rôtisserie« taufte. Nachdem er sie alle begeistert abgeküsst hatte, auch den zu Tode erschrockenen Macho von einem australischen Kameramann, machte sich Dominic daran, Begrüßungsdrinks zu organisieren – sowie aus dem feierlichen Anlass eine Flasche Champagner für die »glückliche Braut«, was ihm erlaubte, Shelly erneut auf die Wange zu küssen. Während er mit den älteren weiblichen Hotelgästen flirtete, die ihn voller Anbetung umkreisten wie Satelliten, sank Shelly erschöpft in einen Rattansessel. Dort saß nun die linkische Gitarrenlehrerin und wartete eingeschüchtert auf ihren Zimmerschlüssel, und sie fragte sich schon wehmütig, ob sie vielleicht von der Modepolizei verhaftet worden war – »Bedauerlicherweise sind Sie einfach nicht *chic* genug, um sich unter Franzosen zu begeben« –, bis sie einen berühmten, aber auf dem absteigenden Ast befindlichen Rockstar erblickte, der an der Rezeption vorbeiging. Es war eine Spezies, mit der sie bestens vertraut war – sie wirkten genervt, wenn man sie erkannte, und am Rande des Selbstmords, wenn nicht.

»Ich habe gehört, dass sie hier Material für ein Akustikalbum zusammenstellen«, teilte ihr Gaby mit, der bei der Vorstellung von möglichen Billig-Filmmetern von Promis in Badehosen der Geifer zu laufen begann.

Shelly lachte höhnisch in sich hinein. Jeder Musiker wusste, dass »Material für ein Akustikalbum zusammenstellen« lediglich ein Euphemismus für »passé und abgehalftert« war.

Diese lächerlichen Shortsträger repräsentierten nicht Glamour, sondern Gosse. Offenbar stellte das Grande Bay Hotel seinen Strand auch den Gestrandeten zur Verfügung. Bei näherem Hinschauen hatte man das Gefühl, dass die werbewirksame Gästeliste der Reichen und Schönen in Wirklichkeit nichts weiter zu bieten hatte als die übliche Ansammlung von Sex-Exilanten (ansonsten als Hollywood-Filmproduzenten bekannt), Partner von Marketingagenturen (»Wirb oder stirb«), Exdiktatoren, Seifenoper- und Pornosternchen und jene Sorte zwielichtiger Geschäftsleute, die eine tödliche Krankheit vortäuschen, um sich einer Anklage wegen Korruption zu entziehen, und die man dann ein paar Monate später auf aufblasbaren Bananen am seichten Ende des Swimmingpools in einem Urlaubshotel paddeln sehen konnte, wo sie ihre wundersame Genesung feierten. Shelly seuzfte erleichtert – also würde sie sich doch keine Listeriose holen.

Ungeduldig, Kit zu finden, schwatzte sie dem Hotelportier ihren Zimmerschlüssel ab, warf sich ihren kleinen schwarzen Rucksack über die Schulter und wagte sich in die Sonne hinaus. In der unmittelbaren Umgebung des Pools erwartete sie weiterer Euro-Trash. Als sie an der Bar vorbeiging, wurde sie von der Sorte von Frauen nass gespritzt, die den Rest ihres Lebens der Aufgabe widmeten, ihre Männer wissen zu lassen, dass sie mal mit Mick Jagger geschlafen hatten. Auf dem Sand davor ließen sich deren jüngere Prototypen grillen, jene Beach Babys, die sich im Bett reicher Perverslinge gegenseitig den Kaviar vom Hintern schlecken. Alle waren oben ohne, von den Teenagern bis zu den Großmüttern. Shelly fiel ein, dass sie sich besser beeilen und ihren Liebesgott finden sollte, bevor ihn ihr eine alternde Erbin mit eigenem Hubschrauberlandeplatz wegschnappte.

Gaby piekste sie in den Rücken. »Behandle Kit schön cool, okay? Sei ein bisschen französisch. Zurückhaltend und nonchalant. Männer finden das total geil!«

Shelly nickte nachdenklich angesichts dieses weisen Ratschlags, als sie ihren muskulösen Adonis in winzigen schwarzen Speedos hingegossen auf einem Liegestuhl erspähte. Erneut staunte sie über seinen gemeißelten Waschbrettbauch und die Schultern, die so breit waren, dass sie in der Lage sein würde, ihre gesamte Ferienlektüre bei ihm unterzubringen: von Jane Austen bis Emile Zola.

Shelly ignorierte Gabys Flehrufe (»Warte doch! Die Kamera ist noch nicht so weit!«) und hastete gazellengleich und mit einem Strahlen, das so breit war wie die Schulterblätter ihres Mannes, an seine Seite.

»Hallo! Ich bin neu hier in der Gegend. Kannst du mir den Weg zu deinem Hotelzimmer weisen?«

Kit peilte über den Rand seiner Geheimagentensonnenbrille seine Braut an – ohne die leiseste Ahnung zu haben, wer sie war.

»Ich bin's«, sagte Shelly, am Boden zerstört. »Deine Frau, weißt du noch?«

Kit brauchte immer noch einen kleinen Moment, um sie einzuordnen.

»Im Ernst, wo ist unser Zimmer?«, bettelte Shelly nun schon etwas schroffer und wedelte mit dem Zimmerschlüssel. »Ich brauche dringend eine Dusche.«

»Ach, hat man dir das am Empfang nicht gesagt?«, gähnte er. »Ich hab uns getrennte Zimmer besorgt. Ich meine, es ist ja nicht so, als würden wir uns besonders gut kennen.«

»Ja, es ist ja nicht so, als wären wir *verheiratet* oder so was«, äffte Shelly ihn nach. »Wirklich, das nenn ich eine ziemlich reife Leistung, Mister Kinkade, Bindungsangst *in der Ehe* an den Tag zu legen.«

»Mensch, Shell«, sagte er gedehnt, »Ich kann mir nicht mal zwei Nächte hintereinander in Gedanken an dieselbe Fantasiefrau einen runterholen, für den Fall, dass sie zu anhänglich wird.«

Shelly hatte noch nie einen Mann kennen gelernt, der ihr im Gespräch so regelmäßig eins auswischte wie dieser hier. »Ähm … Aber ich dachte, du bist ein Romantiker. Wenn du nicht an Bindung glaubst, wieso hast du dann vor Millionen von Zuschauern geheiratet?«, wollte sie von ihm wissen. »Bitte nicht *nur* wegen des Geldes.«

Kit lächelte leicht und unergründlich und zuckte mit den Schultern. »Vielleicht hat mir noch ein Fondueset gefehlt«, schlug er vor – wobei seine Unaufrichtigkeit an den Grübchen erkennbar war, die sich auf beiden Seiten seines aufgesetzten Lächelns bildeten.

»Außerdem«, fügte er vorsichtig hinzu, als stünde er vor Gericht, »habe ich alles andere schon gemacht. Außer Analsex. Und darauf bin ich nicht besonders scharf.«

Was zum Teufel hat dieser Mann zu verbergen?, grübelte Shelly. Besser gesagt: Wer war er eigentlich? Dieser Mann – merken Sie mich für eine Lobotomie vor, Herrgott noch mal –, den sie gerade *geheiratet* hatte? Wenn er doch bloß nicht wie der Titelheld auf dem Cover eines Liebesromans aussehen würde. Wenn er sich doch bloß nicht gerade vorgebeugt und ihre Knöchel umfasst hätte, genau da, wo eine Fußfessel hingehörte.

Sie stieß ihn weg und dachte dabei, wie schön es wäre, wenn sie ihn sich reinziehen könnte. Aber das stand ja wohl kaum auf dem erotischen Programm, nicht wenn er sich solche Mühe gegeben hatte, dass sie getrennte Zimmer bekamen. Warum um alles in der Welt hatte er das getan?

Die mögliche Antwort auf Shellys Frage regte sich zu ihren Füßen. Zum ersten Mal bemerkte Shelly die elegante, korkenzieherbelockte Kreatur in einem limoneneisfarbenen Bikini, die sich auf der anderen Seite von Kits Liegestuhl auf einem rosa Frotteehandtuch zusammengerollt hatte. Mit ihren Lippen, die wie Kissen aussahen, Lippen, die Männer nur so aufforderten, sich auf ihnen auszuruhen, zog sie Kit eine Schnute. Sie hielt ein geöffnetes Fläschchen Sonnenöl in der Hand. Und Kits Bauch und Brust sahen frisch eingerieben aus …

Shelly verknittertes T-Shirt klebte ihr in der Schwüle am Busen – oder war es nur ein schweißnasser Peinlichkeitsausbruch? »Na«, sagte sie schneidend, »lange hast du ja nicht gebraucht, um neue Bekannte zu finden.« Sie versuchte zu lächeln, brachte aber nur eine verzerrte Höflichkeitsgrimasse zustande.

»Oh, Shelly, das ist Coco. Coco – Shelly. Coco ist Sängerin in der Hotelband. Die sind echt scharf«, begeisterte sich Kit.

»Ja. Davon bin ich überzeugt. Die neuen *Beatles*«, antwortete Shelly und fügte leise hinzu, »… nur mit fünf Ringos.«

Shelly war sich sicher, dass Coco die Art von Frau war, die sich alle Schamhaare mit Wachs entfernte. Wir sprechen hier über Farrah Fawcett – rasiert.

»*Salut.*« Die Sängerin warf Kit einen lüsternen Blick zu, bevor sie sich graziös aufrappelte. Cocos Mund war eine einzige klebrig-rote Herausforderung aus Lippenstift. Sie presste ihr aggressiv lackiertes Schnütchen auf Kits Wange, bevor sie mit ihrer glänzenden schwarzen Mähne und ihrem zweifellos gemähten Schamhaarpelz lasziv zur Bandprobe von dannen wippte. Coco verfügte über eine Perfektion, die männliche Zuschauer veranlasste, neue Adjektive zu erfinden. Die Männer am Pool, die an solche Superlative nicht gewöhnt waren, mussten den Kopf in den Nacken legen, damit ihnen beim Anblick der geschmeidigen Göttin nicht die Augäpfel herausfielen.

Shelly wurde flau im Magen. Was zum Teufel machte Kit hier mit diesem männermordenden Vamp? Oberflächlich gesehen mochte er ja ganz die Sorte Kerl sein, der stets einen zerfledderten Lyrikband in der Gesäßtasche seiner Knopfleistenjeans bei sich führte, aber psychologisch betrachtet war er ganz von der Paisley-Krawatten- und Seidener-Hausmantel-Fraktion. Mein Gott! Der Mann war eine einzige Hommage an Hugh Hefner. Oh, wie ernsthaft doch die Wollust das Hirn einer Frau vernebeln konnte. Es war an der Zeit, aufzuhören, wie ein Mann zu denken, und anzufangen, wie eine Frau zu denken, und das bedeutete, dass sie das erste Flugzeug zurück nach Heathrow nehmen und sich das nächstbeste Häagen-Dazs reinziehen musste, das ihr in die Hände fiel.

Aber als sie zusah, wie Kit sich lässig auf den Bauch drehte und seine Stirn auf einen goldenen Unterarm legte, spürte sie, wie eine subversive kleine Anwallung von Begehren in ihr aufstieg. Als Shelly diesen straffen, braunen Arsch in diesem knappen Badehöschen erblickte – wir reden hier von einem pneumatischen Po, der mehr für die weibliche Masturbation getan hatte als Dr Ruth Westheimer –, stieß sie einen Laut aus wie jemand, der an seinem Fuß kaute.

»Schön, was?«, nuschelte Kit.

Und wie, dachte Shelly. »Na ja«, sagte sie mit aufgesetzter Nonchalance, »in der Badehose kriegst du wenigstens *überall* Melanome.«

»Die *Insel*«, stellte er richtig. »Die Insel ist schön, Dummchen.«

»Ja, weshalb du es auch gar nicht abwarten konntest, herzukommen«, versuchte sie ihn aus der Reserve zu locken.

»Oh nein, fang bitte nicht schon wieder an, dich wie eine Ehefrau aufzuführen. Nörgel, nörgel, nörgel. Verdammt«, beklagte er sich. »Wen hab ich da bloß geheiratet? *Virginia Woolf?*«

»Genau. Hast du Angst?«

Schallendes, vergnügtes Gelächter kam über die Lippen des Autodidakten, und Shelly entspannte sich ein bisschen, als sie zusah, wie er sich streckte und sich dabei seine Arm- und Rückenmuskeln auseinander fächerten. Besser gesagt, bis ihr klar wurde, dass jede andere Frau auf der Insel – oder seien wir ehrlich: im ganzen Indischen Ozean – nicht nur sehnsüchtig in Kits Richtung starrte, sondern auch bereit war, sofort und auf der Stelle ihren Partner zu verlassen und ein Kind von ihm zu kriegen. Sie sahen gebannt zu, wie er seine gemeißelten Leisten mit Sonnenöl einrieb, Lustschutzfaktor zwanzig.

Während Kit seine getönten Gläser mit dem Handtuch reinigte, blinzelte er zu Shelly hinauf. Erst da fielen ihr seine Wimpern auf. Sie waren lang genug, um Seemannsknoten knüpfen zu können. Sie seufzte. Vielleicht konnte sie ihn damit am Bett festbinden? Ja, aber an welchem? Dank seiner teilten sie sich ja keins. Wie konnte er nur gleichzeitig so anziehend und so ausweichend sein?

»Kit, die Sache mit den getrennten Zimmern: Ich versteh das nicht. Ich meine, was war dann gestern in der Limousine?«, beharrte Shelly. »Was war mit ›Liebe auf den ersten Blick‹? Was war mit der arrangierten Ehe als einer angeblich altbewährten Tradition?« Ihre Stimme klang fiepsig. »Was war mit ›Wer rastet, rostet‹?«

»Moment.« Er stütze sich auf den Ellbogen. »Lass mal sehen, ob ich das richtig verstanden habe. Als du ›Ja‹ gesagt hast, da ging's dir gar nicht ums Geld? Sondern da hast du nur mit deiner Muschi gedacht?«, fragte er amüsiert.

»Na ja, zum Teil.« Sie versuchte, ruhig zu sprechen, aber vom Jetlag klang ihre Stimme allmählich gereizt. »Darum heiraten doch wohl *Männer*, nicht wahr, wegen der Sexgarantie. Ich meine, ist das etwa für einen Kerl nicht ganz normales Procedere? Du hast mir selber erzählt, dass die Lust fester Bestandteil des Y-Chromosoms ist. Warum ist Lust bei einer Frau eigentlich so was Schockierendes?«

»Also, nur um zusammenzufassen.« Kit schob seine Sonnenbrille ein Stück hinunter, um Shelly eingehender mustern zu können. »Du hast bloß geheiratet, weil du nicht hin und wieder zwanglos Sex haben kannst?«

Shelly hatte den Eindruck, als würden sich in diesem Moment alle Köpfe am Swimmingpool zu ihnen umdrehen. Man hätte einen Unterkiefer fallen hören können. Plötzlich wurde sie so wütend, dass sie förmlich Funken sprühte. »Natürlich nicht! Ich mag keinen zwanglosen Sex! Ich mag ihn so formell wie möglich. Mit Bluttests, Lebensläufen, dem ganzen Drum und Dran. Und vor allem mit *dir* … Ich würde ja nicht mal *hier* sein, wenn da nicht die Tatsache wäre, dass wir zusammenpassen. Und von einem Computer füreinander bestimmt wurden. Ausgewählt unter zigtausenden von Mitbewerbern. Man hat unsere Daten analysiert und wir haben uns als perfektes Paar entpuppt! Objektive Urteilskräfte, die denen des menschlichen Hirns haushoch überlegen sind, sind zu dem Schluss gekommen, dass wir wie für einander geschaffen sind. Bedeutet dir das denn nichts?«

»Ich brauche keinen Computer, um über dich Bescheid zu wissen.« Kit lachte. »Du bist durchsichtig, Shelly Green.«

»Bin ich nicht!«

Er setzte seine Sonnenbrille ab und betrachtete sie kühl und abschätzend. »Du ordnest deine CD-Sammlung nach Genres.« Shelly hob fasziniert, aber auch leicht verlegen eine Augenbraue. Er durchleuchtete sie mit der Treffsicherheit eines Ultraschalls.

»Du hast Motivationskassetten in deinem Walkman. ›Kickstart für mein Karma!‹«

»Ich habe keine Motivationskassetten!« Obwohl, wenn man's recht bedachte, es gab da schon ein paar Selbsthilfebücher, die im Bücherregal unter den Staubbergen kaum noch auszumachen waren. Wenn man bedachte, wie wenig das gebracht hatte, könnte man sie eigentlich als »Selbstschädigungsbücher« neu auflegen. »Lüg dich nicht in die Tasche! Kein Mann ist in der Lage, auch nur das Geringste von Frauen zu verstehen.« Sie versuchte, nicht daran zu denken, wie ihr sein heißer Mund noch vor zwei Tagen zugesetzt hatte. »Wir sind verschieden gepolt. Während eine Frau über die existenziellen Fragen des Lebens nachdenkt – Bin ich glücklich? Funktioniert meine Ehe? Bin ich eine gute Mutter? –, denkt der Mann: Habe ich noch Zeit zum Vögeln und den Vergaser einzustellen, bevor das Spiel angepfiffen wird?« Sie entdeckte einen Schweißtropfen, der sich auf seiner Oberlippe gebildet hatte, und eine irrationale Lust ließ ihren Puls schneller schlagen.

»Über die existenziellen Fragen des Lebens nachdenken – dass ich nicht lache!«, höhnte Kit und packte sie am Handgelenk, genau an der Stelle, wo die Handschellen hinkamen. »Ihr Bräute denkt doch nur darüber nach, warum euer Idiot von einem Freund die Klorolle wieder falsch rum eingelegt hat und das perforierte Ende nach außen statt nach innen zeigt.«

»Ha! Da sieht man mal wieder, wie wenig Ahnung du hast! Männer legen nie die Klorolle ein! Die Vorstellung eines Mannes vom Einlegen einer Klorolle besteht darin, sie auf den Spülkasten zu stellen!«, schrie sie zurück.

So viel zur niedlichen kleinen Ansage auf ihrem gemeinsamen Anrufbeantworter. Nach einer Stunde Flitterwochen auf ihrer tropischen Insel konnten sich die Liegestuhl-Feindseligkeiten der beiden bereits mit denen zweier Balkanrepubliken messen. Da sämtliche Augen immer noch auf sie gerichtet waren, zog Shelly Kit von seiner Sonnenliege hoch und schleppte ihn am Pool vorbei zum nächstbesten einsamen Gebäude – einer Bruchbude mit dem großspurigen Namen Le Centre de Plonge, bei der es sich, wie sie aufgrund der Armee schwarzer Neoprenanzüge folgerte, die vor der Hütte hingen und mit flatternden Ärmeln im Wind salutierten, um den Treffpunkt der Taucher handelte.

»Jetzt möchte *ich* mal was verstehen«, fuhr Shelly ihn an. »Dieser ganze Schmus von lauter berauschter, verzückter, hingerissener und dahinschmelzender Leidenschaft und Liebe – von Trunkenheit orgasmischer Wonnen, das war alles bloß Verarsche und du hast nur wegen des Geldes geheiratet?«

Kit lächelte lässig. Dem Mann troff die sexuelle Arroganz aus jeder Pore.

»Oh«, entfuhr es ihr. »Meine Mutter hatte in puncto Männer ja so Recht. Ihr seid alle miteinander miese, feige und verlogene Arschlöcher mit dem einen großen Ziel, Frauen unglücklich zu machen.«

»So ein Scheiß!«, empörte er sich. »Im Gegenteil, ihr Schnitten habt's ja so viel besser als wir. Wir sterben sogar früher.«

»Typisch. Damit wir wieder hinter euch herräumen können.«

»Wir beißen vor lauter Stress früher ins Gras. Vom Stress, mit Frauen zusammenleben zu müssen! Die ständig über ihre Menstruationsbeschwerden jammern und über ihre Geburtswehen und die latente Diskriminierung …«

»He, Kumpel, mal abgesehen von der latenten Diskriminierung, kriegen die Frauen sogar noch vier Dollar weniger die Stunde als Männer, damit sie das auch noch hinnehmen.«

»Ach nee, ihr Mädels seid ja so wahnsinnig überlegen, oder? Ich möchte bloß einmal erleben, dass eine Puppe fragt: ›Gehst du mit mir aus? Schläfst du mit mir?‹ Aber Frauen brauchen solche Fragen nicht zu stellen, weil sie die Antworten sowieso kennen.«

»Genau … dass Männer mit allem schlafen, was nicht bei drei auf den Bäumen ist,« konstatierte Shelly ärgerlich.

Er umklammerte ihre Oberarme. »Glaubst du das im Ernst?«

»Ja.« Sie schnappte nach Luft und versuchte, die Erregung zu ignorieren, die seine Berührung hervorgerufen hatte. »Solange etwas warm ist und noch atmet, werden Männer es erst mal vögeln – und hinterher zählen, wie viele Beine es hat.«

»Ach ja?«, sagte er verspielt-verschlagen und presste sich noch enger an sie.

»Weil euch eure emotionale Libido einen Dreck interessiert.«

Seine Lippen verzogen sich zu einem feuchten Lächeln. »Ach nein?«

»Nein.« Wollust jagte durch ihren Körper. Die Luft schien nun nicht mehr drückend, sondern von einem süßen Duft nach Jasmin und Limonen durchdrungen zu sein, umfächelt von einem warmen, würzigen Wind. »Männer kapieren das einfach nicht – dass sich die Liebe eher zwischen den Ohren als zwischen den Beinen abspielt.«

»Ist das so?«

Ihre Grundsatzerklärung wäre wahrscheinlich überzeugender gewesen, wenn sie sich nicht gerade gegenseitig in die Hose gegriffen hätten.

»Ich meine«, sagte sie und schauderte lüstern, als er sie mit seinem herrlichen Gewicht fast erdrückte, »wie lange hat es zum Beispiel gedauert, bis du diese französische Göttin Coco im Bett hattest? Es überrascht mich einigermaßen, dass du noch die Zeit gefunden hast, ihren Namen rauszukriegen.«

Gerade als Shelly ihrer Begierde zu erliegen drohte, machte Kit sich von ihr los. Es war ein unerwartet ungestümer Moment, hastig und ungeduldig. »Ich dachte, du machst Witze. Dafür hältst du mich im Ernst? Nichts als ein Betriebssystem für einen Schwanz?«

Shelly war sprachlos. »Na ja …«

»Ich habe auch eine, wie war das noch mal, emotionale Libido, kapierst du das, Shelly?«

»Wirklich? War mir gar nicht aufgefallen.«

»Ich habe eher den Eindruck, *du* bist diejenige ohne emotionale Libido. Ich meine, schau dich doch an. Für dich bin ich nichts weiter als ein Stück Fleisch.«

»Stimmt, aber so ein köstliches. Mindestens Filet Mignon, würde ich sagen«, hänselte Shelly in dem Versuch, ihn wieder aus der Reserve zu locken. Jeder Tropfen Bluts in ihren Adern war in Habt-Acht-Stellung. Leidenschaftliche Lust pulsierte von den Haarspitzen bis zu den Fußsohlen.

»Einerseits jammerst du herum, dass eine Beziehung nicht ausschließlich auf Sex basieren darf, andererseits willst du die ganze Zeit bloß meinen Körper. Ich fühle mich benutzt«, frotzelte er. »Ich fühle mich … na ja, wie eine Puppe … Mann, ich fang direkt an, mir Sorgen zu machen, ob mein Hintern in diesem Teil nicht zu dick aussieht.«

Aber Shelly fand das nicht komisch. »Du hast mich doch überredet, meinen elementaren sexuellen Bedürfnissen nachzugeben. Und zwar ohne dass mir dabei irgendein Gefühlschaos in die Quere kommt. Eben wie ein Typ zu sein! Als Nächstes beabsichtige ich, bei jeder Autofahrt meinen Benzinverbrauch auszurechnen!«

»Dich könnte man nie für einen Kerl halten«, sagte Kit, während seine Augen ihren Körper entlangwanderten. »Deine Figur steht dir im Weg«, feixte er. »Aber trotzdem möchte ich wegen meines Verstandes und meiner Persönlichkeit anerkannt werden. Mir schwebt so was wie eine gemeinsame verbale Wellenlänge vor, jawoll. Und mich beschleicht dieses ungute Gefühl, dass wir in der Hinsicht nicht harmonieren …«

»Außer dass wir uns gegenseitig die Kleider vom Leib knabbern wollen.« Sie riss ihn erneut an sich, aber er widerstand ihr.

»Shelly!« Er gab vor, schockiert zu sein. »Gleich beim ersten Rendezvous aufs Ganze gehen? Ich muss an meinen Ruf denken!«

»Bei unserer ersten Begegnung hast du ja auch alles andere gemacht!«, erinnerte ihn Shelly pikiert.

Kit warf den Kopf in den Nacken und ließ wieder sein überschwängliches Lachen erklingen, das so verwegen aus ihm heraussprudelte und ihn so verdammt begehrenswert machte. Doch blieben seine Augen, wie sie flüchtig bemerkte, dabei seltsam traurig – seltsam im Widerspruch zu der Haltung, die er an den Tag legte.

»Nur wenn wir feststellen, dass wir uns auch anderweitig verstehen, bin ich bereit, diese Ehe zu vollziehen«, verkündete Kit.

»*Was?*« Enttäuschung von der Konsistenz eines nassen Duschvorhangs breitete sich über sie. Vom Kopf her konnte sie seine Logik nachvollziehen, aber ihrer Libido, die sich gerade wie ein verrücktes Tier gegen die Stäbe ihres Käfigs warf, war diese Haltung nur schwer zu vermitteln. »Ach Kit, komm schon ...«

Bevor sie noch ausführen konnte, dass die Tatsache, dass Frauen in der Lage sind, den primären Blutstau ihres libidinösen Organs zu verbergen, noch lange nicht bedeutete, dass sie nicht *jetzt gleich* die geschmeidige Hydraulik seiner Männlichkeit kennen lernen wollte, wurde sie von einer Fleischlawine zugeschüttet, als Fett-Man seine Massen in den Taucherladen wuchtete.

»Kinder, Kinder, Kinder! Das klingt ja beinahe so, als wäre eurer Ehe die Liebe abhanden gekommen.«

»Sie war nie da«, verbesserte ihn Shelly. »Daran arbeiten wir ja gerade.«

»Ich dachte, du wärst längst in Kits Liebeslabor und würdest dich allmählich mit seinem mächtigen Hammer vertraut machen.«

Mit seinem kahl werdenden Schädel und den eng sitzenden Äuglein war Manko selbst ein ziemlicher Hammer – von einem Arschloch, dachte Shelly. Jetzt zwinkerte der Widerling auch noch Kit zu. Shelly fiel auf, dass selbst sein Lächeln feist war.

Kit warf Manko einen seiner langen, vernichtenden Blicke zu. »Hab ich dich nicht schon mal irgendwo gesehen … In der *Jerry Springer Show* vielleicht? Wer ist dieser Kretin?«, fragte er Shelly, aber Manko kam ihr zuvor.

»Weißt du was, Shelly, der Ami hat Recht. Ihr Miezen habt gewonnen, ist dir das klar? Ich fühl mich von Frauen dermaßen eingeschüchtert, dass ich mich schon dabei erwischt habe, wie ich beim Fluchen nicht mehr ›Fotze‹ sage. Aber hört mal, Leute, über Gleichberechtigung zu palavern macht sich scheiße im Fernsehen«, sagte er und zeigte auf das versteckte Mikrofon, das unter der Lasche von Shellys Rucksack befestigt war.

Jetzt besaß er Kits volle Aufmerksamkeit. Er packte den Kameramann am Kragen. »Du hast uns heimlich aufgenommen?«

»Na und! Gaby hat dich außerdem durchs Tele angesabbert. Wenn sie geahnt hätte, dass du in deinem Tanga dermaßen scharf aussiehst, hätte sie sich die Nippel zupfen lassen.«

»Gefilmt habt ihr uns auch?« Kits Gesicht hatte sich dem von Manko so bedrohlich genähert, dass er wütend in eine vulkanische Pore zu starren schien.

»Worauf du dich verlassen kannst.«

Shelly spürte, wie eine Ekelwelle in ihrer Magengrube auf und ab schwappte. »Der Dokumentarvoyeurismus hat soeben neue, ungeahnte Tiefen erreicht«, verkündete sie sarkastisch.

»Lest gefälligst euren Vertrag. Wir dürfen euch bei jeder Gelegenheit filmen, außer auf dem Klo oder beim Vögeln.« Mankos Grinsen ließ eher Grab- als Zahnpflege erkennen. »Und nun fangt mal an, ein bisschen zu knutschen.« Er zeigte auf seine Kamera, die auf einem Stativ im Gebüsch stand. »Wir sind hier in der Flitterwochenhauptstadt der Welt. Überall stolpert man über Jungfernhäutchen. Man kann sie sogar als Souvenir kaufen. Gerahmte Jungfernhäutchen. Makramee-Jungfernhäutchen.« Er stach Shelly mit dem Zeigefinger in die Brust. »Du kannst auch oben ohne gehen, Kleine. Du kommst dann gleich nach der Wasserscheide.«

Die meisten Männer haben mittlerweile gelernt, sich der Terminologie des modernen Feminismus mit der gebotenen Vorsicht zu bedienen. Nicht so Manko, staunte Shelly.

»Scheiß auf den Neuen Mann!« Er bleckte seine Terrakottazähne. »Ich will Titten sehen!«

»Tut mir Leid. Da muss ich dir ein Körbchen geben«, parierte Shelly.

»Ach ja?« Schon holte Manko einen Zehnpfundschein aus seiner Gesäßtasche und knallte sie auf den Verkaufstresen. »Ich wette zehn Flocken, dass ich deine Titten dazu bringe, sich zu bewegen, ohne sie zu berühren.« Ohne eine Antwort abzuwarten, beugte er sich vor und begrapschte Shellys Busen. »Du hast gewonnen!« Er ließ ein inkontinentes Gelächter folgen, bevor er Kit konspirativ zuzwinkerte. »Das wird sie ein bisschen locker machen, Kumpel.«

Kit knallte einen Zwanzigdollarschein auf den Tresen. »Ich wette zwanzig Piepen, dass ich deine Eier dazu bringe, sich zu bewegen, ohne sie zu berühren.« Dann trat er Manko schneller, als man »Fistelstimme« sagen kann, zwischen die mächtigen, behaarten Beine. »Ein qualvoller Tod erwartet jeden, der noch mal versucht, mich ohne meine Erlaubnis zu filmen«, kochte Kit. »Hast du das verstanden, du spaghettipimmeliges Arschloch?«

»Du … du *Fotze*!« lautete Mankos einmalig geistreiche Entgegnung.

Als Kit wütend Richtung Strand davonstapfte, lief Shelly ihm hinterher. Dampfende Hitze stieg aus den Waschbetonplatten des Pfades auf. Zikaden summten und spielten mit ihren Flügeln Kastagnetten.

»Vier Millionen Jahre einer sensationellen menschlichen Evolution und worin gipfelt sie, verdammt noch mal? In Reality-TV«, schäumte er, als sie ihn einholte.

»Ich weiß. Beim Reality-TV geht's ja nur um Leute, die nichts zu tun haben und Leuten zusehen, die nichts können! Das gibt einem zu denken.«

»Ja, und zwar: ›Warum seh ich mir diese Scheiße eigentlich an?‹«

»Siehst du?«, sagte sie begeistert. »Da haben wir schon eine Gemeinsamkeit. Wie sehr wir diese Show verabscheuen … Also, was meinst du, wollen wir nicht einfach mal was von unserem Bums-Konto abheben?« Shelly zuckte zusammen. Herrgott noch mal, sie klang ja schon wie Manko! Als sie stehen blieb, um den Sand aus ihren Schuhen zu entfernen, die Hosenbeine ihrer Jeans aufzukrempeln und ihr seelisches Gleichgewicht wiederzufinden, warf Shelly ihrem Mann einen verstohlenen Blick zu, der gerade wohlwollend die Kurve ihres Hinterteils betrachtete, während sie sich bückte.

»Und?« Sie lächelte ihn kokett an.

Widerstreitende Gefühle huschten über Kits Gesicht wie Wolken an einem windigen Tag. Unter seiner überschäumenden Oberfläche schien ein anderes Leben zu lauern, wie versteckte Riffe unter einer ruhigen blauen See. Shelly hielt es für unmöglich, diese Gewässer auszuloten. Wer war dieser Mann?

Kit zögerte, zauderte und entschied sich dann, welchen Kurs er fahren wollte. »Tut mir Leid, so einer bin ich einfach nicht.« Er warf ihr ein strahlendes Lächeln zu, in dessen Schein man bei Nacht hätte lesen können, und trabte davon.

Die Person, mit der man in den Urlaub fährt, sagt eine Menge über einen aus. Ferien mit einem Mann, der nicht mit einem schlafen will, besagt, dass man ein hochkarätiger Verlierer ist, greinte Shelly innerlich. Alle Welt ist so versessen auf Sex vor der Hochzeit. Was ist eigentlich mit Sex *danach*? Sie hatte sich endlich so weit gebracht, wie ein Mann zu denken, nur um zu erfahren, dass ihr Mann wie eine Frau dachte.

»*Was* will er?«, kreischte Gaby, die sich kurz darauf keuchend zu ihr an den Strand gesellte und verzweifelt mit Kits Vertrag wedelte.

»Er will eine verbale Harmonie zwischen uns aufbauen.«

»Ja, ganz bestimmt. Kannst du dir vorstellen, dass du dir, wenn dein Leben zu Ende geht, wünschst, du hättest weniger Sex gehabt? Hör mal, Mrs K., ich hab in meinem Leben nur zweimal einen Blowjob gemacht und dieser Regiejob ist einer davon. Vermassel ihn mir nicht.«

»Aber er hasst die Kamera.«

»Na und? Er hat einen Vertrag unterschrieben. Hör zu, ich gebe dir den Rest des Nachmittags, um ihn umzustimmen. Keine Kameras. Aber danach fang ich wieder an zu drehen. Verstanden? Verbale Harmonie, du ahnst es nicht. Ich wette, dass er mit dieser französischen Schlampe aus der Scheißband weiterhin auf nichtverbaler Ebene harmoniert.«

Wenn sich Kit tatsächlich bei Coco die Hörner abstieß, dann konnte Shelly nur inständig hoffen, dass ihm das eine bei ihr bald langweilig wurde, und um *das* zu erreichen, musste sie herausfinden, was sie selbst und er gemeinsam hatten. Der Computer hatte sie unter tausenden von Bewerbern füreinander bestimmt. Sie mussten auf derselben Wellenlänge schwimmen. Für die sexuellen Signale, die er aussandte, hatte sie offenkundig einen ausgezeichneten Empfang. Das wäre doch einfach lächerlich, wenn sie nichts weiter verband als die Tatsache, dass sie nichts gemeinsam hatten … oder?

Präferenzen

Männer machen sich was aus Saufen, Fressen, Fußball, Blondinen und dem Playboy-Kanal.

Frauen machen aus einer Maus einen Elefanten - und dann heiraten sie ihn.

Belagerungszustand

6 Nach wie vor zählt zu den größten Rätseln der Zivilisation die Frage, warum sich die Menschheit in solche teilt, die gern an der frischen Luft sind, und solche, die lieber drin bleiben, und warum sie einander unweigerlich heiraten.

Am ersten Morgen ihrer Flitterwochen in einem tropischen Paradies entdeckte Shelly, dass die Energien ihres Gatten anderweitig gebunden waren, und zwar beim Parasailing, Drachenfliegen, Wasserski und Wildwasserrafting. Während Shellys natürliche Umgebung die Konzerthalle war, stellte sich heraus, dass Kit einer von der Sorte war, die sich lässig ein Zelt in die Gesäßtasche steckten und damit für ein oder zwei Wochen Richtung Everest abschwirrten, und zwar im Dauerlauf.

Auch Shelly wurde nachgesagt, dass sie rennen konnte – damals, als in ihrer Wohnung Feuer ausgebrochen war. Ihre Mutter hatte sie einmal zum London-Marathon angemeldet, einer Benefizveranstaltung für alleinerziehende Mütter und Väter. Alle glaubten, sie hätte gewonnen … bis sich herausstellte, dass sie gerade den Lauf vom *letzten* Jahr beendete. Sie hatte eine panische Angst, dass der Sadist, der die Aerobic-Kurse erfunden hatte, sich just in diesem Moment schon wieder eine neue Schweinerei ausdachte, das miese Arschloch.

Nachdem Shelly ihren reetgedeckten Bungalow mit dem Beatles-Schnitt am Strand gefunden hatte, kaufte sie den Hotelshop leer und erwarb eine Grundausstattung an überteuerten Bikinis und Sarongs. Sie war nun bereit, unter Leute zu gehen und auf der Suche nach Kit einen kurzen Erkundungsgang zu machen. Aber als sie ihn fand, fuhr er gerade Wasserski (die Kunst, eine Mole mit dem Gesicht einzureißen – die Lebensgrundlage von Neurochirurgen weltweit). Sie lehnte seine Einladung, sich ihm anzuschließen, mit der Begründung ab, sie wolle lieber ihr Hirn trainieren ... konnte aber immer nur an das eine denken, nämlich weshalb er da wie ein Besengter Sport trieb, wo doch bekannt war, dass ein Mangel an Orgasmen die Sterblichkeitsrate des Mannes um gut fünfzig Prozent erhöhte. Sie eilte zu ihm, um ihm mitzuteilen, dass Sex auch eine sehr effiziente Methode war, den Kreislauf in Schwung zu bringen, aber da war Kit schon in engen Shorts und T-Shirt unterwegs, um seine Runde im Pool zu absolvieren.

»Kommst du mit? Wenigstens Schwimmen wirst du doch mögen, oder?«

»Und wie! Ich habe nur ein Problem – Bojenangst.« Ein Ekelgefühl aus Kindertagen erfasste sie wie eine Welle – die feuchte Hitze städtischer Schwimmbäder und der süßliche Chemiegeruch. Sie schauderte unwillkürlich. »Das Blöde am Schwimmen ist vor allem, dass man dabei so nass wird.«

Kit lachte, bevor er mit einer perfekten Schraube in voller Montur ins Becken tauchte.

Die Frauen mit den gallertartigen Schenkeln, die gerade ihre Aquaerobic-Stunde bei Dominic absolvierten, quietschten vor Vergnügen wie die Hamster, als Kit zwischen ihnen auftauchte. Der Anblick der nassen Shorts, die an seiner baguettegroßen Wölbung hafteten, löste während der »Sprung und Kehrtwende«-Übung eine hektische Massenkarambolage aus. Er bewirkte außerdem, dass der Animateur verzweifelt die Muskeln seines mit sechshundert Liegestützen täglich sorgsam gestählten Torsos spielen ließ und den quadrophonischen Ghettoblaster abstellte.

»Was ist los, Dom?«, fragte Kit lachend, während er sich die rosa Luftmatratze einer der Damen zwischen die kräftigen Schenkeln klemmte. »Hast du Probleme mit deiner Nudel?«

Wenn er nicht gerade Sport trieb, aalte Kit sich am Strand und verwöhnte seinen Teint mit viel Sonnenöl, sodass er bald eine goldbraune Karamellfärbung annahm.

Shelly war sich ihrer Quark- und Molkehaut schmerzlich bewusst, die nun unter der Sonne zu gerinnen begann. (Die Frau musste ein halbes Jahr sonnenbaden, bevor sie überhaupt *weiß* wurde.) Auch missfiel ihr die klebrige Konsistenz von Sonnenschutzcremes. Wie auch immer sie sich in den Sand legte, innerhalb kürzester Zeit war sie übersät mit Zigarettenkippen, Kronkorken und unerwünschten Eingeborenen, die ihr die ortstypischen Nasenflöten verkaufen wollten. Sie zog das Solarium vor und buchte einmal Sonnenbank, was ein klaustrophobisches Erlebnis in einem ultravioletten Sarkophag nach sich zog. Da sie schon mal da war, ließ sie sich auch noch eine Pediküre, eine Cellulitekur und das eine oder andere aufschwatzen …

»Mein Gott! Ich dachte, du bevorzugst den natürlichen Look. Du brauchst diesen Mist im Gesicht doch gar nicht. Ich hatte ja keine Ahnung, dass du so eitel bist«, war Kits Reaktion, als sie Stunden später poliert und geschmiert wieder auftauchte. Mit der Grazie eines Matadors schnippte er den Sand aus seinem Handtuch. Und Shelly sah tatsächlich rot.

»Eitel!«, entgegnete sie entgeistert. »Männer sind viel eitler als Frauen. Ich meine, ihr glaubt ja, dass ihr ohne jedes Make-up auskommt!«

Auch in Modefragen waren sie unterschiedlicher Meinung.

»Warum setzt du dich nicht da drüben zu den Deutschen«, neckte sie Kit, als sie auf der Strandterrasse ihren Cocktail vor dem Mittagessen einnahmen. »Das Beste, was man über die Deutschen sagen kann, ist, dass sie noch schlechter gekleidet sind als ihr Engländer.«

»Du magst nicht, wie ich mich anziehe?« Shelly, eine Befürworterin fröhlich-bunter Billigklamotten, schaute an sich hinunter, auf ihre in der Boutique erstandenen Dreiviertelschwenker und die Plastiklatschen mit Blümchenmuster.

»Na ja, es ist ein Look. Für einen *Penner* vielleicht.«

Alles, was Kit trug, sah natürlich göttlich aus. Seine Klamotten schienen jede Kontur seines Körpers anzuhimmeln, als könnten auch sie es nicht erwarten, ihn zu liebkosen. Die Sachen würden sogar noch göttlicher aussehen, wenn sie in einem unordentlichen Haufen neben meinem Bett lägen, dachte Shelly.

»Ich fand das eigentlich ganz logisch, mich schlecht anzuziehen, damit ein Mann sich nichts sehnlicher wünscht, als *mich aus meinen entsetzlichen Klamotten zu befreien*«, brummte sie hinter seinem Rücken, als sie ihm ins Hotelrestaurant folgte. »Weißt du, was gut an mir aussehen würde? *Du*.«

Drinnen bevorzugte Kit die Raucherzone, während sie in den Nichtraucherbereich wollte. Hätte es eine mobiltelefonfreie Zone gegeben, hätte sie auch die bevorzugt, denn Kits Handy klingelte permanent, weil Coco mehrmals anrief und ihn aufforderte, sich zum Nachtisch zu ihr zu gesellen.

Auch das Essen war ein Thema, an dem sich ihre Geister schieden. Kit mochte Fastfood, während Shelly definitiv keine Anhängerin der »All you can eat«-Schule war. Obwohl sie sich über die Bezeichnung »biodynamische Faschistin« ärgerte, legte sie doch Wert darauf, dass ihr Thunfisch »delfin- und surferfrei« war. Nur um Kit davon zu überzeugen, dass sie vieles gemeinsam hatten, stellte sie sich am Büffet an. Der Tisch ächzte unter einem Festmahl, mit dem man ganz Somalia hätte ernähren können. Aber der Anblick all der von Kohlehydraten aufgeblähten Touristen, die sich gerade ihren zweiten, dritten und vierten Nachschlag holten, verdarb ihr gehörig den Appetit.

»Wie kommt es eigentlich, dass Leute im Urlaub beim Essen immer zuschlagen, als hätten sie sieben Mastdärme?«, beschwerte sie sich. »Nach so einer Mahlzeit sollte man sich eigentlich wie eine Boa Constrictor fühlen, die gerade ein Schwein verdrückt hat. Aber anstatt sich hinzulegen und das Essen ungefähr ein halbes Jahr lang zu verdauen, schaufeln sie drei Stunden später einfach wieder so eine Riesenportion in sich hinein.«

»Siehst du? Vollkommen inkompatibel«, lachte Kit, bevor er lässig loszog, um sich seinen Teller ein weiteres Mal bis zum Rand aufzufüllen. Vor den exotischen Früchten traf er Coco, die ihn zur Begrüßung ein bisschen am Hals knabberte. Die Französin hatte offensichtlich eine sehr ungewöhnliche Essstörung – sie vernaschte gern anderer Frauen Ehemänner. Während Kits *pièce de résistance* Shelly war: Der Mann widerstand einfach allem, was sie zu bieten hatte. Shelly verfluchte sich selbst. Eigentlich hatte sie ihm sagen wollen: »Wenn es stimmt, dass wir sind, was wir essen, dann könnte ich morgen früh *du* sein.«

Geistige Nahrung gab es allerdings auch. Beim Mittagessen unterhielten sie sich über Bücher. Shelly las gern: George Eliot, die Brontë-Schwestern, Byron, Keats.

Kit griff sich ihre Ausgabe von *Krieg und Frieden* und hatte sie in fünf Minuten ausgelesen. Für den Mann besaßen Doonesbury-Cartoons dieselbe literarische Qualität wie die Qumran-Schriftrollen. Ebenso für Coco, wie sich herausstellte, als sie einen kurzen Abstecher in den Hotelshop machte, um ihm Zeitungen zu kaufen, in denen sie dann gemeinsam blätterten. Die einzige Lektüre, die Coco zu fesseln vermochte, waren Diätkochbücher. *Wem die Küchenuhr schlägt, Endstation Badezimmerwaage, Die alte Frau und der Meerrettich.*

Aber Shelly und Kit würden schleunigst Sex miteinander haben müssen, denn ihnen gingen allmählich die Gesprächsthemen aus. Nachdem sie gemeinsam mit ihrer Mutter einen Kurs über Freud an der Volkshochschule belegt hatte, war es

Shelly ein Leichtes, Kit psychologisch zu durchschauen. Er bräuchte gar nicht in seine Kindheit zurückzufallen, da er sie nie verlassen hatte. Das erklärte auch seine Vorliebe für Restaurants, deren Wände riesige Salatgabeln zierten, und für miese Sportübertragungen, Baseball zum Beispiel, das zu schauen er sofort nach Beendigung des Mittagsmahls in sein Zimmer eilte. Doch als er Stunden später wieder aufkreuzte und sie ihn fragte, wie das Spiel ausgegangen sei, wurde er reichlich misstrauisch und distanziert. »Was für ein Spiel?« Er lehnte sich schlecht gelaunt auf seiner Sonnenliege zurück und unter seinen unzulänglich zugeknöpften Jeans kam der Bund seines Slips zum Vorschein.

»Wenn du dir nicht Baseball angeguckt hast, wo warst du dann den ganzen Nachmittag? Ich finde, du wirst allmählich zu einer ganz seltenen Spezies, wie ein vom Aussterben bedrohtes Wildtier«, sagte seine Frau trocken. »Ich weiß ja, dass man seinen Mann nicht *vor* der Hochzeit sehen soll, aber niemand hat was davon gesagt, dass es *hinterher* auch verboten ist.«

Kit musste grinsen und wirkte plötzlich so herzlich und gesellig, wie er eben noch düster und abgelenkt gewesen war. »Ach ja, das Spiel.« Er zwinkerte ihr zu. »Ich muss mir noch das letzte Inning ansehen. New York führt ganz knapp gegen L. A.« Und weg war er wieder.

Shelly machte sich im Geiste Stichpunkte. Sie notierte: »Nie wieder heiraten.«

»Nun mach endlich!«, drängelte Gaby, die Shelly im Anschluss an den Nachmittagstee abfing. »Noch nie in der modernen Geschichte hat man dem Vollzug einer Ehe so sehr entgegengefiebert. Es werden bereits Wetten abgeschlossen. Die ganze Welt, na ja, also zumindest Channel Six, hält den Atem an, ob ihr nun endlich in die Kiste geht oder nicht.«

Manko ließ sich in einen Sessel fallen; seine Kamera lag mit verschlossenem Objektiv stumm und vorwurfsvoll zu seinen riesigen, behaarten Füßen. »Von Rechts wegen sollte ich mit einem verdammten Endoskop filmen, denn bisher hab ich nur Scheiße vor die Linse gekriegt«, greinte er.

»Was soll ich denn machen?«, protestierte Shelly. »Kit hat den ganzen Nachmittag in seinem Zimmer verbracht. Ich kann ihn doch nicht zwingen, Lust auf mich zu bekommen.«

»Nein, aber du könntest ihm unerbittlich auflauern, bis er irgendwann in Panik gerät und das Handtuch wirft.«

»Ich hab wirklich alles probiert, Gaby, außer mich vom Zimmerservice auf einem Kranz aus Kresse bei ihm abliefern zu lassen.«

»Wartet mal! Vielleicht bringt's das ja!« Gaby hatte eine Erleuchtung. »Es ist doch offensichtlich, dass Kit von sexuellen Ausschweifungen die Nase voll hat. Er sehnt sich geradezu nach sexueller Gehemmtheit. Vielleicht solltest du versuchen, ein bisschen spröde zu sein? Kerle mögen keine Mädels, die leicht ins Bett zu kriegen sind. Hör einfach auf, deine Muschi auf der Zunge zu tragen, okay?«

Das einzige Problem war, dass spröde so lange dauerte. Shelly versuchte Frust abzulassen, indem sie mutlos in der Cocktailkarte blätterte. Aber selbst die Drinks trugen erotische Namen. Zwischen einem Knee Trembler und einem Lime Lick wählen zu müssen war nicht gerade dazu angetan, sie von Kit Kinkade abzulenken. Über ihr pastellfarbenes Cocktailschirmchen hinweg beobachte sie deprimiert, wie ein frisch vermähltes blasses Pärchen nach dem anderen an ihr vorbeirauschte, auf einem Fließband ehelichen Glücks. Dagegen half nur eins: sich die nächste Piña Colada bestellen.

Man kann gut nachvollziehen, weshalb Strandhochzeiten so in sind – kein quietschendes Harmonium, das sich an Händel vergeht, keine pompösen Auftritte in zuckerbäckerweißem Pomp. Aber hier herrschte Hochkonjunktur. Am Abend ihres ersten Tages auf der Flitterwochen-Insel hatte Shelly so viele Eheschließungen miterlebt, dass sie am Konfetti-Syndrom zu leiden begann.

Glückliche Flitterwöchner zu ihrer Linken kreischten in ihren Schwimmwesten, als ihr großes grünes Gummikrokodil im Kielwasser des Schnellboots, von dem sie gezogen wurden, ins Schleudern geriet. Glückliche Flitterwöchner zu ihrer Rechten schlossen bei einem kleinen postkoitalen Hängemattenmüßiggang Freundschaft mit anderen glücklichen Flitterwöchnern. Die jungen Ehefrauen mit sorgfältig gezupften Augenbrauen zeigten einander ihre funkelnden Ringe, die sie an perlrosa, nagelpolierten Fingern trugen. In der Zwischenzeit holten sich die frisch gebackenen Ehemänner, als sie die Hackordnung der herrlichsten Hochzeit untereinander festlegten, einen Sonnenbrand. »Wir sind in einer Pferdekutsche am Strand langgefahren, gleichzeitig wurden aus herzförmigen Vogelkäfigen weiße Tauben freigelassen.« »Ach ja? Also *wir* sind vom Casino auf einer weißen Harley-Davidson losgefahren, und dazu hat die Kapelle die Titelmelodie aus *Titanic* gespielt.« Scheiße noch mal, es gab sogar glückliche Flitterwochenpärchen *über* ihr, die beim Parasailing ihre ineinander verflochtenen Beine über der türkisgrünen See baumeln ließen, gezogen von einem Gespann aufsteigender Quallen, als würden sie aus einem James-Bond-Film hereinschweben. Alle schienen glücklich zu sein, alle außer ihr. Selbst die Krümmung der einheimischen Bananen verlieh ihnen den Eindruck, als würden sie aus ihren Obstschalen herausgrinsen. Es blieb Shelly nichts anderes übrig, als einen auf ihr Wohl zu trinken, und noch einen und noch einen und noch einen …

»Hey, Shell.« Wie verdammt prickelnd war das melodische Timbre in Kits Stimme. »Also, das Spiel ist vorbei. Worauf hättest du jetzt Lust?«

Shelly gab sich Mühe, weiterhin mondän zu wirken, doch Kits Finger streiften versehentlich ihren Arm, sodass sie wie ein Junkie zu zucken begann. »Keine Ahnung.« Die Eiswürfel klirrten melodiös in ihrem Glas. »Wie wär's damit, solange deinen Kopf in den Pool zu tauchen, bist du dich entschließt, Sex mit mir zu haben?«, sagte sie. *Spröde.*

Kit warf einen prüfenden Blick auf die Cocktailgläser, die sich auf dem Tresen der Sunset Balcony Bar vor ihr stapelten. »Vielleicht wäre es sinnvoller, wenn ich dich zu deinem Bungalow begleite«, sagte er in Anspielung auf ihren Alkoholkonsum.

»Au ja! Lass uns zu mir gehen und all die Dinge treiben, von denen ich meinen Freundinnen ohnehin erzählen werde, dass wir sie getrieben haben.« Super, beglückwünschte sie sich, in Sachen spröder Zurückhaltung konnte ihr so schnell keiner was vormachen. »Mich würde interessieren, was da während unserer Fahrt in der Limousine eigentlich los war?« Die Eiswürfel klirrten, als sie geräuschvoll einen weiteren tiefen Schluck aus dem Glas nahm. »Bist du nur ein Muschianmacher, und nichts dahinter, Kinkade?«, nuschelte sie in der Lautstärke einer Fliegeralarmsirene, wodurch sie spielend die Band übertönte und die Aufmerksamkeit sämtlicher Anwesender in der Sunset Bar auf sich lenkte. »Findest du mich etwa nicht mehr attraktiv?«, hickste sie.

Kits blickte sie undurchdringlich an. »Alle mal hersehen«, sagte er sarkastisch und zeigte auf Shelly. »Diese Frau hier, die gerade in ihrer eigenen Sabberpfütze badet, das ist meine Ehefrau!«

»Ober! Ich will was bestellen. Etwas mit viel Alkohol für den Herrn und einen Becher Strychnin für mich. Ich bring mich um, wenn er nicht endlich mit mir schläft.« Sie rülpste. »Würde es was helfen, wenn ich auf allen vieren angekrochen komme und dir die Füße lecke?«

Kit warf ihr einen festen Blick zu. »Ich glaube, es würde was helfen, wenn du aufhörst zu trinken und mir erlaubst, dich auf dein Zimmer zu bringen.«

»Wozu die Mühe? Ich sollte dich einfach an die Meistbietende versteigern. ›Nagelneuer Ehemann! Noch völlig ungebraucht!‹« Shelly klopfte mit einem Löffel an ihr Glas und richtete sich schwankend auf. »Ich bitte um Ihr Gehör, meine Damen und Weicheier«, lallte sie.

Kit, der soeben bemerkt hatte, wie sich auf der anderen Seite der Bar Mankos Kamera auf sie richtete, versuchte Shelly vor weiteren Demütigungen zu bewahren und zog sie ins gefährliche Gewühl auf der Tanzfläche, wo er sich mit erotischer Grazie zu den Klängen von »La Cucaracha« zu bewegen begann.

Obwohl sie musikalisch war, war Shelly für das Tanzen ebenso aufgeschlossen wie al-Qaida für den Weltfrieden. Das Geheimnis ihres Rhythmus kannte nur sie selbst. Doch leider hatten die Cocktails ihre Fähigkeit zur Selbsteinschätzung derart aufgeweicht, dass sie nun überzeugt war, sie könne tanzen. Weshalb Shelly kurz darauf feststellen musste, dass sie sich die ganze Nase an einer Diskokugel aufgeschürft hatte, als sie beim Pogo ihr Timing unterschätzte, wie nur ein Mädel aus Cardiff das kann.

Kit warf sich Shelly über die Schulter und schleppte sie zu ihrem Bungalow. »Mach erst mal ein Nickerchen, wir sehen uns dann später«, schlug er freundlich vor.

»Wo willst du denn *jetzt* schon wieder hin?«, brachte sie mühevoll hervor.

»Es läuft noch ein Spiel. Chicago gegen Detroit.« Kit biss sich auf die Unterlippe und wandte den Blick ab.

Selbst in ihrem vom Alkohol vernebelten Zustand drängte sich Shelly der Verdacht auf, dass er sie anlog. »Sehen wir uns dann danach? Wie wär's um neun?«, brabbelte sie.

Kit betrachtete sie mit süffisant hochgezogener Augenbraue. »Ich glaube, du brauchst jetzt deinen Schlaf, Shelly.«

»Nein! Nein! Nein! Ich brauche keinen Schlaf! Frauen brauchen Liebe! Frag jede x-beliebige Kummerkastentante! He, geh nicht weg!«, rief sie ihm hinterher. »Könntest du nicht hier schlafen? Wir könnten einfach nur schlafen. Ich verspreche dir, dass nichts passiert. Ich werde dich nicht anfassen.« Das sagten Männer auch immer. Dann würde *er* mal sehen, wie es war, mit dem Abdruck einer erigierten Klitoris im Kreuz aufzuwachen.

Aber er ließ sie, im wahrsten Sinne des Wortes, auf dem Trockenen sitzen. Wie lange kann so ein doofes Spiel dauern?, fragte sie sich. Um neun öffnete sie mit nichts als Babyöl bekleidet dem Portier die Tür, der ihren verloren gegangenen Koffer mit den Designerklamotten ablieferte.

Um zehn Uhr abends am ersten Tag ihrer Flitterwochen langweilte sich Shelly dermaßen, dass sie begann, ihre Achselhaare zu zählen. Sie verbrachte den ganzen Abend damit, in ihrer La-Perla-Unterwäsche herumzulümmeln, die ihr Channel Six verehrt hatte, und Kabelfernsehen für geistig Minderbemittelte zu gucken, mit CNN-Moderatoren der X-Generation, die speziell aufgrund ihrer Unfähigkeit, vom Teleprompter abzulesen, ausgesucht worden waren. Um elf hatte sie TV-Starre. Um Mitternacht war ihr klar, dass sie Mrs Havisham war, die verrückte Alte aus Dickens' *Große Erwartungen.* »Ich könnte genauso gut den Rest meines Lebens damit verbringen, in einem verstaubten Zimmer zu sitzen und mein Makramee-Hymen zu hüten, während ich das Album mit unseren Hochzeitsfotos an die Brust drücke«, vertraute sie Gaby übers Hoteltelefon an.

»Männer sind unterste Schublade. Such dir einfach in deiner Minibar was zum Einführen«, lautete Gabys Ratschlag. »Ich begnüge mich gerade mit einer kleinen Flasche Gin, obwohl sie nicht gerade wie ein Tonic wirkt.«

Um ein Uhr morgens schloss Shelly, dass sie offenbar über die sexuelle Ausstrahlung eine halb aufgetauten Fleischpastete verfügte. Warum sonst gelang es ihr nicht, von Kits Liebesradar erfasst zu werden?

Als sie sich um zwei ihre erotische Unterwäsche vom Leib riss, war ihr klar geworden, dass Kit eine eheliche Fata Morgana war, eine hormonelle Halluzination. Wenn er doch bloß nicht so verdammt attraktiv wäre – Kit Kinkade war in der Lage, selbst in einem Granitblock Leidenschaft hervorzurufen –, dann könnte sie ihn einfach vergessen.

Sie versuchte, ihn sich aus dem Kopf zu schlagen, aber woran sie auch dachte, es erinnerte sie an Sex; ein Phänomen, das sich wiederholte, als sie sich beim Zimmerservice Muscheln bestellte. Diese waren ihr nie als Vaginas des Meeres erschienen, zumindest so lange nicht, bis ihr der Zimmerkellner den Teller schmollender rosa Schamlippen auf einem weißen Tischtuch servierte.

Mit der Zunge pulte sie das Fleisch aus den Schalen. Herrje! Sogar ihr Essen hatte ein erfüllteres Sexualleben als sie. He!, dachte sie beschwipst, meine Muschi kann noch was von Muscheln lernen! War es da ein Wunder, dass sie armes Ding eine Libido von der Größe Paraguays besaß?

Hinter dem Balkon ihres Bungalows erstreckte sich eine Lindenallee, die zu einem sinnlichen Springbrunnen der Liebe führte – einem aus milchig weißem Marmor gemeißelten Frauenleib, der libidinös vor dem Hintergrund des dunklen vulkanischen Felsens schimmerte. Sogar die verflochtenen Äste der Mandelbäume schienen sich über sie lustig zu machen. Wie um sie noch mehr zu verhöhnen, war eine Reihe schwarzer Ameisen über den Fußboden zu ihrer abgelegten La-Perla-Unterhose marschiert. Emsig schleppten sie einen Tropfen ihres Saftes mit sich fort – ein entomologischer Abtransport.

Um drei ächzten die Bettfedern, als sie sich auf die Seite rollte. Ihr Nachthemd wurde vom Hin-und-her-Wälzen so verknittert, bis sie äußerlich genauso verdreht war wie innerlich. Kit hatte sich tatsächlich als Sexualobjekt entpuppt: Sie wollte Sex und er war objektiv dagegen.

Um vier Uhr starrte sie auf das aufgewühlte silberne Meer hinaus. Weiße Wolkenbänder aus Samt schwebten dem dunklen Horizont entgegen. Der Mond stieg auf und sein Licht legte sich über den Ozean wie ein Brautkleid. Shelly sackte in ihr einsames Bett zurück. Ihre Lebensgeister waren platt gedrückt wie ein überfahrenes Tier. Die Champagnerflasche stand ungeöffnet im Eiskübel und sie seufzte mit dem Meer um die Wette.

Es war ein klarer Fall von vorschneller Verehelichung.

Unterstützung

Männer: Hinter jedem erfolgreichen Mann steht eine Frau … Und unter jedem erfolgreichen Mann liegt eine Mätresse … (besser bekannt als Matratze).

Frauen: Das Einzige, was Frauen unterstützt, ist ihr Wonderbra. (So bezeichnet, weil man sich wundert, wo eigentlich die Titten geblieben sind, wenn man ihn abgenommen hat.)

Wassermanöver

7 Der Sex mit Kit Kinkade war fantastisch!, schwärmte Shelly, als sie am nächsten Morgen aufwachte … nicht auszudenken, um wie viel fantastischer es hätte sein können, wenn er auch dabei gewesen wäre.

Nur eine winzig kleine Sache stand Shellys Glück noch im Wege: Abstinenz. Aber offenkundig war Kit nicht derjenige, der diesbezüglich Abhilfe leisten sollte. Na schön. Sie hatte keine Lust, noch mehr Zeit auf die tittentrietzende, klitorisnervende, eierstockpiesackende und gebärmutterätzende Frage zu verschwenden, warum ihr Mann nicht mit ihr schlafen wollte. Stattdessen würde sie sich einfach nach London verabschieden. Gleich nach dem Frühstück – obwohl ihr nach dieser langen Nacht der Selbstzerfleischung der Appetit gehörig vergangen war. Was hatte sie sich nur dabei gedacht? Diese ganze lächerliche Episode passte so gar nicht zu ihr. Shelly Green war keine von der Sorte, die sich nach unten durchschlief, verdammt noch mal.

Kit hatte ihr erzählt, dass er nie frühstückte, es sei denn, er hätte von reichlich Bettgymnastik ordentlich Hunger bekommen. Darum schleppte sich Shelly erschöpft und verkatert, vor allem aber allein, zum reetbedeckten Frühstücksbereich, der unter dem Namen La Caravelle firmierte. Es war besser so. Auf diese Weise konnte sie sich auch ihre Rede mit dem Thema »Die Ehe fordert ihren Tribut, da drüben ist die Kasse, ciao und weg mit Schaden« sparen.

»So sieht aber keine Frau aus, der letzte Nacht eheliches Glück zuteil wurde«, folgerte Gaby messerscharf, als sie Shelly am Frühstücksbüffet abfing. »Was hast du vor, Kindchen?« Die Regisseurin fuchtelte vorwurfsvoll mit ihrer Gabel vor Shellys Gesicht herum. »Beabsichtigst du, dich so lange zu zieren, bis euer Bund vom *Papst* annuliert wird?«

Schmollend zog sich Shelly in eine abgeschiedene Ecke der Pagode zurück. Geistesabwesend tauchte sie den Löffel in ihr Müsli, bis ihr Blick zufällig auf Kit fiel … der mit Coco frühstückte – ein so überraschender Anblick, dass sie versehentlich die kleine Plastikfigur verschluckte, die sich unter einer Kleieflocke versteckt hatte.

Als Shelly hustend und spuckend an seinen Tisch wankte, begrüßte Kit, der seelenruhig an seinem Café au Lait nippte, sie mit einem lässigen »Hi«. »Coco hat mir gerade alles über die Kolonialgeschichte der Insel erzählt. Wie die Afrikaner von diesen französischen Wichsern versklavt wurden und auf ihren Kaffeeplantagen arbeiten mussten, und dann später für die Zuckerbarone.« Er vertilgte schmatzend ein Körbchen mit Brioches. Was hat nur seinen Appetit so angeregt?, rätselte Shelly verbittert.

Coco schaute mit Augen aus geschmolzener Schokolade zu Shelly auf. »Die Franzosen, sie sind wie Eltern – so langweilisch«, gab sie in ihrem Pariser Akzent zum Besten. »Weißt du, so wie man über seine Eltern 'inauswächst und anfängt sie zu 'assen und dann viele Jahre Therapie braucht, um über sie 'inwegzukommen? Also, genau so ist es 'ier auch gewesen.« (Nicht gerade eine Revolutionstheorie à la Che Guevara, dachte Shelly verächtlich.) »Darf isch dir eine einfache Frage stellen?«, fuhr Coco fort.

Hast du denn andere auf Lager?, war Shelly versucht zu sagen, zuckte aber nur die Achseln. »Klar.«

»Wie stehst du als, du weißt schon, Botschafterin des britischen Empire zum Thema Kolonialismus, Nelly?«

»Ich heiße Shelly. Und wie war das mit dem Stehen?« Auf *dich* schon mal nicht, hätte Shelly gern gesagt. »Ich glaube, dass jeder, der in diesem Land geboren wurde, sich zu den Gewinnern im Sperma-Roulette zählen darf. Ich meine, wie leicht hätte man auch auf einem Misthaufen in Guatemala oder auf den Straßen von Bombay zur Welt kommen können … oder im sozialen Wohnungsbau von Ebbw Vale …«, sagte sie gereizt, und ihr rotes Gesicht glühte nicht etwa vom Sonnenbrand.

»Kit 'at Verständnis, nischt wahr, *mon choux*? Es gibt so viele Menschen, die in deinem Leben ein und ausge'en, aber nur die eschten Freunde 'interlassen Fußspuren im 'erzen.« Das Lächeln der Sängerin war so süßlich wie das Klischee, das sie gerade bemüht hatte.

Nicht so sehr um *Fuß*spuren als um Kits *Fingerabdrücke* machte Shelly sich Sorgen – die möglicherweise überall auf Cocos *Körper* verteilt waren. Aber bevor das ideologisch verwirrte französische Dummchen einen Schwall weiterer Binsenweisheiten vom Stapel lassen konnte, wurde Shelly von einem Mann abgelenkt, der, von Kopf bis Fuß in makellos weißen Freizeitdress gekleidet, in den Frühstückraum hereinstolziert war und nun festen Schritts und mit bedrohlicher Zielstrebigkeit auf sie zukam.

Coco schaute ihn verächtlich an – suchte aber in Windeseile das Weite und schwebte wie auf dem Catwalk in ihren Hotpants aus Goldlamé so lässig von dannen, dass Shelly vor Neid nicht nur mit den Zähnen, sondern auch mit anderen Körperteilen knirschte.

»Monsieur.« Der Mann zückte einen unsichtbaren Hut und warf dann einen Blick auf Shellys Hand. »Madame. Entschuldigen Sie bitte das Personal 'ier. Es ist ihnen nischt erlaubt, mit den Gästen zu fraternisieren. Besonders diese da.« Er zeigte in die Richtung der verschwindenden Coco. »Sie kam als gutes französisches Mädschen 'ier'er, aber dann ist sie sozusagen eine Ein'eimische geworden. Bloß warum?« Er zuckte mit den Schultern. »Bevor wir ihnen die Zivilisation gebracht 'aben, war das 'aupttransportmittel der Kreolen die Liane, *n'est-ce pas*?«

Während er kurz innehielt, um sich die unvermeidliche Gauloise anzuzünden, tauschten Kit und Shelly einen kurzen Blick. Beiden war sofort klar geworden, dass der Mann nicht gerade an mangelndem Selbstbewusstsein litt. Erst jetzt, als er seine Sonnenbrille abnahm, erkannte Shelly in ihm den brutalen Polizeibeamten vom Flughafen.

Wie hatte sie dieses Gesicht nur vergessen können? Der Mann war so hässlich, dass man sich wunderte, warum er sich nicht in einem wissenschaftlichen Labor befand, eingelegt in Spiritus.

»Auweia«, flüsterte ihr Kit zu. »Anscheinend hat ihn seine Mutter mit einem Katapult gefüttert« – ein Bild, das von den Wangen des Mannes hervorgerufen wurde, die von tiefen Aknenarben zerfurcht waren. Noch augenfälliger und befremdlicher war die Tonsur des Polizeichefs, die aus drei Strähnen schlampig gefärbten braunen Haars bestand, das er über seinen sonnenverbrannten Schädel drapiert hatte. Seine riesigen Füße quollen sockenlos aus Krokodilledermokassins. Über diesen schwangeren Reptilien erhoben sich stämmige, in gebügelte weiße Jeans gequetschte Beine. Und über den dicken Albinowürstchen strapazierte ein Bauch, der eindeutig zu viel Perrier Jouët und *pâté de foie gras* konsumiert hatte, die Knöpfe eines Pierre-Cardin-Hemdes. Er war einschüchternd und mächtig, aber eher auf kompakte Art, wie ein Hund, der Steroide bekam. Genau das war er: ein scharfer Chihuahua.

»Die Schwarzen sind so was von faul. Das Problem ist, wir zahlen ihnen zu viel. Weil wir Franzosen zu liberal sind. Zu großzügisch. Wenn wir ihnen weniger bezahlen?« Ein Achselzucken. »Sind sie fleißiger.«

Shelly spürte, wie Wut in ihr aufstieg. »Ach ja? Ich dachte immer, die Beschäftigung von Arbeitskräften unter dem Existenzminimum sei inzwischen verboten – außer in der Ehe.« (Das war ein Spruch ihre Mutter.)

Aber der Polizeichef hatte sich bereits leicht verbeugt und watschelte nun auf der Suche nach seinem bildschönen Opfer davon.

Shelly wandte sich Kit zu. »Du hast Recht, weißt du. Von wegen Bindung: Das ist doch ein Haufen Scheiße. Ihr Männer heiratet nur, um Frauen zu erobern. Genau wie die Franzosen diese armen Kreolen erobert haben. Wenn wir Frauen unruhig werden, kaufen wir die Läden leer, lassen uns eine neue Frisur verpassen und stopfen uns mit Schokolade voll, während ihr Kerle loszieht und ein anderes Land erobert. Englische und französische Männer sind pausenlos um die Welt gesegelt und haben um jede Insel, die sie finden konnten, Krieg gegeneinander geführt, ohne sich vorher auch nur die Füße abzuputzen, wenn sie ein neues Eiland betraten – und sich dann Sklaven gehalten, die hinter ihnen herräumen, ähnlich wie ihre *Ehefrauen*.«

»Ah! Also bist du doch einer Meinung mit Coco.« Kit lächelte breit und triumphierend.

»Nein. Doch. Ich will ja nur sagen, dass die Schwarzen diskriminiert wurden, aber die Frauen eben auch. Meine Mutter hat sich weder von ihrem noch von meinem Vater unterdrücken lassen – mein Vater wollte, dass sie die Musik aufgibt, weißt du. So kam es, dass sie mich dann ganz allein in einer kleinen Sozialwohnung aufgezogen hat. Hast du mal einen Plattenbau in Wales gesehen? Dann fängst du wirklich an zu glauben, dass die Welt in sechs mickrigen Tagen erschaffen wurde. Über weite Teile ihres Lebens war sie Bürgerin zweiter Klasse. Das sind die meisten Frauen. Denn Ehemänner haben die grauenhafte Angewohnheit, sich von einem Tag auf den anderen in viktorianische Patriarchen zu verwandeln. Beim ersten Läuten der Hochzeitsglocken sind sie wie ausgewechselt. ›Meinst du wirklich, du solltest einen so kurzen Rock in der Öffentlichkeit tragen?‹ – ›Findest du das besonders geistreich, meinen Chef zu fragen, warum Lesben sich Dildos umschnallen, wenn sie Männer angeblich so hassen?‹ Ihr Typen zwingt uns zwar jetzt nicht mehr, die Klavierbeine zu bedecken, damit ihr nicht in sexuelle Wallung geratet, aber ihr steckt uns immer noch in emotionale Reifröcke und nehmt uns nicht ernst.«

»Also … warum eigentlich?«

»Warum was?«

»Warum schnallen sie sich Gummipimmel um? Die Lesben, meine ich«, sagte er und nahm sie offensichtlich nicht ernst.

»Hast du mir eigentlich überhaupt *zugehört*?«

»Schon irgendwie, bis mein Gehirn Muskelkater gekriegt hat. Ich kann nicht so tiefgründige Gespräche führen. Jedenfalls nicht, bevor ich mein Scubaoutfit anhabe. Kommst du mit tauchen?«

»Scubadiving ist ein sicheres Indiz für Geisteskrankheit. Außerdem besitze ich gar nicht so einen widerlichen Leuchtanzug.«

»Wetsuit. Man nennt das W-e-t-s-u-i-t«, buchstabierte Kit hilfreich. »Komm, sei kein Waschlappen, du Euromemme!«

»Lies mir mal vom Mund ab: Scubadiving – NEIN DANKE. Hast du dich je gefragt, warum Fische kein Kokain brauchen? Warum sie von Natur aus so nervös sind? *Weil ständig etwas tausendmal Größeres versucht, sie zu fressen.*«

»Gibt's denn keinen Sport, der dir Spaß macht?«, flehte Kit sie an.

Shelly zuckte nur mit den Schultern und verschlang das von Coco verschmähte Croissant. »Golf?«

Kit spuckte ein halb zerkautes Brioche über den Tisch. »Golf? Golf ist was für Leute, die nicht fit genug sind, Sport zu treiben.«

»Sag ich ja.«

»Auch noch stolz drauf? Das macht einen dicken Hintern.« Er gab ihr einen spielerischen Klaps auf den Po, wie ein losgelassener Pirat, dem der Sinn nach Plündern und Beutemachen steht.

Shelly wurde zornesrot. »Hast du sie noch alle? Ich bin *nicht* irgendeine einsame Insel, die Entwicklungshilfe braucht. Versuch ja nicht, *mich* zu kolonisieren, vielen Dank auch«, sagte sie bissig.

»Genau das ist das Problem mit euch Briten. Ihr könnt einfach nicht spontan sein.«

»Doch, ich hab mir gerade ein bisschen Spontaneität vorgenommen, für morgen vielleicht.« Shellys Gesicht brannte vor Scham. »Da bring ich dich nämlich um, Kit Kinkade.«

Es war ein markiger letzter Satz von der Sorte, zu dem die Untermalung eines Streichorchesters und ein Sonnenuntergang gehörten ... Shelly musste sich jedoch mit einem monotonen Gewummer aus dem Ghettoblaster des Aquaerobic-Trainers zufrieden geben. Aber wem will ich etwas vormachen, dachte Shelly, als sie ihren Rückflug nach London buchte. Im Krieg ist Rückzug nichts weiter als ein strategisches Manöver der Verliererseite.

Als Gaby die an der Rezeption auscheckende Shelly entdeckte, wurde sie martialisch. »Was ist mit deinem Vertrag? Was ist mit den 25 000, die du Ende der Woche kassierst?« Ihre Stimme summte unnachgiebig in Shellys Ohr. »Hör mal, ich geb dir ja Recht, dass einäugige, menschenfressende Cyborgs nicht halb so schlimme Aliens sind wie *Männer*. Aber kannst du's nicht trotzdem noch ein paar Tage mit dem arroganten Arschloch aushalten? Was wird aus meiner verdammten Einschaltquote?«

»Schade um deine Show, Gaby. Aber es reicht mir, in einer Tour gedemütigt zu werden. Das ist einfach nicht mein Ding – einem Mann hinterherzurennen. Außerdem ist es sowieso zwecklos. Kit ist zu sehr damit beschäftigt, mit seiner ›weiblichen Seite‹ zu harmonieren.«

»Genau. Auf einem anderen Weibsbild.«

»Wie meinst du das?«

»Coco hat sich soeben für den Nachmittag einen Job als Crewmitglied auf dem Tauchboot verschafft.«

Zwar hatte sich Shelly schon lange an die Tatsache gewöhnt, dass man erntet, was man sät, aber dass jetzt irgendeine andere Frau ihre Ernte einfuhr, das ging dann doch zu weit.

Weshalb Shelly, nach einer zweistündigen Unterrichtseinheit am Grunde des Pools, drei verschiedene Ausweise vorlegen musste, bis man ihr ein Badelaken aushändigte. Mit banger Vorahnung schaute sie auf den Indischen Ozean hinaus, der hinter einem Ölteppich aus Sonnenschutzmitteln, Luftmatratzen, Motorbooten, Glasbodenbooten und Jetski-Schwadronen, die auf ihrer Kundenjagd wie die Wassermücken in der Bucht hin und her summten, gelegentlich noch zu erkennen war.

Ein Schwarm Einheimischer, die auf beiden Hüften Körbe voller Muscheln balancierten und gelegentlich von einer Oma im Sari mit einem fröhlichen Früchteturban aus reifen Ananas auf dem Kopf begleitet wurden, stürzte sich sofort auf sie und kreischte: »Du kaufen?« Was erklärte, warum sie Kit erst etwa zehn Minuten später erblickte, der auf einem Abschnitt schwarzen vulkanischen Sands am Rande der durchsichtigen See auf dem Bauch lag. Eine Baseballkappe bedeckte sein Gesicht zur Hälfte, sodass nur noch die leckeren Lippen hervorschauten, die sich gerade feucht an eine Mango hefteten. Oh glückliches Obst. Als er innehielt, um eine Mangofaser zu entfernen, die sich wie ein Schamhaar zwischen seinen Zähnen verfangen hatte, war der Anblick geradezu pornografisch.

Shelly schluckte. »Und, wo hol ich mir jetzt meinen Wetsuit?«

Kit legte den Kopf schief und blinzelte zu ihr hinauf. »Du tauchst mit nach dem Wrack?«

Sie hätte zu gern Folgendes geantwortet: Nur über meine Leiche. Stattdessen sagte sie: »Aber hallo!«

»Hast du deinen Schein?«

Meinen *Persil*schein, lag ihr auf der Zunge, quasi eine Lizenz zum Lügen. »Hm«, improvisierte sie.

Shelly hatte sich fest vorgenommen, die Zuneigung ihres Liebesgottes zurückzugewinnen, selbst wenn sie sich alle Knochen brechen musste, um ans Ziel zu kommen … wahrscheinlich eine der leichtesten Übungen, wenn man in dreißig Metern Meerestiefe herumturnte.

Eine Stunde später klammerte sie sich mit klappernden Zähnen, eiskaltem Hintern und grün vor Angst an ihrem Sitz des dumpf aufschlagenden Tauchbootes fest, als es an der Landzunge der Bucht vorbei durch widerspenstige Wellen aufs offene Meer hinauspflügte. Ihrer Meinung nach war das 80-PS-Boot für derart tiefe Wasser viel zu leicht. Das Luftkissengefährt war ein so genannter Lomac und sah aus, als hätte man lediglich einen Außenbordmotor an Cocos Lippen befestigt. Als endlich der Motor abgestellt wurde, registrierte Shelly mit wachsender Panik, dass kein Land mehr in Sicht war, nur die vor Erwartung ganz zappeligen lakritzeartigen Leiber der zwanzig Taucher in ihren Wetsuits, Schwimmflossen und Tauchermasken.

Um diesem Horrorszenario noch ein Sahnehäubchen aufzusetzen, waren nicht nur Manko und Silent Mike an Bord, sondern auch der Polizeikommandant, wie Shelly jetzt bemerkte, jener Mann, der so offenkundig bei seiner Geburt von Napoleon getrennt worden war. Napoleon? Warum sich in die Tasche lügen? *Napoleon* hätte angesichts eines solchen Zwillingsbruders einen *Kommandanten*-Komplex bekommen.

»Wie heißt er, dieser Polizeichef?«, fragte Shelly den Animateur. Dominic war eifrig (und so begeistert!!!!!) damit beschäftigt, seinen Aquaerobic-Damen beim Anlegen ihrer Schnorchelausrüstung zu helfen, die in ihren Leoparden-Strippenbikinis und der falschen Sonnenbräune alle jünger auszusehen versuchten, als sie waren.

Muah! Muah! Shellys Wangen mussten erst einen Speichel-Whirlpool über sich ergehen lassen, bevor ihr Dominic endlich antwortete. »Simeon Gaspard.«

Simeon? Der Name klang in Shellys Ohren wie ein schlechter Wein.

»Es gibt Menschen, die ihn 'assen wegen seiner Impunité Zéro – seiner Nulltoleranz-Politik. Als er aus Pari' 'ergekommen ist, hat er von Anfang an brütal durschgegriffen. Büllen – überall sind Büllen auf den Straßen, 'arte Urteile, Routine-Razzien bei den *putains* und *anarchistes* und unerwünschten Personen. In Frankreisch ist er ein 'o'es Tier. Da nennen sie ihn le Super Flic. Aber es gab einen Skandal, *ma belle*. Er ist jetzt – wie sagt man? – nur als Leihgabe 'ier, bis Gras über die Sache gewachsen ist.«

»Als Leihgabe? Mein Verdacht war eher, dass er sich auf Réunion vor dem Internationalen Menschenrechtstribunal versteckt.« Aber was tut er *hier*, fragte sie sich, auf dem Tauchboot des Hotels?

»Wo ist dein Kameramann, *ma belle*?«, fragte Dominic hoffnungsvoll und zog wie ein exotischer Flamingo vor dem Schlafengehen einen Fuß hoch, was bei seinen Aquaerobic-Damen einen kollektiven Schwächeanfall der Erregung auslöste. Sie buhlten lautstark um seine Aufmerksamkeit und baten ihn im Chor darum, ihnen die Reißverschlüsse ihrer Wetsuits zu schließen, wobei sie ihm Schenkel entgegenreckten, die aussahen wie von Gabeln zerfurchter Hüttenkäse.

Shelly fiel auf, dass Gaspard Coco einen tödlichen Blick zuwarf. Mit ihrer lässigen, sinnlichen Anmut stahl sie mühelos allen anderen weiblichen Wesen an Bord die Schau, ein Vorteil, der durch einen Bikini aus Silberlamé noch aufs Exquisiteste akzentuiert wurde. Das Teil war so winzig, dass es mehr einer Molekülkette glich als einem Badeanzug. Shelly wusste instinktiv, dass dies keine Frau war, die olle Schlüpfer trug, wenn sie ihre Tage hatte. Nein, bei ihr würde es nichts Geringeres sein als die beste Spitzenunterwäsche tagein, nachtaus. Mit anderen Worten, eine Frau, der man nicht über den Weg trauen durfte – eine Frau, die Tattoos an Stellen trug, wo es wehtut. Selbst ihre Füßchen waren perfekt, wie Shelly auffiel, mit rosa lackierten Zehennägeln, einem goldenen Fußkettchen und türkisgrünen Zehenringen.

Sie blickte auf ihre eigenen unpedikürten Füße hinunter – auf die rissigen Hacken, die noch nie eine Feuchtigkeitscreme gesehen hatten und dem Parmigiano reggiano täuschend ähnlich sahen, den sie gestern zu Mittag gegessen hatte – und stopfte sie hastig in ihre Schwimmflossen, obwohl ja leider sowieso keiner hinsah.

»Lassen Sie Ihre Wertsachen getrost im Boot«, teilte Gaspard den anderen Tauchern mit, nachdem der Kapitän den Anker geworfen hatte. »Die kreolische Crew?« Er lachte glucksend. »Sie werden sisch sofort Ihre Brieftaschen vornehmen.« Er starrte herausfordernd zu Coco hinüber. Die Spezies des Polizeichefs lachten pflichtschuldigst. Sollte Coco die Bemerkung gehört haben, so zuckte die große Revoluzzerin nicht einmal mit ihrer getuschten Braue.

Nicht gerade eine garibaldihafte Reaktion. Sollte sie nicht eher im Mao-Modus operieren? Ulrike Meinhof das Fürchten lehren?

Shelly warf sich in ihren Wetsuit, der offenbar aus einem Material war, das vorwiegend aus recycelten Brustimplantaten bestand. Der holländische Tauchlehrer-Azubi, den sie zuletzt auf dem sicheren Zementboden des Hotelpools gesehen hatte, hakte ihr die Tarierweste an und zog dabei die Riemen klaustrophobisch eng fest. »Alles in Ordnung?«

»Klar«, erwiderte Shelly. »Nur weil man das Gefühl in den Beinen verliert, muss das nicht gleich zwingend auf einen Hirntumor hinweisen.«

»Vergiss vor allem nicht die internationalen Unterwasser-Zeichen, die ich dir beigebracht habe, okay?« Er machte ein O mit Daumen und Zeigefinger.

Shelly versuchte, sein »Okay«-Zeichen zu erwidern, aber bei der ersten Bewegung wurde sie von ihrer Sauerstoffflasche schmerzhaft ins Steißbein gestoßen. Sie verlor das Gleichgewicht, fiel nach hinten um und wedelte wie ein gestrandeter Käfer auf dem Bootsdeck hilflos mit den Armen. Bis ihr Lehrer sie wieder in Stellung gebracht hatte, ließen sich die Taucher bereits wie Lemminge mit Schwimmanzügen rückwärts über die Reling ins aufgewühlte graue Meer fallen. Viel zu schnell für ihren Geschmack bugsierte ihr Lehrer sie zum Ende des Kahns, und nun war sie an der Reihe, über Bord zu gehen. Es war ein Unterfangen, dem Shelly so viel Widerwillen entgegenbrachte, dass ihre Flossen übergroße, noch in der Raumstation Mir erkennbare Bremsspuren auf den Planken hinterließen.

»Nervös?«, fragte Kit amüsiert, als Shelly zum zweiten Mal das Gleichgewicht verlor und strauchelnd mit ihm zusammenstieß. Er warf ihr ein verschlafenes, sonnengetränktes Lächeln zu, ein Lächeln, das sie vor Begehren erschaudern ließ, ganz gleich, wie wütend sie auf ihn war.

»Nervös? Wer – ich? Nur weil ich in das vor Haien strotzende Wassergrab da hopsen soll? Ach was ...«, sagte sie, wobei sich ihre Stimme ein oder zwei Oktaven über das hohe C eines Koloratursoprans erhob.

Kit musterte sie skeptisch.

»Ich bin einfach nicht ans Tauchen im offenen Meer gewöhnt«, erfand sie frei. »Ich bin mehr in Korallenriffen zu Hause, weißt du?«

»Manko ist das einzige verdammte Raubtier hier, um das wir uns Sorgen machen müssen.« Kit zeigte mit dem Daumen auf den Kameramann. Zwei Besatzungsmitglieder gaben sich gerade alle Mühe, seine Massen in einen Wetsuit zu zwängen. Es sah aus, als würde eine dänische Dogge versuchen, durch eine Katzenklappe zu schlüpfen. »Was ist mit dem Toningenieur? Sagt der mal was? Und *wäscht* er sich überhaupt?«

»Na schön, er hat ein paar Probleme, aber ein gutes Kräutershampoo könnte sie lösen«, erwiderte Shelly in dem Versuch, abgeklärter zu klingen, als sie sich fühlte.

»Na, ein Glück.« Kit lachte. »Auf jeden Fall kann man vermeiden, zwischen die klaffenden Zähne eines dreitausend Pfund schweren Killerhais zu geraten, indem man sich nicht wie ein Köder aufführt, okay?«

Für mich ein Kinderspiel, dachte Shelly wehmütig. Kit hatte nicht gerade angebissen, oder?

»Haie sind dümmer als Pitbulls, und fieser. Du darfst auf keinen Fall in Panik geraten oder um dich schlagen. Dann denken sie, du bist eine verwundete Robbe. Tauch tief nach unten. Ich gehe dann meistens bis auf den Meeresboden und tue so, als sei ich ein Felsen. Sollte der Hai dennoch angreifen, musst du ihn in die Kiemen boxen. Das geht ihm mächtig auf die Nerven und verschlägt ihm den Appetit. Wer wagt, gewinnt.« Kit zwinkerte ihr zu, bevor er sich die Tauchermaske über das von der Sonne verwöhnte Gesicht schob. »Oh, und pinkel bloß nicht ins Wasser. Haie stehen auf Pipi. Ich bin ganz in der Nähe, falls du mich brauchst.«

»Dich brauchen? Bild dir bloß nichts ein, Kinkade!«, sagte Shelly und versuchte, lässig und mutig zugleich zu klingen. Andererseits war es sehr beruhigend, zu wissen, dass sie hier mit einem approbierten Arzt tauchte. Ach, wie gern hätte sie es, wenn er einmal an ihr Bett gerufen würde, besser noch *in* ihr Bett.

Kit lächelte vielsagend, steckte sich sein Reglerventil in den Mund, hielt die Tauchermaske fest und glitt geräuschlos ins Meer.

Shellys Sprung in die Brandung war einen Hauch weniger elegant. Er erinnerte eher an ein gebärendes Walross. Nachdem sie an der Wasseroberfläche spuckend um sich geschlagen und ein bis zwei Liter Salzwasser geschluckt hatte, packte der Lehrer sie an der Sauerstoffflasche und zerrte sie durch wehenden Seetang in Richtung Ankertau.

Während sie sich einzeln an den Knoten des Seils herabließ, bei jedem bis zehn zählte und sich die Nase zuhielt, um ihre Ohren auf Normaldruck zu halten, so wie sie es im Swimmingpool des Hotels geübt hatte, tröstete sich Shelly mit dem Gedanken, wie oft in ihren Lieblingsgedichten die Götter mit den Najaden und Nymphen zu schwimmen pflegten. Mit wem tanzte Pan, der wildeste unter den Göttern? Na, mit den Wassergeistern. Wasser, so beruhigte sich sich, war ein gutes, natürliches, herrliches Element. Sie summte Händels *Wassermusik*. Jawoll. Sie hatte Vertrauen, sie fühlte sich sicher, es ging ihr gut – außerdem war Kit ein ausgebildeter Mediziner. Sie befand sich in besten Händen, besser gesagt sie würde es bald sein, sobald sie einen Tauchunfall vorgetäuscht hatte, der eine Mund-zu-Mund-Beatmung des guten Doktors erforderlich machte.

Der Tauchlehrer machte Shelly ein Zeichen, das Seil loszulassen, eine Einladung, der sie mit derselben Begeisterung nachkam, wie sie der chirurgischen Entfernung beider Brüste ohne Narkose entgegengesehen hätte. Die Strömung zog von allen Seiten an ihr. Es schien weniger ein Meer als ein riesiger Mixer zu sein. Der Holländer machte ihr erneut ein Zeichen, ihr zu folgen. Warum gilt ein Freizeitvergnügen eigentlich desto vergnüglicher, je potenziell tödlicher es ist?, überlegte sie. Eine direkte Reise in den Kongo schien ihr eine bessere Alternative zu sein, als mitten im offenen Ozean dieses Ankertau loslassen zu müssen.

Der Tauchlehrer machte ihr gerade das internationale Handzeichen für »Geht's dir gut? Kann ich etwas für dich tun?«, das sie im Pool gelernt hatte.

Die hyperventilierende Shelly grübelte derweil jedoch, wie das Zeichen für »Wie steht's mit einer Lungentransplantation auf Kosten des Hauses als Souvenir?« gleich noch mal ging.

Ungeduldig löste der Lehrer Shellys Finger vom Seil und scheuchte sie in die trübe Schattenwelt hinein. In der schaurigen Düsternis kündeten die aufsteigenden Bläschen der Sauerstoffgeräte von der Existenz der anderen Taucher, deren dunkle Beine sich mühelos und scherenartig durch die tieferen Gewässer bewegten. Das Gewicht der Sauerstoffflasche ließ Shelly wie betrunken von einer Seite zur anderen zu torkeln, aber irgendwie gelang es ihr schließlich, näher an die anderen Taucher heranzupaddeln. Zu ihrem Schrecken sah sie, dass die Gruppe sich daran machte, in den Rumpf eines versunkenen Schiffs einzudringen, das dem Anschein nach eine Art Frachtschiff gewesen sein musste und nun in den sandigen Meeresgrund eingebettet war. Einer nach dem anderen verschwand in einem von Meergetier umrankten Bullauge. Shelly machte ihrem Lehrer das internationale Zeichen für »Vergiss es«, woraufhin der nur mit den Achseln zuckte und dann den anderen ins trübe Innere des Rumpfes hinterherschwänzelte.

Shelly versuchte angesichts der Tatsache, in den Tiefen des Indischen Ozeans allein gelassen worden zu sein, nicht in Panik auszubrechen. Bis auf ihr hektisches Atmen war alles still.

Eine Mondlandschaft breitete sich hier unten vor ihr aus – vollkommen leer bis auf eine Schule von Mick-Jagger-Imitatoren, die streng genommen unter dem Namen Putz-Lippenfische liefen, und einem gelegentlich auftauchenden Stachelrochen, mit seinem theatralischen Umhang und dem bühnenmäßigen Schurkengrinsen.

Vorsichtig paddelte sie zum Wrack zurück und stieß sich, von ihrem Erfolg ermutigt, mit einer übergroßen Milchflasche auf dem Rücken schwimmen zu können, in Richtung Steuerbordseite des gekenterten Schiffs, in der Hoffnung, dass ihre Gefährten bald durch ein gegenüberliegendes Bullauge zum Vorschein kommen würden.

Als sie den verwitternden Rumpf des Frachtschiffs umrundete, stockte ihr vor Schreck der Atem. Anstatt in ein vertrautes Gesicht starrte sie in die glasigen Augen eines großen toten Hundes. Sein aufgeblähter Kadaver baumelte in der Strömung, am Meeresboden mit einem Seil festgehalten, das durch einen Stein beschwert war. Die Kreatur schien Shelly mit leichter Neugier zu betrachten.

Helle Panik erfasste sie jetzt. Nun gut, ein toter Hund war allemal besser als ein lebendiger Hai, aber war ein toter Hund nicht genau das, worüber ein lebendiger Hai sich wahnsinnig freuen würde?

Sie planschte verzweifelt zur Backbordseite des Wracks zurück und versuchte, nicht gleich in jedem Schatten einen vermeintlichen Hai zu sehen – was ihr allerdings nur so lange gelang, bis sie tatsächlich einen Hai sah. Es war ein Irrtum der Natur, Haien eine Tarnung zu verpassen – vor wem mussten *die* sich denn *verstecken*? Shelly hatte genau einen Sekundenbruchteil Zeit, über diese Frage nachzudenken, bevor das prähistorische Raubtier, das so grau war die See, die es umgab, durchs Wasser schnitt wie ein Buttermesser und in einer solchen Geschwindigkeit auf sie zukam, dass sie sich nicht mal rasch als Felsen verstellen konnte. Nein, Shelly führte sich unverzüglich wie ein Köder auf. Sie zappelte und strampelte wie wild und pinkelte in die kurzen Hosen ihres Schwimmanzugs. Sie versuchte, ihren Auftriebsknopf zu betätigen, um an die Oberfläche zu gelangen, ließ aber stattdessen Luft ab, sodass sie wie ein Senkblei auf dem Grund landete, ihre Tauchermaske verlor, sich das Schienbein aufschürfte und sich dabei auch noch eine Miesmuschel in den Po rammte. Der jähe, ruckartige Abstieg riss ihr außerdem das Reglerventil aus dem Mund. Sie hielt die Luft an und tastete blindlings danach, fühlte den Gummi in der Hand und klatschte ihn sich ins Gesicht. Sie presste sich das Ventil gegen den Mund und begann wie wild einzuatmen, vergaß aber dabei, den Knopf zu drücken, der den Schlauch von Salzwasser reinigte. Als ihr das Meereswasser in die Kehle schoss, hustete und röchelte sie und fühlte, wie ihr nackte Angst die Brust zuschnürte. Sie überlegte kurz, ob der Kapitän wohl die Nummer der Hubschrauberstaffel in seinem Kurzwahlverzeichnis gespeichert hatte. Ein gefährliches Gefühl von Leichtigkeit durchflutete sie. Ihr Verstand schwebte in einer Weise, wie es ihr Körper definitiv nicht tat. Was hieß »Bluttransfusion« noch mal auf Französisch? Aber nein! Um Himmels willen! Bitte nicht in ein französischen Krankenhaus! Ich kann kein Französisch! Am Ende komme ich da mit einer Geschlechtsumwandlung wieder raus!, fantasierte sie in großen Gedankensprüngen.

Ihr Hirn explodierte und mit einem Mal wurde alles schwarz. Dann fühlte sie, wie jemand den Arm um sie legte. Offensichtlich fing sie an, vor lauter Sauerstoffmangel zu halluzinieren, denn dieser jemand sah aus wie eine verschwommene Version von Kit, der ihr sein Reglerventil in den Mund steckte. Sie spürte, wie kühle, klare Luft durch ihre Adern rauschte und stellte fest, das es *wirklich* Kit war. Ganz sanft, wie um sie nicht zu erschrecken, nahm er ihr das Reglerventil ab und zog kräftig daran, bevor er es ihr wieder zwischen die blauen und zitternden Lippen drückte. Als Nächstes setzte er ihr die Tauchermaske auf und demonstrierte ihr mit Gesten, wie sie das Salzwasser entfernen musste, so wie man es ihr im Swimmingpool beigebracht hatte. Shelly hatte nicht gewusst, dass Haie in Rudeln jagen, bis sie Manko sah, der in einer Art filmischer Fressorgie ihr demütigendes Martyrium auf seiner Scubacam verewigte. Er verfolgte sie die ganze Zeit mit der Kamera, während Kit mit ihr auf dem Weg an die Wasseroberfläche das Atemgerät teilte und sie sich dabei – endlich – in den Armen lagen.

Das prickelnde Licht der blendenden Sonne war das Wunderbarste, was Shelly je im Leben gesehen hatte. Ihre Lungenflügel rissen sich um die frische Luft. Die ersten zwanzig Minuten lag sie mit verdrehtem Körper und weit auseinander gestreckten Armen auf dem Deck, ausschließlich damit beschäftigt, tief religiös zu werden.

»Hat dir schon mal jemand gesagt, wie hübsch du bist, wenn du Meerwasser spuckst?« Kits Stimme wirkte in der Hitze wie ein erfrischender kühler Drink.

»*Mon dieu!* Dein Leben. Ist es vorbeigezogen? Im Zeitraffer? Vor dem geistigen Auge?«, fragte Coco, die neben ihr in die Hocke gegangen war und ein strahlendes Hostessenlächeln aufsetze. »Ohhh. Vielleischt 'ast du schleschte Karma, *non*?«

Shelly blinzelte zu ihr hinauf, während ihr eine Ladung Salzwasser aus der Nase rann. »Ich hab auch mal an Karma geglaubt, aber das war in einem früheren Leben«, hustete sie.

Coco, der die Bemerkung eindeutig zu hoch war, starrte sie verständnislos an. Kit quittierte Shellys Scherz mit einem anerkennenden lauten Glucksen – aber Cocos aufregendes Innenschenkel-Tattoo war ihm ebenfalls nicht entgangen, wie Shelly mit Bestürzung bemerkte.

»Isch wusste einfach, dass 'eute was passieren würde! Isch fühle das in meine Knochen. Wisst ihr, dass isch psychopathisch veranlagt bin?«

Das Stimmengewirr ebbte ein wenig ab. Shelly blickte Coco scharf an. Handelte es sich hier etwa um die verärgerte Besitzerin eines toten Hundes?

»Isch weiß, was mit Leuten passieren wird«, erläuterte Coco. »Wisst ihr, bevor …«

»Du meinst *tele*pathisch, nicht *psycho*pathisch«, korrigierte Shelly, schnappte sich das Handtuch, das Coco gerade Kit gereicht hatte, und rubbelte sich damit ihr Seetang-durchflochtenes Haar. »Dann brauche ich dir ja nicht extra zu sagen, dass du besser die Finger von meinem Mann lässt«, brummte sie in sich hinein.

Gaspard hörte auf sich abzutrocknen und blickte misstrauisch zu Coco hinüber. Untersetzt und breitbeinig stand er da, die Hände in die schwabbelnden Hüften gestemmt, während seine Männlichkeit in einem knappen französischen G-String nichts der Fantasie überließ.

Coco verzog ihr schnuckeliges Schnütchen zu einem Schmollmund und eilte zum vorderen Teil des Bootes, um Bier und Sandwiches aus der Kühlbox zu holen. Gaspard hustete wichtigtuerisch und folgte ihr dann.

»Diese Frau ist der wandelnde Beweis, dass man nicht nur pneumatische Brüste und seidene Schenkel braucht, um eine Liebesgöttin zu sein«, flüsterte Shelly gehässig, während ihr immer noch Salzwasser aus der Nase lief. »Es gehört auch ein gerütteltes Maß an Blödheit dazu.«

»Coco? Blöd? Ich finde es eher blöd, dass du das glaubst.«

»Ach, komm schon, Kit. Du machst dir doch hoffentlich nicht im Ernst vor, dass sie eine politische Aktivistin ist? Die Frau ist doch schon in der Universität des Lebens durchgerasselt. Obwohl sie wahrscheinlich in Flirten und angewandter Enthaarungskunde ein Summa cum laude gekriegt hat.« Kits Blick wanderte zu Cocos Nahezu-Nacktheit hinüber. »Hier.« Sie hielt ihm ein Handtuch hin. »Du solltest dich besser darum kümmern, meine fiebrige Braue abzuwischen. So steht's nämlich im *Ehegatten-Handbuch*, weißt du.«

»He, anscheinend hast du vergessen, dass ich dir da unten gerade den Arsch gerettet habe. Apropos«, Kit hob jetzt die Stimme, »wieso war eigentlich kein einziger Tauchlehrer in der Nähe und nur ein Trainer für die Anfänger vor Ort? Das war verdammt noch mal wahnsinnig gefährlich. Überhaupt herrscht bei den Sportaktivitäten ein ziemlicher Personalmangel. Wo sind diese Leute abgeblieben?« Kit richtete die Frage an Gaspard, der am anderen Ende des Boots mit einem Bier in der Hand wieder aufgetaucht war.

Der Polizeikommandant zuckte die Achseln und zündete sich eine Zigarre an. »Sie wissen ja, wie diese Dritte-Welt-Typen sind.« Er sagte es in einem Tonfall amüsierter *ennui.* »Wahrscheinlisch 'aben sie das Gesischt der Jungfrau Maria auf einem *coco de mer* entdeckt und sisch *en masse* aus dem Staub gemacht.« Seine hasserfüllten, missgünstigen Augen fixierten Coco, die gerade einem schwarzen Besatzungsmitglied half, eine weitere Kühlbox aus dem Lagerraum zu holen. Gaspards abfällige, vernichtende Bemerkungen ließen Shelly die Haare zu Berge stehen. Müsste sich Gaspard mit Milosevic und Attila dem Hunnen messen, würde er die beiden bereits in der Vorrunde hinter sich lassen, weil sie gegen ihn geradezu samariterhaft waren. »Isch kann mir vorstellen, dass sie alle bei einem Tieropferritual sind.« Der Polizeichef zog an seiner Zigarre. »Im Zoo 'ier 'aben sie ein Schild mit der Beschreibung der Tiere am Käfig. Und darunter? Steht das Rezept.«

»He, wie sagt man ›friss Scheiße und krepier dran, du Arschloch!‹ auf Kreolisch?«, erkundigte sich Kit laut bei dem schwarzen Mannschaftsmitglied.

Gaspard drehte sich wütend zu Kit herum, als wolle er ihn schlagen, aber Coco umklammerte Kits Hand. »*Mon dieu!* Du 'ast disch an den Korallen verletzt!«, rief sie entsetzt, bevor sie in ihrem Erste-Hilfe-Köfferchen nach Aloe vera und Echinacin zu kramen begann. Coco gehörte offensichtlich zu der Sorte Frauen, die sich Erdbeereinläufe machen und einem Tumor gut zureden. Ihr Ansatz war regelrecht Nouveau Voodoo. Ihrem homöopathischen Geschwafel nach zu urteilen war sie offenbar *tatsächlich* eine Einheimische geworden.

»Hallo? Unfallopfer durch Ertrinken? Das medizinische Hilfe benötigt?«, schmollte Shelly.

Manko gelang es endlich, seinen gigantischen Leib mitsamt Schwabbelbauch aus dem Neoprenanzug herauszuschälen. Wie bei einem Labrador sprühten Wassertröpfchen nach allen Seiten. »He, Jaqueline Cousteau.« Er wuchtete sich die Kamera auf die Schulter und kam, nabelschnurartig mit seinem Toningenieur verbandelt, auf sie zu. »Immerhin kannst du jetzt sagen, dass du während deiner Flitterwochen doch noch flachgelegt wurdest! Und für die Zuschauer daheim haben wir alles auf Zelluloid gebannt.«

»Bitte jetzt nicht filmen! Ich sehe furchtbar aus!«, flehte Shelly ihn an.

»Ah, aber die Poesie deiner Seele, sie spiegelt sisch in deinen Augen!!!!«

Selbst wenn Shelly die aufgekratzt grellen Töne des Animateurs nicht auf Anhieb erkannt hätte, war klar, dass der saugende Schmatzer auf ihrer Wange nur von Dominic stammen konnte. Er drückte sich an sie und strahlte in die Kamera. Zweifellos war der Mann in der Lage, auf fünfzig Schritt ein Objektiv zu orten.

Es schien ihm auch zu gefallen, wesentlich länger ohne Hemd in der Gegend herumzulaufen, als streng genommen nötig war. Während Kit seine Männlichkeit wie eine zweite Haut trug, wirkte die von Dominic wie von der Stange. Seine Bizeps (in der Größe von Forschungs-U-Booten) und hervorquellenden Muskeln (die wie Schulterpolster auf seinem Fleisch saßen) deuteten unzweifelhaft auf mehrere Stunden täglich verbissenes Training im Fitnesscenter hin.

»Die Poesie deiner Seele liegt in deinen Augen? Ist das nicht bloß Französisch für ›Du siehst scheiße aus, aber ich fick dich trotzdem‹?« Shelly schob seinen Arm von ihrer Schulter und wickelte sich in ihr Handtuch ein. Nach ihrer Erniedrigung hatte sie das Gefühl, bei lebendigem Leib seziert und vor der ganzen Welt zur Schau gestellt worden zu sein. »Ich hab nur einen schlechten Tag gehabt«, improvisierte sie vor der Kamera. »Morgen zeig ich euch, was für eine Wasserratte ich bin!« Eine

Welle schäumender Gischt schwappte ihr voll ins Gesicht, als das Boot mit einem Ruck wieder zum Leben erwachte, und ertränkte ihre verlogene Aussage.

Laut Vertrag war jetzt Kit an der Reihe, vor der Kamera einen Kommentar abzugeben. Was er von Shellys Tauchunfall halte, wollte Manko von ihm wissen. »Ich glaube, wenn man beim ersten Mal nicht gleich Erfolg hat, dann ist Scubadiving wahrscheinlich nichts für dich, Schatz.« Lachen lag in Kits Stimme, als er ihr eine Strähne Seetang aus dem Haar entfernte.

Shelly sehnte sich heftig nach einem kräftigen Drink, doch leider wurden nur Spott und Hohn ausgeschenkt. Oh, und natürlich Bier im Bug. »Manko, Mike, guckt mal, ein Seelöwe!« Während die Filmcrew erfolgreich abgelenkt war, fauchte Shelly Kit an: »Du lachst? Höre ich dich da etwa lachen? Hätte ich mir denken können, dass du diesen Tauchausflug benutzt, um mich zu demütigen.«

Kit protestierte. »He Shell, das war auch echt nicht schwer! In deinem Fragebogen stand, dass du Sport magst, ›vor allem Wassersport‹,« sagte er vorwurfsvoll. »Und, was hast du sonst noch für falsche Angaben gemacht?«

Sie hatte nicht gelogen, sondern ihre *Schüler*. Dennoch musste sie sich widerstrebend eingestehen, dass es ein weiterer Scheißpunkt für Kack-Kinkade war.

Gesprenkeltes, freundliches Licht brach durch die tief liegenden Wolken, und ihre Lebensgeister erwachten wieder, als Dr. Kinkade sanft ihr Handgelenk umfasste und seiner Patientin den Puls fühlte. Die Sonne auf ihrem nach oben gewandten Gesicht fühlte sich warm wie ein Kuss an. Das einschläfernde Dröhnen des Bootsmotors lullte sie ein.

»Hör mal«, fügte er kamaradschaftlich hinzu, »wenn du wirklich noch mal tauchen willst, musst du zurück in den Kurs.«

Aber Shelly wollte nicht zurück in den Kurs, sondern zurück auf sein Zimmer und es mit ihm treiben.

»Ich werde dich im Auge behalten, mein Kind«, sagte er heiser. »Es könnte sein, dass du unter Schock stehst. Du musst ruhen und dich warm halten und viel Flüssigkeit zu dir nehmen.«

»Zu Befehl. Wenigstens habe ich endlich eine Gemeinsamkeit zwischen uns entdeckt – eine Allergie gegen Karma und diesen ganzen Hippie-Scheiß, von dem Coco ständig faselt. Ich meine, du glaubst doch nicht etwa auch an diesen Mist? Für einen Arzt ist der Glaube an die Wiedergeburt ja wohl eher ein besorgniserregendes Anzeichen?« Sie zwinkerte ihm zu.

»Kann ich nicht beurteilen. Bin kein Doktor.«

»Wie bitte?« Shelly spürte, wie ihr heiße Nadelstiche über die Haut liefen. »Aber in deiner Bewerbung hast du doch angegeben, du seist Arzt.«

»Hab ich das?« Unter seinen gemeißelten Wangenknochen zuckte ein Muskel. »Na ja, also ich hab schon mal einen Pfleger in einer Seifenoper gespielt, drüben in den Staaten.«

»In einer Seifenoper?«

»Macht nicht gerade viel her, ich weiß. Das war aber immer noch besser als die Rolle von dem Knaben, der in *Jenseits des Universums: der letzte Vorposten* die Riesenkrake aus dem All gekillt hat, was alles ist, was ich sonst noch an trostlosem Fernsehruhm vorzuweisen habe. Du hast mich nicht zufällig mal gesehen?«

Sie war sicher, dass dies nicht der Fall gewesen war – sonst würde ihre Zunge heute noch am Bildschirm kleben. »Ich dachte, dass ich mit ärztlichem Beistand tauche. Nur darum bin ich überhaupt ins Wasser gegangen. Ich dachte, ich bin sicher. Ich wäre da unten beinahe draufgegangen!« Shelly drehte sich der Magen um, und zwar nicht infolge von Seekrankheit. »Ehrlichkeit scheint auf dich dieselbe Wirkung zu haben wie Tageslicht auf einen Vampir!«

Kit wollte etwas entgegnen, biss sich dann aber auf die Zunge und wandte sich mit einem wehmütigen Gesichtsausdruck ab. Trotz seiner Naturburschenjovialität entdeckte Shelly an ihrem Mann eine empfindsame Komplexität. Er war voller Dur- und Mollklänge, unruhig und gehetzt. Seine plötzliche düstere Stimmung vertrug sich nicht mit dem azurblauen Himmel und dem saphirgrünen Meer.

Shelly fühlte sich mit einem Mal von der gnadenlosen Sonne verfolgt, verfolgt wegen ihre Gutgläubigkeit. »Ich werde dich bloßstellen«, sagte sie, »als der Betrüger, der du bist!«

»Ich finde, dass du schon genügend bloßstellst, meinst du nicht, Süße?«, spottete Manko, in der einen Hand ein Stella Artois, mit der anderen auf ihre Schenkel zeigend. Shelly schaute an sich hinunter und musste feststellen, dass sie in der Tat einen *bad hair day* hatte. Eine kleine Schamhaar-Schmachtlocke hatte sich vorwitzig aus ihrem Badeanzug gestohlen. »In deiner Bikinizone kann man Rehen auflauern, Kleine.«

Shelly wäre fast herausgerutscht, dass Kit so etwas gefiel, aber dann merkte sie, wie wenig sie sich mittlerweile sicher war, was ihr Ehemann wirklich mochte. Oder wen, dachte sie, als sie sah, wie Coco ihm ein Bier reichte, nachdem sie es ihm erst zur Erfrischung ins Kreuz gedrückt hatte.

Manko ließ wieder die Kamera laufen, damit Shelly ihren Monolog zu Ende führen konnte. Sie versuchte, gelassen zu wirken, aber genau in diesem Moment bekam das Boot Schlagseite auf hoher See, wie auch Shelly, die fast wieder über Bord gegangen wäre. Verzweifelt Halt suchend, griff sie in einen Eimer mit Köder und schreckte kreischend zurück.

»Ich kann Ihnen nur wärmstens einen Urlaub hier empfehlen,« schmeichelte sie das Kameraobjektiv an. »Ja, kommen Sie nach Réunion! Genießen Sie die großartige medizinische Versorgung vor Ort! Sehr zu empfehlen! Auch Sie könnten Haifisch-Köder sein!«

Der Haifisch, so versicherten ihr alle gleichzeitig, sei lediglich eine graue Amme und kein menschenfressendes Unwesen – das prächtige Geschöpf sei nur neugierig wegen des toten Hunds gewesen. Auch Shelly war neugierig – nämlich, was der tote Hund da überhaupt zu suchen hatte –, aber das schien niemand zu wissen und auch nicht wissen zu wollen.

»'aie. Sie 'aben mehr Angst vor dir als du vor ihnen«, predigte Coco.

Aber Shelly wollte es eher scheinen, als seien Haie notorisch unscheu. Dieses Klischee war mal wieder eine von den dicken, fetten Lügen des Lebens. Ebenso wie »Hallo, heirate mich … *ich bin Arzt*!!«

Kit musste plötzlich grinsen. »Dein wildes Geplansche hat ihn irritiert.« Er lachte zusammen mit den anderen, während Coco seinen göttlichen Körper abrubbelte.

Aber Shelly wusste ganz genau, warum der Hai so gereizt gewesen war – weil Haie sich fürs Leben an einen einzigen Partner binden.

Hausarbeit

Während die Frau noch glaubt, dass Liebe durch den Magen geht, ist der Mann nach einem guten Essen längst über alle Berge.

Im Kriegszustand

8 Der Bund fürs Leben wäre leichter zu ertragen, wenn man sich vorher einen Ehesimulator umschnallen lassen und dessen Schrecken und Wonnen erleben könnte; dann würde man gleich sehen, ob man dazu taugt. Shelly taugte definitiv *nicht* dazu.

Am dritten Tag ihrer Flitterwochen war immer noch kein Vollzug im Sicht und ihr Blutdruck hatte bereits thermonukleare Höhen erreicht. Sie würde es keiner Menschenseele anvertrauen, weil brave Mädels so was ja nicht tun, aber sie masturbierte inzwischen dermaßen häufig, dass sie Frottee-Schweißbänder für ihre Handgelenke benötigte.

Sie besaß die geübteste rechte Hand in der Geschichte der Menschheit. Seitdem Proust seine sieben Bände in Schreibschrift zu Papier gebracht hatte, war eine solche Fingerfertigkeit nicht mehr gesehen worden.

Es klopfte an der Tür. Aber nicht das Schicksal, sondern Gaby, Silent Mike und Manko standen draußen.

»Och, *ihr* seid's nur«, sagte Shelly enttäuscht. »Welche sportlichen Folterqualen habt ihr euch denn heute für mich ausgedacht?« Groggy hielt sie sich gegen die blendende Sonne schützend die Hand vor Augen. »Nashörner mit dem Lasso fangen? Abseilen ins Innere des Vulkans? Vielleicht einen der seltenen Elche kastrieren?« Sie wurde von einem heftigen Niesen geschüttelt. Das ozeanische Abenteuer des Vortags hatte ihr einen Schnupfen beschert, außerdem einen schweren, um nicht zu sagen exotischen Sonnenbrand von den Unterschenkeln bis zu den Zehen sowie von den Oberarmen bis zu den Fingernägeln, der einen schmerzhaften hautkranken Schattenriss ihres tropischen Wetsuits hinterließ.

»Mrs K., du solltest allmählich anfangen, deine Vagina auf der Zunge zu tragen, falls du verstehst, was ich meine.« Gaby schob sich die Brille hoch und wedelte mit Shellys Vertrag. »Ich brauche dringend Filmmaterial!«

»Vergiss deine Filmspulen und wickle lieber mich ab. Diese ganze TV-Hochzeit war der größte Irrtum meines Lebens, die Dauerwelle Ende der Achtzigerjahre eingeschlossen.«

Shelly schüttelte fassungslos den Kopf und dachte an den unerwarteten verwegenen Augenblick im Fond der Limousine, als die Lippen eines Mannes ihr ganzes Leben verändert hatten. »Ich bin eine jämmerliche, lächerliche Versagerin und werde mich auf direktem Weg ins Kloster begeben, wo ich mich mit Leib und Seele meiner Holzschnitzerei hingeben kann.« Sie verkroch sich wieder in ihr Bett und zog sich das Kissen über den Kopf.

»Na ja, wo doch dein geliebter Gatte offenbar nicht im Entferntesten an dir interessiert ist, also falls du ein bisschen Appetit kriegen solltest« – Manko tätschelte ihr den Hintern durch die Bettdecke –, »dann steh ich dir mit meinem Wienerwürstchen jederzeit gern zur Verfügung. Ich meine, wir wollen ja nicht, dass du da unten Spinnweben ansetzt, was, Shelly-Kind?«

Shelly schaute zu dem Heffalump in seinen Surfershorts mit Blümchenmuster auf. Man hätte den Typen an einem Seil befestigen und als Abrissbirne verwenden können. »Wie bring ich es ihm nur schonend bei?«, wandte sie sich flehentlich an Gaby.

»Keine Ahnung. ›Lutsch mein Höschenfutter, Pimmel-Pesthauch‹ trifft's wahrscheinlich am ehesten. Wie kommst du nur auf die Idee, dass irgendeine Frau außerhalb der Weight Watchers was mit dir zu tun haben will, Manko? Wenn *du* je bei einer Flirtshow mitmachst, wird dir der Computer ganz Belgien zuweisen. Und jetzt verpiss dich.«

»Danke, Gaby.« Shelly seufzte erleichtert auf, als Manko vergrätzt aus dem Zimmer stapfte.

»Schon okay. Männer sind wie Stöckelschuhe – wenn man erst mal weiß, wie's geht, kann man leicht auf ihnen herumtrampeln. Also, lass uns mal nachdenken. Sport im Freien ist nicht dein Ding. Das wissen wir jetzt. Aber wie steht's mit *drinnen*? Du bist doch kultiviert, oder? Probieren wir's mal so: Das Arschloch mit Lebensart vom Hocker hauen! Du hast eine 25 000 britische Pfund schwere Motivation. Und jetzt raus aus den Federn und hinein in eine Tube Haargel!«

Shelly schaute ihre Regisseurin an. Es war sinnlos. Es war Wahnsinn. Weitere Energie in diese Ehe zu investieren besagte nichts anderes, als dass sie die einzige überlebende Gehirnspenderin in Großbritannien war.

Andererseits *war* da natürlich diese zweite Rate des Preisgelds am Ende der Woche … und sie schuldete Gaby einen Gefallen. Außerdem gab es den zusätzlichen Bonus, Kit noch einmal in der Badhose sehen zu können.

Nein!, wies sie sich zurecht. Wo war ihre Selbstachtung geblieben? Nur führt Selbstachtung leider nicht dazu, dass eine Frau auf die Augenlider geküsst wird. Selbstachtung bewirkt nicht, dass einen jemand zärtlich am Ohrläppchen knabbert. Selbstachtung ist nicht dazu angetan, dass man kommt wie ein verdammter ICE.

Die Uniform der Frau im Krieg der Geschlechter ist kein DD (Dschungel-Drillich mit Patronengürtel quer über die Brust), sondern ein KS (Kleines Schwarzes). Ihr Gesicht ist nicht mit Tarnfarbe eingeschmiert, sondern mit Clinique und Clarins, und derart ausgestattet stöckelte Shelly in Pfennigabsätzen zum »Rendez-vous«, dem exklusivsten Restaurant der ganzen Anlage.

Kits Reaktion, bestehend aus einem schlichten amerikanischen »Meine Fresse!«, brachte nicht die unmittelbare Gefahr mit sich, die Savoir-faire-Schranke einzureißen. Aber es gab ihr die Hoffnung, dass es ihr diesmal endlich gelingen würde, auf die Speisekarte dieses Mannes zu kommen …

Das Abendessen begann mit französischem Käse, dessen Qualität Shelly der Nase nach beurteilte. Während ihrer studentischen Gitarreneinlagen bei Soirées in Hampstead hatte sie die umgekippte Milch schätzen gelernt, besonders in Gesellschaft eines zünftigen Merlots.

Kit blickte misstrauisch auf die inkontinenten Käsesorten, die sich über den Rand des Porzellantellers ergossen. »Miefstufe?« Kit hob eine gemeißelte Braue, bevor er einen vorbeigehenden indischen Kellner am Ärmel zupfte. »Könnte ich bitte an einem anderen Tisch platziert werden?«

»Selbstverständlich, Sir. Wohin genau?«

»Ähm … auf eine andere Insel?«

Jetzt war Shelly an der Reihe, den Kellner anzusprechen. »Wären Sie bitte so freundlich, meinem Begleiter eine Schachtel Buntstifte zu bringen, damit er sein Platzdeckchen ausmalen kann? Vielen herzlichen Dank!«

»He, ich bin nicht derjenige, der hier kindisch ist«, sagte Kit. »*Du* kapierst nicht, dass Käse nichts anderes als schlecht gewordene Butter ist.«

Shelly gedachte der Worte, die Gaby ihr eingeschärft hatte, und biss sich auf die Zunge, während sie sich ein gequältes Lächeln abrang. »Darf ich dann deinen Gaumen vielleicht mit irgendetwas anderem kitzeln?«, machte sie tapfer weiter und versuchte, dabei so vornehm wie möglich zu klingen. »Chateaubriand, Steak tartare, Cassoulet, *foie gras en croute?*«

»Na ja, ich dachte irgendwie eher an einen Fischburger mit Pommes.«

»Kit. Wozu fährt man auf eine französische Insel, wenn man nicht die Haute Cuisine ausprobieren will?«

»Französische Küche? Ach ja. Wo sie einem immer alles in erstarrtem Schleim servieren, stimmt's? Französisches Essen ist in erster Linie dazu da, damit irgendwelche Gourmets es kritisieren können. Ich habe einfach keine Lust, begeistert auf Radicchio herumzukauen und mich blasiert über die diversen Chicoréesorten auszulassen. Okay?«

»Die Franzosen sind doch nicht arrogant, Kit. Sie fühlen sich zufällig nur *euch* überlegen. Wer könnte es ihnen verdenken? Amerikaner! Mein Gott, für euch ist doch ein Geschmacksverstärker für Dips der Höhepunkt an kulinarischer Raffinesse.«

»Herrje, du hast ja sooo Recht. Was wir essen, schmeckt nicht mal halb so gut wie euer traditioneller englischer Haferschleim *an* Minzsoße oder wie immer ihr diesen Fraß da nennt. Jedes englische Currygericht, das ich bisher gegessen habe, war auf der Basis von Katzenfleisch zubereitet.«

»Aber wenigstens sind unsere Restaurants keine Themenparks, wo auf den Klotüren Sachen wie Donald und Daisy oder »Abschütteln« und »Abtropfen« stehen. Zumindest sind unsere Gaumen in der Lage, eine Haute Cuisine zu erkennen.«

»He, glaubst du wirklich, bloß weil die Franzmänner Schnecken großkotzig *escargots* nennen, dass wir allen Ernstes Teichbewohner konsumieren sollen? He, *garçon*!« Kit schnippte mit den Fingern und trompetete: »Bekomme ich bitte eine Schnecke und einen Frosch in Moskito-Marinade?«

Der Kellner eilte herbei und zückte beflissen seinen Notizblock. Shelly gab ihre Bestellung auf, wobei sie sich die französischen Silben ostentativ wie einen guten Wein auf der Zunge zergehen ließ.

»Und für den Herrn?«

»Mein Freund hier hätte gern nur etwas Mastodon«, antwortete Shelly für ihn. »Mit einer kleinen Pterodactylus-Beilage, weil er einen so prähistorischen Geschmack hat.«

»Fish and Chips. Und bringen Sie mir einen Drink, ja?«, verlangte Kit und angelte nach einer der beiden offenen Weinflaschen auf dem Tisch.

Shelly griff ihm in den Arm. »Das sind Jahrgangsweine. Ich lasse sie noch atmen.«

»Wieso? Haben sie Asthma?«

Kit goss sich den Jahrgangswein ins Glas und versenkte ihn mit einem einzigen langen Schluck.

»Den Auftakt zu Doktor Kinkades Fünf-Gänge-Menü bildete eine 1992er Pepsi light« – kommentierte Shelly in den gehauchten Tönen einer Lifestyle-Moderatorin –, »die natürlich erst einmal stehen und atmen durfte. Zu diesem aufregenden Bukett, einem echten Gaumenschmeichler, entschied sich unser erfahrener Schlemmer für Panade, welche sich mit minderwertigem Meeresgetier raffiniert zu einem geometrischen Ensemble namens *le fish burger et les frites* verband.«

»Sag mal, warst du immer schon so ein Kotzbrocken, Green, oder nimmst du Stunden?«

Sie saßen schweigend da und funkelten sich wütend über den Tisch an, als Gaby auftauchte und sich ihnen in ihrer Uniform aus Khakihosen, Espandrillos, falsch aufgesetzter Baseballkappe und einem Tanktop mit diversen Slogans aus esoterischen Filmen darauf, die nirgendwo außer auf Filmfestivals gelaufen waren, entschlossen näherte. Eigentlich sollte Gaby den Spitznamen Manko tragen, dachte Shelly, weil ihr offensichtlich etwas fehlte, wenn sie nicht ihren fetten Kameramann im Schlepptau hatte.

Sie hielt beide Daumen hoch. »Ja, Scheiße noch mal, endlich verdammte Romantik! Wer sagt's denn! Das ist der Stoff, der Quote bringt! Und unsere Werbekunden finden das auch ganz geil – da sprechen wir die Pouilly-Fumé-Klientel gleich mit an. Na, Leute, wie läuft euer Date?«

»Wir haben vorübergehend aufgehört, uns mit unseren Hors-d'œuvre-Gabeln zu erstechen«, meldete Shelly verbissen. »Das ist doch schon mal was.«

Gabys Unterkiefer klappte herunter. »Na, wollt ihr nicht vielleicht ein bisschen weniger reden und dafür ein bisschen mehr tanzen?« Die Producerin richtete ihren Blick auf den Tanzboden, wo Cocos Sega-Band hingebungsvoll den Beweis lieferte, dass man sehr wohl eine Karriere als Musiker anstreben kann, obwohl man nur drei Griffe beherrscht.

»Kommt nicht infrage.« Shelly rieb sich ihre schillernden Abschürfungen. »Die Musik auf der Tanzfläche ist so laut, dass ich mich nicht mehr sagen hören kann: ›Ich kann mich nicht mehr denken hören‹«, erklärte sie, als die Band übergangslos von »You're the One That I Want« auf »Sexual Healing« umschaltete.

»Komm schon!«, neckte Kit sie. »Geht dir die Musik nicht unter die Haut? Das ist mein absoluter Lieblingshit.« Er klopfte den Takt mit dem Fuß und grinste breit und genüsslich. »Marvin Gaye ist so wahnsinnig ansteckend.«

»Hm, Tripper auch«, schmollte Shelly, die sich gerade durch einen Brotkorb mit Baguettescheiben knabberte.

»He«, sagte Kit, »wenn Gott nicht gewollt hätte, dass wir Rock 'n' Roll haben, dann hätte er uns keine gepolsterten Suspensorien geschenkt.« Er zeigte auf den Rockstar auf dem absteigenden Ast, der hier offensichtlich Material für sein Akustikalbum sammeln wollte und sich soeben von einem Nachbartisch erhob und Richtung Bühne stolzierte.

»Du kannst mir glauben, eine Rockband ist nichts weiter als fünf Leute, die der Meinung sind, dass die vier anderen nicht singen können. Was ist mit Bach? Rachmaninow? Mozart? Wieso können sich die Menschen nicht für richtige Musik interessieren?«

Aber Kit war mehr daran interessiert, Coco in einem langsamen, verführerischen afrikanischen Rhythmus seinen Lieblingssong singen zu hören – ähnlich dem New Orleans Blues, dachte Shelly. Sie sang Kit außerdem direkt an und vollführte in einem traditionellen Sklaventanz sinnlich kreisende Bewegungen.

»Das ist der Maloya«, erklärte Kit verzückt. »Die Sklaven übernahmen die Tänze der weißen Siedler, wie etwa die Quadrille, und haben sie in ihre eigenen afrikanischen Rhythmen inkorporiert, glaubt Coco.«

»Nimmt die Band auch Musikwünsche entgegen?«, erkundigte sich Shelly zuckersüß.

»Na klar. Warum? Was sollen sie spielen?«

»Monopoly.«

»Jetzt tanz endlich mit ihm«, zischte Gaby ihr ins Ohr. »Lenk ihn von Coco ab. Mein Gott, was hat diese Frau für ein magisches Becken. Damit könnte sie Kaninchen aus dem Hut zaubern!« Sie eilte davon, um ihr Team für den romantischen Dreh zusammenzupfeifen.

Der Wein tat langsam seine Wirkung und die Bässe hämmerten verlockend. Na schön, vielleicht konnte sie es ja mit ein paar kleinen Hüftschlenkern probieren.

Als sie Kit auf die Tanzfläche führte, grübelte Shelly gerade über die Tatsache nach, dass es gar nicht mal so schlimm war, sich am Hintern eines wildfremden Mannes zu reiben – schließlich war es das, was außerehelichem Sex am nächsten kam, ganz ohne syphilitische Folgen –, als die Band »La Bamba« anstimmte, ein Lied, das sie ihren Kids in der Schule vergeblich beizubringen versucht hatte. Keinem ihrer Schüler war es je gelungen, sich die Grifffolge zu merken. »CGF, CGF« hatte sie ihnen eine nervenaufreibende Stunde nach der anderen zugerufen. »Da da da da da da da – Mist, Mann! Da da da da da da da – Mist, Mann!«, hatten die Heranwachsenden erwidert, eine nervenaufreibende Stunde nach der anderen. Shelly spürte, wie sich ihre Gedärme verkrampften. »Nein, nein, tut mir Leid. Nicht bei diesem Lied. Ich kann einfach nicht.« Sie zog Kit wieder an ihren Tisch zurück.

»Was hab ich gesagt? Ihr Briten seid dermaßen unspontan. Wie nennt man das, wenn man die Leute in einer festgelegten Ordnung an den Tisch setzt?«

»Platzieren.«

»Genau. Ihr Briten platziert die Leute sogar bei einer *Orgie*«, sagte Kit lachend und ließ sich wieder auf seinen Stuhl fallen. »Und hinterher verschickt ihr Dankesschreiben. ›Wie reizend, dass Sie *kommen* konnten.‹«

»Na, dafür wäre es umgekehrt auch nicht schlecht, wenn ihr Yankees hin und wieder ein bisschen Zurückhaltung und Weitsicht üben könntet – besonders wenn es darum geht, Bomben auf dicht bevölkerte Gebiete abzuwerfen. Was für eine Gesellschaft! Mit dem verfassungsmäßig verbrieften Grundrecht auf blöde T-Shirt-Sprüche, sexistische Autoaufkleber und geistesgestörte Präsidenten. Wahnsinn«, sagte sie, und schmeichelte sich damit weiter in der ihr eigenen taktvollen und charmanten Art bei ihrem Gatten ein. »Die derzeit drei wichtigsten Männer in Amerika heißen Bush, Dick und Colon – Schamhaar, Schwanz und Dickdarm! Wenn das nicht alles über eine Nation sagt!«

»He, wenigstens haben wir eine Verfassung. Und was steht in eurer? Dass ihr das Recht zum Unglücklichsein habt. Die kalten Bäder, das warme Bier, das mieseste Meer – ein einziges gigantisches Klo –, das schlechteste Abschneiden bei der Olympiade, das beschissenste Wetter, die peinlichsten Aufreißersprüche. Herrgott noch mal, ein Engländer zeigt doch bloß auf seinen Pimmel und fängt an zu weinen.« Kit griff sich ein Besteck und begann, damit auf dem Geschirr zu trommeln.

»Weißt du, warum Amerika überhaupt existiert?«, fragte Shelly über sein rhythmisches Lärmen hinweg. »Es war einfach ein idealer Ort, wo wir Briten bequem alle unsere religiösen Fanatiker abladen konnten.«

Sein Trommelsolo wurde immer lauter, was Shelly zu der Erkenntnis veranlasste, dass der Computer komplett versagt hatte, als er prophezeite hatte, sie und Kit Kinkade könne irgendetwas verbinden. Unfähig, sich länger zu beherrschen, beugte sie sich vor und nahm ihm Messer und Gabel aus der Hand, um sie sogleich wieder in der richtigen Reihenfolge auf der lachsfarbenen Tischdecke zu arrangieren. »Ich weiß, du bist wahrscheinlich daran gewöhnt, mit den Füßen zu speisen, aber in Europa versuchen wir, von außen nach innen zu essen«, sagte sie herablassend.

»Auch das noch«, stöhnte er. »Ihr Engländer habt wahrscheinlich noch einen Doktortitel in Besteckkunde. Ihr lebt in einer utensilienreichen Umgebung, wisst ihr das eigentlich? Wozu die vielen altmodischen Regeln? Stell dir vor, wir leben im 21. Jahrhundert. Männer und Frauen ziehen sich nach dem Abendessen nicht mehr in getrennte Räume zurück.«

»Ja, weil sie sich inzwischen zu ihrer jeweiligen Geliebten in getrennte Schlafzimmer zurückziehen«, blaffte Shelly ihn an und nickte zu Coco hinüber. Die wurde gerade von dem verblassenden Rockstar zur Seite geschoben, der nun einen Klassiker von den Rolling Stones verstümperte, während er in einer grässlichen Imitation eines Geschlechtsakts seinen Unterleib am Mikrofonständer scheuerte. »Benötigst du immer noch den Beweis, dass Rockstars auf der biologischen Skala ganz unten rangieren? Wie die Tiere müssen sie Lockfarben tragen und ihre Genitalien zeigen, um Weibchen auf sich aufmerksam zu machen. Ich meine, guck dir den Idioten doch an!«

Gaby kam jetzt energischen Schritts auf sie zu. Angesichts der beharrlichen Weigerung ihrer TV-Protagonisten, sich romantisch zu verhalten, warf sie verzweifelt die Arme hoch. Dabei stieß sie mit einem vorbeieilenden Kellner zusammen, der unter einem ohrenbetäubenden Geschepper seine Teller und Gläser fallen ließ. Binnen weniger Sekunden war der französische Oberkellner an seiner Seite, wutentbrannt über den Unfall. Auch ohne fließend Französisch zu beherrschen begriff Shelly, dass der arme Kreole auf der Stelle gefeuert worden war.

Sofort richteten Manko und Mike Objektiv und Mikrofon auf den Tumult. Im Nu hatte sich der allgegenwärtige Polizeichef mit seiner Designersonnenbrille, die er (trotz des gedämpften Lichts) auf seiner Knollennase trug, und seinem Kaschmirpulli, den er (trotz der Hitze) lässig um den Hals geschlungen hatte, zu ihrem Tisch gewalzt. Er beschlagnahmte die Kamera, riss sowohl die Batterie als auch das Videoband heraus und warf beides in den Zierfischteich des Restaurants.

»Die Arbeiter zu filmen ist *interdit* – verboten.« Er schob den Mikrogalgen beiseite und starrte den Toningenieur hasserfüllt an.

»Wenn er Silent Mike verhaftet, hätte der wenigstens endlich mal das *Recht,* zu schweigen«, flüsterte Shelly Kit zu.

»Ja, und wenigstens bekommt man in einem französischen Gefängnis noch ein schönes Glas *citron pressé,* wenn man seinen einen erlaubten Anruf tätigt. Und vorher eine Leibesvisite, ein Abendessen und eine Vorstellung«, fügte Kit hinzu.

Shelly fing an zu lachen, bis Gaspard die Hand auf den Tisch krachen ließ und die Gläser tanzten.

»Der Tourismus gibt diesen Leuten ihren Lebensunter'alt. Aber sie sind zu dumm, um das zu verste'en. Was 'aben wir alles für sie getan? Aber sie sind undankbar. Bevor wir 'ier'er kamen, war das Land nur ein dischter Dschungel irgendwo im Indischen Ozean. Ohne uns würde es wieder an die Wilden zurückge'en. Isch 'abe einen Freund in Durban. Wissen Sie, wie er einen Schwarzen nennt, der auf einem Baum sitzt? Einen Zweigleiter!« Er warf den Kopf in den Nacken und brüllte vor Lachen.

Kit fand, dass dies genau der richtige Zeitpunkt war, sich mit Shelly darüber zu unterhalten, warum Paris sich bis heute seine hübsche architektonische Kulisse erhalten habe – unter anderem, weil die Franzosen Männchen und die Französinnen die Beine breit gemacht hatten, als die Nazis kamen. »Wie nennt man hundert Franzosen mit erhobenen Händen? – Eine Armee«, setzte er noch einen drauf.

Die reptilienhaften Augen des französischen Polizeikommandanten wurden zu engen Schlitzen, während er die ganze Zeit herzlich lächelte – genau so hatte er auch auf dem Flughafen geguckt, entsann sich Shelly mit wachsender Panik.

»Sehen Sie es ihm nach.« Sie kicherte nervös. »Er ist Amerikaner. Da muss man Abstriche machen. Selbst der amerikanische Präsident hat gesagt, das Problem mit den Franzosen ist, dass sie kein Wort für *entrepreneur* haben! Stimmt's?«

Gerade noch rechtzeitig machte der Manager, der sein Haar auf ein Uhr gescheitelt hatte, dem Restaurant seine Aufwartung. Er trug jenen abgestumpften Gesichtsausdruck, den alle Veteranen der PR-Branche aufsetzen können – ein Blick, der Bonhomie ausstrahlen soll und stattdessen an einen Mann erinnert, der gerade eine große Explosion überlebt hat, aber noch nicht wieder richtig hören kann.

»Dann wollen wir mal sehen, was der Manager zu alldem zu sagen hat!«, sagte Gaby wutschnaubend und stürzte auf ihn zu.

Gaspard zuckte die Achseln und entfernte sich federnden Schritts zu seinen gallischen Gästen. Shelly beobachtete, wie er sich in eine Chaiselongue nahe der Bar lümmelte, als gehöre ihm der Laden. Was vielleicht sogar der Fall war, weil er ja fortwährend hier war. Obwohl der Mann offensichtlich eine Vorliebe für den Fünfsternelebensstil hatte, konnte Shelly sich des Verdachts nicht erwehren, dass es womöglich noch einen weiteren, finstereren Grund für seine permanente Anwesenheit gab … bis sich eine hübsche schwarze Kellnerin über ihn beugte und er sie mit Besitzerstolz in den Hintern kniff. Im Gegenzug warf sie ihm einen verstohlenen Kuss zu. Der Super Flic wandte sich sodann ab und küsste einer unscheinbaren Frau mittleren Alters die Hand, die, der Art nach zu urteilen, wie sie ihn mit reservierter, aber hündischer Ergebenheit begrüßte, seine Gattin war. So viel zu verbindlicher französischer Eleganz und den primitiven Kreolen. Der Mann pendelte mit der Grazie eines Orang-Utans von der Geliebten zur Gattin.

Manko, der sich bei jedem, der es hören wollte, bitterlich beklagte, er habe die Nase voll, sich von einer »hergelaufenen Produzententussi herumkommandieren zu lassen, die man locker durch einen Teleprompter ersetzen könnte«, stapfte wütend zu seinem Bungalow zurück, um sich eine neue Batterie und ein neues Band zu holen, und befahl Mike, ihm zu folgen. So kam es, dass dieses vom Computer für einander bestimmte Paar erstmals in seinen Flitterwochen miteinander allein war. Von ihrer Abneigung gegen den Polizeichef zusammengeschweißt, drängte ein vorübergehender Waffenstillstand sämtliche Feindseligkeiten in den Hintergrund.

»Ich glaub einfach nicht, was du dem Bullen da gerade ins Gesicht gesagt hast: Das übliche Vorgehen der französischen Polizei heißt erst zuschlagen, dann Fragen stellen! Das war ziemlich mutig!«, sagte Shelly zärtlich. »Du bist dir deiner selbst so sicher, Kit. Ich wette, du machst sogar deine Kreuzworträtsel mit dem *Füller*!«

»Du hältst mich also für selbstsicher?«, fragte Kit gedankenverloren, ganz in die metronomische Bewegung seines Sektquirls vertieft, mit dem er seinen Cocktail rührte.

»Na, und wie. Du bist nie reserviert, außer wenn du in einem vornehmen Fünfsternehotel reservierst hast – und das auch nur, weil dein Computerprofil zu meinem passt!« Sie lächelte. »In einem Hotel mit herrlich großen, weichen Doppelbetten«, betonte sie anspielungsreich.

»Na ja, wie's leider aussieht, ist mein Hotelbett zurzeit ausschließlich für mich reserviert. Jedenfalls so lange, bis ich, wie sagt man, meine emotionale Libido wiedergefunden habe«, neckte er sie, aber nur halbherzig.

Shelly nahm einen tiefen Schluck Wein. »Hör mal, Kit, ich hab's nicht so gemeint, als ich sagte, Männer hätten kein Gefühl. Es passt bloß nicht zu dir, dass du ein ›Bitte nicht stören‹-Schild an deiner Unterhose trägst.«

»Aber ich versuche wirklich immer noch, mit meiner weiblichen Seite zu harmonieren.« Er lächelte frech. »Daraufhin habe ich übrigens festgestellt, dass ich mir übermäßig Sorgen um meine Ernährung, mein Gewicht, meinen Teint, meine Wirkung auf andere und meine Cellulite mache.« Trotz Kits scherzhaft-flapsigem Ton klopften seine Finger einen unruhigen Rhythmus auf die Tischplatte.

»Kit, warum tust du so geheimnisvoll? Wenn du nicht Arzt bist, was bist du dann? Und warum hast du gelogen? Du verziehst dich jedes Mal so schnell du kannst in dein Zimmer. Du isst sogar dort. Mit Ausnahme unseres gestrigen Tauchausflugs hast du dich nie weiter als auf einen zweiminütigen Sprint von deinem Bungalow entfernt. Wieso? Bist du ein Android, der immer wieder seine Batterien aufladen muss? Sendest du Nachrichten ans Mutterschiff? Oder spionierst du für den Mossad? Was ist es?«

»Ich muss an meine Enthaarung denken«, sagte er leichthin, aber seine Stimme klang schrill. Und auch seine Finger verrieten ihn. Er bearbeitete sie permanent, verbog sie und zog an ihnen, als wolle er sie für ein Klavierkonzert geschmeidig machen.

Shelly bedeckte seine Hand mit der ihren. »Was ist wirklich mit dir los, Kit? Komm schon, sag's mir. Wenn du je in ein verständnisvolles Ohr schreien willst, nur zu, ich verfüge über ein ausgezeichnetes Gehör.« Sie knabberte an ihren *escargots* und er an seinen Fish and Chips, aber was an Kit nagte, blieb sein Geheimnis. »What's up, Doc?«, lächelte sie.

Kit blickte in Shellys mitfühlendes Gesicht. »He, die Dinge, um die ich mir Sorgen mache, könnte ich nicht einmal einem Priester beichten, geschweige denn einer armen verwirrten Braut«, sagte er niedergeschlagen.

Doch Shelly nahm ihm das nicht ab. Ihr Mann erinnerte sie an Rodrigos *Concierto de Aranjuez* für Gitarre. Da hätte sie auch beinahe aufgegeben, aber am Ende hatte sie's doch noch geknackt, verdammt noch mal. Sie versuchte es anders: »Okay, Themawechsel. Wie wär's, wenn wir einander unsere Lebensphilosophie erzählen?«

Kit wandte den Kopf ab, setzte seine Sonnenbrille auf und schaute, vorgeblich, um die blutrote Sonne beim Eintauchen ins Meer zu beobachten, aus dem Restaurantfenster. Offenbar gab es bei ihm einen inneren Ort, den er geheim hielt. Dorthin verzog er sich, ohne zu merken, dass Shelly ihn beobachtete.

»Kit?«

»Mein Rat fürs Leben? Äh … wenn du Vorhautringe trägst, zieh keine Nylonhöschen an – damit versetzt du dir tödliche Stromstöße. Oh, und iss niemals Hot Dogs an einem Straßenstand. Besonders nicht, wenn er deinen Eltern gehört.«

Shelly hob misstrauisch den Kopf. »*Eltern?* Sagtest du nicht, deine Eltern seien tot?«

»Habe ich das?«

»Hast du in der Tat.« Sie warf ihm einen bohrenden Blick zu.

»Na ja, sie leben in einem Wohnwagenpark in einem Ort namens Hell Hole und verkaufen Junk-Food – das heißt doch, dass sie tot sind, wenn auch nicht auf dem Papier«, improvisierte er.

Shelly lief vor Empörung rot an. »Hörst du bitte endlich auf, mich zu belügen? Es reicht allmählich mit der Nummer

›internationaler Geheimnisträger‹. Wer zum Teufel bist du eigentlich?«

Der aufgeschlagene Kragen seines schwarzen Hemdes und die dunklen Gläser ließen ihn mehr denn je wie einen Spion aussehen.

»Shelly.« Er sprach ihren Namen in einem leisen, dringlichen Tonfall aus. »Du bist eine nette Person. Es tut mir Leid, dass ich mich wie ein Schwein benommen habe. Ich war nämlich nicht ganz ehrlich.«

»Ach nee.«

Er berührte sanft ihre Wange, nahm die Sonnenbrille ab und blickte ihr in die Augen. »Ich muss dir was gestehen«, sagte er geheimnisvoll.

Shelly machte sich auf die Wahrheit gefasst. »Ich höre.«

»Uuuh! Isch bin so 'ungrisch!«

Coco flatterte in ihrem glitzernden Lycra-Mini herein, ließ sich auf dem freien Stuhl an ihrem Tisch nieder und begann, in den verschiedenen Käsesorten herumzustochern.

Shelly betrachtete die Leadsängerin mit hasserfülltem Staunen. »Du *isst*? Wenn du eine Brotkrume schlucken würdest, sähst du schwanger aus. Ihr französischen Frauen bestellt doch zum Lunch nur ein *croûton*. Und dann teilt ihr es euch.«

Kit lachte und kniff Shelly in die Wange. »Wer hat hier die Vorurteile? Du führst dich gegenüber den französischen Frauen genauso rassistisch auf wie Gaspard gegenüber den Kreolen, du Franzmann-Klatscher!«

Shelly spürte, wie Zornesröte ihr Gesicht überzog. »Ich weiß, es ist eine Verallgemeinerung, aber wie so oft, wenn ich verallgemeinere, ist mir das scheißegal!«, stieß sie hervor. Da sie bereits mit Sonnenbrandflecken übersät war, hoffte sie inständig, dass man ihre brennenden Wangen nicht bemerkte.

»Isch mag *alle* fleischlichen Genüsse«, schnurrte Coco mit einem unschuldigen Aufschlag ihrer schillernden Augenlider.

»Aber im Gegensatz zu *manschen* Frauen« – sie warf Shelly einen anzüglichen Seitenblick zu – »bin isch *tatsäschlisch* sehr vorsischtisch mit dem, was isch esse.« Sie schlug sich auf den bloßen, straffen Bauch, was ihren schnucklig in die BH-Körbchen geschmiegten Busen einladend vibrieren ließ. »Dein Körper ist eine Kathedrale.«

»Ja, aber heute ist leider kein Gottesdienst«, murmelte Shelly in dem Versuch, die Augen ihres Mannes auf sich zu ziehen, die gerade in Cocos entzückendem Dekolleté verschwanden.

»Es gibt einen Shiatsu-Punkt, der den Appetit schwächt. Soll isch dir zeigen, Kelly?«

»*Shelly*. Und danke, nicht nötig«, sagte Shelly wutschäumend.

Coco wandte sich Kit zu. »Es gibt auch erotische Shiatsu-Punkte. Soll isch dir zeigen?« Sie lächelte affektiert und zog eine magentarote Schnute.

»Wir zeigen *dir* lieber den Weg zurück zur Bühne«, schlug Shelly vor. Ihr Wunsch wurde durch das Eintreffen des ersten Gangs unmittelbar erfüllt. Coco, die Vegetarierin war, schnitt beim Anblick von Shellys *escargots* eine Grimasse und rannte mit einem Würgereiz zur Bühne, wo sie sofort ein ungewöhnliches Medley aus afrikanischen Rhythmen, Reggae, Sega und Mayola vortrug, natürlich alles auf Kreolisch.

Diese Schale *escargots* sieht kein bisschen wie erstarrter Schleim aus, versicherte sich Shelly, als Ekelgefühle in ihr aufstiegen. Das ist purer Unsinn. Während Kit amüsiert zuschaute, stürzte sie sich auf ihr Mahl und löffelte genüsslich die Sauce. Sie spießte etwas mit der Gabel auf, das sie für eine Schnecke hielt, und schluckte es hinunter, wodurch sie dieser anorektischen, Tofu essenden Sängerin ihre weltgewandte Überlegenheit bewies, deren kulinarischer Höhepunkt wahrscheinlich darin bestand, sich die Magenwände mit Kleieflocken einzureiben.

Endlich! Ein Punkt für Shelly Green, gratulierte sie sich.

Aber ihr Triumph währte nicht lange. Shelly spürte, wie der Chili auf der Rückseite ihrer Augäpfel brannte, bevor ihr überhaupt klar wurde, dass ihre Kehle Feuer gefangen hatte. Sie griff sich an die Kehle und schielte vor Schmerzen, dann signalisierte sie Kit, dass sie Brot brauche, und versuchte ihm anzudeuten, dass ihre Magensäfte nicht mehr mit ihren Stimmbändern kommunizierten. Chili in *escargots*? Davon hatte auf der Speisekarte nichts gestanden.

Sie legte einen Hustenanfall hin, der einer Lungenheilanstalt alle Ehre gemacht hätte. Einige Hotelgäste drehten sich zu ihr um, um besser mit ansehen zu können, wie sie sich während ihrer Verdauungsvorstellung wand und ans Tischtuch klammerte. Wie üblich waren Manko und Silent Mike gerade rechtzeitig eingetroffen, um ihre Demütigung für die Nachwelt aufzuzeichnen.

»*Ma pauvre chérie!!!!!!*« Das war Dominic, der wie eine Autosirene klang und sie in die Arme schloss. Von Dominic umarmt zu werden fühlte sich ein bisschen an, wie von einem Golden Retriever angesprungen zu werden. Er machte sich sofort daran, ihr löffelweise mildernden Joghurt zu verabreichen. »Oh! Du 'ast Piment gegessen? Chili? Natürlisch in Réunion, weißt du, gibt es ein altes 'ausmittel, die Kehle zu beru'igen: mit Sperma gurgeln«, schnurrte er und zwinkerte in die Kamera.

Aber Shellys Todesschreie wurden von einem noch lauteren Geräusch übertönt. Zuerst dachte sie, der Cocktailshaker des Barmanns sei durchgedreht. Aber dann stellte sie fest, dass das gefühlvolle Geschnarre der E-Gitarre plötzlich in ein schrilles, dissonantes Kreischen übergegangen war. Das gesamte Publikum stierte mit angehaltenem Atem auf die Bühne, wo Gaspard gerade dabei war, Coco Handschellen anzulegen. Gewehre schwingende Gendarme stürzten sich auf die anderen Bandmitglieder und stießen dabei Mikrofonständer und Trommeln um, bevor sie die Musiker brutal abführten. Sofort sprang eine

Ersatzsängerin auf die Bühne und stimmte eine knödelige Version von »La Vie en Rose« an.

»Was zum Teufel geht hier vor?«, wollte Kit von Dominic wissen.

»Die Band, sie ist ver'aftet worden. Sie 'aben gesungen ein Lied von der Sega-Befreiungsbewegung – geschrieben von einem Rastamann der Insel.«

»Na und?« Kalte Wut ließ Kits Halsadern vortreten wie Kabelstränge. »Lass mich raten. Gaspard glaubt, dass ›Befreiung‹ eine Tamponmarke ist.«

Dominic zuckte die Achseln. »Es verstößt gegen die öffentlische Ordnung.«

»Wohin werden sie gebracht?«

»Hôtel de Police.«

»Will denn niemand was dagegen unternehmen? Was ist mit ihren Grundrechten?«

Dominic lachte schal. »Unter dem Regime von Super Flic 'aben sie keine. Es 'at einen Skandal gegeben und die Be'örden in Paris 'alten sisch da raus und geben ihm einen Arschtritt bis nach Réunion. Jetzt muss er sisch bewähren.«

Kit schwelte wie ein vom Blitz getroffener Baum, der sich jeden Augenblick entzünden konnte. »Wir müssen ihr helfen, Shelly. Coco mit Gaspard allein – Scheiße, das ist, wie wenn man sich gegen Darth Vader mit einem Buttermesser verteidigen muss. Wie's aussieht, versucht ja sonst niemand, sie zu retten.« Kit funkelte Dominic vorwurfsvoll an. »Dann lass ich dich mal hier, um die Benefizveranstaltung zu organisieren, ja? Oh, und Shelly, hast du Euros? Es kann sein, dass ich mir für die Kaution was von dir pumpen muss.«

Eine Coco hinter Schloss und Riegel schien Shelly in diesem Moment eigentlich eine hervorragende Idee zu sein. Sobald sie ihre Stimme wiedergefunden hatte, würde sie kategorisch Nein sagen. Sie hatte außerdem vor, Kit mitzuteilen, dass man nicht aus dem Fenster fällt, solange man sich nicht zu weit hinauslehnt. Vor allem wollte sie gern den Satz zu Ende hören, den Coco unterbrochen hatte. Welche Donald-Rumsfeld-artige Bombe wird er diesmal auf mich fallen lassen?, rätselte sie.

Aber dann lag Kits Hand auf ihrem Arm, und die war so warm, dass sie sich von ihm zuerst zu ihrem Zimmersafe und dann ins Taxi dirigieren ließ. Im Taxi legte er sogar seinen Arm um ihre Schulter, und da saß sie nun, hingegossen in der äquatorialen Wärme seiner Umarmung. Die salzige Brise war voller Erwartungen. Shelly glaubte, dass sie sich in der Nähe des Flughafens befanden. Aber dann merkte sie, dass es nur ihr Herz war, das gerade abhob.

Kommunikation

Frau: Und, meldest du dich morgen bei mir?

Mann: Sicher, aber nur, um dir zu sagen, dass du wegen genau dieser Frage bei mir abgemeldet bist.

Waffenstillstand

9 Es gibt eigentlich nur eine Faustregel, wenn man ins Ausland fährt: Bewaffnete Polizisten haben immer Recht. Verstößt man gegen sie, wird man möglicherweise von Kugeln durchsiebt. Der erste Blick auf das abweisende Polizeipräsidium, das von einem Stacheldrahtzaun und unzähligen Bullen mit Maschinengewehren umringt war, ließ Shellys eben noch in den Wolken schwebendes Herz schlagartig stillstehen. Doch bevor sie den Panikknopf fand, um ihren emotionalen Schleudersitz zu betätigen, war sie schon im Inneren des Hôtel de Police, einem Haus, in dem der Gast immer Unrecht hat.

Dort wurden sie von zwei rauchenden Bereitschaftspolizisten empfangen, die sich die Helme auf die Stirn geschoben hatten wie Froschmänner. Mit kühler Gleichgültigkeit beobachteten sie, wie Kit und Shelly das Ministère de l'Intérieur betraten.

Die Polizeihunde zu ihren Füßen waren vollauf mit ihrer Genitalpflege beschäftigt. Eine Neonröhre flackerte erratisch, und aus einem kleinen Radio drang Musik. Das riesige Foto eines selbstgefällig dreinschauenden Jacques Chirac, Président de la République Française, beherrschte den Raum. Die Menschenrechtserklärung, die auf der anderen Seite des Zimmers hing, war bezeichnenderweise als Dartboard zweckentfremdet worden.

»Hör mal«, flüsterte Kit, während sie auf Wachtmeister Gaspard warteten. »Ich habe *Die Schlacht um Algier* gesehen. Wenn sie einem mit dem Gewehrkolben ins Gesicht schlagen, ist das Französisch für ›Guten Tag‹. Also lass mich das Reden besorgen, okay?«

»Sei bitte vorsichtig«, hörte Shelly sich sagen, woraufhin sie sich beeilte, diese Zurschaustellung von Gefühlen sogleich abzuschwächen. »Ich meine, du bist nun mal mein einziger Ehemann; es ist ja nicht so, als könnte ich mit Ehemännern um mich schmeißen, weißt du.«

Ein ohrenbetäubendes Gejaule ertönte, und sie starrten alle aus dem offenen Fenster in einen Hof, wo Gaspard gerade damit beschäftigt war, eine streunende Katze an einen Polizeihund zu verfüttern. Der Mann nahm seine fromme Denkungsart eindeutig nicht mit Milch. Als Monsieur Super Flic die Wache betrat, standen die Polizisten stramm wie ein Erschießungskommando.

»*Bonsoir,* Kommandant der *Fromage*-essenden Kapitulierertrottel.« Kit ließ eine leichte Verbeugung folgen. »Was gibt's Neues in der Welt von Schuld und Sühne? Ich wollte Sie schon immer mal was fragen« – hier rümpfte er die Nase, als ekele er sich vor einem üblen Geruch –, »finden Sie nicht auch, dass ein Bidet als Badewanne für den *ganzen* Körper eigentlich zu klein ist?«

Shelly zuckte zusammen. Wenn das mal kein französisches »Guten Tag« auslöste. Gaspard machte ein Gesicht, das auf ein schweres Hämorrhoidenleiden hindeutete. Das Herz hämmerte in ihrer Brust. »Beachten Sie ihn gar nicht«, sagte sie mit einem künstlichen Lachen. »Wissen Sie, wie man einen Amerikaner von oben herab behandelt? Indem man Englisch mit ihm spricht!«

Aber bevor er sagen konnte: »Hände hoch und Beine auseinander«, befahl Gaspard, *Shelly* in sein Büro abzuführen. Der Polizeichef wies ihr einen Stuhl mit harter Lehne an, auf dem sie Platz nehmen sollte. In klassischer Bullenmanier setzte er sich auf die Ecke seines Schreibtischs und baute sich bedrohlich vor ihr auf. Auf dem Fensterbrett hinter ihm drehte sich ein Ventilator, der sein großes Gesicht lethargisch mal nach rechts, mal nach links schwenkte, als leide er wegen eines permanenten Verhörs an völligem Schlafmangel. Die Wände waren, wie ihr auffiel, in einem Irrenhaus- und Anstaltsbeige gestrichen. Shelly bekam einen Schweißausbruch. Nichts machte ihr so viel Spaß wie eine verriegelte Tür in Verbindung mit einem durchgeknallten Psychopathen.

»Nun, Mademoiselle … oh, pardon, *Madame* Kinkade, Sie 'aben sischerlisch von unserem Gesetz gegen Volksver'etzung ge'ört? Unser Gesetz aus dem Jahr 1881, wonach es eine schwere Straftat ist, unsere Minister, Beamten und Polizisten zu beleidigen?«

»Ja, aber ich glaube wirklich nicht, dass Coco eine fanatische Systemgegnerin ist«, setzte Shelly an.

»Dieses Lied, das war die National'ymne der Unab'ängischkeitsbewegung 'ier auf Réunion. Darin kommen ein paar sehr sehr 'ässlische Dinge über unsere Regierung in Paris vor. Sie verfolgt offenbar bestimmte Interessen.« Gaspard presste die Worte durch die Lippen, die kaum mehr als ein Schlitz zwischen seinem Kinn und seinen Nasenlöchern waren.

»Interessen? Bei allem Respekt, Herr Kommandant, ich glaube Coco interessiert sich nur dafür, ob ihr Schmuck zu ihrem Zehennagellack passt.«

»Coco – ihre Genossen nennen sie La Tigresse – ist eine sehr gefährlische Frau«, sagte er in der nüchternen, pragmatischen Art eines Gerichtsvollziehers.

»Gefährlich?« Trotz ihrer Angst musste Shelly lachen. »Sie ist Popsängerin. Ihren Kopf braucht sie in erster Linie als Kopfhörerstütze für ihren Sony-Walkman.«

»Sie sind naiv, Madame. Die kommunistischen Terroristen bedienen sisch der Frauen, weil sie keinen Verdacht erregen. Sie kommen überall 'erum.«

»Kommunismus? Mr Gaspard, das Parteiprogramm von Coco lautet *Ego*ismus, das kann ich Ihnen versichern.« Besonders in Bezug auf meinen Mann, fügte Shelly im Geiste hinzu.

»Inzwischen klettern die weiblischen Rekruten dieser Organisation in der Befehlskette immer weiter nach oben.«

»Ja, aber bei Coco sind es *Fußkettchen*. Ich bin mir ganz sicher, der kleine Strohkopf hat nicht einmal gewusst, dass es sich um ein revolutionäres Lied handelte. Ihr Wonderbra hat ihr die Luftzufuhr zum Gehirn abgeschnitten. Ich meine, was haben Sie gegen sie in der Hand? Nur dieses alberne Liedchen?«

»Man 'at sie dabei erwischt, wie sie revolutionäre Graffitiparolen gesprayt hat.«

»Sie ist zweiundzwanzig. In dem Alter waren wir doch alle ein bisschen ideologisch angehaucht. Sie muss noch lernen, dass es die Menschheit nicht unbedingt weiterbringt, wenn man das Wörtchen ›Scheiße‹ auf Toilettenwände sprüht.«

»Coco … also, wissen Sie, sie ist verrückt nach schwarzen Schwänzen«, erklärte Gaspard mit einem süffisanten Grinsen und entblößte den schlecht sitzenden, fluorweißen Zahnersatz in seinem übel riechenden Mund.

Shelly hielt es mit einem Mal für sinnvoll, das Muster der Zigarettenlöcher im Linoleumfußboden genauer zu studieren.

»Vor drei Jahren 'at ein 'otel sie als Sängerin angestellt. Dann hat sie sisch verliebt und ist nie wieder nach Paris zurückgegangen. Ihr schwarzer Freund war in der Unab'ängigkeitsbewegung, er wurde erschossen. Bei einem bewaffneten Aufstand. Vor einem Jahr. Und da hat sie 'ass auf die französische Polizei geschworen.«

»Mit Verlaub, das ist lächerlich. Das Einzige, was Cocos Liebhaber schießen können, sind Nacktfotos von ihr, für den *Playboy*.«

»Jetzt ist sie die Konkubine seines Nachfolgers. Sagen Sie Ihrem Mann, er soll vorsischtisch sein. Er wird da in Sachen 'ineingezogen, von denen er nichts versteht. Sie sollten seine 'andlungen besser überwachen.«

Die Stimme des Mannes klang so gruselig, dass ihr die Haare zu Berge standen. »Na ja, bloß weil wir verheiratet sind, heißt das ja nicht, dass ich ihn besitze.« (Verdammt, dachte sie, ich krieg ihn ja nicht mal dazu, Käse zu essen, geschweige denn, seine rigiden Moralvorstellungen zu lockern.)

»Coco hat sich einen Job im Grande Bay 'otel besorgt, weil sie Teil einer Schläferzelle ist.«

»*Das* glaub ich schon eher. Die Frau scheint mit so vielen Ehemännern schlafen zu wollen, wie's nur irgend geht, falls Sie das meinen.«

»Ja, Madame. Genau das meine isch. Sie verführt Männer und erpresst sie dann; das Geld geht an die Unab'ängigkeitsbewegung. Glauben Sie, dass Ihr Mann« – sein Tonfall war schneidend und metallisch, kalt wie das Spekulum eines Gynäkologen – »Ihnen treu ist?«

»Ja«, log Shelly. »Ich vertraue ihm vollkommen.«

»Trotzdem, passen Sie auf ihn auf. Diese Terroristen, das sind tickende Zeitbomben. Intelligenz ist unsere beste Waffe. Diese militanten Schwarzen sind so schwer zu erwischen, weil sie alle dieselbe DNS haben. Das erklärt auch, warum sie so *stupide* sind.«

Shelly verstand beim besten Willen nicht, wieso diese Unabhängigkeitstypen so schwer kleinzukriegen sein sollten. Die Franzosen könnten sie doch einfach zu Tode *dünkeln*?

Mit einer kleinen Drehung seines Rolex-geschmückten Handgelenks überreichte ihr Gaspard seine Karte. »Wenn Sie irgendetwas Verdäschtiges beobachten, melden Sie sisch sofort bei mir.«

»Sie möchten, dass ich meinen eigenen Mann ausspioniere?«

»Ausspionieren, was für ein aggressives Wort. Mir schwebte eher b*eschützen* vor.« Er schlug einen väterlichen Ton an. »Ihn beschützen vor sisch selbst … und vor den Reizen von La Tigresse.« Er lächelte. Aber das Lächeln reichte nicht bis zu seinen kalten

Augen hinauf. »Ansonsten« – er stand abrupt auf und sprach zornig – »wird Ihre E'e von sehr kurzer Dauer sein, Madame.«

Gaspards eisig monotone Stimme klang so endgültig wie eine zugeschlagene Gefängniszellentür. Shelly erhob sich. Sie hielt es für besser, sich zu verabschieden, bevor seine Laune wieder umschlug.

Shelly fand stolpernd zu dem von Rauchschwaden verhangenen Empfangsbereich zurück, wo Kit dabei war, mit Anwälten zu drohen und seine Faust auf den Schreibtisch zu schlagen, weil er immer wieder wissen wollte, wohin man Shelly gebracht hatte. Als sie auftauchte, hätte er sie vor Erleichterung fast umarmt.

»Mein Gott« – Shelly wedelte sich die abgestandenen Gitanes-Wolken aus dem Gesicht –, »sie könnten ihre Revolutionäre doch einfach durch Passivrauchen ausrotten.«

»Ja, oder sie mit einer Eliteeinheit französischer Existenzialisten zu Tode langweilen und sie über die Sinnlosigkeit des menschlichen Handels in Anbetracht der Unendlichkeit *ennui* und Überdruss verbreiten lassen.« Kit senkte die Stimme. »Geht's dir gut?« Sie nickte. »Was hat das Arschloch von dir gewollt? Warte, wir reden im Taxi.« Kit führte die Hand zu seiner Gesäßtasche, woraufhin die zwei Polizisten sofort ihre Gewehre entsicherten und ihm bedeuteten, die Hände hochzunehmen.

Als sie Kit filzten, zog ihm einer der Gendarmen so ungestüm die Brieftasche heraus, dass sie aufklappte und das ganze Geld und diverse Quittungen herausfielen ... sowie ein kleines Foto. Shelly hob es auf. Es war ein Schnappschuss einer hochmütigen, gut aussehenden Blondine. Sie hatte eins dieser gemeißelten, hochwangigen Profile, die häufig auf Prospekten für Fünfsternehotels zu sehen sind.

»Aus irgendeinem Grund glaube ich nicht, dass das deine Mutter ist«, brachte Shelly hervor. »Offenbar hast du völlig verschwitzt, mir zu sagen, dass es eine andere Frau in deinem Leben gibt.« Vielleicht *war* es ja jetzt an der Zeit, ihn auszuspionieren.

Kit entwand ihr das Foto und riss es wütend in Stücke. »Jetzt nicht mehr.« Mit steinerner Miene wandte er seine Aufmerksamkeit dem Kautionsformular zu. »Ich muss dich angeben – schließlich hast du ja das Geld ausgespuckt. Ich wollte nur im Hotel keine Zeit damit verlieren, britische Pfund in Euro umzutauschen. Also, was soll ich hinschreiben? Bist du meine Partnerin? Lebensabschnittsbegleiterin? Bessere Hälfte? … Mein Kumpel? Ich nehme Kumpel.« Er fing an zu schreiben.

Wie wär's mit »Das ist die Frau, die mich regelmäßig auf ihr *chambre* einlädt, damit wir es treiben wie die Frettchen?«, dachte Shelly. Warum war dieser Mann, der schon mal mit umgeschnallten Skiern aus einem Hubschrauber abgesprungen war, sich in voller Scubamontur mit dem Fallschirm ins Meer stürzte und der gegenüber Polizisten, die mit Vorliebe Penis-*pâté* machten, eine ziemlich dicke Lippe riskierte, so komplett und über die Maßen verängstigt, einer Frau nahe zu kommen?

Nachdem sie unterschrieben hatten und Shelly die tausend Pfund von ihrem wertvollen Preisgeld los war – mehr hatte sie nicht in Euro eingetauscht –, segelte ihnen Coco entgegen und schaute sie an wie ein verwirrtes, gehetztes kleines Mädchen. Shelly hatte noch nie jemanden gesehen, der weniger wie ein Terrorist aussah, ein Eindruck, der nur noch verstärkt wurde, als das Dummchen das Wort ergriff.

»Offensischtlisch 'abe isch misch nischt gut genug um meine *Chakras* gekümmert«, stellte Coco fest und hakte sich bei Kit ein, als sie eilig das Polizeirevier verließen. »Wusstest du, dass man dursch Meditation sein Leben ändern kann?« Sie drehte sein Gesicht zu sich herum, sodass er gezwungen war, direkt in ihr Dekolleté zu starren. »Isch könnte dir beibringen, wie du deine Ziele anvisierst.«

Shelly wunderte sich, dass Coco ihm den Kopf nicht noch in ihren Ausschnitt steckte, um ihm das Anvisieren zu erleichtern.

»Kit«, fragte sie ihn ernsthaft und schaute ihm in die Augen, »'ast du *Der wunderbare Weg* von Morgan Scott Peck gelesen?«

Das könnte der Weg zu meinem Schlafzimmer sein, dachte Shelly wehmütig, während sie hinter den beiden hertrottete. Aber streng genommen gab es nicht mal einen Pfad.

»Als die Band gespielt 'at … warum war da so ein Theater?« Coco lächelte unschuldig. »Ich fand es so ein zauber'aftes Volkslied«, seufzte sie, bevor sie ihnen zum Abschied zuwinkte und die Straße hinunter von dannen schwebte. Zweifellos hat sie eine Verabredung mit ihrem kindlichen Alter Ego, um Kreatives aus Knete zu formen, vermutete Shelly. Ihr eigenes kindliches Alter Ego wollte indessen nur kotzen.

»Okay, die Frau hat sich einigen -ismen verschrieben – Tofuismus, Taoismus«, sagte Shelly zu Kit, als sie ins Taxi stiegen. »Aber Kommunismus? La Tigresse? Ich bitte dich! Die schafft doch nicht mal *Die kleine Mäuserevolte*.«

»Du meinst also, La Tigresse wäre eher Tiger Lilly?« Kit warf Shelly einen aufmüpfigen Blick von der Seite zu, aus dem sie nicht recht schlau wurde …

Das Taxi raste auf der Küstenstraße zurück zum Hotel. Im Hafen kreuzte ein majestätisches Segelschiff durch die Bucht, eine Kopie der alten französischen Klipper, auf denen die ersten Kolonialisten hierher gesegelt waren.

»Also, erzähl mir von Gaspard – was wollte er eigentlich von dir?«

»Oh, guck mal, wie schön!«, lenkte Shelly ab und zeigte auf das Schiff. »Das ist für die Feierlichkeiten morgen. *Es wird die Besiedlung Réunions durch den König von Frankreich im Jahre 1624 nachgestellt*«, plapperte sie wörtlich den Text aus dem Touristenprospekt nach, den sie an der Hotelrezeption gelesen hatte.

Der Taxifahrer, ein Kreole, schnaubte verächtlich. Shelly zuckte zusammen, da sie – zu Recht – befürchtete, eine Hasstirade über die Unterdrückung der Ureinwohner provoziert zu haben.

»Pah! Wir haben nix zu feiern. Außer *la dégradation* des afrikanischen Volkes über die letzten dreihundertfünfzig Jahre.« Wie sie richtig befürchtet hatte, wurde der Versuchung, ausführlich Unmut zu äußern, nicht widerstanden. »Unsere Vorfahren waren Sklaven, die erst die Briten auf Mauritius und dann die Franzosen auf Réunion reich gemacht haben – und wir sind dabei arm geblieben.«

Der Fahrer bog in eine Seitenstraße ein, die vom Hafen wegführte, und sein Wagen verscheuchte in den Gassen die Katzen, die quietschten wie rostige Scharniere. Das tropische Treiben des Hauptplatzes mit seinen von Bougainvillea umrankten, mit weißen Jalousien geschmückten Kolonialvillen ebbte mit einem Schlag ab. Hier lehnten zusammengewürfelte Bruchbuden aneinander, erschöpft von der Anstrengung, sich aufrecht zu halten, wie Gefangene, die man zu lange auf dem Appellplatz hat antreten lassen. Die allgemeine Atmosphäre des Verfalls wurde durch einen stechenden Abwassergestank und vergammelnden Müll noch verstärkt. Shelly kurbelte schnell ihr Fenster hoch.

»Diese Insel ist ein Teil von Afrika«, wetterte der Taxifahrer weiter. »Wir wollen Selbstbestimmung und Unabhängigkeit. Wir wollen einen eigenen Botschafter bei der UNO. Wir wollen unseren Wohlstand behalten und nicht, dass er ewig nach Paris geht. Die Besiedlung nachstellen? Pah! Das streut nur Salz in unsere Wunden.«

Er musste seine Standpauke unterbrechen, als sein Wagen von einer Straßensperre der Polizei gestoppt wurde, woraufhin er am Straßenrand hielt. »*Désolé,* Monsieur. Sie werden von hier aus zu Ihrem Hotel laufen müssen.« Er zeigte zum Strand.

Shelly war erleichtert, dem Wagen entkommen zu können. Als sie an der Küste entlangliefen, wurden sie von den Klängen der Tropen eingelullt. Aus dem Busch ertönte ein grandioser exotischer Chor. Vögel jubilierten, Frösche quakten im Bariton, Insekten unterlegten das Ganze mit rhythmischem, aufgeregtem Gesumm und die Palmwedel schienen ihr freundlich zuzuwinken. Als sie näher kamen, flogen Papageien mit zitronengelben Flügeln von den Bäumen auf. Sie blieben stehen und zogen sich die Schuhe aus.

»Danke, Shelly.« Der Sand knirschte unter ihren nackten Füßen.

»Wofür?«

»Dass du Coco die Kohle geliehen hast. Du bist die erste Braut, die ich kennen gelernt habe, auf die Verlass ist, weißt du das?«

Shelly wünschte, sie könnte dasselbe über ihn sagen. »Diese Frau in deiner Brieftasche … die hat dir wohl sehr wehgetan, was?«

»Och, nicht mehr als der durchschnittliche durchgeknallte Satanist«, sagte Kit.

Wieder einmal meinte Shelly, unter seiner schnoddrigen Maske Abgründe der Verzweiflung zu entdecken. Aber immer wenn sie nachhakte, wurde seine Stimme kalt wie Metall und er fuhr die verbalen Fallgatter aus. Was wohl die Kombination zu seinem Schloss ist?, fragte sie sich.

»Okay, ich weiß, wir haben beide bei unserer Bewerbung für den Wettbewerb gemogelt, aber lass uns jetzt mal ehrlich sein. Und darum«, sagte Shelly im Tonfall einer amerikanischen Quizshowassistentin, »Kandidat Nummer eins? Erzählen Sie uns ein bisschen was von sich. Ausnahmsweise mal die Wahrheit.«

»Du willst also die nackten Tatsachen hören?« Kit blickte Shelly nachdenklich an. »Na ja, zuerst wollte ich Footballprofi werden, aber eine Verletzung machte alle Hoffnungen auf eine Sportlerkarriere zunichte. Also wurde ich erstklassiger uneingeladener Gast des Jetsets von L. A. War überall, wo's was umsonst zu Saufen gab. Danach bin ich mit einem Kumpel mitgezogen, der bei einer Modelagentur vorsprechen wollte, und stattdessen haben sie mich genommen. Ehe ich's mich versehe, bin ich auf einem riesigen Werbeplakat an der Ecke Sunset Boulevard und La Cienega abgebildet. Die Reklame für Calvin-Klein-Unterwäsche löste Massenkarambolagen und einen Haufen Beschwerden aus.«

Shelly wäre jede Wette eingegangen, dass es für die weiblichen Fahrer der schmerzloseste Unfalltod aller Zeiten gewesen wäre. Oh, wie hätte er diese Schlüpfer ausgefüllt. Für dieses Schleudertrauma gäbe ich alles, Baby.

»Jedenfalls dachte ich danach: nie wieder Werbung. Hab eine schlechte Band gegründet, es ein bisschen mit der Schauspielerei versucht, dann bin ich gereist. In Bolivien hat man mich reingelegt und mir was mit Kokain angehängt, in Malaysia wurde ich vom Blitz getroffen, in Sierra Leone wäre ich fast auf 'ne Landmine getreten, in Moçambique hab ich bei einem Alligatorangriff meinen Hund verloren … du weißt schon. Das Übliche.«

Das Übliche? Shelly lauschte hingerissen. Überfälle, Tornados, Infernos, Lawinen – das Übliche für Indiana Jones vielleicht.

»Und wie steht's mit Ihnen, Kandidatin zwei?«, sagte er herausfordernd. »Was waren die Höhepunkte Ihres Lebens?«

»Ähm … na ja, letztes Jahr habe ich ein Schulkonzert dirigiert, ohne dass jemand während des Solos gepupst hat. Das war unglaublich.«

»Okay, nächste Frage. Warum glaubst du, dass in deinem Leben das Glas immer halb leer ist und nie halb voll?«

»Ich glaube, man muss nicht Freud heißen, um zu wissen, dass es was mit meinem Vater zu tun hat«, erklärte sie verbittert. »Mit meinem Vater, der mich nie besucht hat. Der zu sehr damit beschäftigt war, in schlechten Kneipenbands mitzuspielen, die *Salat und Nacktschnecke* hießen. Oder *Schleim und Hoden*. Sein jüngstes Ensemble nennt sich *Die vier Häute* – nur ist kürzlich der Bassgitarrist abgehauen, aber *Die drei Häute* klingt irgendwie nicht.«

Kit schüttelte verwundert den Kopf. »Wie konnte er nur sein süßes kleines Mädchen im Stich lassen?«

Die silberne See schauderte im Mondschein. Shelly schauderte ebenfalls, wenn auch nicht vor Kälte. »Meine Mutter hat mir so oft gesagt, es hätte nichts mit mir zu tun, aber wie kann sich ein Kind da nicht zurückgewiesen und ungeliebt fühlen?«

Kit lächelte. Es war ein mitfühlendes, warmes Lächeln, und es galt nur ihr. Wenn er sie so anlächelte, wurde die Welt zu einem unendlich viel wärmeren und wunderbaren Ort. Erst raste ihr das Blut durch die Adern, dann stand ihr Herz still. Ihre Füße versanken im nassen Sand, während sie am Wasser entlang zum Hotel liefen und ihre Beine metronomisch Schritt hielten. Sie musste sich verkneifen, Händchen mit ihm zu halten. Sie spürte, wie sie sich zu öffnen begann wie eine Auster.

»Und dann?«, fragte Kit sanft.

»Und dann, als Mama starb, na ja, da ist meine ganze Welt mit ihr gestorben. Meine Mutter hat immer zu mir gesagt: ›Schreib mir einen Zettel, damit ich weiß, wo du bist.‹ Als sie dann gestorben ist, dachte ich immer nur das eine: Wo ist der Zettel? Wo ist sie hin?«

Kit schwieg. »Verflucht, Shelly. Du hast gerade meine emotionale Libido berührt.« Als er sie diesmal anlächelte, flackerte Erwartung in seinen Augen auf. »Wie schade, dass du dich nach wie vor nur für meinen Körper interessierst.«

»Stimmt gar nicht. Dein Körper interessiert mich nicht im Geringsten. Jetzt, wo du deinen Schutzpanzer abgeworfen hast, interessiert mich nur deine *Seele*.« Eine hohe Welle schwappte über den Strand und das Wasser züngelte zischend über ihre nackten Füße.

»Oh. Dann kann das hier ja keinerlei Wirkung haben.« Er beugte sich zu ihr hinab und küsste sie auf den Hals. Bei der Berührung seiner Lippen bekam Shelly einen halben Ohnmachtsanfall, der eines Beatleskonzerts von 1966 würdig gewesen wäre.

»Überhaupt nicht«, log sie und genoss den Kuss, während sie an seinem Gesicht vorbei zu unbekannten Sternen hinaufschaute. Händchenhalten war das eine. Jetzt kostete es sie übermenschliche Kraft, ihm nicht in den Schritt zu greifen.

»Wirklich?« Er schmeichelte ihr die Worte ins Ohr. »Und was ist, wenn ich *so* mache?« Er steckte ihr seine warme, nach Karamell schmeckende Zunge in den Mund und küsste sie volle fünf Minuten. »Was sagst du dazu?«

Fick mich auf der Stelle lautet die korrekte Antwort, dachte sie, besser gesagt die etwas förmlichere Anfrage, ob ihm nach einer kleinen, wilden Umschlingung in der nächsten Sanddüne zumute sei. »Ich würde sagen, dass du biologische Kriegsführung einsetzt. Ich würde sagen, dass du deine Pheromone benutzt, um meine Hormone in Geiselhaft zu nehmen.«

»Ach ja, das sexuelle Stockholm-Syndrom. Also bist du bereit, mit deinem Geiselnehmer zu fraternisieren?« Kits Gesicht wurde von einer gespiegelten Mondscheinraute auf dem Wasser beleuchtet und sah verspielt und verwegen aus. »Bis du bereit, zu kapitulieren? Und für deine Verbrechen gegen die Menschlichkeit bestraft zu werden?«, knurrte er mit heißem Atem in ihr Ohr.

»Du meinst wohl, ob *du* dafür bereit bist?« Sie biss ihm so heftig auf die Lippe, dass er blutete. »Für deine Verbrechen gegen die Weiblichkeit?«

Kit beendete den sinnlichen Belagerungszustand durch militärische Intervention und presste sie mit leidenschaftlichen Lenden gegen einen dunklen Felsen am Strand. »Also, Shelly Green, bist du bereit, dich entwaffnen zu lassen?«

Säuselnde Nachtluft umgab sie. Friedlich plätscherte das Meer. Seine Finger fühlten sich wie eine sanfte Brise auf ihrer Haut an. Shelly registrierte überrascht, dass eine Hitze sie durchflutete wie Sonnenstrahlen die Dunkelheit.

Er legte sie auf ein Bett aus Pulversand und bedeckte sie dann wie eine köstliche Sauce, wunderbar warm und überall zugleich.

Küssend bahnte er sich einen Weg unter ihr Rüschenkleid und saugte an ihren Brüsten, als seien sie süße Marshmallows. Sie wand sich unter ihm und fühlte die beglückende Last seines Körpers. Als er sie zwischen den Beinen streichelte, brodelte brennendes Verlangen in ihren Adern und ihr Spitzenhöschen zwischen seinen Händen löste sich auf wie Zuckerwatte. Mit gezielten Zärtlichkeiten öffnete er sie. Sie stöhnte auf und ihre Muskeln umklammerten seine Finger.

Dann spürte sie plötzlich, wie sie an seinen Jeans zerrte und der Reißverschluss ungeduldig gegen den Stoff ratschte. Ein heißer Seufzer lag auf seinen Lippen und ein Freudenschrei bildete sich in ihrer trockenen Kehle.

Ihr Herz hämmerte wie die Trommel eines Protestanten während der Marschsaison im nordirischen Ulster – was zweifellos der Grund war, warum sie den haifischförmigen Wagen nicht hörte, der leise über den Sand aus dem Buchenhain hinter ihnen heranrollte. Sie hatte keine Ahnung, dass sie beobachtet wurden, bis sich der Schatten von Gaspard wie ein Netz über sie breitete.

Im Nachhinein wird einem klar, dass die mindeste Vorsichtsmaßnahme, die man vornehmen sollte, bevor man seine Genitalien den Elementen aussetzt, darin besteht, den genauen Standort aller rachsüchtigen Polizisten in der unmittelbaren Umgebung zu kennen. Shelly versuchte, durch die Wellen ihrer Lust nach oben zu schwimmen, aber als sie endlich auftauchte, verspürte sie immer noch ein einziges erotisches Kribbeln und war nur halbwegs zurechnungsfähig.

»*Atteinte à l'ordre public.* Erregung öffentlichen Ärgernisses ist ein strafbares Delikt.« Gaspard richtete den unfreundlichen Strahl seiner Taschenlampe auf ihre Leiber, die sich zappelnd beeilten, wieder in ihre Kleider zu kommen. Die Scheinwerfer gingen an und Gaspard, der sie umschnüffelte wie ein Hund, lachte verächtlich. »'ab isch Sie mit 'eruntergelassene 'osen erwischt. Wie krass ihr Amis doch seid. Nicht so sehr links wie linkisch, *n'est-ce pas*?«, höhnte er feixend, dass seine Gendarmen es hören konnten, die kichernd mit ihren lässig über die Schultern geworfenen, halbautomatischen Maschinengewehren dem Polizeiauto entstiegen.

»He, Shell«, sagte Kit laut, »ist dir eigentlich schon mal der Zusammenhang aufgefallen: Je größer das Kaliber der Waffe, desto niedriger der IQ?«

»Isch überwache Sie auf Schritt und Tritt.« Gaspard war jetzt eine nachtjagende Schlange, die unsichtbaren Infrarotsensoren ausgefahren. »Sie und Mademoiselle Coco.« Er zog an seiner unvermeidlichen Zigarre.

»Wissen Sie, Gaspard, ich halte es wirklich für unklug, eine Zigarre zu rauchen, die größer ist als Ihr Schwanz. Damit handeln Sie sich nur spitze Bemerkungen von Ihren Exfreundinnen ein.«

Shelly zuckte zusammen. So oft wie Kit sein Herz auf der Zunge trug, war es ein Wunder, dass es noch keine Geschmacksnerven entwickelt hatte.

Aber Gaspards Wagen verdrückte sich bereits wieder in die Dunkelheit. Kit warf ihm einen Stein hinterher. »Alles an diesem Knaben schreit *korrupter Bulle*: der Sonnenbrand von der Jacht, die Rolex, die manikürten Hände – und das alles von einem kleinen Bullengehalt? Ich rieche einen Hauch Kloake in den Rängen der Polizeimacht.« Seine Stimme war aufgewühlt und vulkanisch geworden. Er war so explosiv wie der brütende Berg hinter ihnen.

Dann stampfte Kit Richtung Hotel los. Shelly musste rennen, um ihn einzuholen. Sie umklammerte seine Hüften mit flehenden Händen und drehte ihn zu sich herum.

»Hör mal, ich weiß, dass wir nicht das ganze Elend dieser Welt beheben können, aber das heißt nicht, dass wir persönlich dazu beitragen müssen. Ich meine, sollte unsere Aufgabe nicht darin bestehen, so viel Spaß zu haben wie irgend möglich?«, schlug sie ein wenig verzweifelt vor.

»Warum ist er ständig im Hotel?«, grübelte Kit. »Dieser Mistkerl hat doch seine Hand mit dem ganzen *Arm* in der Kasse«, sagte er – und da wusste sie, dass sie ihn verloren hatte. Gaspard hatte ihnen die Lustnummer verhagelt. »Ich muss zurück.« Abwesend und besorgt schob er ihre Hände weg. »Tut mir Leid.«

»Warum?« Sie konnte sein Gesicht in den Schatten nicht sehen. Sein gebeugter, abgewandter Kopf hob sich dunkel gegen das mondbeschienene Meer ab.

»Ich muss einfach.« Der Mann spielte mit dermaßen verdeckten Karten, dass nur seine Ärmel wussten, was los war. »Morgen machen wir da weiter, wo wie heute aufgehört haben, ja? Ich will es richtig machen, Shelly. Nur bin ich momentan nicht in der Stimmung.«

»Na schön, dann sag mir wenigstens, was du mir im Restaurant erzählen wolltest.« Sie nahm sein Gesicht in ihre Hände.

»Ich wollte dir bloß sagen, dass deine Augen so blau sind, dass ein Kerl darin ertrinken könnte. Er könnte dir so tief und so schnell verfallen, dass er vorher gar nicht merken würde, wie er stolpert.« Dann war er weg, flink wie ein Fassadenkletterer.

Shelly versuchte, ihm hinterherzurennen, erhaschte aber nur einen letzten Blick auf ihn, als er sich in seinen Bungalow zurückzog. Seine Schultern, die infolge irgendeiner geheimnisvollen Anspannung gebeugt waren, ließen ihn in der Dunkelheit wie ein Fragezeichen aussehen.

Jäh stellte sie fest, dass sie die Antwort sein wollte.

Aufgrund des ehelichen Coitus interruptus war Shelly angespannter als ein aufgezogenes chinesisches Blechspielzeug. Normalerweise machte sie einen großen Bogen um die Bar La Caravelle – die vor Goldkettchen, künstlicher Bräune, scheckheftgewarteten Zähnen und zu enger Freizeitkleidung schillerte –, aber jetzt brauchte sie definitiv einen Drink.

Sobald sie die verräucherte Enklave betrat, bereute sie jedoch ihre Entscheidung, denn wie immer gab es kein Entkommen vor der tentakelhaften Anwesenheit von Gaby und ihrem Filmteam.

»Du bist allein?«, jaulte Gaby auf. »Oh nein! Hast du's etwa schon *wieder* vermasselt?«

»Himmel, Arsch und Zwirn!« Manko keckerte lauthals los und sagte zu seinem Toningenieur: »So schwer sollte es eigentlich nicht sein, eine einäugige Schlange aus der Hose zu kitzeln.«

»Kit hat nur das Gefühl, wir sollten es richtig machen«, sagte Shelly spröde, »und …«

»*Gefühl?* Du hast ihn doch nicht etwa nach seinen Gefühlen gefragt?«, rief Gaby verzweifelt. »Wie soll denn ein Mann seine Gefühle erklären, wenn er gar nicht weiß, dass er welche hat?«

Mwah! Mwah! Das konnte nur Dominic sein. »*Chérie!!!*« Der Mann hatte seine Fröhlichkeit zu talkshowmäßiger Perfektion getrimmt. Dann beugte er sich über ihre Hand, um sie zu küssen. »Möschtest du tanzen? Du *musst* erlauben, dass der Animateur disch animiert. Es ist 'ier ausdrücklisch verboten, sisch *nischt* zu amüsieren. 'inter jedem Cocktailschirmschen lauern Spione, die 'öllisch aufpassen, dass man Spaß 'at. Es wird Zeit, dass wir beiden mal richtisch zur Sache gehen.«

Shelly lachte freudlos. »Richtig zur Sache gehen? Das klingt ja wie eine Anzeige in den Schmuddelseiten. ›Rufen Sie Mandy an, jung, blond, geht zur Sache‹ …«

»Du bist eine wunderschöne Frau, Shelly. Du brauchst einen Mann, der deine wahren Werte zu schätzen weiß.« Er sprach so leise, dass sie gezwungen war, sich ihm näher zuzuwenden –

Verführungstrick Nummer eins aus dem *Handbuch des Don Juan.* »Es ist mir ein Rätsel, wie du in einer so 'errlischen Nacht allein sein kannst. Wenn isch dein Geliebter wäre, würde isch« – er hielt inne, um im Geiste in seiner Klischeekiste zu kramen – »der Wind unter deinen Flügeln sein«, sagte er schließlich. Das Bild war so schal wie ein vorgedruckter Valentinsgruß. »Sag mir, *chérie,* was ist dein Sternzeichen?«

»Mein Sternzeichen?« Shelly dachte nach. »Igel?«

»Wir in Frankreisch wissen, wie man eine Frau glücklisch macht. Komm mit zu mir, *chérie.*«

»Nee, ich weiß nicht. Glaubst du wirklich, dass auch zwei Leute unter deinen Stein passen?«

»Der See deiner Begierde wird über die Ufer treten«, schleimte der ölige Franzose. »Shelly«, raunte er mit seinem unermüdlichen Enthusiasmus – und einer Hand auf ihrem Hintern, »sag mir, ist 'ier besetzt?«

»Hm, irgendwie scheint es deiner Aufmerksamkeit entgangen zu sein, Dominic, dass ich eine verheiratete Frau bin.« Shelly entfernte seine Hand, als sei sie eine tote Kakerlake.

»Na, und wo ist dein Mann, *chérie*?«

»Ah. Das kann ich Ihnen sagen.« Der Polizeikommandant glitt ins Bild wie ein Aal aus einer Felsspalte.

Shelly schaute ihn entgeistert an. »Bespitzeln Sie mich etwa, Inspektor? Mein Mann ist ...«

»Unten am Strand.« Er richtete seinen klinischen Blick auf Shelly. »Und seine Zunge steckt ganz tief im Hals von dieser *salope.*«

Shelly betrachtete ihn, mitsamt seiner professionell gegerbten Haut, den auf Hochglanz polierten Fingernägeln und dem aus Marseille importierten Aftershave, und sie spürte, wie ihre Angst verpuffte, weil glühender Zorn an ihre Stelle trat. »Wissen Sie, ohne Ihre Zwangsjacke wirken Sie regelrecht underdressed, Monsieur Super Flic.«

Gaspard lächelte, wie ein Piranha lächeln würde, wenn ein Piranha lächeln könnte. »Überzeugen Sie sich doch selbst«, sagte er mit verächtlicher Höflichkeit.

Er scheuchte sie die Stufen zum Strand hinunter und zwischen Palmen hindurch. Dann folgte sie der Richtung, in die der Zeigefinger des Polizeikommandanten deutete, bis zum äußersten Ende einer kleinen Bucht, wo sie, nachdem sich ihre Augen an das Licht gewöhnt hatten, zwei eng umschlungene Gestalten erkennen konnte.

Sie hörte ihr eigenes heftiges, abgehacktes Atmen, das so gar nicht zu der sanften Regelmäßigkeit der an den Strand schlagenden Wellen passen wollte.

»Das könnte praktisch jeder sein«, sagte sie tapfer, trotz der Zweifel, die ihr im Kopf herumsummten wie unerbittliche Zikaden.

»Erlauben Sie.« Gaspard reichte ihr zuvorkommend seinen Feldstecher.

Eine tolle Art, seine Flitterwochen zu verbringen, indem man sehnsüchtig seinen geliebten Mann anstarrt – durch ein Fernglas, dachte Shelly verzweifelt, als sie es sich wie hypnotisiert vor die Augen hielt. Während sie die Objektive justierte, erspähte sie zunächst ein Paar übergroßer Wasserski, dann einige friedlich vor Anker liegende Motorboote. Danach drehte sie das Fernglas weiter nach rechts, bis sie schließlich die gut gebaute Gestalt ihres Gatten einfing, der (hier drehte sie die Linse noch schärfer) seinen Arm um Cocos geschmeidigen Leib gelegt hatte.

Schmerzliche Trauer stach ihr wie ein Messer ins Herz. Brüsk, als hätte man sie ins Gesicht geschlagen, wandte sie sich ab und ließ den Feldstecher fallen, als hätte sie sich daran verbrannt. Eine Träne rann langsam ihre Wange hinunter, bis sie sie in ihrem Mund schmecken konnte.

Gaspard drückte ihr eine weitere Visitenkarte in die Hand. Offenbar hatte er die Ereignisse dieses Abend ebenso gut arrangiert wie die drei Strähnen auf seiner Glatze. »Was sagten Sie noch über Vertrauen?«, lachte er gellend, mit dem ganzen Charme eines Exekutionskommandos.

Bevor sie wusste, was sie tat, ergriff Shelly die Flucht und rannte den Strand entlang zurück. Ihr ganzes Leben kam ihr vor wie der Sturzflug einer Boing 747, mit ihrem »Männe« als Pilot. Eine große Wut auf sich selbst packte sie, und als sie wieder in der Bar war, lümmelte sie verärgert vor ihrem Cocktail – obwohl ein Molotowcocktail eher das Richtige gewesen wäre. Dieser umwerfend hübsche Draufgänger hatte sie fasziniert, begeistert, ja sogar besessen gemacht, aber selbstverständlich musste er sich am Ende doch noch als ein falscher Fuffziger entpuppen, als genauso ein selbstsüchtiges Arschloch wie ihr Vater. Die Zurückweisung lastete schwer auf ihr wie eine drohende Grippe. Sie war Kapitän und Mannschaft auf der *MSS Selbsttäuschung*.

So viel zum Waffenstillstand im Krieg der Geschlechter. Sie wegen dieser »freiheitsliebenden« Fellatrix sitzen zu lassen, für die er sie auch noch gezwungen hatte, das Kautionsgeld beizusteuern, war eine eindeutige Kriegshandlung. Die Zeit war reif, diese Ehe mit dem Schwert auszufechten. Shelly versuchte, ihre Demütigung in einem Loch-Ness-großen Glas Jack Daniel's zu ertränken (es war der Lieblings-Bourbon ihres Vaters, bekannt auch als »Rock-'n'-Roll-Rachenputzer«), und leerte die Hälfte davon in einem Zug.

Kit hatte sich geirrt. Es war vollkommen unwichtig, ob das Glas halb voll oder halb leer war. Denn ab jetzt enthielt es nur noch Arsen on the rocks.

Treue

Frauen: Solange man es nicht reizt, neigt das Weibchen der Spezies zu Treue und Anhänglichkeit.

Männer: Nur bei ganz wenigen Spezies bleibt das Männchen treu bis in den Tod, und das auch nur, weil es gleich nach dem Geschlechtsakt von seiner Partnerin verzehrt wird.

Der kalte Krieg

10 Shelly erwachte am nächsten Morgen auf dem Fußboden der Strandbar, mit einem Kater von der Größe Réunions. Die Sumomücken der Insel hatten außerdem dafür gesorgt, dass ihr Körper mit juckenden Stichen übersät war. Auch gut, dachte sie, dann kann wenigstens mein Kater den Kopf beschäftigen, den zu benutzen ich am Vorabend offenkundig nicht in der Lage gewesen bin. Warum in aller Welt hatte sie diesem treulosen Klitorisjockey ihr Herz geöffnet? Wie zur Bestätigung erhob eine Spottdrossel ihr durchdringendes Glissando, als wolle sie sich darüber lustig machen, dass Shelly so eine unsägliche Idiotin gewesen war. Willkommen in Müllhausen. Einwohnerzahl: 1.

»Ich hab's schon gehört.« Es war Gabys Stimme. »Nenn es krank, nenn es pervers, nenn es männlich. Tut mir Leid, Mrs K.«, sagte sie mitfühlend und reichte ihr ein Glas sprudelnden Barocca, den Shelly verschmähte, weil sie den Lärm nicht ertrug.

»Und«, hakte Gaby behutsam nach, »wie fühlst du dich?«

»Sagen wir mal so, ich könnte eine Aspirin gebrauchen, aber bitte nicht so laut mit der Schachtel rascheln.«

»So schlimm? Was hast du jetzt vor?«

»Na ja, ich dachte eigentlich daran, einfach in die Wildnis zu wanken und mich irgendwo zum Sterben hinzulegen. Mann, ist mir schlecht. Wenn ich doch bloß kotzen könnte … ich hab's! Zeig mir noch mal mein Hochzeitsvideo!«

In der Bucht wurde das glorreiche französische Segelschiff, das auch tatsächlich *La Glorieuse* hieß, für die Feierlichkeiten des Kolonialjubiläums bereitgemacht. Shelly wurde vollends schlecht, als sie zusah, wie es seine Wendemanöver vollführte. Sie kniff die Lider fest zu, um wenigstens zu verhindern, dass ihr das Hirn aus den Augen suppte. »Sorry, Gaby, aber heute kann ich nur Sachen unternehmen, die in erreichbarer Torkelnähe einer Toilette stattfinden.«

Gaby wischte Shelly eine Strähne feuchten Haars aus dem käsigen Gesicht. Diese unerwartet freundliche Geste bewirkte, dass Shelly plötzlich in jämmerliches Schluchzen ausbrach. Es klang, als würde ein Hamster erwürgt. »Wie konnte er nur?«, wimmerte sie. »Mit ihr!«

»Sprich mit mir, Green. Ich bin auf deiner Seite, weißt du.«

»Ich meine, *Coco*? Die Frau hält doch den Weltrekord im Platitüdenplappern. Was findet Kit bloß an dieser Esoterik-Batik-Hippie-Kuh, die ein Zweiminutengespräch auf sechsundzwanzig Jahre ausdehnen kann?«

Gaby wollte gerade antworten, als sie unterbrochen wurde.

»Zugegeben, in der Dachkammer ist nicht viel los, aber hallo! Was für ein Balkon!«

Shelly erstarrte beim Klang dieser grobkörnigen Stimme. Sie hatte Manko gar nicht bemerkt, der mit knallroter Nase und ebenso fleckigen Wangen hinter ihnen stand und in der einen Hand eine Bloody Mary, in der anderen die Kamera hielt, mit der er Shelly filmte. Silent Mike war an seiner Seite und wie ein siamesischer Zwilling mit ihm verbunden.

»Du filmst mich in *diesem* Augenblick? Wie kannst du nur?«

»Manko! Stell sofort das verdammte Ding aus!« befahl Gaby. »Ich hab hier eine Frau, die kurz vor einem Nervenzusammenbruch steht! Jetzt verpiss dich und dreh ein bisschen Hintergrundmaterial von dem französischen Segelschiff. Die Feierlichkeiten können jeden Moment losgehen.« Sie wandte sich wieder um. »Ich muss mich für dieses Ekelpaket bei dir entschuldigen, Shelly, aber keine Sorge. Ich lösch das ganze Band, okay? Wir Mädels müssen zusammenhalten. Schwestern im Kampf vereint und so weiter.«

»Danke.« In der blendenden Sonne beobachtete Shelly mit zusammengekniffenen Augen, wie sich der Widerling mühsam gegen den Wind zum Strand hinunterkämpfte und mit seiner Kamera zwischen zahlreichen Würdenträgern verschwand. Das majestätische Segelschiff war am Dock vertäut und zerrte in der kabbeligen See an seiner Verankerung. Der Bürgermeister und andere französische Amtspersonen standen dicht zusammengedrängt auf dem dunklen vulkanischen Sand. Sie wirkten in Schlips und Anzug ein wenig deplatziert und verschränkten alle in einer perfekten Prinz-Philip-Imitation die Hände hinter dem Rücken. Die oberen Ränge der Marineoffiziere trugen ihre Grand Blancs – makellose Militäruniformen mitsamt weißen Handschuhen à la Minni Maus. Verzweifelt versuchten sie, in der steifen Brise ihre spitzen weißen Mützen festzuhalten. Hinter ihnen her zuckelte eine abgewrackte Militärkapelle, die blechern die *Marseillaise* zum Besten gab.

»Und? Ist jetzt die Liebe ein für alle Mal gestorben?«, erkundigte sich Gaby ängstlich.

»Na ja, nicht ganz. Sie kann nur nicht mehr ohne Hilfe eines Beatmungsgeräts japsen.«

Muah! Muah!

Das hatte ihr gerade noch gefehlt: nach all dem Alkohol jetzt auch noch Öl.

»*Chérie,* 'ast du einen Kater, *non*? Du musst einen klaren Kopf kriegen!!!« Dominic drückte Shelly ein langes, schmales neonrosa Schaumgummietwas in die Hand. »Komm nach der Feier in meine Aquaerobic-Klasse! Schwimm disch frei, ja?«

»Schwimmen? In dem *Ding*?«, fragte Shelly und zeigte mit dem Daumen auf die Brutstätte voller abgestorbener Hautzellen, Haare und Bakterien, anderweitig auch als Hotelpool bekannt. Aus einem unerfindlichen Grund hatte sie keine besonders große Lust, in Kinderurin zu kraulen. »Nur, wenn ich mich im Nichtpisserbereich aufhalten darf.«

»Bewegung, das ist die einzige Art, wie man emotionalen Missbrauch verarbeitet, *chérie.*« Obwohl er Franzose war, beherrschte Dominic den kalifornischen Psychosprech perfekt. »Und natürlich auch mit etwas Spaß. Heute Abend musst du mit mir auf den Maskenball gehen!!!«

Der Mann war so was von überzeugt von sich. Shelly fragte sich, ob er unter einer Persönlichkeitsdauererektion litt. »Bist du eigentlich nie ein bisschen down?«, erkundigte sie sich wehleidig, während ihr dröhnender Schädel um ein wenig Charismaerschlaffung flehte.

Er verbeugte sich vor ihr, ergriff ihre Hand und küsste diese so inbrünstig, dass er ihr fast den Nagellack wegsaugte. »Isch würde misch geehrt fühlen, *ma chérie,* wenn du meine Tanzpartnerin sein könntest.«

Shelly war so wenig an Männer gewöhnt, die ihr den Hof machten, dass sie nicht wusste, wie sie damit umgehen sollte. »Ähm, Dominic, bist du nur auf einen Sprung aus dem 13. Jahrhundert vorbeikommen oder beabsichtigst du, dich dauerhaft bei uns niederzulassen?«, fragte sie entgeistert. Aber da war er schon beschwingten Schritts in Richtung der Feierlichkeiten losgezogen.

»Vielleicht hat ja meine Reality-Doku den Geist doch noch nicht ganz aufgegeben.« Gaby tippte sich nachdenklich ans Kinn. »Anstatt wegen eines Mannes Mascara zu verschwenden, sollte eine Frau einfach nur ›der Nächste bitte!‹ rufen.«

»Gaby, nicht doch. Er ist viel zu jung. Wie alt wird er sein? Einundzwanzig, zweiundzwanzig?«

»Jung, blöd und geil. Hm. Was könnte Mister Scheiße-statt-Hirn eifersüchtiger machen? Ich meine, hast du Dominic schon mal in der Badehose gesehen? Ein Schwanz zum Niederknien, Schätzchen.«

Entschlossen schritt sie hinter Manko her, um ihm ihren neuen televisionären Ansatz zu erläutern.

Shelly dagegen konnte an nichts anderes denken als die feuchte Sanftheit von Kits schönem Mund. Seinem *verlogenen* schönen Mund. Wo *war* das miese Arschloch überhaupt? Sie wollte ihn dringend wiedersehen, nur um ihm zu sagen, dass sie ihn nicht wiedersehen wollte. Aber Shelly war noch so alkoholvergiftet, dass sie einen Fisch nicht von einem Fahrrad unterscheiden konnte, weshalb sie durch ihre verquollenen Augenschlitze auch nicht ihren abtrünnigen Gatten herannahen sah.

Erst als sich Kit cowboymäßig gegen die Bar lehnte (ein Bein im spitzen Winkel auf die Stütze des Barhockers aufgesetzt, die linke Hand lässig in der Hosentasche seiner Jeans vergraben, den Daumen faul in eine Gürtelschlaufe gehakt, die Hundertwattstrahler in Shellys zerzauste Richtung eingeschaltet), bemerkte sie sein Kommen.

Während Dominics aufdringlicher Charme so glitzerte wie die goldenen und diamantenen Kettchen an seinem Hals, konnte Kit mühelos einen Raum mit seiner Anwesenheit beherrschen, mit nichts als einer Knopfleistenjeans, die knapp unterhalb des Hinterns einen Riss hatte, und einem kobaltblauen Hemd mit einem Kragen wie eine Cadillac-Heckflosse.

Seine Haut nahm inzwischen den Farbton einer Violine an und sein schwarzes Haar war an den Spitzen von der Sonne ausgebleicht … Das Einzige, was fehlte, war das »666«-Tattoo quer über der Stirn. Selbst sein *Lächeln* war schief. Kit war groß, dunkel und widerlich.

»Was ist mit diesem Wind los? Man kommt sich ja vor wie in einem schlechten italienischen Rockvideo. Ist euch schon aufgefallen, Leute, wie unglaublich stürmisch das da draußen ist?«

»Nein. Alles heiße Luft«, entgegnete Shelly schroff.

Kit blickte sie neugierig an. »Emotionaler Wetterbericht: nahende Kaltfront. Wenn ich's nicht besser wüsste, würde ich sagen, du bist heute Morgen bei irgendwem auf der falschen Seite des Bettes aufgestanden. Was ist los, Puppe?«

»Nichts! Mir geht's fantastisch. Ich hab nur diese grauenhafte Erkältung, die Mutter aller Kater, quälende Moskitostiche und jetzt zusätzlich zu meinem ätzenden Sonnenbrand einen allergischen Ausschlag, der gerade richtig kommt, weil ich MICH NICHT KRATZEN DARF!«

»Allergisch? Wogegen?«, fragte er mitfühlend. »Wahrscheinlich ist es nur eine kleine Vierundzwanzigstundeninfektion.«

»Ach natürlich, du weißt ja Bescheid. Als *Arzt*«, sagte Shelly spöttisch. »Ich melde eine Allergie gegen dich, Kit Kinkade.«

Bevor ihr Gatte sie darüber ins Kreuzverhör nehmen konnte, warum sie über Nacht die Haltung einer Zeugin der Gegenseite angenommen hatte, tauchte der aufgebracht aussehende Hotelmanager auf.

»He, Kumpel. Wo sind denn eigentlich die Angestellten alle hin?«, wollte Kit wissen. »Seit zwei geschlagenen Stunden versuche ich den Zimmerservice zu bestellen. Ich finde, Sie sollten ein Mahnmal für den tapferen Urlauber errichten, der hier bei dem Versuch ums Leben kam, sich eine Mahlzeit zu bestellen.«

»Der Koch fühlt sich heute nicht wohl, aber ich kann Ihnen Pfannkuchen machen«, erbot er sich ängstlich.

»Hm. Pfannkuchen morgens, mittags und abends. Ich ernenne diesen Tag zum Tag des Pfannkuchens! Und was bedeutet dieser Wahnsinnswind?«

»Ach, das ist nur eine steife Meeresbrise, Monsieur«, sagte der Manager mit der einstudierten Zuvorkommenheit eines Diplomaten. »Hervorragendes Segelwetter.«

Er versuchte, zu lächeln, aber die fahlen Ringe unter den Augen straften sein gelassenes Äußeres Lügen. Wenn ein Hotelmanager anfängt, Brot zu schneiden, die Tische zu decken, die Zimmer zu reinigen und am Abend für die Gäste mit den Rumbakugeln zu rasseln, drängt sich langsam der ernsthafte Verdacht auf, dass irgendetwas schief gelaufen ist. Sie sahen zu, wie er hastig davoneilte, um die Sonnenschirme festzubinden und umgekippte Liegestühle zu retten, die ins Meer geweht worden waren.

Als wäre ihr nicht ohnehin schon speiübel, bemerkte Shelly nun, wie Coco geschmeidigen Gangs auf sie zukam, während die glänzenden schwarzen Locken im Wind ihre Stirn umspielten. Die Männer waren ganz verrückt auf Cocos dichte Korkenzieherlocken. Shelly hingegen fand, dass die gorgonischen Ranken eher einem Sack kopulierender Schlangen glichen.

»Heute 'abe isch wegen meinem Termin im Court d'Appel keine Probe mit der Band. Also ge'en wir windsurfen, ja? Isch muss 'eute Abend auch nischt singen, weil ein klassisches Konzert auf dem Programm steht. Ein Requarium.«

»Ein Requarium? Ha! Was soll das denn sein? Ein Fischkonzert? Ein Korallenquintett?«, lachte Shelly schrill.

Kit warf ihr einen vorwurfsvollen Blick zu, bevor er Coco korrigierte. »Ähm, ich glaube, es heißt Requiem.«

Coco zuckte lediglich mit den Achseln und federte grazil zum Quartier des weiblichen Personals, um ihren Bikini zu holen.

Shelly fiel über Kit her, bevor er eine Chance hatte, sie wegen ihres herablassenden Verhaltens zu rügen. »Ich fass es einfach nicht, dass du mir das Geld für ihre Kaution abgeschwatzt hast«, sagte sie und ihre Stimme klang brüchig und niedergeschlagen. »Und alles nur, weil du sie für einen weiblichen Castro hältst. Castroenteritis ist das Einzige, was man von ihr kriegen kann.«

»Unterschätz sie nicht, Kleines«, erwiderte Kit missbilligend. Er hätte sich gut in Key Largo gemacht, neben Humphrey Bogart an der Bar lümmelnd.

»Die einzige Politik, die sie interessiert, ist die sexuelle. Binnen weniger Sekunden hat sie jeden Mann, den sie trifft, um die Klitoris gewickelt. Ich hab schon Autoaufkleber gesehen, auf denen stand: ›Einmal hupen, wer Coco im Bett hatte.‹«

»Nur weil sie sich wie eine Hure kleidet, heißt das noch lange nicht, dass sie nicht wie ein Loddel denken kann«, sagte er streng.

»Ach ja? Diese Frau *kann* gar nicht denken. Sie trägt ein ›Bitte hier lecken!‹-Tattoo auf ihrem Innenschenkel«, beharrte sie.

Kit schwieg trotzig. Shelly spürte wieder diese gefährliche Hitze in ihm. Warum fuhr sie in seiner Gegenwart immer so aus der Haut? Sie ärgerte sich über sich selbst, weil sie sich nicht besser im Griff hatte.

»Jedenfalls, wo ich gerade dabei bin, Dankesschreiben für unsere Hochzeitsgeschenke zu verfassen, möchtest du auch, dass ich ihr auf einer kleinen Karte für all die Geschlechtskrankheiten danke, die sie dir zweifellos verehrt hat?« Wellen der Wut lockerten Shelly die Zunge. »Ich bin der festen Überzeugung, dass Filzläuse ein Weg von Mutter Natur sind, für die Monogamie zu werben, Kinkade!« Die Wortkaskaden sprudelten nur so aus ihr heraus. »›Treuer Ehemann‹ ist offensichtlich ein Widerspruch in sich!«, sagte sie und rang bebend nach Luft.

»He, können wir mal eine Minute von dem Müll runterkommen, den du hier verbreitest! Ich hab keine andere Frau angefasst, seit wir Ringe getauscht haben.«

»Ach nee, danach hat's aber gestern Abend am Strand gar nicht ausgesehen. Der Körper dieser Frau ist kein Tempel, sondern ein verdammter Vergnügungspark!«

Kits dichte Augenbrauen zogen sich ärgerlich zusammen. »Was um alles in der Welt brabbelst du da?«

»Gaspard hat gesagt, dass ich dir nicht trauen darf! Er hat mir gesagt, ich soll dich im Auge behalten!«

Das Gesicht, das Kit seiner Frau zuwandte, spiegelte hunderte von Meinungen wider – alles abweisende.

»Er hat mir erzählt, dass du in schlechte Gesellschaft geraten bist. Ich hatte ja keine Ahnung, wie tief du gesunken bist.«

Kit starrte sie wutentbrannt an. »Du glaubst diesem brutalen Arschloch also mehr als mir? Scheiße, Mann! Wenn Gaspard den Raum betritt, gehen die Blumen ein. Sagt das nicht alles über dieses Stück Dreck?«

»Ich habe dich mit eigenen Augen gesehen! Als du sagtest, du wolltest es ›richtig machen‹, hab ich das im Sinne von ›du bringst die Crème fraîche mit und ich lecke sie ab‹ verstanden. Und Sekunden später bist du in irgendeinem leidenschaftlichen Clinch am Strand zugange. Aber pass bloß auf, dass du sie nicht zu stürmisch umarmst – sonst kleckert dir ihr Silikon noch das ganze Hemd voll.«

»Möchtest du wirklich wissen, weshalb ich Coco umarmt habe? Weil gestern vor einem Jahr ihr Freund ermordet wurde. Nachdem wir beide im Taxi vom Polzeirevier weggefahren sind, ist Gaspard ihr gefolgt. Er hat wahrscheinlich gedacht, sie könnte ihn zu einer Art Rebellentreffen führen. Stattdessen ist Coco zum Friedhof gegangen, um Blumen niederzulegen. Gaspard war sauer. Er hat von ihr verlangt, dass sie ihn zum Rebellenhauptquartier bringt. Als sie sich weigerte, wurde er zudringlich. Sie hat so getan, als würde sie kooperieren, und ist ihm dann über den Friedhof entwischt. Darum war er auf diesem verlassenen Strandabschnitt mit ausgeschalteten Scheinwerfern – weil er sie gesucht hat.«

»Ach ja? Warum hat sie das denn nicht gemeldet?«

»Wem denn? Der *Polizei*? Komm schon, Shelly. In Frankreich nennt man ein Brötchen *brioche* und eine Vergewaltigung *liaison.*«

»Du glaubst doch wirklich alles, was diese Frau dir erzählt. Gott weiß, warum. Coco ist genau die Sorte Sängerin, die einem Mann alles zeigt, was sie unterm Rock hat – und sich dann beklagt, dass er sie als Künstlerin nicht ernst nimmt. Jetzt weiß ich, warum die Franzosen euch blöde Amis nennen.« Ihre Worte standen im Raum, schrecklich und nicht mehr rückgängig zu machen.«

»Du hast Recht, Shelly. Ich muss wirklich bekloppt sein, denn guck nur mal, wen ich geheiratet habe!«

»Fahr zur Hölle«, zischte sie.

»Okay, krieg ich einen Reisekostenzuschuss?« Kit wirbelte auf dem Absatz herum und stapfte in Richtung der Feierlichkeiten davon, wobei er französische Journalisten, Fotografen und Würdenträger in Frack und Zylinder zur Seite stieß, die sich bemühten, im starken Wind ihre Toupets und Haarteile am Verrutschen zu hindern. Die Männer streckten prüfend ihre Hände aus und schauten zum Himmel hoch, als die ersten Tropfen fielen, im Gegensatz zu den Frauen, die die Köpfe einzogen und wie aufgescheuchte Emus davonstelzten, um sich irgendwo unterzustellen. Aber kein einziges weibliches Wesen steckte den Kopf in den Sand, wenn sie an Kit vorbeikam. Sie vergaßen den Regen und blieben stehen, um ihm ein anerkennendes Lächeln zu schenken. Ein Blick auf Kit und Frauen wurden weich wie eine Dauerwelle in der Sauna.

»Ich erkläre unsere Ehe für gescheitert!«, rief Shelly ihm hinterher und versuchte, sich angesichts seines schnuckligen strammen Hinterns keinen perversen Fantasien hinzugeben. Sie war selbst schuld, sich einzubilden, dass sie eines Mannes würdig war, der so aussah … besser gesagt, dass ein Mann, der so aussah, sich je in ein ausgeglichenes, freundliches menschliches Wesen entwickeln und nicht das total arrogante, verlogene, widerliche Arschloch bleiben würde, das er war. Männer wie Kit sollten mit einem Warnschild daherkommen. »Zu sexy, um wahr zu sein. Vorsicht. Nicht zu dicht herangehen. Das Management haftet nicht für gebrochene Herzen, verlorene Jungfernhäutchen etc.«

Warum, fragte sie sich, feiern Leute eigentlich immer Hochzeit, bevor die Ehe eine Chance hatte, Wirklichkeit zu werden? Gewöhnlich feiert man ein Ereignis erst *hinterher*. Die Oscars kommen nach dem Film. Die Taufe nach der Geburt. Olympische Medaillen nach dem Wettkampf. Warum also feiert man die Ehe *vorher*? Ganz einfach: weil's hinterher nichts mehr zu feiern gibt. Denn wie schnell wird aus »Bis dass der Tod uns scheidet« ein »Was habe ich bloß in dir gesehen, du mieses Schwein?«.

Noch während sie darüber nachdachte, sah sie Coco aus der Nähe. Shelly hatte sich in die Umkleideräume am Pool zurückgezogen, um sich ungestört ihrem Leid hingeben zu können, stattdessen stieß sie auf Coco, die gerade einen Sarong und ein T-Shirt über ihrem Leopardenfellbikini zurechtzupfte – jedoch nicht, bevor Shelly ihre Oberarme gesehen hatte, die voller auberginefarbener Flecken waren. Sie hatte außerdem eine Stichwunde am Hals, tabakfarbene Fingerabdrücke auf der Schenkelinnenseite und eine böse Quetschung auf dem Rücken.

Reue durchflutete Shelly wie einst Meerwasser die *Titanic*. Coco bedeckte sich hastig und eilte davon, bevor Shelly irgendetwas sagen konnte. Herrgott noch mal. Warum hatte sie Gaspard geglaubt und nicht ihrem eigenen Ehemann?

Shelly rannte durch das Spalier der Würdenträger, die gerade vor der wild flatternden französischen Fahne salutierten, die der Bürgermeister gehisst hatte. Lautes Flügelschlagen erklang, als eine Schar von ihrer panischen Ankunft aufgeschreckter Kormorane in einem großen majestätischen Boden gen Himmel aufstieg. Shelly packte Dominic bei den Schultern. »Weißt du, wo Kit hingegangen ist?«

»Kanu«, erwiderte Dominic nur, dessen Lippen vom Luftküssen zu vieler Hotelgäste bereits Blasen zu werfen begannen. »Zur Insel, *non*?« Er zeigte auf den honigfarbenen Streifen aus lauter Korallen, der eine von Palmen gesäumte kleine Insel umrundete. Sie lag etwa eine Meile zur Lagune hin an der Spitze des Riffs.

Na toll – zurück ins nasse Haifischgewühl. Und das bei *diesem* Wetter. Aber sie hatte keine andere Wahl. Wäre Kits und Shellys frische Ehe ein Automobil, dann hätten sie gerade eine Panne in einem gefährlichen Stadtviertel …

Den Partner ummodeln

Eine Frau denkt: Na schön, mein Mann hat vielleicht ein paar kleine Fehler, aber die werde ich im Lauf der Zeit schon ausbügeln.

Männer wissen genau: Das Einzige, was ihre Frauen bei ihnen ausbügeln können, sind ihre Hemden.

Biologische Kriegsführung

11 »Wahrscheinlich bist du hier, um mir für diesen Wichser Gaspard nachzuspionieren.«

Shelly wurde leicht verlegen. »Hör mal, wegen heute Morgen. Wie ich jetzt weißt, hast du die Wahrheit über Coco gesagt. Es tut mir Leid, dass ich dir nicht geglaubt habe. Nur weil Coco mit dir flirtet, heißt das ja nicht gleich, dass sie auch mit dir schläft. Ich meine, fängt ein Hund das Auto, dem er hinterherkläfft? Nein, es ist einfach nur eine Angewohnheit.«

Angesichts dieses Vergleichs schüttelte er den Kopf und verdrehte die Augen. Die Wogen züngelten rhythmisch an seinem Gesicht, während sich seine Beine in dem tiefen Wasser scherenartig bewegten.

»Komm an Bord.« Sie hielt ihm eine Hand entgegen. »Du siehst aus wie in der Waschmaschine geschleudert.« Sie hatte Recht. Der Wind peitschte die Wellen auf. Der Sog der Flut zerrte zischend an ihrem unzulänglichen Boot und warf sie heftig mal hierhin, mal dorthin.

»Geht nicht.«

»Wieso nicht?«

»Nackter Arsch.«

Lust vibrierte in ihrer Unterwäsche. *Jawoll*, dachte Shelly, es gibt *doch* einen Gott! »Na und?«, fragte sie dann mit gespielter Gleichgültigkeit. »Wir sind doch verheiratet. Wo ist deine Badehose?«

»Als ich rausgepaddelt bin, ist mir diese Pissnelke von Manko in einem Motorboot gefolgt. Als ich dann kurz mal ins Wasser gesprungen bin, hat er sich aus dem Palmenhain da hinten angeschlichen und mir nicht nur sämtliche Klamotten, sondern auch das verflixte Kanu vom Strand weggeklaut. Jetzt steht er mit laufender Kamera auf der Insel und wartet nur darauf, meinen blanken Hintern filmen zu können. Bring das Boot einfach bis zur Landspitze da vorn, ich schwimm dir hinterher. Auf diese Weise verhageln wir dem Mistkerl die Genugtuung, auch nur einen Zentimeter zu drehen.«

Nachdem sie außer Sichtweite der sandigen Bucht waren, schwang sich Kit mit einem kühnen Ruck ins Boot und auf den Sitz neben ihr.

Shelly staunte aufs Neue über seinen sensationellen Körper. Über *alles* an seinem sensationellen Körper.

»Ich dachte, unsere Ehe ist zerrüttet? Ich dachte, ich bin ein verlogenes, mieses Schwein?« Er lehnte sich mit gespreizten Beinen zurück. Der Mann verfügte über eine erstaunlich selbstbewusste sexuelle Ungezwungenheit, die er trug wie ein Parfüm. Shelly hatte natürlich auch ein amouröses Duftwässerchen, etwas Kleines, Raffiniertes aus der neuen »Hoffnungslosigkeit«-Produktlinie von Chanel – *Eau de Désespoir*. Sie versuchte unbekümmert auszusehen und damit aufzuhören, verstohlen auf Kits bestes Stück zu schielen, das aussah, als gehöre es auf eine Abschussrampe in Cape Canaveral. Wenn doch nur ein Parfümhersteller endlich ein Produkt auf den Markt werfen würde, das einem Mann so viel mitteilte wie: »Meine Zunge will die Konturen deines Bauchs hinunterwandern, sich zuckend und zappelnd in deinen feuchten Nabel hineinbohren, *auf dass wir bis zur Bewusstlosigkeit vögeln.*« War das denn wirklich zu viel verlangt?

»Ich weiß ja, dass man die männliche Fähigkeit, die Dinge zu vermasseln, nicht hoch genug einschätzen kann, Shelly, aber du scheinst irgendwie auf *alle* Männer sauer zu sein. Wegen dem, was sie dir angetan haben. Wegen dem, das sie dir *nicht* angetan haben. Wegen dem, was sie dir *vielleicht* noch antun werden. Wegen dem, was sie *gesagt* haben. Wegen dem, was sie *nicht* gesagt haben. Und zweifellos am meisten, wenn sie dir sagen, was ich dir gerade gesagt habe.«

»Das ist noch gar nichts. Du hättest mal den Standardvortrag meiner Mutter über die Unzulänglichkeit des Mannes hören sollen. Darin klang das Neolithikum wie ein Wimpernschlag der Menschheitsgeschichte. Die Frau, sanfte Sammlerin. Der Mann, wilde Tiere erlegender Krieger.« Shelly zuckte die Achseln. »Das ist irgendwie hängen geblieben, weißt du?«

Aber wenn Mister World in voller erotischer Nacktheit direkt neben einem saß, veranlasste das eine Frau doch irgendwie zu einer Neubewertung der Unterlegenheit des Mannes. Shelly errötete. Sie wand sich vor Peinlichkeit. Sie bekam sturzbachartige Schweißausbrüche.

»Du kannst nicht ewig und drei Tage den Hass deiner Mutter auf die Männer mit dir herumschleppen«, sagte Kit ernsthaft.

Sehr wahr. Ihre Mutter hatte ihr eingetrichtert, dass die Ehe ein offener Vollzug sei. Aber Single zu sein? Bedeutete Einzelhaft. Sie wollte nicht werden wie ihre arme Mutter – deren sämtliche Gefühle irgendwann nur noch schockgefroren und vakuumverpackt gewesen waren. Emanzipation war die eine Sache – aber allein in der Badewanne zu sterben und nur in Folge einer plötzlichen Hitzewelle und eines dichten Fliegenschwarms entdeckt zu werden, die andere.

»In Wahrheit«, gestand sie, »habe ich so getan, als wäre ich sauer auf meine Schüler, weil sie mich bei diesem Wettbewerb eingeschrieben haben, aber insgeheim hab ich mich gefreut. Noch ein Blind Date hätte ich einfach nicht ausgehalten.«

»Warum nicht?«

»Kit, wenn ein Freund ein Blind Date für dich arrangiert und die Frau mit den Worten ›Sie hat unheimlich viel Persönlichkeit‹ anpreist, würdest *du* da hingehen?«

Kit lächelte wieder sein schiefes Lächeln, eines, das im Grunde ein dickes breites Lächeln sein sollte, dann aber auf halbem Wege von einer stillen Traurigkeit unterbunden wurde.

»Und als ich dann mir dir zusammengeführt wurde – na ja, das war so, als würde man zum Arzt gehen, der einem sagt, dass man *zu*nehmen soll. Das ist, wie wenn Zettel in Titanias Armen aufwacht und denkt: »Danke, Jesus!« Außerdem hat uns ein Computer einander zugewiesen. Es muss ja irgendeinen wissenschaftlichen Grund geben, warum er das getan hat.«

»Wahrscheinlich, weil wir die Einzigen waren, die nicht gesagt haben, dass unsere Hobbys lange Spaziergänge am Strand bei Mondschein sind, wir uns für den Weltfrieden engagieren und ein Faible für Deepak Chopra haben – was überhaupt sehr nach *Gemüse* klingt, findest du nicht? Und weil wir nicht dreimal hintereinander betont haben, was für einen tollen Sinn für Humor wir doch haben«, sagte er.

Shelly, die gerade bewies, dass sie tatsächlich Humor besaß, konnte sich sogar über seine Worte freuen. Aber Kit suchte besorgt den Horizont ab.

Der Regen hatte zwar aufgehört, doch herrschte nach wie vor eine bleierne Luftfeuchtigkeit. Wolken schwappten am Himmel wie schwere graue Wäschestücke an der Leine, Vögel glitten orientierungslos auf dem Wasser hin und her. »Was ist bloß mit diesem Wetter los, verdammt noch mal?«

Shelly ergriff seine Hand. »Weißt du noch, die Kaltfront, die du vorhin vorausgesagt hast? Na ja, ähm, wie es aussieht, ist jetzt eine Wärmehoch im Anmarsch.« Sie legte die Hand auf ihre Brust. Er sah ihr in die Augen, während seine Hand zärtlich ihren Busen umfasste und seine Finger ihre Brustwarzen durch den Stoff drückten. Als er die Hand wieder zurückzog, spürte sie, wie ihre Haut an der Stelle glühte, wo er sie berührt hatte.

»Du bist wirklich eine sehr sexy Frau, Shelly. Ich glaube, unter diesen Umständen würde mir selbst deine Mutter ein gelinde anerkennendes postfeministisches *Boah!* zugestehen, meinst du nicht?«

»Verstehst du Kit, das Problem ist ja, ich habe seit« – sie schaute auf die Uhr – »genau 120 Stunden eine dauererregte Klitoris, darum ist es auch nicht verwunderlich, dass ich heute ein bisschen gereizt war, okay?«

Kits Augen, dunkel wie das grüne Meer, schauten sie lange und enervierend lässig an. »Du hast die schärfste, süßeste Muschi überhaupt, weißt du das? Ein richtiges Kätzchen auf dem heißen Blechdach hast du da unten, ich seh sie direkt vor mir, wie sie sich einen Southern Comfort hinter die Binsen kippt und einen Stumpen qualmt.«

Scharf und süß, aber was war mit nass? Shelly war sich sicher, dass in ihrem Höschen die Wassersportsaison eröffnet worden war. Hier geht's lang zum Wildwasserrafting, Herrgott noch mal!

Seine warmen Finger wanderten so langsam wie das *Adagio für Streicher* von Albinoni an ihrem Bein hinauf. »Und, was sagt die Höhlenbewohnerin in dir, Shelly Green?«, fragte er mit rauer Stimme.

»Sie sagt: Fick mich jetzt, du großer, haariger Jäger!«

Für die Dauer eines Herzschlags blieben ihre Blicke aneinander haften. Dann berührte sein Mund ihren Hals, und gerade als sie über die Unmöglichkeit nachzusinnen begann, sich während eines Sturms auf einem Tretboot halb nackt aufeinander zu stürzen, ohne Seetang in sämtliche Körperöffnungen zu bekommen, gruben sich seine Finger in ihr Haar und er stieß seine Zunge bis zu ihren Mandeln hinunter, woraufhin sie die Beine um seine Hüften schlang.

Ein Orgasmus lag in der Luft wie ein Gedanke auf ihrer Zunge, während sich ihr Körper wand und schauderte und sie verzweifelt versuchte, ihr Kleid abzustreifen. Die schlüpfrige Weichheit ihrer Münder weckte in ihr die Fantasie, dass sich die ganze Welt, die sie umgab, aufgelöst hatte – eine Illusion, die grausam verpuffte, als ihr Tretboot gegen einen Felsen stieß und den Propeller ramponierte, ganz zu schweigen vom besonderen Reiz des Augenblicks. Sie trieben ziellos im Wasser, während die Flut schlecht gelaunt um die Felsen schäumte. Die düsteren Wolken quollen über vor Regen. Vögel kreischten und suchten eilig Unterschlupf. Möwen jammerten wie streunende Katzen. Und die Flut scheuchte sie ins offene Meer hinaus.

»Scheiße. Wir treiben ab. Wir müssen zur Insel schwimmen.«

»Ohne Flossen? Da geh ich unter.«

Sie versank bereits in einem Taumel gegensätzlicher Gefühle, und zwar bis über beide Ohren. Derlei Gefühle waren gefährlich. Sie konnten eine Frau hinaustreiben, ganz weit aufs Meer hinaus. Shelly betrachte den Mann neben sich. Was war er? Hai oder Rettungsboot?

»Du gehst nicht unter, weil ich bei dir bin. Beeil dich, klettre auf meinen Rücken und halt dich an meinen Schultern fest.« Kit glitt ins Wasser und hielt sich mit einer Hand am Tretboot fest. Die andere reichte er ihr. »Komm schon. Du kannst ja brustschwimmen und mich so unterstützen.«

»Ähm. Lass mal sehen. Wie formuliere ich das am schlausten? Ähm … nein!«

»Vertrau mir, Shelly. Wie wollen wir ohne gegenseitiges Vertrauen je eine Beziehung aufbauen?«

Er stemmte sich halb aus dem Wasser und küsste sie auf den Mund. Und oh! Frau über Bord! SOS! Mayday, Mayday! Sie war verloren. Shelly holte tief und hastig Luft, dann stieg sie hinab in die brodelnde See.

Aber offenbar gibt es nichts, was mehr Zuschauer anzieht als die Verrenkungen eines Liebesakts à la Houdini am Strand oder auf einem wackeligen Floß. Gerade als sich die Himmelsschleusen öffneten und das Meer in einen blubbernden Kessel verwandelten, kam ein knatterndes Motorboot um die Landspitze gefahren. Es raste in einer silbernen Schaumspur auf sie zu, am Steuer Coco, die beim Näherkommen auf Leerlauf schaltete, sodass sie durch die schäumende Gischt über die Leiter an Bord klettern konnten. Schutz suchend stellten sie sich unter das Kabinendach und wickelten sich dann in Handtücher ein, die sie dort vorfanden.

»Ihr 'abt Glück, dass isch ein Boot fahren kann. Das ganze Personal 'at nämlisch die Arbeit niedergelegt. Ein berühmter Rastaman 'at sisch in der Schutz'aft umgebracht, nachdem er, wie das Radio sagt, ›freiwillisch terroristische Straftaten gestanden 'at‹.«

»Ein freiwilliges Geständnis?«, schnaubte Kit. »Zweifellos durch Elektroden an den Hoden zustande gekommen. Ich denke, wir können zu Recht behaupten, dass es sich um einen Fall von betreutem Selbstmord handelt.«

Coco zuckte die Achseln. »Isch bin unpolitisch. Ich verstehe *rien* von solsche Sachen. Aber *eins* weiß isch. Wenn isch nischt gekommen wäre« – sie zeigte auf das verlassene Tretboot, das hinter dem Riff bereits aufs offene Meer hinaustrieb – »wärst du in Afrika auch ohne diese Tickets angekommen.« Sie kramte in ihrer Tasche und holte zwei Flugscheine hervor. »Für den Flug morgen nach Madagaskar.«

Kit lächelte freudlos. »Toll, Coco. Danke für deine Diskretion.«

»Madagaskar?« Kits Worte ließen Shellys Glücksgefühl platzen wie einen Luftballon. Ein Kormoran schleppte sich in mühsamem Tiefflug übers Wasser, bevor er eine Bruchlandung machte.

»Na ja …« Kit zögerte, bevor er Shelly herausfordernd in die Augen schaute. »Ich hab gedacht, ich mach ein bisschen Urlaub vom Urlaub. Du hast das doch hoffentlich nicht noch woanders herumerzählt, oder?«, wollte er von Coco wissen, als der Motor stotternd zum Leben erwachte, sodass sie sich alle instinktiv am nächstbesten Gegenstand auf dem vibrierenden Deck festhielten.

Als das Boot mit einem Ruck anfuhr, schnappte Shelly Coco die Flugtickets aus der Hand. Obwohl Kit sich verzweifelt darauf stürzte, hielt Shelly sie bereits über den Schaum ihres Kielwassers. Kit erstarrte.

Sie stemmte sich mit den Füßen gegen den heftigen Wellenschlag und warf einen schnellen Blick auf die Tickets. Entsetzt stellte sie fest, dass Kit seinen Hin- und Rückflug London–Réunion–London gegen *zwei* Economy-Flüge von London nach Réunion eingetauscht hatte – *ohne* Rückflug.

»Du bist mit jemand anderem hergekommen?«, fragte sie bestürzt.

Kit vertiefte sich in den Anblick seiner Zehennägel.

»Und was soll *das* hier bedeuten? Zwei einfache Hinflüge nach Madagaskar?« Sie versuchte, das Gleichgewicht zu halten, indem sie sich mit einer Hand an der Reling des stampfenden Motorboots festhielt. Diese Ehe war wie eine ganz miese Achterbahnfahrt. »Was ist los, Kinkade?«

Aber Kit verharrte weiterhin in seiner Trappistenmönchstarre.

»Jetzt ist nicht der geeignete Zeitpunkt, deine Pinter-Nummer bei mir abzuziehen, okay?«, schrie sie, um den Motorenlärm zu übertönen.

Immer noch Schweigen. Schade, dass die schöne alte Tradition, Leute nach ihren typischen Charaktermerkmalen zu benennen, aus der Mode gekommen ist, dachte Shelly. August der Starke oder Iwan der Schreckliche – das waren treffende soziologische Kürzel. Wie Kit der chronische Lügner.

»Wenn du mir nicht sofort sagst, was hier gespielt wird, werde ich grauenhafte Dinge über dich in der Dokumentation von *Verzweifelt und Vereinsamt* verbreiten«, verkündete sie triumphierend, während ihr der Regen in den Mund lief.

Kits Adamsapfel hüpfte auf und ab wie ein kleines Jo-Jo, als er versuchte, seine Gefühle hinunterzuschlucken.

»So richtig fiese Sachen. Zur Primetime. Vor der ganzen Nation. Ich werde sagen, dass ich dich mag, wirklich, trotz deiner schulterlangen Ohrenbehaarung. Und dass dein Mundgeruch wahrscheinlich nur eine vorübergehende Erscheinung ist.«

»Und wenn du mir die verdammten Tickets nicht gleich wiedergibst, dann verrate *ich*, dass du eine selbst genähte Star-Trek-Uniform hast.«

»Dann erzähle ich den Leuten von deinem unwiderstehlichen Drang, Frauenunterwäsche zu tragen. Willst du es wirklich riskieren, dass dein Sexleben an die Öffentlichkeit kommt, in dicken, fetten Schlagzeilen?«

»Du wirst ein gefundenes Fressen für die Medien sein, Puppe. Besonders wenn ich erwähne, dass du nur in Fahrt kommen konntest, weil ich an deinen Zehennägeln gesaugt habe – was mich bei deinem Fußpilz jedes Mal ein bisschen Überwindung gekostet hat.«

»Ach, sei doch nicht kindisch. Ich mag Kinder überhaupt nicht, vor allem dann nicht, *wenn sie erwachsen sind*. Kinder können wenigstens nichts dafür, wenn sie einen vollscheißen. Aber Männer über dreißig sollten keine unberechenbaren Kaka-Probleme haben.«

»*Du magst keine Kinder?* Das zeigt doch nur, was für eine kaltherzige, selbstsüchtige, blasierte britische Ziege du bist!«

»Selbstsüchtig? *Ich?* Darf ich dich daran erinnern, dass auch *ich* die Hälfte dieser fürchterlichen Flitterwochen gewonnen habe. Und dass ich *nicht* vorher abhaue! Verdammte Scheiße! Hätte der Computer doch bloß einen der anderen Finalisten ausgewählt. Diesen netten Anwalt zum Beispiel.«

»Eigentlich solltest du wissen, dass ›Anwalt‹ und ›nett‹ ein Widerspruch in sich ist.«

»Er war in Eton, damit du's weißt.«

»Ja. Im Arschficker-Seminar für Fortgeschrittene. Nur ist er beim ersten Mal durchgefallen und musste es wiederholen. Wenn *ich* nicht gewesen wäre, hättest du diese dämlichen Flitterwochen gar nicht erst gewonnen, weil *ich* dich nämlich ausgesucht habe«, entfuhr es ihm wütend.

»Was? Ich dachte, das war der Computer?« Das Boot stampfte und schlingerte unheilvoll, während es sich immer weiter von der schützenden Insel entfernte.

»Sei doch nicht naiv. Einer der Produzenten ist ein Kumpel von mir. Er hat mir einen Gefallen geschuldet und ich hab auf die Schnelle Kohle gebraucht, also … willkommen in der wunderbaren Welt von Korruption und Filz.« Kit lachte missvergnügt. Da kamen sie wieder zum Vorschein, diese Verletzung und Melancholie unter all der Jovialität.

»Verzweifelt und Vereinsamt ist getürkt?«

»Das sind sie *alle. Tut mir Leid, meine Damen und Herren*«, sagte er in amerikanischem Singsang, *»aber die Gameshow, die Sie gerade sehen, ist manipuliert.«*

»Man könnte dich wegen Betrugs und Anstiftung zu einer Straftat anzeigen! Aber sag mir eins.« Eine irrationale Hoffnung ließ ihr Herz höher schlagen. «Wenn du dir jede beliebige Frau aussuchen durftest, warum zum Teufel hast du dann mich genommen?«

Coco, die über den heißen Außenbordmotor gebeugt war, steuerte die Werft an. Kit, in ein Handtuch gehüllt, warf das mit einer Schlaufe versehene Tau auf den Steg und sprang dann an Land, um das Boot an einem Pfosten festzubinden. »Weil du so, na ja, harmlos gewirkt hast.«

»Harmlos?«

»Ich meine, du weißt schon, nett. Unauffällig. Friedlich. Berechenbar.« Er nahm sie bei der Hand und führte sie an Land. »Sicher.«

»Nett?« Shelly war am Boden zerstört. Kit nutzte ihren Schockzustand aus, um ihr seine Flugtickets aus der schlaffen Hand zu reißen.

»Unauffällig? Friedlich? Berechenbar?« Shelly schaute zum grauen, wolkenverhangenen Himmel hinauf, um nicht weinen zu müssen. »So siehst du mich also?«

Aber er war schon fort, zusammen mit ihrer aufkeimenden Hoffnung, schwang sich gerade am Endes des Stegs über die Brüstung und verschwand am Strand im Regen.

Ein Ende der heterosexuellen Feindseligkeiten? War nirgendwo in Sicht.

Also hatte ihre Mutter doch Recht gehabt. Eine Frau sollte sich nie auf einen Mann einlassen, ohne Vorbehalt anzumelden. Sonst spielt er nur ein Solo nach dem anderen.

Eindruck schinden

Eine Frau beeindruckt man mit Zärtlichkeit, Kuscheln, Gesprächen, Vertrauen, der Wahrheit, Zusammengehörigkeit.

Einen Mann beeindruckt man, indem man:
a) nackt vor seiner Tür aufkreuzt,
b) ein ebenfalls nacktes Supermodel mit Gummigelenken mitbringt, das eine aufgeschlossene Zwillingsschwester hat und eine Brauerei besitzt.

Kriegserklärung

12 Shelly war sich nicht ganz schlüssig, wie sie in ihrem Lustsklavinnenkostüm aus Netzstrümpfen, Leder-BH und Genital-Tanga aus Zebrahaut ankam, war sich aber ziemlich sicher, dass der Gesamteffekt weder harmlos noch berechenbar wirken konnte.

Falls Kit von Shellys Verwandlung schockiert war, ließ er es sich keineswegs anmerken. Der Kerl zuckte nicht mal mit der Wimper, als er sie, in inniger Zweisamkeit an den Animateur gekuschelt, in einer Hängematte der Cabana am Pool erblickte. Zu ihrer Enttäuschung sagte Kit überhaupt nichts, sondern neigte nur den Kopf, als würde er den Rock-'n'-Roll-Klängen lauschen, die vom Maskenball im La Caravelle hinaus ins Freie drangen.

Die Musik war so laut gewesen, dass sich Shellys lebenswichtige Organe verknotet hatten (man sollte sich immer vor Musik hüten, die im betrunkenen Zustand besser klingt als im nüchternen). Aber hier in der Cabana wurde die Kakophonie der vielen Teletubbies- und Tina-Turner-Kostüme, die »Love Me Do« sangen und auf alberne, ironisch-distanzierte Weise den »Swim« und den »Hitchhiker« tanzten, glücklicherweise vom Lärm des tropischen Sturms übertönt.

»Dir ist hoffentlich klar, dass Dominic dich nur benutzt, um seine fiese Visage ins Fernsehen zu kriegen«, rief Kit ihr schließlich zu. Die lodernden Fackeln um die Cabana herum zischten im böigen Wind, als würden sie sich stellvertretend für Shelly empören.

Dominic blähte seine gallischen Nüstern. »*Pardon,* Monsieur. Unsere Freundschaft lässt sisch am besten mit den Worten des großen Essayisten Montaigne beschreiben: ›Denn isch war isch und sie war sie.‹ Und quasi als Gütesiegel muss isch anführen, dass der englische Dischter Keats die Lippen als ›feuschte Seelischkeit‹ bezeichnet«, sagte er und hauchte einen Kuss auf Shellys Mund.

Shelly schauderte, woraufhin Dominic seine Lederjacke auszog und sie ihr über die Schultern breitete.

»Siehst du?« Shelly schmiegte sich in die Jacke. »*So* etwas tun Liebende. Sie teilen den Mantel, wenn dem anderen kalt ist«, hielt sie Kit vor, als er näher kam. »Sie zitieren *Lyrik*. Sie *werben* um einander. Sie sind höflich und charmant, zuvorkommend und geistreich. Das genaue Gegenteil von *dir*. Denn *du*, Kinkade, bist nur ein Tier.«

»He, das Tierreich stellt gegenüber dem *Gemüsereich* eine höhere Lebensform dar«, sagte Kit mit einem vieldeutigen Seitenblick auf den Animateur. »Hör mal, Lustsklavin« – er steckte die Hand unter ihre Jacke und zog an Shellys Tanga – »ich muss mit dir reden, unter vier Augen.«

»Du *musst*? Na, ich muss ebenfalls bestimmte Dinge. Solche, die mir sogar erfüllt werden, und zwar, vielen Dank auch, zum ersten Mal seit meiner Hochzeit.« Sie drehte Kit den Rücken zu und schmiegte sich an Dominic.

»Na, Gott sei Dank bin ich gerade noch rechtzeitig eingetroffen, um dich davor zu bewahren, dass deine Fortpflanzungsorgane mit einem Haufen heimtückischer Bakterien in Berührung kommen.« Kit riss Shelly ziemlich unsanft aus den Armen des Animateurs und zwang sie, ihn anzusehen. »Wenn Dominic dir erzählt, dass er ein befreiter Mann ist, dem die intellektuelle, sexuelle, emotionale und ökonomische Unterdrückung der Frau voll bewusst ist und wie sehr er sich für das widerliche Machoverhalten seiner Geschlechtsgenossen schämt – dann ist das nur eine umständliche Froschfresserart zu sagen: ›Zu dir oder zu mir, Puppe?‹«

»Das kann dir doch scheißegal sein!« Shelly sprang aus der Hängematte und blickte ihn an.

»Na ja, wir sind verheiratet, wie du dich vielleicht entsinnst. Die ganze Zeit hast du *meine* Treue angezweifelt, dabei bist *du* gerade untreu.«

»*Ich?*« Shelly zog sich Dominics Jacke fester um die Schultern. »Dann fang mal an zu rechnen. Du hattest *zwei* Tickets von Heathrow und jetzt *zwei* nach Madagaskar. Das erklär mir mal.«

Kit guckte ängstlich zu Dominic hinüber, ob er etwas mitbekommen hatte. Aber der Animateur war eifrig dabei, seinen Montrachet zu schlürfen, während er gleichzeitig versuchte, sich mit einem Ellbogen in der Hängematte abzustützen.

»Oh, bist du sicher, dass der Wein *chambré* ist?«, fragte ihn Kit sarkastisch. »So mag Shelly ihn nämlich, weißt du. Zimmertemperatur.« Dann tippte er mit dem Fuß die Hängematte an, sodass sich der Wein über Shellys Galan ergoss und schließlich auch der Mann Hals über Kopf zu Boden ging.

»Oh, tut mir *schrecklich* Leid.«

»*Merde!*«, fluchte Dominic, bevor er Richtung Le Centre de Plonge davonstapfte, um sich dort ein Strandlaken zu besorgen.

Shelly seufzte. »Alles wäre so viel einfacher, wenn ihr Männer Geweihe hättet. Ein dummer Konstruktionsfehler, findest du nicht?«

»Ich wollte dich sprechen, um dir die Sache mit den Flugtickets zu erklären«, sagte Kit leise. »Entschuldige, dass ich dich hintergangen habe. Aber ich war schon so ewig pleite. Jawoll – ich habe rausgekriegt, dass es doch Dinge gibt, die man mit Geld nicht kaufen kann – *Elend und Armut*. Um die Wahrheit zu sagen, ich habe von dem Preisgeld meine Schulden bei Freunden und den Inkassofirmen zurückzahlen müssen. Darum hab ich auch meinen Rückflug in zwei einfache Hinflüge in der Touristenklasse eingetauscht und einem Typen, der auf Standby wartete, das zweite Ticket verkauft. Aus demselben Grund hatte ich auch nicht das nötige Kleingeld für Cocos Kaution.«

»Und was ist mit Madagaskar?«

»Eine Überraschung für dich. Das sollten richtige Flitterwochen werden, ein Urlaub von unseren offiziellen Flitterwochen. Wo wir uns kennen lernen könnten, ohne dass Gabys indiskrete Kameralinse und das ganze Vereinigte Königreich uns von früh bis spät begaffen. Es stimmt, dass ich am Anfang ausschließlich auf die Kohle aus war. Mann, ich wollte dich nicht mögen. Ich hab in meinem Leben wirklich genug Trouble mit Frauen gehabt! Verdammte Scheiße! Du kannst einen wahnsinnig auf die Palme bringen … aber du bist auch irgendwie witzig. Und scharf. Jedes Mal, wenn wir uns küssen, krieg ich einen Endorphinschub, Mensch; ich könnte glatt anfangen, damit Flugmeilen zu sammeln. Ehrlich gesagt, habe ich noch nie jemanden getroffen, der auch nur annähernd so ist wie du, Shelly Green … und, na ja, ich würde einfach gern mehr von dir wissen.«

Sein Gesicht wechselte im unsteten Licht der Fackeln von hell nach dunkel. Sie konnte seinen Gesichtsausdruck nicht genau erkennen. Aber ihr gefiel schon mal, was sie hörte. »Weiter«, sagte sie gespannt.

»Irgendwie treibst du andauernd das Quecksilber auf meinem Liebesbarometer nach oben. Aber ich wollte dir nichts davon sagen, bis alles arrangiert gewesen wäre. Besonders nicht auf dem Boot, vor Coco. Bis ich mir sicher sein konnte, dass du mitkommen wolltest und dass du keinem was davon erzählst. Hast du doch nicht, oder?«, fragte er und schaute sie flehentlich aus seinen unwiderstehlichen grünen Augen an.

Shelly schüttelte zur Antwort den Kopf, allerdings auch, weil sie ihm die Geschichte nicht abkaufte. Die Vorstellung, dass Kit Kinkade wirklich etwas für sie empfand, beurteilte sie ähnlich wie alle Welt die Behauptung von Michael Jackson, er habe sich nie einer Schönheitsoperationen unterzogen. Dieser Typ hatte wirklich eine unglaubliche Chuzpe. Nie wieder würde sie auf die Lügen dieses Lumpen hereinfallen. Nie und nimmer.

»Wirklich? Das Ticket ist für mich?«

Verdammt! Wer schrieb hier eigentlich das Drehbuch für diese Ehe? Warum hörte sie nicht auf, ihm zu verzeihen? Vielleicht hatte es ja was mit ihren Exfreunden zu tun. Der Cellist von der Musikakademie, dessen Instrument öfter zwischen seinen Beinen gewesen war als sie. Der Flötist mit den sinnlichen Lippen aus ihrer Schule … aber wie lange kann eine Frau es mit einem Kerl aushalten, der morgens als Erstes Diskantflöte spielt? Seitdem war eine wilde Aufeinanderfolge von Verabredungen durch ihr Leben gerauscht. Und was für eine Horrorvision, wieder mit diesen Blind Dates anfangen zu müssen, mit den erbärmlichen Endlosschleifen von Cocktails, Smalltalk und leeren Phrasen, die stets in einer Sackgasse mündeten. Es erklärte wahrscheinlich, warum sie Kit so gern glauben wollte. Wie alle einsamen Frauen, die unter massivem Zuwendungsentzug litten, versuchte sie die Schrift an der Wand zu lesen – nur war sie leider in Sanskrit verfasst.

»Tatsächlich? Du möchtest wirklich, dass ich mitkomme?«, hörte sie sich mit bebender Stimme sagen. (Motten! Vorsicht, Licht!)

Als er ihren Arm berührte, fühlte sie sich wie auserwählt durch seine Aufmerksamkeit und ihr eiserner Wille schmolz dahin wie Butter in der Tropensonne. He – warum eigentlich diese Reise ins Zentrum der Selbstauslöschung unterbrechen? In der Limousine damals hatte Kit sie gefragt, was sie denn zu verlieren habe. Ach, nicht der Rede wert, ermahnte sie sich. *Nur meine Selbstachtung, alle Ersparnisse und den Verstand.*

Brüsk schob Shelly seine Hand weg. »Sorry, aber ich habe gerade den Quecksilberstand auf unserem Liebesbarometer gecheckt, und wie's aussieht, ist unsere Beziehung klinisch tot, mein Lieber.«

In diesem Augenblick kehrte Dominic zurück, der jetzt ebenfalls in sein Kostüm geschlüpft war – ein SM-Ensemble im Partnerlook, mitsamt Lederhose und Noppenhalsband. Zu seiner fassungslosen Freude zog Shelly ihn zu sich in die Hängematte und liebkoste seinen Hals mit vampirischer Begeisterung.

Kit verdrehte die Augen in Richtung Himmel und entdeckte dabei Gaby mit ihrem Fernsehteam, das sich ihnen unter Regenschirmen entschlossen näherte.

»Verdammte Scheiße.« Er zuckte verschreckt zusammen. »Die haben mir gerade noch gefehlt.«

Gaby stürzte in die Cabana und schüttelte ihr tropfnasses Haar. »Shelly! Dominic! Da seid ihr ja! Ich hab euch Turteltäubchen schon überall gesucht.« Sie gab Silent Mike ein Zeichen, mit seinem phallischen Galgen näher heranzugehen. »Na, das ist doch mal eine ziemlich überraschende erotische Wende in meiner Doku, pardon, in meinem Katastrophenfilm, findest du nicht auch, Kinkade? Gibt es irgendwas, das du der Nation mitteilen möchtest?«

»Ja, also ich habe so das dumme Gefühl, dass meine Frau das Interesse an mir verliert.«

»Ach ja? Wie kommst du darauf?«, hakte Gaby nach.

»Na ja, irgendwie scheint sie da gerade einem Sadotypen mit Ledersuspensorium und goldenen Nippelringen die Schaftstiefel zu lecken – während unserer Flitterwochen.«

»Sie müssen ihm das nachsehen, liebe Zuschauer.« Shelly sprach nun direkt in die Kamera. »Der Mann hat schließlich sehr hohe doppelmoralische Ansprüche.«

»Wenigstens *bin* ich ein Mann. Das Ding, das du da küsst, kommt ja gerade erst in die Pubertät. Willst du was von ihm oder solltest du ihn nicht besser adoptieren?«

»Was ist dabei, sich in einen Jüngeren zu verlieben … da ihr Männer sowieso nie erwachsen werdet, macht das doch keinen Unterschied, oder?«, parierte Shelly.

»Hör mal, ich brauch wirklich eine Aussprache.«

»Ganz deiner Meinung. Dein Nuscheln ist unerträglich.«

»Unter vier Augen«, drängte Kit, der ihre Spitzen und das Fernsehpublikum vollkommen ignorierte.

»Kommt überhaupt nicht infrage!«, rief Gaby. »Ms Green wird hier am Set gebraucht. Sie spielt jetzt eine neue Rolle … eine Liebesgeschichte, in der ausnahmsweise mal nicht der Mann die Taube und die Frau das Denkmal ist!«

»Tu's um der alten Zeiten willen«, bat Kit.

»Hah!«, sagte Shelly höhnisch. »Was für ›alte Zeiten‹?«

»Nur ein kurzes Gespräch, Shelly. Es ist ja nicht, als würde ich dich bitten, einen Tarnkappenbombertestflug zu absolvieren.«

»Das wäre mit Sicherheit die leichtere Übung«, stöhnte sie genervt, entstieg dann aber grummelnd der Hängematte.

»Du kommst also mit?«

»Klar komme ich mit. Wie soll ich dir sonst eine Kokosnuss über den Schädel hauen, dich in den Pool schubsen und es wie einen Badeunfall aussehen lassen?« Shelly begann allmählich zu begreifen, dass der Übergang von sexueller Frustration zum Mord ein nahtloser war.

»Mein Pass, die Flugtickets und das ganze Geld sind weg«, platzte es aus Kit heraus, sobald sie sich in den rückwärtigen Teil der Cabana verzogen hatten. »Es gibt nur eine einzige Person, die einen Schlüssel hatte – Coco.«

»Coco? Du hast Coco einen Schlüssel gegeben? Wozu um alles in der Welt gibst du dieser Frau einen Schlüssel?« Normalerweise gibt es nur einen Grund, warum ein Mann einer Frau seinen Zimmerschlüssel gibt – jedenfalls nicht, damit sie ihm die Gardinen säumt.

Trotz der blauen Flecken der armen Frau hatte Shelly sich angewöhnt, Coco zwanghaft zu hassen. Bisher hatte sie die Frau nur gehasst, wenn sie ihr begegnet war, aber von nun an würde sie sie hundertmal am Tag hassen. Oder anders gesagt: Sollten die Taliban die Insel erobern, ohne dass Coco davon erfährt, und sollte sie beiläufig beschließen, in ihrem Mikromini einen kleinen Spaziergang über die Strandpromenade zu machen, *würde mich das jetzt nicht stören*, gestand sich Shelly im Stillen.

»Sie musste sich doch irgendwo vor Gaspard verstecken. Aber das Miststück hat mich beklaut. Es gibt keine andere Erklärung. Ich weiß, dass sie in diesem Moment im Fitnessraum ist. Allerdings komme ich an den Sicherheitsbeamten vor den Unterkünften der weiblichen Angestellten nicht vorbei. Aber *du* könntest es …«

»War es Coco, die du nach Madagaskar mitnehmen wolltest?« Plötzlich kam Shelly die traurige Erleuchtung. »Oh Mann. Nur darum tust du so, als wolltest du mit mir fahren, stimmt's? Um mich zu ködern, damit ich dir deine verdammten Tickets beschaffe.« Kit war kein trojanisches Pferd, sondern ein trojanischer Mann. In der irrigen Annahme, er sei ein Geschenk, hatte sie zugelassen, dass er in ihre Festung geschoben wurde, nur um dann festzustellen, dass er voller mieser Überraschungen war.

»Shelly.« Er umschlang ihre Hüften und drehte sie zu sich hin. Wo Dominic über formvollendetes Auftreten und erprobte Verführungskünste verfügte, besaß Kit einen sinnlichen, instinktiven Charme. Wenn sie doch nur aufhören könnte, an seine flinke Zunge zu denken, diese Zunge, die vorschnellt und Insekten vom Blatt leckt. Und daran, wie er sie mit derselben wollüstigen Hingabe verzehrte wie vorhin die Mango am Strand.

»Wie komme ich dazu, dir zu helfen?«

»Na ja, zum einen, damit du deine Kaution wiederkriegst. Die Anklage gegen Coco wurde fallen gelassen. Deine Knete ist in meiner verdammten Brieftasche.«

»Oh Scheiße!«, entgegnete Shelly wortgewandt. Nur noch drei Tage, und dann sind diese finsteren Flitterwochen vorbei, machte sie sich Mut. Es sei denn, ich habe wahnsinniges Glück und *sterbe*.

»Ich erklär dir alles, okay, aber erst, wenn du meinen Kram gefunden hast. Jetzt ist keine Zeit. Glaub mir einfach. Es geht um Leben und Tod.«

Kit appellierte so eindringlich an ihre Hilfsbereitschaft und sein Gesicht war so sichtlich von Emotionen geschüttelt, dass Shelly spürte, wie ihre Entschlossenheit nachzugeben begann wie das Gummiband ihrer ältesten Baumwollschlüpfer – von der Art, wie Coco natürlich bestimmt keine hatte. Shelly spielte auch mit dem verlockenden Gedanken, Kit zu beweisen, dass ein Mann nie einer Frau trauen sollte, die kein olles Paar bequeme Unterhosen für ihre Tage besaß – weshalb sie auch zehn Minuten später in der Unterkunft der weiblichen Angestellten war, hinter ihrer Lustsklavinnensonnenbrille perfekt versteckt. Sie verkniff sich ein Lachen über das Schild am Eingang, auf dem stand: »Was die Unschicklichkeit betrifft, Gäste des anderen Geschlechts in den Schlafzimmern zu empfangen, so bitten wir, für diese Zwecke die Lobby zu benutzen.«

Der einsame Posten zeigte auf Cocos Ferienhütte im ersten Stock. Kurz darauf horchte sie wie eine Putzfrau am Schlüsselloch. Drinnen war weder etwas zu hören, noch Licht zu sehen. Das Herz schlug Shelly bis zum Hals, als sie die Klinke drückte und das Zimmer ihrer Nemesis betrat.

Als Erstes wurde ihr bewusst, dass Fußknöchel nichts weiter als eine Vorrichtung sind, um im Dunkeln gegen ein Kaffeetischchen zu stoßen. Sie versuchte, vor Schmerzen nicht zu winseln, und fragte sich, wie zum Teufel es Kit gelungen war, sie zu dieser Tat zu überreden. Offenbar war sie unfähig, sich von dem Mann fern zu halten. Es half nichts, sie würde sich eine einstweilige Verfügung ausstellen und einen Detektiv engagieren müssen, der ihr überallhin folgte und verhinderte, dass sie so bescheuerte Sachen machte wie im Schlafzimmer einer – knips, das Licht ging an – *gefährlichen Geisteskranken* einzubrechen.

Coco stand in flamingorosafarbenen Dessous in der Mitte des Raumes und richtete eine kleine Handfeuerwaffe direkt auf Shellys Brust.

»Bist du wahnsinnig! Was soll die Knarre? Ich weiß, dass Touristensaison ist, Coco, aber ich glaube, das heißt nicht wirklich, dass ihr uns abschießen sollt!«

»Isch dachte, es ist Gaspard. Das 'ier ist mein Ver'ütungsmittel. Meine spezielle Form von ›Safer Sex‹.«

»Gib mir Kits Pass, die Tickets und das Geld, das du geklaut hast! Unglaublich! Nach allem, was er für dich getan hat, war das nicht sehr nett, oder?« *Sehr nett?* Ihre klassische Ausbildung an der Royal Academy war doch wirklich unbezahlbar.

»Tut mir Leid, aber das ge'ört nischt zum Plan.«

»Na ja, dass Dominic am Pool auf mich wartet, war vermutlich auch nicht Teil deines Plans. Aber wenn ich in fünf Minuten nicht wieder da bin, ruft er den Manager.«

»Dominic? Du glaubst, er wartet auf *disch*?« Coco musterte Shellys Tanga und die Netzstrümpfe. »Wie komisch! Nimm doch mal die Sonnenbrille ab, damit du siehst, wie läscherlisch du aussiehst!«

Hastig nahm Shelly die Sonnengläser ab, die sie ganz vergessen hatte. »Falls es dich interessiert, Dominic findet mich attraktiv.«

»Ja, so was sagen Männer gern unter Alko'oleinfluss.«

Shelly packte eine Riesenwut. Sie warf sich auf Coco, griff nach ihren Haaren und riss mit aller Macht an diesen berühmten schwarzen Ranken.

Shelly hatte Cocos Fuß nicht kommen sehen. Sie sah nur die Wand, gegen die sie gerade halsbrecherisch geschleudert wurde. Als sie dann benommen auf dem Boden lag, registrierte sie dumpf, dass sich ihr Blut auf der falschen Seite ihres Körpers befand, was unmöglich gut sein konnte.

Der Anblick einer bewaffneten Amazone, die sich bedrohlich über eine nicht besonders mutige Gitarrenlehrerin beugte, hatte den vorhersehbaren Effekt: Shelly schrie wie am Spieß.

Coco rammte ihr die Hand auf den Mund. Shelly schlug die Zähne in die Hand der Sängerin, was diese zwang, ihre Pistole fallen zu lassen. Shelly machte einen Satz nach der Waffe, aber Coco trat ihr auf den Arm und nagelte sie am Boden fest wie einen Schmetterling auf einem Schaubrett. Coco murmelte etwas, wovon Shelly mutmaßte, es sei Französisch für »Verabschiede dich von deinen Eierstöcken, Baby«. Verzweifelt tastete sie nach einem Gegenstand in ihrer Reichweite. Wie sich herausstellte, war es ein Deospray, mit dem sie sogleich auf Cocos Augen zielte. Die Frau ging zu Boden, hielt sich den Kopf mit beiden Händen und wand sich. Shelly hätte sich gern angeboten, ihr einen Homöopathen zu rufen, aber Coco hatte ihren esoterischen Touch verloren. Im Moment glich sie eher Boudicca mit PMS.

Shelly machte sich Cocos missliche Lage zunutze, um sich die Pistole zu schnappen, danach entnahm sie der Pradatasche auf Cocos Bett Kits Pass, Brieftasche und Tickets. Draußen wurden Schritte laut und das Licht im Flur ging an. Coco befreite sich und riskierte tränenden Auges einen Sprung aus dem Fenster des ersten Stocks, der des Bolschoi-Balletts würdig gewesen wäre.

Shelly blieb nichts anderes übrig, als es ihr gleichzutun – allerdings mit weniger gazellenhafter Grazie. Obwohl ihr klar war, dass ihre eigentliche Leistung vor allem darin bestehen würde, sich nicht ins Knie zu schießen, verstaute sie die Pistole und die

Dokumente sorgsam in ihren Netzstrümpfen, setzte die Beine zaghaft über das Fensterbrett und ließ sich dann, unterwegs an Markisen und Baumästen Halt suchend, lawinenartig an der Gebäudewand hinab, bis sie schließlich durchgerüttelt drei Meter tiefer in einer Pfütze landete.

Aus ihrer horizontalen Lage sah der schief stehende Mond im bewölkten Himmel betrunken und gelbsüchtig aus, schenkte ihr aber gerade genug Licht, um Cocos geschmeidige Gestalt erkennen zu können, die in ihrer leuchtenden Unterwäsche pfeilschnell durch die Schatten zum Strand eilte. Als Shelly, noch immer keuchend und ächzend von ihrem schmerzhaften Sturz, endlich den Rand des tintenschwarzen Wassers erreichte, schlug ihre eine heftige Sturmbö ins Gesicht, die jede weitere Verfolgung unmöglich machte. Alles, was sie in den sintflutartigen Regengüssen erkennen konnte, waren die rhombenförmigen Lichter eines großes Segelboots. Das Schiff, das für die Kolonialfeierlichkeiten in den Hafen gebracht worden war, zerrte im tosenden Meer an seiner Ankerkette und schlug gegen die *Blaue Safari 800*, ein Mini-U-Boot für Touristen, das die französische Regierung für den feierlichen Anlass gespendet hatte.

Shelly humpelte zu den Hängematten am Pool zurück, aber Dominic und Gabys Kameracrew hatten sich mittlerweile nach Drinnen verzogen. Sie blieb unter einer Lampe der Cabana stehen und nahm die Beute in Augenschein, für die sie ihr Leben riskiert hatte. Sie schlug den Pass auf. Auf dem Foto sah Kit aus wie ein verwegener Pirat. (Herrgott noch mal, selbst auf seinem Passfoto war er noch schön, während *sie* auf ihrem aussah, als hätte sie gerade kleine, süße Robben gekeult.) Und darunter? Als Shelly den Blick auf das Ende der Seite wandern ließ, entfuhr ihr zischend Luft. Es klang wie bei einer Reifenpanne.

Unter Kits Foto stand in schwarzen Druckbuchstaben ein weiterer Name.

Shelly spürte, wie sich in ihrer linken Schläfe pochend eine Migräne anbahnte. Kit Kinkade war die Wahrheit nicht nur fremd, sie war ihm gänzlich unbekannt.

Da stand sie nun in Wind, Wetter und Regen, erschüttert von seinem letzten Betrug, und hing ihren Gedanken nach – ein Territorium, wie Shelly zugeben musste, das sich in letzter Zeit durch totale Abwesenheit auszeichnete. Sie schaute sich noch einmal Kits fotogene Züge an. Angeblich sollte man in den Yankees ja lesen können wie in einem Buch, aber ihr amerikanischer Göttergatte erwies sich als eine einzige Hieroglyphe. Warum tat er immer so geheimnisvoll? Wie ein Spion. Es war ihr vollkommen schleierhaft, für wen Kit arbeitete, sie hatte aber einen ziemlichen starken Verdacht, dass es der Feind war.

Stellungen

Männer glauben, »Gemeinsamer Orgasmus und Rücksicht« sei der Name einer Versicherungsgesellschaft.

Genau darum treiben Frauen es am liebsten wie die Hunde: Er bettelt wie ein Köter, sie rollt sich auf den Rücken und stellt sich tot.

Doppelagent

13

»Rupert Rochester von Ruttington? – *Baron?* Du heißt Rupert Rochester?« Dann, langsamer: »Und bist ein verdammter *Baron*?«

»Weißt du, man sollte nach Einbruch der Dunkelheit echt nicht mit einer Brieftasche durch die Gegend laufen und deren Inhalt hinausposaunen.« Das waren Kits erste Worte, als er Shelly im Fackellicht der Cabana vorfand, wie sie fasziniert auf seinen Pass starrte. Seine Brieftasche lag verwaist zu ihren Füßen. Kit hob sie auf und suchte darin herum, bis er erleichtert feststellte, dass das Bargeld noch vorhanden war.

»Rupert Rochester?«, wiederholte Shelly wie betäubt.

»Oh. Ah. Na ja, ja«, sagte er leichthin. »Hatte ich nicht erwähnt, dass ich unter einem falschen Namen reise?«

»Ausgerechnet unter ›Ruttington‹? Noch dazu Baron?«

Ihr Mann war offenbar in der Lage, seine diversen Identitäten mit einer schlangengleichen Lässigkeit abzustreifen. Wer war dieser Kerl? Er wand sich unter ihrem sengend prüfenden Blick. Bei ihm die Wahrheit zu orten erwies sich als genauso schwer wie bei Calista Flockhart die Speisekammer. Wie alle guten Gauner beherrschte Kit die Kunst, gleichzeitig zu verhüllen und zu enthüllen; er besaß eine einmalige psychologische Fingerfertigkeit.

»Warum?«

»Weil – das ist der Name, unter dem ich geheiratet habe.«

»Du bist *verheiratet*?« Das Wort versetzte ihr einen Stromstoß. »Mit einer anderen? Was bist du eigentlich? *Mormone?* Ich bin mir ziemlich sicher, dass die erste Frage auf dem Formular lautete: ›*Sind Sie Single?*‹«

»Also kopfmäßig, gefühlsmäßig und körperlich bin ich Single. Aber technisch gesehen *bin* ich verheiratet, ja.«

»Das heißt, du bist ein« – sie versuchte, ihr abgewürgtes Hirn wieder anzuwerfen und den Gang einzulegen – »Bigamist?« Kit hatte ihr nicht nur Sand, sondern eine ganze Sahara ins Getriebe geworfen.

»He, das klingt aufregender, als es ist. Praktisch gesehen haben sich einfach nur deine Chancen verdoppelt, dass man den Müll raustragen muss.«

Shellys Gedanken überschlugen sich.

a) Warum hatte sie die Narbe seiner Gehirnamputation übersehen?

b) Wie bekam er seine gespaltenen Hufe in diese Turnschuhe, verdammt noch mal?

c) Nichts wie weg hier!

Da ihr Option Nummer drei unter diesen Salt-Lake-City-mäßigen Umständen als die vernünftigste erschien, wirbelte Shelly auf dem Absatz herum und floh so schnell, wie ihr angeknackster Knöchel es zuließ, durch den prasselnden Regen in ihren Bungalow, wo sie mit allen zur Verfügung stehenden Bolzen die Tür hinter sich verriegelte. Sie hatte sich in einer Nebelwolke aufgehalten. Aber die Nebel begannen sich zu lichten. Kit Kinkade hatte nichts anderes getan, als ihre Gefühle zu orchestrieren, und sie hatte brav mitgespielt, als würde sie dem Taktstock eines unsichtbaren Dirigenten folgen. Doch nach seiner letzten Eröffnung war ihre Begeisterung auf einen polaren Tiefstand abgekühlt.

Vielen Dank auch, Vagina!, fuhr sie wütend ihr Körperteil an. Vielen Dank, dass du mich hier reingeritten hast. Sie erwog, ihren Anschluss an das Sexualnetz zu kündigen. Genau! Das war die Lösung. Sie würde einfach die Rechnungen nicht bezahlen. Sie würde alle Mahnschreiben ignorieren. Sie würde zulassen, dass man ihr die Libido abstellte. Es klopfte an der Tür. Aber da sie ihrem Trieb abgeschworen hatte, war sie nunmehr ein freier Mensch. Sie würde ihn von nun an einfach ignorieren, gleich morgen Früh abreisen und sich irgendwo in einer Höhle niederlassen, um sich ihrem Kalligraphiestudium zu widmen.

Kit klopfte immer noch an ihre Tür. »Ich weiß, nach außen macht es einen ganz schlechten Eindruck, aber die Sache ist nicht so, wie du denkst. Lass mich rein, Shelly. Gib mir eine Chance, alles zu erklären.«

»Hau ab, *Rupert*!« Shelly verstaute die Pistole ganz hinten in ihrer Wäscheschublade, entledigte sich ihres lächerlichen Kostüms, holte sich eine Packung Zigaretten aus der Minibar, riss sie auf und zündete sich eine an. Dabei war sie strikte Nichtraucherin.

»Mach bitte die Tür auf und lass mich rein. Hier draußen laufen die Gullys über. Ich bin total durchnässt!«

»Ja, aber hier *drin* empfange ich hektische Signale auf meinem Psychopathenradar.«

»Ich mache reinen Tisch, okay? Bitte Shelly, mach auf. Lass mich erklären.«

»Verpiss dich, Kit. Ich weiß nicht, wie ich es dir *noch* sagen soll … außer vielleicht mit einem *Betäubungsgewehr*.«

»Ich habe unglückseligerweise *tatsächlich* eine Frau. Aber du darfst sie auch gern bei ihrem richtigen Namen nennen: ›Satansbrut.‹«

»Das Foto in deiner Brieftasche«, folgerte Shelly. Sie ließ sich gegen die Tür plumpsen und legte das Ohr ans Schlüsselloch, während sie fieberhaft an ihrer Zigarette zog. Sie war sich ziemlich sicher, dass Leute, die im Film kurz davor standen, sich einen Sektquirl in die Schläfe zu stechen, das auch so machten. »Weiter. Ich höre.«

»Wie ich schon sagte, hab ich die beschissene Seifenoper sausen lassen und bin dem Pfad der Backpacker gefolgt: Kathmandu, Goa, Koh Samui, Chiang Mai, Marrakesch, Bali, Bondi … Pandora habe ich in Koh Samui getroffen. Sie war eine Hippie-Braut mit einem fetten Aktienfonds und trampte durch die Welt. Wir haben ein paar verrückte Abenteuer zusammen durchgestanden. Hat uns verbunden, weißt du? Natürlich war es auch aufregend, dass wir andererseits so gegensätzlich waren. Ich war auf meinen Reisen gegen Malaria, Typhus und Hepatitis geimpft … aber nicht gegen Pandoraitis.«

»Sag mal, kriegen wir das eventuell in unter fünfzig Worten hin?«, fragte Shelly unterkühlt durch die Tür. Sie hatte schließlich noch eine Einsiedlerhöhle zu erreichen. »Also, was hat sie so giftig gemacht? Deine ›kleine Ehefrau‹?«

»Okay. Die gekürzte Fassung. Darf ich reinkommen? Ich werd hier draußen immer noch tierisch nass.«

»Gut!«, rief Shelly durch die Tür. Ginge es nach ihr, würde man ihn außerdem mit einem salzgetränkten Tau auspeitschen, bis die Haut wund war, und ihn dann zum Fraß für die Krabben mit Holzpflöcken in den Strand rammen, da könnte er dann zappeln – verdammter Pirat, der er war.

»Es war ein Fehler. Wir haben innerhalb von nur zwei lumpigen Monaten geheiratet. Es musste so schnell gehen, weil wir Ärger mit der Einwanderungsbehörde vermeiden wollten. Dann kam Pandoras Bruder bei irgendeiner Drogengeschichte ums Leben und sie hat ein Riesen-Vermögen geerbt …«

»Ach ja? Wahrscheinlich konntest du sie gleich noch mal so gut vermögen?« Shelly paffte in Lauren-Bacall-Manier zynisch an ihrem Krebsstengel.

»Haha. Von da an hat sie sich verändert. Lachte nicht mehr über meine blöden Witze. Fing an, meine Kleidung zu kritisieren, die Musik, die ich gern höre. Meldete mich bei arschigen, verfickten Benimmkursen an. Zwang mich, meine Kumpel aufzugeben und mit ihrer versnobten Clique herumzuhängen. »Ich lass dich mit *meinem* Jungfernhäutchen spielen, wenn ich mit *deinem* spielen darf.«

»Ach, du armer, armer Junger, mir blutet das Herz«, sagte Shelly bissig. »Zum sozialen Aufstieg verdonnert und das bei deiner Höhenangst. Ein Fall für Amnesty International.«

»Es ist dir vielleicht neu, Shelly, aber wenn jemand, den du liebst, sich plötzlich gegen dich wendet, dann ist das eine Art außerkörperliche Erfahrung.«

Ach nee, brummte sie in ihrer Wolke aus Zigarettenqualm in sich hinein.

»Den Dingen nicht ins Auge sehen wollen, nennen die Seelenklempner das wohl«, erläuterte Kit weiter.

»Ich weiß, was du meinst. Ich kann auch nichts sehen, weil mir bei deiner rührseligen Geschichte echt die Tränen kommen«, stänkerte Shelly.

»Ich entsinne mich, dass ich nur noch in einen Aschenbecher kriechen und sterben wollte. Ich hatte sie so angebetet.«

Shelly stöhnte verächtlich. »Warte mal einen Moment, ich muss eben die *Jerry Springer Show* leiser stellen, um dich besser hören zu können … Oh! Warte mal. Du *bist* das ja. Wenn du sie so sehr geliebt hast, wieso hast du nicht versucht, eure Ehe zu retten?«

»Hab ich ja, verdammt noch mal! Ich hab alle einschlägigen Bücher gelesen und sämtliche Therapien gemacht. Während *sie* die ganze Zeit nach einem Rezept gesucht hat, bei dem man das Strychnin nicht so durchschmeckt. Obwohl, hätte es was geändert? *Wo ja ich jetzt an* einer *Lungenentzündung verrecke?*«

Warum sollte sie ihm glauben? Es war doch bloß wieder die Nummer: »die volle Wahrheit, die ganze Wahrheit, nichts als die *geschönte* Wahrheit«.

»Also.« Shelly stützte den Kopf in die Hände. »Ich soll dir glauben, bei all den Gefahren, die du auf deinen Reisen überstanden hast – die Lawinen, wo du in den Schnee getaucht bist und dich hast treiben lassen, um oben zu bleiben, die Waldbrände, wo du dem Wind getrotzt hast und durch die Flammen gesprungen bist, die Tornados, wo du dich immer im rechten Winkel zu deren Kurs gehalten hast, die Eisstürme, wo du dich flach auf den Boden gelegt hast, Schlangenbisse, Unterkühlung, Erdbeben –, dass du da nicht in der Lage warst, eine lächerliche kleine Ehe mit einer millionenschweren Pissnelke zu überstehen?«

»Verschon mich mit diesen sarkastischen Verhörmethoden, Shelly. Davon hab ich auf dem beschissenen Familiensitz schon mehr als genug gekriegt. Pass auf: Unterm Strich sieht's nun mal so aus: Eine Ehe ohne Liebe kann man überstehen, aber eine Ehe ohne Zuneigung nicht.«

»Lass mich raten«, murmelte Shelly abfällig und inhalierte den Rest ihrer Kippe fast in einem Zug. »Inzwischen spricht sie wahrscheinlich nicht mal mehr mit deinen *Pflanzen*, außer über ihren Anwalt natürlich?«

»Stimmt. Ich wusste ja vorher nicht, dass die Engländer der Oberschicht nicht aus Liebe heiraten; sie haben immer einen Bademeister neben ihrem Genpool postiert, verstehst du, was ich meine? Pandora hat mich nur geheiratet, um sich an ihrem Vater zu rächen. Sie hat nie aufgehört, mir zu erzählen, was für ein genialer Betrüger er war.«

»Ach ja,« gähnte Shelly. »Von wegen, wie verharzt doch der gute alte Stammbaum von all den üblen Machenschaften ist. Da musst du dich schon ein bisschen mehr anstrengen, Kinkade.«

»So glaub mir doch, genau das tu ich ja. Darum bin ich gegangen. Als dann ihr alter Herr an einem Herzinfarkt starb – Pandora meinte, es wäre der Schock gewesen, weil ihr Bruder an einer Überdosis abgenippelt ist –, hat sie die Firma übernommen.«

»Und?«

»Sagen wir mal, sie folgt jetzt den Fingerabdrücken ihres Vaters.«

»Alles Gerede, *Rupert*. Das erklärt noch lange nicht deinen falschen Namen.«

»Ach, das. Pandora hat sich damals Sorgen gemacht, weil ich in den Staaten vorbestraft war, wegen Drogenbesitzes.«

»*Drogenbesitz?* Ein Bigamist und Betrüger, der außerdem ein gesuchter Verbrecher ist?« Fassungslos griff Shelly zur Zigarettenschachtel und benötigte drei Versuche, bis sie sich mit fahrigen Fingern erneut einen Glimmstängel angezündet hatte. Dann zog sie in ihrer grenzenlosen Panik so heftig daran, dass sie ihn fast verschluckte. »Das wird ja immer besser«, stieß sie schließlich hervor.

»Nur wegen Ecstasy.«

»*Da* bin ich aber erleichtert,« sagte sie, ihre Stimme randvoll mit Verachtung.

»Pandora glaubte, meine Drogensache würde sich ungünstig auf ihre Weltreisen auswirken, darum hat sie mir einen falschen Pass besorgt. Ich habe sie dann in Thailand unter dem Namen geheiratet, den sie mir ausgesucht hatte – Rupert Rochester. Sie hat den Baron drangehängt, um ihre kinnlosen Kumpel zu beeindrucken. Aber Kit Kinkade ist mein richtiger Name. Jedenfalls, was ich sagen wollte, Shelly, ich hab da einen ganz bescheuerten Fehler gemacht. Ich möchte noch mal von vorn anfangen. Es war ja nur, weil ich so pleite und verzweifelt war ...«

»Darum dachtest du auch, du könntest eine spontane Hochzeit plus tropischer Flitterwochen in eine Fluchtroute aus England mit Rundumservice ummodeln«, stellte Shelly beleidigt klar.

»So ungefähr.«

»Weshalb du auch die blonde Perücke getragen hast, als wir geheiratet haben?«

»Ähm, schon. Ich fand schon immer, dass die beste Art, eine Krise zu meistern, darin besteht, standhaft zu sein, sich seinen Ängsten zu stellen und dann *loszulügen, bis der Arzt kommt.*«

Shelly nahm ihn weiter ins Kreuzverhör. »Was ist mit Gabys Filmmaterial? Jetzt bist du nicht mehr verkleidet. Wenn du auf der Flucht bist, wird dann nicht eine zur Primetime ausgestrahlte Sendung deine Deckung auffliegen lassen?«

»Bis die Kack-Show in England in die Glotze kommt, bin ich längst in Madagaskar und über alle Berge. Aber ich kann nicht abhauen, ehe uns Gaby morgen die letzte Rate von unserem Geld gibt.«

»Mit einem Wort: Du hast mich mehr oder weniger nur benutzt! Die ganze verdammte Zeit!«

»Anfangs schon. Geb ich zu. Ich war verzweifelt! Ich hatte keine andere Wahl, als mir einen Trick einfallen zu lassen und zu sehen, ob es vielleicht hinhaut. Aber dann, also ... dann hab ich irgendwie Gefühle für dich gekriegt.«

»Und ich einen verdammen Nervenzusammenbruch!« Ehemänner sind Novocain für die Seele, dachte Shelly und zündete sich am Stummel ihrer alten eine neue Zigarette an. »Aus welchem Grund sollte ich dir je wieder irgendwas glauben?«

»Weil hin und wieder ein Ehemann den Übergang zum Menschen schafft, weißt du. Ich könnte dich sehr glücklich machen, Shelly.«

»Wieso? Gehst du fort?«

»Ja, mit dir. Nach Madagaskar. Sobald du mir diese Tickets gibst.«

»Ich mit dir? Spinnst du! Nach Madagaskar? Vergiss es. Ich fahre nie wieder mit einem Mann irgendwohin.«

»Ja, ja, ich weiß – deine Mutter hat die ganze Zeit Recht gehabt –, alle Männer sind Schweine und alle Frauen sind wunderbar.«

»Dass hier eins klar ist, Kinkade, ich bin nicht sauer, weil ich eine Frau bin, ich bin sauer, weil du ein Arschloch bist!«

»Du hast mir doch vorgeworfen, dass ich mich wie eine Frau benehme, stimmt's? Jedenfalls benimmst *du* dich wie ein Typ. Hier bin ich und lege dir mein Herz zu Füßen. Nur um festzustellen, dass du grauenhafte Bindungsängste hast. Du bist nichts weiter als eine nicht vollzogene Geschlechtsumwandlung!«

»Ich *habe* keine Bindungsängste! Gerade wegen meiner Bindungsfähigkeit bin ich ja in diesen Schlammassel geraten! Bindung! Bindung! Hätte meine doch bloß auch so eine Aufprallsicherung gehabt wie beim Skifahren, dann hätte ich dich nie geheiratet.«

»Okay, dein alter Herr hat dich hängen lassen. Das hat dich verletzt. Und damit dich nie wieder ein Mann im Leben verletzen kann, musst du unsere Liebe sabotieren und dir einreden, dass du mich nicht mehr liebst.«

»Das stimmt nicht!« Shelly machte eine dramatische Pause. »Ich hab dich auch vorher nie geliebt.«

»Mach die Tür auf und sag mir das ins Gesicht.«

Sie öffnete die Tür. Und sagte es ihm ins Gesicht.

Darauf sagte er: »Darf ich dich küssen?«

»Nur, wenn ich die Zigarette im Mund lassen kann.«

Er umklammerte ihre Handgelenke, schob sie gegen den Türpfosten und drückte seinen harten Leib gegen ihre Hüften. Dann riss er ihr die Zigarette aus dem Mund und küsste sie so lange und lüstern, dass sie nachsehen musste, ob sie ihre Hose noch anhatte, als er sich endlich von ihr löste.

»Was würdest du sagen, wenn ich dich jetzt ins Bett führen würde?«, sagte er, und in seinen Augen funkelten dunkles Begehren und verführerische Visionen.

»Ich würde sagen, dass ich nicht gleichzeitig reden und lachen kann«, antwortete sie und stieß ihn von sich. Sie war sehr wohl in der Lage, ihre Lust zu kontrollieren. Sie musste es. Was wäre sie sonst? Irgendein Organismus. Eine blinde, hirnlose Seegurke, wie sie sie auf dem Meeresboden gesehen hatte.

»Ach ja? Hier sind übrigens die Flocken, die du mir geliehen hast.« Er drückte ihr das Geld in die Hand, ließ sie dann aber nicht los. »Oh – all diese Quetschungen und Prellungen! Armes Häschen. Hast du dir die meinetwegen geholt?« Kit ließ einen langen, kühlen Finger zärtlich ihren Arm hinaufwandern. »Ich würde sagen, mindestens eine Woche komplette Bettruhe. Ärztliche Anordnung.«

»Stimmt ja, Herr *Doktor*. Eine von hundert Lügen. Weißt du, ich würde lieber eine tödliche Injektion aus Ozzy Osbournes Badewasser hinnehmen, als mit dir ins Bett gehen«, sagte Shelly, versuchte aber nicht, sich aus seiner Umklammerung zu befreien.

»Du kannst dir deine Zuneigung nicht verwehren, Shelly. Wie denn? Das ist, als würdest du dir das Atmen verbieten. Die Sterblichkeitsrate von Frauen, die viel Sex haben, liegt um mindestens fünfzig Prozent niedriger als bei Mädels, die selten vögeln. Sex macht Frauen auch stressresistenter, verleiht ihnen eine straffere Haut, mehr Schmerztoleranz, einen besseren Kreislauf, stärkere Knochen, ein funktionstüchtigeres Gedächtnis, eine geringere Anfälligkeit für Herzkrankheiten und gesündere Brüste.«

»Woher willst *du* das alles wissen?«

»Der Arzt, den ich in der Soap gespielt habe, war Gynäkologe.« Kit lächelte unbeschwert. »Ich weiß, dass dir deine Mutter beigebracht hat, Männern zu widerstehen. Aber ich könnte dir eine vollkommen andere Art des männlichen Widerstandstrainings beibringen … die Kontraktion der Vaginamuskeln beim Orgasmus.«

»Oh.« Da war es wieder, dieses Oh. Ihr Herz hüpfte wie ein Boxer mit dem Springseil. »Was würde mir ein Arzt wohl gegen meine Hautabschürfungen verschreiben?«

»Eine volle Bauch-zu-Bauch-Beatmung«, sagte er, während er zärtlich jeden einzelnen Kratzer auf ihren Armen küsste. Verräterin!, rief sie ihrer Scham zu, als diese rebellisch feucht zu werden begann. Kit nahm Shelly in die Arme und trug sie zum Bett. Sein Körper war konkretisiertes Licht – pure Energie und Hitze. Wie konnte eine Frau sich dagegen wehren? Dieser Mann war der Sperminator – der mit seiner Sinnlichkeit alle Logik und Selbstbeherrschung zum Schmelzen brachte. Sobald er sie auf die Kissen gelegt hatte, begann er in jener beherzten Art an ihr zu lecken und zu saugen, wie Männer sie sich ansonsten für einen Teller Austern vorbehalten. Wäre sie in der Lage gewesen, zu sprechen, hätte sie gescherzt, sie komme sich vor wie eine Venusmuschel. Als er sich auf sie legte, explodierten ihre Sinne wie Champagnerkorken. Während Shelly Green nun endlich atemlos dem Vollzug ihrer Ehe entgegenfieberte, entfuhr ein langer gedehnter Seufzer ihren geöffneten Lippen – als hätte sie gerade die nächsthöhere Stufe in ihrer Ashtanga-Yoga-Meditation erreicht.

Einen kurzen, sturmumtosten Augenblick lang sah es so aus, als würde ihre leckgeschlagene Ehe es doch noch bis zur Küste schaffen. Nichts konnte sie mehr aufhalten …

WIR UNTERBRECHEN DIESE VERFÜHRUNG UND BRINGEN EINE WICHTIGE MELDUNG.

Der Lärm war ohrenbetäubend und beängstigend – die unverwechselbare, dumpfe Detonation einer Bombe. Kit sprang halb nackt, wie er war, ans Fenster. »Das Kolonialschiff! Es steht in Flammen. Das war bestimmt die Befreiungsfront.«

Solange Cunnilingus im Angebot war, verspürte Shelly ein eigenartiges Desinteresse an politischen Reformen. Sie rief ihn ins Bett zurück. Schließlich war sie jetzt auf einen genüsslichen, köstlichen und wahnwitzigen Liebesakt gepolt. Sie wollte ihren aphrodisischen, paradiesischen Vollzug, und zwar *sofort*, terroristischer Anschlag hin oder her, verdammt noch mal!

Aber Kit kam nicht zurück. Widerwillig zog sie sich sein Hemd über und folgte ihm auf den Balkon. Auch das Hafenbecken brannte, von wo aus große Flammen in den Himmel schlugen. Durch die Hitze wurde das Feuerwerk gezündet, das man für die Feierlichkeiten aufgebaut, aber wegen des Winds verschoben hatte. Der stürmische Himmel war plötzlich eine Phantasmagorie sprühenden Lichts.

Am Strand unterhalb Shellys Balkon lief ein aufgescheuchter Hotelmanager auf und ab und teilte aller Welt mit, dass das Mini-U-Boot gestohlen worden sei. *»Le sub! Le sub!«* Ein fernes Sirenengeheul kündete vom Herannahen von Krankenwagen und Polizei. Die Hölle brach los, als die Gäste vom Maskenball im La Caravelle zum Strand hinausliefen, um zu sehen, was geschehen war. Shelly sah zu, wie zwei Abba-Doppelgänger auf dem Kiesweg unter ihrem Balkon zusammenstießen, strauchelten und in einem Knäuel vehedderter Gliedmaßen zu Boden gingen. Sie wurden unmittelbar darauf von einem riesigen Mann in einem Gürteltierkostüm in den Boden gerammt, der über sie gestolpert war und versuchte, nicht allzu irritiert zu sein, als sich jetzt der Hintern von Präsident Bush auf seine Nase setzte.

»Ich muss zurück in mein Hotelzimmer«, verkündete Kit knapp.

»Was? *Jetzt?* Wieso?« Shelly folgte ihm wieder hinein.

»Hast du den Pass und die Tickets?«

»Ja, aber …« Entgeistert schaute sie Kit an. »Ich weiß nicht, ob du dir darüber im Klaren bist, aber normalerweise verliert der Gatte sein sexuelles Interesse erst *nach* dem Vollzug der verdammten Ehe!«

»Ich verliere *nicht* das sexuelle Interesse an dir. Wie kannst du so was sagen?« Er leckte sich anzüglich über die Lippen.

»Weiß nicht, keine Ahnung. Ob's vielleicht daran liegt, dass ich mitten im Sex die Augen aufschlug und feststellte, dass mein *Mann in einem anderen Bungalow war*?«

»Es ist ein Notfall, Shelly. Ich muss los.« Brüsk und hastig zog er ihr sein Hemd vom Leib und schlüpfte in die Ärmel.

»Dann komm ich mit.« Shelly langte nach einem Paar Jeans.

»Nein.«

Sie erstarrte. Die mechanisch gekühlte Luft im Raum wurde klamm. »*Nein?*«

Er blickte zu Boden und hing irgendwelchen geheimnisvollen, düsteren Gedanken nach.

»Wieso nicht? Was versteckst du *diesmal* vor mir?« Unter der Oberfläche seines Alltags lag wie in einem Unterwasseruniversum ein weiteres, vollkommen anderes Leben von Kit Kinkade. »Sag's mir. Erklär es mir.«

Kit knackte schuldbewusst seine Fingerknöchel, als wolle er seine Hand bestrafen. »Was hättest du gern zum Abendessen, Shelly? Eine Büchse voller Würmer? Denn genau die kriegst du vorgesetzt, wenn du mich weiter so verhörst.«

»Schön. Rufen wir den Zimmerservice an, okay? Zimmerkellner!«, rief sie ins Telefon. »Den Dosenöffner für die Würmerbüchse bitte!«

»Wo hast du meinen Pass und das andere Zeug hingetan?« Hektisch begann er, das Zimmer zu durchwühlen.

»Du gehst hier nicht weg, bevor du mir gesagt hat, was zum Teufel los ist.«

Kit fuhr sich genervt durchs Haar. »Du musst mir einfach vertrauen.«

Da war es wieder, das »V«-Wort. Vernunft und Vertrauen – waren das nicht immer die ersten Opfer in *Zeiten des Krieges*? Shelly hatte das Gefühl, dass es für sie nur noch eine Möglichkeit gab, nämlich verdeckte Ermittlungen auf eigene Faust durchzuführen. Artig händigte sie ihm die versteckten Dokumente aus und ließ ihn gehen. Dann zog sie sich schnell etwas über, schlüpfte leise aus dem Bungalow und folgte ihm. Nacheinander drückten sie sich an der Polizei, an Feuerwehrmännern, hysterischen Hotelgästen und von sturmgepeitschten Bäumen herabfallenden Kokosnüssen vorbei, ohne dass er seine Verfolgerin bemerkte. Schließlich erreichten sie Kits Bungalow auf der anderen Seite der Anlage. Vor seinem Zimmer standen zwei Teller vom Zimmerservice, und mit wachsender Panik registrierte sie, dass es sich um Essen für zwei Personen handelte.

Just in dem Augenblick, als er den Schlüssel ins Schloss steckte, stand sie neben ihm und fasste ihn am Ellbogen: »Wen zum Teufel hast du da drin versteckt? Coco? Deine mysteriöse Ersatzreisebegleiterin? Elvis Presley? Oder vielleicht Osama bin Laden?«

Bevor er sie daran hindern konnte, zwängte sich Shelly an ihm vorbei und stürzte ins Zimmer. Dann blieb sie vor Überraschung wie angewurzelt stehen, während das Regenwasser an ihrer Kleidung hinunter auf den Teppich tropfte. Der Fernseher war an; es lief die Wiederholung einer *Simpsons*-Folge. Eine Kreolin war bei Shellys stürmischem Auftritt erschreckt aufgestanden. Aber nicht sie löste Shellys Erstaunen aus. Auf dem Fußboden vor dem Fernseher saß ein kleines Mädchen von etwa acht Jahren und knabberte völlig versunken und mit offenem Mund Kartoffelchips.

Shelly wirbelte herum und starrte Kit an, der direkt hinter ihr stand.

Er zögerte, da er nicht wusste, was er sagen sollte, dann zuckte er schicksalsergeben die Achseln. »Shelly, darf ich vorstellen: meine Tochter Matilda.«

»Du bist … Vater?«, fragte sie entgeistert. Die Enthüllung spaltete ihren Schädel wie eine Axt.

»Jawoll.«

Shelly schüttelte heftig den Kopf, als wollte sie Tauchwasser aus ihrem Ohr schütteln.

»Das heißt, ich bin nicht nur Ehefrau, sondern auch *Stiefmutter*?« Sie bekam einen Hustenanfall, der eines Keats würdig gewesen wäre, bevor sie auf dem Bett zusammenbrach. »Heilige Scheiße, ich muss jeden Tag Kinder unterrichten. Ich bin allergisch gegen Gören. An manchen Tagen hasse ich sie regelrecht.«

Matilda blickte sie misstrauisch an, erhob sich vom Fußboden, ging auf Shelly zu und trat ihr mit voller Wucht gegen das Schienbein.

Offensichtlich war es der Beginn einer wunderbaren Freundschaft.

Fehler eingestehen

Männer können einfach nicht zugeben, dass sie einen Fehler gemacht haben.

Frauen können das gut … sie gestehen sich sehr wohl ein, dass der Kerl, der das nicht kann und den sie geheiratet haben, ein Fehler war.

Geheime Verschlusssache

14

»Matty, das ist eine Freundin – Shelly. Ich weiß, es sieht so aus, als würden wir uns nicht vertragen …«

»Aber in Wirklichkeit widern wir uns an!« Die Muskeln in Shellys Kehle hatten sich verknotet, und ihre Stimme klang, als würde sie gewürgt. »Warum hast du mir verschwiegen, dass du ein Kind hast?«

»Weil du ständig erzählst, dass du Kinder nicht magst. Hat irgendwas mit ihren unvorhersehbaren Kaka-Gewohnheiten zu tun, war's nicht so?« Kit schloss Matilda in die Arme und küsste sie hingebungsvoll. Sie war ein schlaksiges Mädchen, mit langen, ungestümen Gliedmaßen und wehendem Haar. Er verstrubbelte ihre Locken, die die Farbe von Zitroneneis hatten. »Ich hab zufällig gehört, wie du zu Gaby gesagt hast, Kinder seien genau die Dinge, die zwischen den Erwachsenen und dem Film stehen, den sie gerade auf DVD sehen.«

Kits Tochter wandte Shelly ihr intelligentes Gesicht zu und musterte sie kühl. Sie hatte karamellfarbene Sommersprossen und grüne Augen, genau wie ihr Vater.

Shelly rieb sich die Stelle am Schienbein, wohin das Kind sie getreten hatte. »Ganz schön dumm von mir, was, dass ich diesen Fortpflanzungsfimmel nicht nachvollziehen kann! Hör mal zu, *Kit* oder *Rupert* oder wie zum *Teufel* du heißt.« Sie zerrte an Kits Hemdärmel. »Du hast mich jetzt oft genug ver…« – sie warf Matilda einen Blick zu, bevor sie die Selbstzensur einschaltete – »v-e-r-a-r-s-c-h-t. Ich will die Wahrheit hören. Und zwar jetzt. So viel bist du mir schuldig.«

»Daddy, warum b-u-c-h-s-t-a-b-i-e-r-t die Lady Sachen?«, war Matildas abgeklärte Reaktion.

Kit betrachtete Shelly mit eingefallenen Gesichtszügen und toten Augen, aus denen jeder Kampfgeist verschwunden war. »Okay.« Kit bedankte sich bei der Babysitterin, drückte ihr etwas Geld in die Hand und brachte sie zur Tür. Er umarmte seine Tochter stürmisch, bevor er sie in ihrem Zimmer fürsorglich zudeckte und den Fernseher ausschaltete. »Gute Nacht, Süße«, sagte er zärtlich.

So kam es, dass Kit Kinkade mitten in einem Sturm, unter Sirenengeheul, schreienden Polizisten und explodierendem Feuerwerk, endlich aufhörte zu lügen. Er bot Shelly eine Sonnenliege auf seinem Balkon an, schloss die Tür, damit Matty sie nicht hören konnte, und begann mit seinem Geständnis. Shelly sah ihn an, hörte zu und machte sich auf einen Schlag in die Magengrube gefasst.

»Die Frau, die sich um Matty kümmert, ist die Mutter von Cocos Freund. Dem, der getötet wurde. Vor einem Jahr. Als ich mit der Kleinen hier ankam, vor dir und dem Filmteam, war klar, dass ich jemanden ins Vertrauen ziehen musste. Ich brauchte auch einen Babysitter, und da hat Coco mir ausgeholfen. Deswegen hat sie auch einen Schlüssel zu meinem Zimmer. Ich habe ihr ein bisschen Geld gegeben – um sie bei Laune zu halten. Dafür ist auch der Löwenanteil von meinem Preisgeld draufgegangen – um verschiedene Leute zu bezahlen und zu bestechen. Jetzt wirst du endlich verstehen, warum ich unbedingt für Coco die Kaution stellen musste. Ich wollte nicht, dass sie Gaspard erzählt, dass ich ein Kind versteckt halte. Einer Revolutionärin kann man nie ganz trauen. Um ihren eigenen Arsch zu retten, hätte sie es möglicherweise den Bullen erzählt. Und das durfte ich um Mattys Willen nicht riskieren.« Er seufzte resigniert. »Seit dem Tag ihrer Geburt habe ich mich um meine Tochter gekümmert. War bei ihr, als sie die ersten Zähne bekam, als sie Windpocken und Masern hatte, das ganze Programm … Aber je mehr ich Matty liebte, desto mehr hat mich Pandora gehasst.«

In der Ferne ertönte ein Donnergrollen – wie um Kits Empörung zu untermalen. Shelly schaute ihn fassungslos an. Um Himmels willen, wie viele Schichten kamen unter diesem Mann eigentlich noch zum Vorschein? Was war er eigentlich? Eine *Artischocke*?

»Jedenfalls hat mir Pandora vor etwa einem Monat ein Ultimatum gestellt. Sie sagte, unsere Jagger-und-Jerry-mäßige Hinduheirat in Thailand sei nicht rechtsverbindlich gewesen. Wenn ich 100 000 Pfund als einmalige und endgültige Abfindung akzeptieren und in die USA zurückgehen würde, könnte sie mir ›wahrscheinlich‹ erlauben, Matty einmal im Jahr zu sehen. Sie sagte, mehr Geld sei für mich nicht drin, weil ich mir ›einen Weg in ihr Leben‹ einfach nicht verdient hätte. Selbst wenn sie von Gefühlen spricht, tut sie das immer unter finanziellen Gesichtspunkten.« Angst huschte über seine makellose Stirn, die sich in Sorgenfalten legte. »Dabei wollte ich ihr beschissenes Geld doch gar nicht. Aber ich wusste, dass ich ohne mein Kind eingehen würde! Pandora hätte mir genauso gut den Schwanz abschneiden können.«

»Das verleiht dem Begriff Trennungsgeld einen völlig neuen Beigeschmack«, sagte Shelly sarkastisch. Warum sollte sie ihm ausgerechnet dieses Mal glauben?

»Ich habe ihr gesagt, dass ich Matty nie aufgeben werde. Ich habe ihr gesagt, dass ich das Sorgerecht beantrage.« Unruhig lief er auf dem winzigen Balkon auf und ab. »Da hat sie mir glatt ins Gesicht gelacht. Sie sagte, das könne ich mir gleich aus dem Kopf schlagen, denn dann würde sie behaupten, dass ich als Vater nichts tauge. Sie hat mir gedroht, das Gericht über meine Vorstrafe wegen Drogenbesitzes in Kenntnis zu setzen.« Der Himmel öffnete wieder seine Schleusen, als würde er von

Kummer geschüttelt. »Und dann war da noch diese Gruppensex-Geschichte in Phuket.«

»Eine Orgie. Aber natürlich!« Shelly stöhnte auf. Das frenetische Trommeln der Regentropfen auf dem Balkondach untermalte ihren aufgewühlten Zustand.

»Ich wies sie darauf hin, dass sie ebenfalls an der Orgie teilgenommen hat. ›Ja‹ sagte sie da zu mir, ›aber so stoned war ich auch wieder nicht, dass ich irgendwem außer mir selbst erlaubt hätte, Fotos zu machen.‹ Wir waren doch bloß ein paar Halbstarke, die ein bisschen Spaß hatten. Aber sie kann alles so verdrehen, dass ich als der Übeltyp dastehe. Sie sagte, sie würde das Blaue vom Himmel herunterlügen und man würde ihr glauben, weil sie zum Establishment gehört. Alle ihre Onkel sind Richter. Sie sagte, wenn ich ihre Vorschläge nicht befolge und so schnell wie möglich aus ihrem Leben verschwinde, würde sie dafür sorgen, dass ich Matty nie wieder sehe. Dann teilte sie mir mit, dass sie für einen Monat geschäftlich das Land verlassen würde und ich mir ihr ›freundliches Angebot‹ überlegen sollte, solange sie weg war.«

Im Halbdunkeln musterte Shelly ihren Chamäleon-Gatten. Er war ein Chaos aus Widersprüchen: In einer Minute noch der böse Junge und Draufgänger – und jetzt der liebevolle Paps? Aber sie war schon zu oft auf seine kleinen Geschichten hereingefallen. »Und was war dann?«, fragte sie misstrauisch.

»Sie ist losgefahren, hat in ihrer charmanten Art alle Konten sperren lassen und aufgehört, die Rechnungen zu zahlen. Plötzlich konnte ich nicht mehr tanken. Ich konnte uns nicht mal was zu essen kaufen. Wie ein Depp stand ich im Supermarkt und meine Kreditkarte wurde an der Kasse nicht akzeptiert. Ich war gezwungen, an der Fleischtheke zehn Prozent Rabatt auszuhandeln«, sagte er in dem halbherzigen Versuch, komisch zu sein. »Ich hab mir angewöhnt, regelmäßig die Lebensmittelabteilung von Harrods heimzusuchen, nur um mir anzugucken, wie Proteine aussehen. Die Zahnfee hat schon Schuldscheine von mir genommen …«

Aber Shellys Stimmung war so düster wie der Himmel. Sie fröstelte und verkroch sich tiefer in ihre Kleidung. »Erzähl weiter.«

»Als Pandora dann anrief, um zu sehen, ob ich verzweifelt genug wäre, auf ihre Bedingungen einzugehen, schwor ich ihr, dass ich vor Gericht aussagen würde, wie knickerig sie ist. Darauf sagte sie, sie würde vor Gericht behaupten, dass sie mir sehr wohl Geld für Matty gegeben und ich es für Drogen und Frauen verpulvert hätte, weil ich eben kein normaler, verantwortlicher Vater bin. Dass ich nicht in der Lage bin, unser Kind richtig zu ernähren, zu kleiden und zu versorgen, weil ich, wie sie sich ausdrückte, ein Schnorrer, Zocker, Trinker und Taugenichts bin.«

»Wieso hast du dir nicht einfach Arbeit gesucht?«

»Weil sie damit gedroht hat, meine Vorstrafen bekannt zu machen. Sie drohte mir auch, den Einwanderungsbehörden die Sache mit meinem falschen Pass zu petzen. Ausgewiesen werden – das ist eine *super* Methode, das Sorgerecht für dein Kind zu kriegen. Das war ihr Plan – mich finanziell so auszuhungern, dass ich auf ihr Angebot eingehe und aus ihrem Leben verschwinde.«

»Du hast aber auch genügend Leichen im Keller, um einen eigenen Friedhof zu eröffnen«, war Shellys trockener Kommentar.

Das Licht, das von einem benachbarten Bungalow auf den Balkon eingefallen war, wurde gelöscht. Auch der Mond war untergegangen. Shelly saß in der schwarzen Dunkelheit und starrte ins Nichts.

»He, ich bin weiß Gott nicht perfekt und das weiß ich nur zu gut. Aber ich würde nie im Leben meine Tochter verlassen. Allerdings hatte ich nicht einmal Geld für einen Anwalt. Außerdem hätten mich Anwälte eh nur ein Vermögen gekostet, um mir dann zu sagen, was ich ohnehin wusste – nur dass sie es mir auf Lateinisch mitgeteilt hätten. In dieser toten Sprache, die du so sehr magst. Divorcicularus-du-bist-am-Arsch-Maximus.« Kit setzte ein trotziges Lächeln auf, doch es blieb wie Kekskrümel an seinen Lippen hängen. »Die Gerichte stellen sich immer auf die Seite der Mutter, obwohl Pandora für Matilda nie einen Finger gerührt hat.«

»Da hast du dann beschlossen, mit ihr abzuhauen?« Ein verstörendes Einsamkeitsgefühl beschlich Shelly.

»Genau. Ich habe Alec angerufen, einen alten Kumpel aus Backpacking-Zeiten. Wie sich herausstellte, arbeitet er bei *Verzweifelt und Vereinsamt* … und den Rest kennst du ja. Shelly, es tut mir Leid, dass ich dich belogen habe, aber ich wollte wirklich nur abhauen und mit meiner süßen kleinen Tochter ein neues Leben anfangen. Wie die Kreolen von Réunion will ich nichts weiter als meine Freiheit und Unabhängigkeit!« Er machte eine ironische »Rotfront«-Faust.

»Aber du reist immerhin mit einer eins dreißig Meter großen illegalen Substanz!« Als wäre ein Schalthebel umgelegt worden, machte sich Shellys aufgestaute Wut plötzlich Luft. »Du führst eine nicht verzollte Gören-Kontrabande mit dir! Du betreibst Kinderwäsche! Hast du noch nie von der Haager Konvention gehört? Eltern, die mit einem entführten Kind verhaftet werden, wandern ins Gefängnis.«

»Natürlich habe ich davon gehört! Darum will ich ja auch nach Madagaskar – die haben einigermaßen annehmbares Essen und sind kein allzu unzivilisiertes Land, noch dazu mit CNN-Empfang. Und man kann Matty da nicht ausliefern – sie haben die Haager Konvention nicht unterzeichnet. Alec und ich haben das übers Internet rausgekriegt.«

»Was, wenn sie euch vorher erwischen? Verdammt noch mal.« Die Wirklichkeit hatte Shelly eingeholt und kniff sie mit glühenden Zangen in den Leib. »Dann bin *ich* ja so eine Art *Komplizin*!« In einer jähen Schreckensvision sah sie sich in einem Film wie *Midnight Express*, wo sie Gefängniswärtern die Zunge abbiss und anal geschändet wurde.

»Nein, bist du nicht. Wir haben auch im Kinderschutzgesetz nachgesehen. Ich habe das Recht, mit meinem Kind bis zu vier Wochen das Land zu verlassen, daher begehe ich keine Straftat. Noch nicht jedenfalls.«

»Nee, überhaupt keine … außer Bigamie, arglistige Täuschung und Kindesentführung!«

»Hör mal. Jährlich werden hunderttausende von Menschen in Großbritannien als vermisst gemeldet. Es wird ein grobkörniges Foto aus glücklicheren Zeiten von uns auf einem Poster geben, auf dem VERMISST steht. Pandora wird sagen, sie hofft verzweifelt, von uns zu hören, und ist um unsere Sicherheit besorgt. In sieben Jahren kann sie uns offiziell für tot erklären lassen, sich Zugang zu Matildas Treuhandvermögen verschaffen und glücklich sein bis ans Ende ihrer Tage. Denn das ist ihre wahre Sorge – dass sich jemand anders die dicke Kohle ihrer Tocher unter den Nagel reißt.«

»Vermisst …«, wiederholte Shelly und blickte Kit ernst und prüfend in die Augen. »Das Wort ›vermissen‹ wird die Gefühle von Matildas Mutter beschreiben, wenn sie feststellt, dass du ihre geliebte Tochter gestohlen hast!«

»Gefühle? Matildas Mutter *hat* keine Gefühle, Sie ist ein grausames, herzloses, rücksichtsloses Miststück. He, aber ich wünsche ihr wirklich nur das Beste«, fügte er süffisant hinzu.

Shelly dachte an die wunderbare und blinde Zuneigung ihrer eigenen Mutter. »Es ist nicht leicht, Mutter zu sein, weißt du, sonst würden Väter das machen!«, fuhr sie ihn an.

»Ich *mach* das ja! Ich kenne Matilda in- und auswendig!« gab er heftig zurück. »Ich bin derjenige, der genau weiß, wann und wie viele ihrer Bücher in der Bibliothek überfällig sind. Ich bin derjenige, der genau weiß, wie viele Donuts sie heimlich vor dem Abendbrot verdrückt hat. Ich kenne ihr Lieblingsgericht, ihre geheimen Ängste. Pandora liebt sie nicht! Hat sie nie getan! Sie will die Kleine nur behalten, um mir wehzutun.«

Shelly verspürte eine kurze Anwandlung von Mitleid mit ihm, ignorierte sie aber, weil sie Kits unerschöpfliche intellektuelle Spitzfindigkeiten inzwischen kannte. »Ein Kind gehört zu seiner Mutter, Kit.«

»Meine Güte! Du glaubst doch nicht im Ernst, dass Männern aus irgendeinem Grund das emotionale Rüstzeug fehlt, um sich um ihre Kinder zu kümmern. Diese Vorstellung gehört auf denselben verdammten Müllhaufen der Geschichte wie der Gedanke, Frauen wären zu schwach, um zu wählen oder, was weiß ich, Flugzeuge zu lenken oder Medizin zu studieren, verdammt noch mal!«, wütete er und ging noch schneller auf und ab. »Die Kunst des Bemutterns ist kein Instinkt, weißt du. Männer können genauso gut für ihre Kinder sorgen wie Frauen.«

»Wie rührend. Du möchtest also mehr Zeit mit deinem Töchterchen verbringen … dafür wirst du sicherlich reichlich Gelegenheit haben, wenn ihr erst beide im Knast sitzt!«

»Verantwortung für ein Kind zu tragen ist kein Hobby. Man gibt es nicht einfach auf. Ich bin ohne Vater aufgewachsen – genau wie du. Das hat eine Lücke hinterlassen. Bei uns beiden. Ich werde das meinem Kind nicht antun! Ich weiß, dass du zu deiner Mutter eine einmalige und starke Bindung hattest. Und ich geb auch gern zu, dass die meisten Frauen tolle Mütter sind … aber eins können sie nicht sein, nämlich tolle Väter. Und diese Kleine hier hat ganz bestimmt keine tolle Mutter. Das Erste, was Pandora tun würde, wäre, sie ins Internat zu stecken, verdammte Scheiße.«

»Internat? Na und, das sind heute keine Stätten der Grausamkeit mehr wie zu Dickens' Zeiten.«

Kit setzte sich neben Shelly und redete leise auf sie ein. In seiner Stimme lag eine trostlose Traurigkeit. »Ich wusste, dass Pandora Schlaftabletten nahm, aber ich wusste nicht, dass sie süchtig war oder dass Temazepam einen so aggressiv machen kann, besonders in Verbindung mit Alkohol. Aber zu den wenigen Gelegenheiten, wenn Pandora auf unsere Tochter aufpasste, fiel mir auf, dass Matty jedes Mal ganz schläfrig und schwummrig war, wenn ich nach Hause kam, und eines Tages habe ich auch herausgefunden, warum. Pandora hat ihr Schlaftabletten gegeben, um sie ruhig zu stellen. Und wenn sie nicht still war, hat sie die Kleine geohrfeigt.«

Mitleid und Skepsis fochten in Shellys Brust einen heftigen Kampf aus.

»Pandora hätte nie ein Kind kriegen dürfen. Sie hätte sich eine Katze anschaffen sollen; die hätte sie einfach einschläfern lassen können, sobald sie ihrer überdrüssig wurde.«

»Wie kannst du nur so etwas über eine Mutter sagen?«, fragte Shelly empört. »Du bist krank – geisteskrank, so etwas zu behaupten. Wenn sie dich irgendwann schnappen, kannst du immer noch auf unzurechnungsfähig plädieren.«

»Richtig, denn wer will denn hier noch vor einem Richter stehen, der seit 1925 kein Kind mehr gesehen hat und entscheidet, dass alle Kinder lieber bei ihrer Mutter sind? Richter sind immer der Ansicht, dass Frauen einen Abschluss in ›Elterliche Tüchtigkeit für Fortgeschrittene‹ besitzen, weil ihnen die ›Mutter ist die Beste‹-Vision aus den Fünfzigerjahren von Mutti und den Kinderlein so gefällt, die zu Hause sind und Apfelkuchen backen, während Vati die Kohle verdienen geht. Ich werde meine Tochter nicht verlieren«, sagte er trotzig-entschlossen. »Wenn ich Matty dieser Frau überlasse, wird das arme Ding binnen einer Woche sein Taschengeld in Drogen anlegen. Nichts und niemand wird uns daran hindern, dass wir morgen nach Madagaskar fahren.«

»Also, nur um das noch mal klarzustellen, du warst dermaßen pleite, dass du mich allein wegen dem Schotter geheiratet hast«, sagte Shelly kühl.

»He, ich esse gern. Diese schlechte Angewohnheit habe ich seit meiner Kindheit.«

»Und während deiner Flitterwochen wolltest du nichts weiter als im Mondschein sitzen und zärtlich dein Bargeld zählen.«

»Ich hab dich nur benutzt, das stimmt. Aber Mensch, dann hast du dich in mich verknallt und …«

»Ich hab mich nicht verknallt! Ich hatte einen Knall! Weil ich zugelassen habe, dass du mich verführst!«

»Das ist nicht wahr. Ich hab versucht, abweisend zu sein. Seit dem Tag unserer Hochzeit. Ich hab versucht, cool und unverbindlich zu sein. Ich hab versucht, dich zu vergraulen, indem ich vor dir aus London abgereist bin. Ich hab versucht, dich zu vergraulen, indem ich getrennte Zimmer genommen habe, indem ich so getan habe, als wär ich scharf auf Coco, indem ich mich rar gemacht habe …«

Jedes Wort tat ihr weh. »Oh, versuch bitte nicht, Rücksicht auf meine Gefühle zu nehmen.« Entsetzt merkte Shelly, dass sie schluchzte. Sie hielt es nicht mehr aus, sich noch weitere rationale Erklärungen anhören zu müssen. »Ich weiß, zuerst hast du mich nur ausgenutzt. Aber heute? Willst du damit sagen, dass du mich heute Abend nur angemacht hast, um diese Tickets zurückzukriegen? Wobei du behauptest hast, eins davon sei für *mich*?« Shelly fühlte ein heißes Prickeln hinter den Augen, als sie daran dachte, wie gut sich sein Kuss auf ihrem Mund angefühlt hatte.

»Erzähl mir bloß nicht, dass Frauen nie versuchen, mit Sex Dinge zu ereichen, die sie haben wollen.«

»Es ist ja gerade der Sex, den ich will!«, jammerte Shelly. »Sex ist, was ich wollte, seitdem ich in diese verdammte Limousine gestiegen bin!«

»Ich mag dich, Shelly, wirklich. Sosehr ich mich dagegen gewehrt habe, du bist mir irgendwie unter die Haut gegangen. Du bist witzig. Du bist sexy. Und du bist klug.«

»Tja, Gegensätze ziehen sich nun mal an.«

»Und mit einem bisschen Sonne im Gesicht« – er beugte sich vor und zog mit dem Finger das Muster ihrer Sommersprossen nach – »und einem bisschen Salz in den Haaren siehst du von Tag zu Tag besser aus. Jedes Mal, wenn ich dich sehe, geht ein Feuermelder in meinen Boxershorts los. Darum will ich dir weiß Gott nicht wehtun. Aber Matty geht vor.«

»Abhauen ist keine Lösung, Kit.«

»Ach ja? Du bist auch vor deiner Auftrittsangst abgehauen.«

Shelly zuckte zusammen. Das saß.

»Du darfst aber gern mitkommen. Ich habe da drüben eine kleine Strandhütte gekauft.«

Er hielt ihr die Hand hin.

»Lass mich nachdenken … Zusammen mit einem polizeilich gesuchten Heiratsschwindler und Kindesentführer mit falscher Identität und einer Drogenvorstrafe nach Madagaskar fahren, der zudem auf der Flucht vor der Polizei ist … Hm, weißt du was? Plötzlich lässt meine erotische Erregung merklich nach. Es war schön, dich kennen gelernt zu haben, Kit, aber sag mir schnell noch eins, bevor wir uns scheiden lassen, hast du sonst noch irgendein Schwerverbrechen begangen? Brandstiftung vielleicht? Öfter mal was Neues, was?« Wäre Shelly ein Atomreaktor, befände sie sich jetzt im Zustand der Kernschmelze. Es war einfach alles viel zu viel für sie. »Oder gibt's noch eine Kleinigkeit, die du mir gern beichten möchtest? Dass du ein Spion bist oder vielleicht ein Transvestit? Oder hat dich irgendein Mutterschiff zur Erde gebeamt? Du wirst nicht *vermisst*, Kit. Sondern du bist *verloren*.«

»Verloren? Ich weiß genau, wo ich bin.«

»Du weißt vielleicht, wo du bist, aber nicht, wer du bist«, sagte sie traurig.

»Ich bin ein Vater. Das bin ich. Ich weiß, dass du keine Kinder willst, aber wenn du selber welche hättest, wüsstest du, wovon ich spreche.«

Shelly fühlte sich, als hätte man ihr die Eingeweide herausgenommen. »Es ist ja nicht so, dass ich nicht gern ein eigenes Baby hätte. Ich möchte das Ganze bloß nicht *allein* durchstehen. Wie meine arme Mama. Weil Männer immer irgendwann abhauen.«

»Ich würde mein Kind nie verlassen.«

»Ja, aber es jemandem *wegnehmen* ist noch schlimmer.«

»Du verpfeifst uns doch nicht, oder?« Ein düsterer Schatten huschte über sein Gesicht. »Morgen sind wir weg. Dann sind wir in Sicherheit.«

»Nein«, sagte sie niedergeschlagen. Sie schloss die Augen wie ein Taucher, der gleich von der Brücke springt. »Ich will dich bloß nie im Leben wiedersehen.«

»In Ordnung.«

»In Ordnung.« Sie streifte den Ehering vom Finger und legte ihn behutsam auf den Tisch.

»Könntest du nicht wenigstens *versuchen,* die Dinge nur einmal aus meiner Sicht zu sehen?«, bat er sie ein letztes Mal.

»Das würde ich gerne, glaub mir.« Sie wandte sich ab, damit er nicht sehen konnte, was sie für ihn empfand. »Aber ich bin einfach nicht in der Lage, den Kopf so weit in meinen eigenen Arsch zu stecken.« Sie wollte grausam klingen, aber Tränen stachen ihr in die Augen und machten ihr das Sprechen nahezu unmöglich. Nie wieder seinen weichen Mund küssen oder ihm in die fröhlichen Augen sehen zu können. Aber diese Doppelzüngigkeit, dieser Betrug – bei dem Mann brauchte eine Frau eine emotionale Teflonbeschichtung, um sich nicht verzweifelt und verloren zu fühlen. Sie kam sich vor, als hätte man sie kopfüber in die eisige Umarmung des Atlantiks geworfen.

Als Shelly durch strömenden Regen und windgepeitschte Pfützen zu ihrem Bungalow zurückstapfte, warf sie sich wütend vor, dass sie es überhaupt zugelassen hatte, einem Mann zu trauen. Wieder gab sie sich einem verletzten Schluchzen hin und konstatierte, dass sie im Kurs »Aus Erfahrung klug« eine glatte Fünf verdient hatte. Warum? Warum nur war sie gegen all ihre Instinkte immer wieder auf ihn hereingefallen? Weil der Typ mit seinem Charme noch einer Nonne die Schlüpfer ausziehen konnte, darum. Sie stellte fest, dass sie ihn gern noch ein letztes Mal geküsst hätte, ihn mit allem, was sie fühlte, geküsst hätte, und tadelte sich sogleich, so etwas zu denken. Lust, so schlussfolgerte sie, sollte als Sucht erster Ordnung eingestuft werden. Aber zum Glück war sie ja jetzt voll auf Liebesentzug.

Treue

Wenn endlich der Richtige kommt, haben Frauen die Kraft zu sagen: »Nein danke – ich bin schon verheiratet.«

Männer hingegen heben sich immer wieder gern einen Ehebruch.

Ein Kutschi-Kutschi-Coup

15 Anfangs übertönten Shellys Tränen noch den Regen, aber als ihr Schluchzen allmählich nachließ, bemerkte sie, dass das gleichmäßige Prasseln auf ihrem Schlafzimmerdach deutlich lauter wurde, als hielten alle Garagenschlagzeuger der Welt dort gerade ihr Jahrestreffen ab. Zweige kratzten mit grotesken Hexenfingern gegen ihre Fensterscheiben. Donner schlug mit Paukenschlägen den Takt zu ihren Kopfschmerzen. Shelly war drauf und dran, die Nervenheilanstalt der Insel anzurufen und sich für ihre unmittelbar bevorstehende Einweisung eine Liste des attraktiven Handarbeits- und Freizeitangebots durchgeben zu lassen, als die Tür ihres Bungalows aufgestoßen wurde und ihr Peiniger mit einem schläfrigen Kind im Arm eintrat. Einen kurzen, absurden Moment lang glaubte sie, er sei gekommen, um sich zu entschuldigen, ließ diese Hoffnung aber sogleich fahren, als sie bemerkte, dass Matilda nicht sein einziges Gepäck war. Zwei Rucksäcke wurden in eine Ecke gefeuert, gefolgt von einer Kuscheltiermenagerie.

»Lass mich raten. Du bist gekommen, weil dir dein Oberkommandeur vom Planeten Neptun eine Botschaft gesendet hat, dass jetzt Phase zwei beginnt?«

»Komischerweise nicht.« Matilda hatte ihrem Vater ihre rosa Pyjamabeine um die Hüften geschlungen. Sie umschlossen ihn wie fleischige Klammern.

»Wer hat dir *dann* erlaubt, mein Zimmer zu betreten?« Shelly zog sich den Frotteebademantel vom Hotel über ihr Baumwollnachthemd.

»Das Hotel hat unseren Bungalow in ein Lazarett für die armen Schweine umfunktioniert, die bei dem Bombenattentat verletzt wurden.«

Shelly fiel auf, dass Matty von Kits Baumwolljacke geschützt wurde, während ihr Vater patschnass war. Es regnete mittlerweile mit einer wütenden, kakophonischen, endzeitmäßigen Wucht.

»In London ist sogar der Regen höflich«, sagte Kit zu Matilda, die gähnend erwachte. Er setzte sie ab. «Da macht er nur plitscher, plätscher, tröpfel, tröpfel. Aber in den Tropen macht er SCHÜTT! SCHWAPP! DRÖHN!« Während Matty kicherte, wandte er Shelly ein besorgtes Gesicht zu. »Das Wetter ist absolut biblisch da draußen – anders kann's bei Noah auch nicht gewesen sein.«

»Daddy, weißt du, was ich mich immer wieder frage?«

»Was, Schatz?«, fragte Kit zärtlich und küsste sie auf ihren blonden Schopf.

»Wieso hat Noah die beiden Wespen nicht einfach totgeklatscht?«

Matilda war es gelungen, ihren Vater vor Freude und Überraschung zum Lachen zu bringen. Wie Shelly auffiel, lachten diesmal auch seine Augen mit.

Aber Shelly blieb niedlich-resistent. »Hier könnt ihr nicht bleiben!« Sie wedelte mit den Armen, als würde sie die Wespen verscheuchen, die Matilda gerade erwähnt hatte. Wäre das kleine Mädchen nicht dabei gewesen, hätte Shelly locker einen Sturm vom Stapel lassen können, der dem von Mutter Natur in nichts nachstünde. Ihr war der gängige Spruch durchaus bekannt, dass man eine Ehe wie eine Schlechtwetterperiode ›durchstehen‹ müsse. Aber sie war einfach nicht mit dem passenden emotionalen Anorak ausgestattet.

Matty schlüpfte aus den Armen ihres Vaters und baute sich, die Hände in die Hüften gestemmt, wie ein Samuraikrieger vor

Shelly auf. »Sei nicht so gemein zu meinem Daddy. Mein Vater ist der besteste!«

Ihr Vater vergalt es ihr mit einem Blick unbändiger Bewunderung. »Kindermund tut Wahrheit kund«, grinste er. »Komm schon, Shelly. Du kannst uns nicht die Tür weisen. Nicht wenn ein Zyklon im Anzug ist.«

»Zyklon? Haben sie das wörtlich so im Wetterbericht gesagt? Dass ein *Zyklon* kommt?« Shelly hastete hysterisch zum Fenster. Wolken rasten über das schwarze Meer dahin. Blitze durchzuckten den zerklüfteten Himmel. »Oh herrliche Flitterwochen! Ich geb mir die Kugel. Ich habe soeben meinen Lebenswillen verloren.«

Wie auf Bestellung erschütterte ein Donnerschlag die Nacht, explosiv wie eine Feuerwaffe. Matilda riss die Augen weit auf und fing an zu schluchzen.

»Ach, Wetterberichte«, verharmloste Kit und hätschelte wieder seine Tochter. »Das Einzige, worauf man sich beim Wetterbericht garantiert verlassen kann, ist, dass man sich nicht auf ihn verlassen kann, stimmt's, Shelly?« Er warf ihr einen flehenden Blick zu.

»Was?« Shelly schaute zu dem in Tränen aufgelösten kleinen Mädchen hinunter. »Ach so, ja. Niemand nimmt einen Wetterfritzen ernst. Nicht einmal andere Wetterfritzen. Darum haben sie ja auch angefangen, sich ›Meteorologen‹ zu nennen. In dem hoffnungslosen Versuch, wissenschaftlicher zu klingen.«

Kit lächelte sie dankbar an, als Matilda aufhörte zu heulen. »Im Grunde sind das nur Typen, die ihren Lebensunterhalt damit verdienen, den ganzen Tag aus dem Fenster zu gucken«, redete er besänftigend auf seine Tochter ein, legte sie auf Shellys Bett und kitzelte sie so lange, bis sie vor Freude zappelte.

Seine Tochter brach in keckerndes, quietschendes Gelächter aus. Dann entwand sie sich den Fingern ihres Vaters und wurde zu einem Trampolin springenden, Purzelbäume schlagenden, hopsenden und unablässig plappernden Energiebündel. Binnen weniger Minuten war es ihr gelungen, eine Art Badewannendreckrand aus Beanie-Babys, kopflosen Barbie-Puppen, Harry-Potter-Figuren, PollyPockets, Socken, einer halb gegessenen Banane und einem durchnässten Unterteil ihres klitzekleinen Bikinis zu hinterlassen. Shelly rannte hinter ihr her und versuchte, das Chaos in den Griff zu bekommen.

»He.« Kit fing seine Tochter im Sprung auf, als sie an ihm vorbeihüpfen wollte, und umarmte sie fest. »Noch eine gute Nachricht.«

Shelly, die gerade versehentlich eine zermatschte Banane in die Teppich eingetreten hatte, warf ihm einen vernichtenden Blick zu. »Wenn sie nur entfernt deiner letzten ähnelt, ruf am besten gleich die Sanitäter, ja?«

»Ich hab Maltesers dabei!«

»Au super!«, rief Matilda. »Ich bin nämlich Schokoholikerin«, teilte sie Shelly konspirativ mit, bevor sie sich zu einem gemütlichen Schmaus aufs Bett warf. »Wer schläft hier?«

»Nur ich«, antwortete Shelly tonlos.

»Und was machst du mit der anderen Seite vom Bett?«, wollte die Schokoholikerin wissen.

»Nicht viel«, entgegnete Shelly mit einem vorwurfsvollen Seitenblick auf ihren Ehemann.

Matilda betätigte die Fernbedienung – aber auf allen Sendern bot sich nur dasselbe Schneegestöber mit anhaltendem Störton.

»Die können euch doch nicht einfach das Zimmer wegnehmen! Ich rufe jetzt die Rezeption an und werde die Sache regeln«, sagte Shelly in einem Anfall von Pragmatismus. »Wie sagt man auf Französisch: ›Ich möchte zwar nicht wie eine herzlose Pissnelke klingen, weil ich Vater und Tochter in den wilden Dschungel hinausjage, wo sicherlich gerade in diesem Moment Wolfsmütter ihre Jungen verspeisen, aber dieser gefährliche Irre hier hat mich schon genug verarscht!‹?«

»Ähm, keine Ahnung. Aber es ist eh egal, weil das Personal abgehauen und die Leitung tot ist.«

Shelly schnappte sich den Hörer. Kein Signalton. Sie funkelte Kit böse an. Die Donnerschläge waren lauter geworden, kamen jetzt öfter und so regelmäßig wie frenetischer Beifall. Der Hagel auf dem Dach klang inzwischen wie hundert Twostepp-Spieler.

Kit warf Shelly einen Blick zu und ließ besorgt die Augenbraue nach oben wandern. Er legte auch sein nasses Hemd ab. Der Anblick seines gebräunten, getönten Torsos bewirkte eine elektrisch aufgeladene Stimmung, die dem Sturm in nichts nachstand. Sie versuchte, nicht hinzusehen, als er sich breitbeinig aufs Bett fläzte und am Radio zu drehen begann, eine Stellung, die von Rechts wegen für den Liebesakt bestimmt war. Wie kann ich ihn immer noch attraktiv finden?, schalt sie sich, nach allem, was er mir angetan hat? Eine Karriere in Astrophysik kam für sie eindeutig nicht infrage.

»Im Wetterbericht hieß es, dass der Zyklon an der Insel vorbeizieht«, beruhigte er die beiden. Aber im hiesigen Sender gab eine Militärkapelle ein Potpourri aus Frank-Sinatra-Hits zum Besten, das immer wieder von eindringlichen Appellen auf Französisch unterbrochen wurde: *»Restez calme! Gardez l'ordre!«*, was manchmal sogar übersetzt wurde und damit ein erstaunliches Zugeständnis an die englischsprachigen Touristen war. Sie wurden aufgefordert »Ruhe zu bewahren, das Haus nicht zu verlassen und weiterhin den Anordnungen der *gendarmes mobiles* Folge zu leisten«.

»*Les mobiles*! Scheiße. Das ist gar kein Donner«, flüsterte Kit Shelly beunruhigt ins Ohr. »Das ist Gewehrfeuer!«

»Was?«

»Emeutes, des blocus, militants«, wiederholte Kit die Satzfetzen aus dem Radio. »Shelly«, sagte er mit unterdrückter Erregung, »ich kann vielleicht kein Froschfresserisch, aber das klingt

mir ganz so, als wären wir mitten in einer gottverdammten Revolution.«

Shelly schaute ihn eine Zehntelsekunde an und hielt sich dann die Ohren zu. »Tut mir Leid, aber mein Hirn ist gerade reizüberflutet. Entschuldige bitte, aber ich kann diese Information nicht akzeptieren. Oder besser gesagt *irgendeine* Information, egal zu welchem Thema.«

Shelly legte sich neben Matilda aufs Bett, die sich inzwischen unter dem Bettüberwurf mit Hibiskusblütenmuster verkrochen hatte und vergeblich gegen den Schlaf ankämpfte. Hektisch blätterte sie in ihrem Lonely-Planet-Reiseführer. Sie war sich ziemlich sicher, dass ihr die Worte »Zyklon« und »Staatsstreich« darin nicht untergekommen waren. Aber dann fiel ihr Blick auf das Autorenfoto, das einen abgewrackten New-Age-Typen zeigte. »Wenn er nicht gerade unterwegs ist«, stand da in der Kurzbiografie des Verfassers, »sieht man Olaf bei der Gemüsezucht und Aufhut von Kleinkängurus in seiner Jurte, die er mit seiner Lebensgefährtin Gert teilt.« Wer würde sich das freiwillig antun, mit solchen Leuten zu verreisen? Kein Wunder, dass sie jetzt lauter Probleme hatte.

Deprimiert vergrub Shelly den Kopf unterm Kissen, weshalb sie auch erst mitbekam, dass die Tür aufgegangen war, als Coco bereits mitten im Zimmer stand. Cocos vom Regen durchnässtes Haar erinnerte nun an ein Nest voller apathischer Würmer. Verschwunden waren auch der im Ich-geh-mal-eben-meine-Aura-bräunen-Look bestickte Sarong und die Liebesperlen. An ihre Stelle waren Tarnanzug, Springerstiefel und Bomberjacke getreten.

Shelly begrüßte sie mit der ganzen Begeisterung, die sie einem Hefepilz entgegenbringen würde.

»Was ist los?«, wollte Kit wissen. »Gewehrfeuer. Boote, die in die Luft gesprengt werden. Gekaperte U-Boote … *coup d'état.* Hab ich Recht?«

»Das Rat'aus, es ist angegriffen worden.« Sie war außer Atem und sackte keuchend zusammen. »Einige Beamte sind verletzt worden. Die Polizei, sie sagen, dass Rescht und Ordnung zusammengebrochen sind und dass es Aufstände gibt. Das ist Quatsch! Sie wollen nur den Notstand ausrufen, damit einen die Büllen ohne 'aftbefehl fest'alten können. Der Aufstand, er wird niedergeschlagen.«

Kit sah verstört aus. Aber Shelly war mehr von der Tatsache überrascht, dass Coco soeben mehrere Wörter benutzt hatte, die mehr als zwei Silben hatten, und das auch noch in der richtigen Reihenfolge.

»Darum sage isch, ihr müsst misch bitte verstecken.«

»Wir *müssen* überhaupt nichts!«, protestierte Shelly und sprang auf. »Außer dich vielleicht vorläufig festnehmen!«

»Ja, besonders nachdem du versucht hast, mich zu bescheißen, Coco«, fügte Kit sauer hinzu.

Coco zuckte die Achseln. »Die Revolution, sie ist wischtiger als du. Wir 'aben das Geld gebraucht – die Tickets 'ätte isch gegen Bargeld getauscht und davon Verbandszeug und Patronen gekauft. Meine Komplizen sind gefangen genommen worden. Darum musst du misch jetzt verstecken. Weil du auch etwas zu verbergen hast, *non*? Und das ist sie.« Coco zeigte mit ihren angemalten langen Krallen auf Matilda, die in Embryohaltung zusammengekrümmt unter der Bettdecke lag. »Isch werde nischts vom *l'enfant* erzählen, wenn du nischts von mir erzählst.«

»Okay. Wir verstecken dich«, sagte Kit ohne zu zögern.

»Werden wir *nicht*.«

»Shelly, wir haben keine andere Wahl.«

»Du vielleicht nicht, *ich* schon.« Shelly war sich ziemlich sicher, dass sie ein paar Flaschen Whiskey benötigte, bevor sie den Gedanken, bei Super Flic petzen zu gehen, für eine gute Idee halten würde.

Der Sturm wurde noch heftiger. Hagelkörner hämmerten wie mit Fäusten gegen die Fenster.

»Gaspard, er geht von Tür zu Tür. Ihr sagt, dass ihr misch nischt gesehen 'abt. Jetzt zieht eusch schnell die Sachen aus und macht auf glücklisch ver'eiratet. Und dann seid ihr ganz doll böse, wenn jeman' 'ereinkommt und eusch am Flitterwochen-Sex 'indert.«

»Sex?« Shelly verkroch sich in ihrem Frotteebademantel. »Eher würde ich Mankos gebrauchte Zahnseide wiederverwenden.«

»Ganz gleich, was du von mir denkst, Shelly, halt mich bitte einfach fest«, redete Kit besänftigend auf sie ein und breitete einladend die Arme aus. Für die Dauer eines Herzschlags schwankte sie wie eine Seiltänzerin. Aber dann beschloss sie, diesmal nicht das Gleichgewicht zu verlieren.

»Im Gegenteil, ich lass dich los: Ich will die Scheidung.«

»Du lässt disch von ihm scheiden?«, fragte Coco ungläubig.

»Ja. Ich möchte einen Mann mit weniger Erfahrung.«

»Komm schon, Süße.« Kit versuchte, ihr den Bademantel abzustreifen. »Wir müssen verheiratet bleiben. Ich meine, guck doch mal, wie prima wir miteinander streiten! Aber nicht vor den Kindern, okay?«, sagte er und zeigte auf seine schlummernde Tochter.

Shelly stieß seinen Arm weg, als sei er eine Viper. »Hör mal, Kumpel. Vielleicht bist du ja auf der Flucht vor der Polizei, aber für mich bist du der Star einer Show, die ›*Nicht* gesucht, tot oder lebendig‹ heißt. Ich werde auf gar keinen Fall mit dir in dieses Bett steigen.«

»'ört sofort auf mit diese Wahnsinn!«, entfuhr es einer wütenden Coco. »Geht ins Bett und liebt eusch! Ich verschtecke misch in der *salle du bain*.« Coco bewegte sich rückwärts Richtung Badezimmer und wischte gleichzeitig ihre nassen Fußspuren von den Bodenfliesen.

»Aber was will Gaspard von dir? Was hast du denn verbrochen?«, befragte sie Shelly.

»Isch teile die Ansischt meines Freundes. Wie der korsische Widerstand werden wir Anschläge auf touristische Ziele verüben, um internationale Aufmerksamkeit auf die Tatsache zu lenken, dass die französische Regierung dem Volk von Réunion das Rescht auf Selbstbestimmung verweigert.«

Shelly war schockiert. *»Du bist eine Terroristin!«*, schrie sie in einem Dezibelpegel, der in diesem Moment wahrscheinlich Alarm bei allen Autos in New York auslöste. Matty zuckte im Schlaf zusammen, als habe sie einen Elektroschock erhalten.

»Psst!« Kit legte den Finger auf den Mund. »Wir machen die Sache am besten unter uns aus, zwischen dir, mir und der französischen Geheimpolizei, okay?«

»Isch gehöre der Befreiungsfront von Réunion an. Wir werden von den Unab'ängigkeitsbewegungen der australischen Aborigines, Maori und Kanacken unterstützt. Mein neuer Geliebter, Gaston, er ist der Anführer.«

»Oh mein Gott, das Boot. Habt ihr das Segelschiff in die Luft gejagt?« Shelly hyperventilierte förmlich.

»Was glaubst du, warum isch die ganze Zeit in diesem miesen Loch gearbeitet 'abe? Gaston hat jemanden gebraucht, der die Zündsätze anbringt.«

»Und wer käme schon auf die Idee, eine geistesschwache New-Age-Sängerin zu verdächtigen?«, schlussfolgerte Shelly. Wer hätte denn gedacht, dass sich dieses Dummchen als eine Massenvernichtungsfrau entpuppen würde, eine, die sogar bereit war, für ihre Überzeugung zu sterben … *und sich selbst und alle anderen Touristen mit ins Jenseits zu nehmen*? Sie blickte den Eindringling entsetzt an. »Hast du überhaupt eine Vorstellung, wie hoch die Strafen für terroristische Gewaltakte sind?«

Coco zuckte die Achseln. »Niemand ist dabei getötet worden. Die *Glorieuse* ist nischt die *Rainbow Warrior*. Es war nur ein kleiner Vorfall.«

»*Klein?* So was wie ›Bürger‹-Krieg gibt's einfach nicht, Coco. Da herrscht kein bürgerliches Gesetzbuch, nur das nackte Chaos. Wie finanziert sich die Befreiungsfront Réunion überhaupt?«, hakte Shelly nach.

»Der Gaddafi-Wohlfahrtsfonds hilft uns und unser miltärischer Flügel, er plant, Geschäftsleute zu kidnappen und Lösegeld zu verlangen.«

Kit erklärte weiter: »Cocos Freund, der Kopf der revolutionären Gruppe, ist entweder ein genialer Erlöser oder ein mauritischer Marxist – je nachdem, welche Zeitung man liest.«

»Na toll! Wie konnte ich bloß die Weltrevolution verpassen?«, sagte Shelly und schlug sich an die Stirn.

»Was sollen wir sonst tun, *eh*? Die Franzosen verwehren den Eingeborenen das Rescht auf ihr eigenes Land. Sie betreiben eine Politik der Transmigration – sie bieten den Beamten aus Paris eine doppelte Pension, wenn sie sisch 'ier niederlassen, um den weißen Bevölkerungsanteil zu er'ö'en. Aber Das Volk lässt sisch nischt unterdrücken!«, schwadronierte Coco mit unerschütterlicher Entschlossenheit. »Das 'albe 'otelpersonal ist sogar 'eimlisch Mitglied der Befreiungsfront.«

»Schsch!«, machte Kit noch einmal. Wie ein Mann neigten sie lauschend die Köpfe, als sie männliche Stimmen vernahmen. Ganz in der Nähe hörten sie Fäuste, die auf Holz klopften, und gedämpfte Wortwechsel.

»Das ist Gaspard«, sagte Coco. »Ihr müsst misch verstecken.«

Shelly versperrte Coco den Weg zum Badezimmer. »Aber auf diese Weise ziehst du uns mit rein. Das macht uns zu Komplizen.« *Ich bedaure, aber Coco kann jetzt gerade nicht an die Tür kommen. Sie ist damit beschäftigt, die Vernichtung der Welt zu planen, so wie wir sie kennen.*

»Wartest du immer noch auf diesen Rückgratspender, Shelly?«, fragte Kit, während er den Spielzeugmüll seiner Tochter mit dem Fuß unter das Bett stieß. »Kein Wunder, dass du damals auf der Bühne in Wigmore Hall zur Salzsäule erstarrt bist.«

Shelly tat so, als hätten seine Worte sie nicht ins Mark getroffen.

»Das Leben ist nicht irgendeine Gameshow, wo hinter jedem Tor ein Preis auf dich wartet, Shelly. Du musst kämpfen für die Dinge, die du vom Leben haben willst.«

»Ich kann aber nicht lügen. So bin ich nicht gebaut. Ganz im Gegensatz zu *dir*!«

»Es ist doch das alte Dilemma, ein kleines bisschen schlecht zu sein, um sehr viel mehr Gutes zu bewirken«, sagte Kit in schneidendem Flüsterton. »Wie zum Beispiel, als ich bei meiner Bewerbung für die Show gelogen habe, damit ich mit Matty türmen konnte. Ich bitte dich inständig, Shelly.« Er packte sie an den Schultern. »Ich könnte es nicht ertragen, sie zu verlieren!«

Sie fuhren alle zusammen, als nun ein hartes, lautes Klopfen auf Holz erfolgte. Coco griff sich die schlafende Matilda und verschwand mit ihr im Bad. Kit blickte Shelly flehentlich an.

Shelly war sich im Klaren, dass eine Ehe kein Zuckerschlecken war, aber Staatsstreiche, psychotische Polizeichefs, Zyklone, falsche Pässe, Revolutionäre, die sich in Badezimmern versteckten, durchgeknallte Exfrauen … Shelly hatte schon Autounfälle miterlebt, die weniger dramatisch gewesen waren als diese Ehe. Wieder einmal konnte sie sich lebhaft in dieser entsetzlich unschmeichelhaften Gefängniskleidung vorstellen. Wenigstens würden die Streifen vertikal verlaufen, was ja schlank machte. Shelly überreichte Kit mit einem märtyrerhaften Blick ihren Bademantel und ihr Nachthemd. »Eine Frau sollte von Rechts wegen eine Gefahrenzulage kriegen, wenn sie dich heiratet, Kinkade!«

Kit schob ihr den Ehering wieder auf den Finger, riss sich die eigenen Sachen vom Leib, knotete sich ein Handtuch um die Hüfte, verwuschelte sich das Haar und öffnete, gerade als sich Shelly provokativ zwischen die Kissen drapierte, Gaspard die Tür.

Mit ihm wehten der heulende Wind und der Modergeruch feuchter Stiefel herein. Sein wuchtiges Gesicht sah aus wie aus Granit gehauen.

»Wissen Sie, warum isch 'ier bin?« Der nasse Polizeikommandant hätte einem Wasserspeier alle Ehre gemacht.

»Ähm«, sagte Kit und legte sich wieder aufs Bett. »Um mit uns darüber zu diskutieren, dass der Existenzialismus keine Zukunft hat?« Die Atmosphäre war zum Zerreißen gespannt. Kit legte lässig den Arm um seine »Frau«.

»Terroristen 'aben eine Bombe auf dem Schiff gelegt und dann das U-Boot gestohlen.« Gaspard pflanzte sich vor ihnen auf und eiskalte Tropfen klatschten von seinem durchgeweichten Mantel auf sie herab. Dann beugte er sich über ihre Gesichter. »Isch werde jeden Baum in diesem Dschungel vernischten, um die Rebellen zu finden, die das getan 'aben. Darum 'eißt es ja Guerilla-Krieg – weil sie alle Affen sind«, sagte er arrogant und stieß eine so gewaltige Knoblauchwolke aus, dass er sie zweifellos zur Entlaubung hätte einsetzen können.

»Ich dachte, ihr Franzosen wärt berühmt für eure Revolutionen? Wart ihr damals, 1789 und 1968 zum Beispiel, nicht ganz groß im Steinewerfen?«, sagte Kit tapfer.

Gaspards Gesicht verzerrte sich wie im Wundstarrkrampf. »Redefreiheit ist wie die meisten Dinge, die frei sind, nischts wert – es sei denn, man hat etwas Intelligentes zu sagen. Was bei Ihnen nischt der Fall ist. Also 'alten Sie die Klappe.« Und er schlug Kit ins Gesicht.

Kit rieb sich das Kinn. »Wenn das Redefreiheit ist, möchte ich lieber in Algerien leben«, sagte er spöttisch.

Gaspard betrachtete das Flitterwochenpärchen wie ein Naturforscher, der die Gewohnheiten einer minderwertigen Spezies studiert. »Ihre Regisseurin. Sie 'at doch gesagt, Sie wollten sich scheiden lassen«, fragte er misstrauisch.

Kit ließ eine Hand unter die Decke wandern und tätschelte liebevoll Shellys Schenkel. »Wer könnte eine Braut mit einem so klasse Körper verlassen, ey?«

Shelly, die versuchte, in der Kategorie Festgefrorenes Lächeln olympisches Gold zu gewinnen, kniff ihren »Ehemann« brutal in die Hand.

Kit ließ ein kleines Jaulen los und versuchte, das Ganze als Hustenanfall zu kaschieren.

Gaspard schnüffelte wie ein Bluthund im Zimmer herum. Shelly fiel die verräterische Pistolenwölbung unter seiner Achselhöhle auf. »'aben Sie etwas Verdäschtiges gesehen oder ge'ört? 'aben Sie Coco gesehen?« Gaspard trommelte mit den Fingern auf den Fernseher, während er mit den Augen das Zimmer durchwühlte. »La Tigresse ist die Geliebte von Gaston Flock. Er 'at sie für Geld ausgenutzt, für *chantage* – Erpressung. Wissen Sie, wie wir einen Kreolen nennen, der keine Freundin hat? Obdachlos. Wir 'aben auch 'erausgefunden, dass er eine kleine Strandhütte als Waffenlager benutzt, die sie gemietet 'at. Darum 'aben wir jetzt einen 'aftbefehl gegen sie erlassen. Als wir ihre Genossen abgefangen 'aben, ist sie gese'en worden, wie sie zurück zum 'otel gerannt ist.«

Shelly riskierte einen kurzen Blick auf Kit. Ein Muskel zuckte in einem Mundwinkel, aber er behielt die Fassung. »Das Einzige, was ich gehört habe, Kumpel, war das Stöhnen meiner wunderschönen Frau. Und das Einzige, was ich gesehen habe, waren ihre herrlich kecken Brüste«, sagte Kit gelassen und ließ seine Hände besitzergreifend über Shellys Körper gleiten. »Nicht wahr, Schätzchen?« Kit schaute sie beschwörend an.

»Hhm.« Shelly bemühte sich, neutral zu klingen und nickte matt. Sie grub ebenfalls heimlich die Fingernägel in Kits Hand. Den unterdrückten Schmerzensschrei konnte er gerade noch in einen vorfreudigen Lustseufzer umwandeln. Shelly hoffte von Herzen, dass sie auf Blut gestoßen war.

Gaspard ging jetzt langsam auf das Badezimmer zu und schwang seine Taschenlampe wie eine Machete. Kit wälzte sich auf Shelly und presste sich mit dem ganzen Körper auf sie, während er gleichzeitig mit dem Knie ihre Beine auseinander drückte. »Wenn ich bitten dürfte, Kommandant. Wir sind schließlich in den Flitterwochen …« Kit wand sich auf Shelly hin und her, knabberte an ihrem Hals und setzte eine Reihe von kleinen bissigen Küssen hinunter zu ihren Brüsten. »Ich weiß, in Ihrem Alter ist die Dringlichkeit sexueller Lust vermutlich schwer nachzuvollziehen. Sie brauchen wahrscheinlich zwei Wochen, bevor Sie eine Viertelerektion zustande bringen, stimmt's?«

Die anderen Polizisten, die mit ihren gesicherten Gewehren im Türrahmen standen, gluckstenund stießen sich gegenseitig an. Das Kichern der Gendarme erstarb unter dem vernichtenden Blick ihres Vorgesetzen. Hinter ihnen schüttete es wie aus Kübeln und der Wind heulte. Gaspard kniff die Augen zusammen und machte einen Schritt auf das Bett zu. Kit küsste Shelly leidenschaftlich, steckte ihr seine Zunge tief in den Mund und stöhnte.

Gaspard bewegte sich widerwillig Richtung Tür. »Ich werde Sie im Auge behalten«, drohte er angesäuert.

»In diesem Fall werde ich Ihnen was berechnen müssen, Sie böser Junge«, entgegnete Kit.

Shelly schloss voller Panik die Augen und machte sich ängstlich auf die Antwort des Polizeichefs gefasst.

»Kommandant! Ich muss doch sehr bitten!«, hörte sie Kit nun sagen. »Ich bin sicher, diese Geste hat man Ihnen auf der Polizeischule nicht beigebracht!«

Als die Tür krachend hinter Gaspard ins Schloss fiel, biss Shelly Kit ins Ohrläppchen. »Geh von mir runter, du durchgeknalltes Schwein!«, zischte sie ihm wütend ins Ohr.

Kit fluchte vor Schmerz und machte sich abrupt von ihr los. Er fing sich wieder und tätschelte ihren Hintern. »Geiler Arsch, übrigens«, sagte er fröhlich. »Fast so herrlich wie deine Titten.«

»Du hast den Standard ehelicher Feindseligkeiten in ungeahnte Höhen getrieben«, fauchte sie zynisch.

»Komm schon. Erzähl mir bloß nicht, es hätte dir keinen Spaß gemacht. Du hast vor lauter Lust ja hyperventiliert.«

»Ich habe nur versucht, mir das Kotzen zu verkneifen.«

Kit zog sie an sich und umarmte sie. »Komm her, ich will mich richtig bei dir bedanken.«

Shelly sprang aus dem Bett. »Eher würde ich Mund-zu-Mund-Beatmung bei einem toten Tintenfisch machen. Sex wirst du erst wieder beim Besuchstag der Ehegatten haben, weil du nämlich als Nächstes ins Gefängnis gehst!«

Kit verschwand im Badezimmer, um die schlafende Matilda zu holen, die hinter dem Duschvorhang versteckt in Cocos Armen in der Badewanne lag. Shelly beobachtete, wie Kit Matildas Wange sanft mit dem Handrücken berührte. Ein Lächeln huschte über sein Gesicht, zart wie ein Traum. Die überraschende Hingabe Kits zu seiner Tochter schockierte Shelly und versetzte ihr einen unerwarteten Stich – einen Stich, der so schnell verschwand, wie er gekommen war, als Kit sagte: »Ich nehme die linke Seite des Betts und du die rechte. Matilda kommt in die Mitte.« Behutsam legte er seine Tochter hin, deckte sie zu und küsste sie hingebungsvoll auf die Stirn.

»Weißt du, ich hatte eigentlich nicht einmal vor, je wieder mit dir zu *reden*, geschweige denn *das Bett zu teilen*! Ich hab getan, was du von mir verlangt hast, aber jetzt geh bitte und lass dich nie wieder zwischen meinen Laken blicken!« Hart und entschlossen sagte sie: »Matilda kann bleiben, aber du nicht!«

»Gute Nacht«, sagte Kit, ließ das Handtuch zu Boden fallen und krabbelte ins Bett.

Shelly zog ihn am Fuß. »Ich hatte gehofft, dass wir unsere Flitterwochen mit einem Minimum an gebrochenen Knochen über die Bühne bringen, Kinkade, aber offenbar ist das aussichtslos.«

»So, kann isch jetzt auch mit reinkommen, okay?«, mischte Coco sich ein und plumpste ebenfalls aufs Bett.

»Tut mir Leid, Madame«, sagte Shelly in einem affektierten Stewardessentonfall, »aber dieser Bungalow ist auf die Mitnahme nur zweier Bordbomben beschränkt. *Und die liegen bereits in meinem Bett.*«

»Isch möschte misch entschuldigen, dass isch disch in meiner 'ütte geschlagen 'abe. Aber wir leben nun einmal in einer Welt, wo eine Krä'e der anderen die Augen aus'ackt, *non*?«, sagte Coco und breitete sich am Fußende des Bettes aus. »Ich muss misch nur bis zum Morgengrauen ... wie sagt man? ... bedeckt 'alten.«

»Kit! Kit! Steh auf.« Shelly knuffte ihn, aber er zeigte keine bewusste Reaktion. »Ich weiß genau, dass du nicht schläfst.« Er schnarchte laut. »Steh auf«, befahl sie. »Sonst kommt einer von uns beiden morgen in die Schlagzeilen, weil er einen Gewaltakt begangen hat. Und du bist nicht derjenige, welcher. Kit? ... Kit?« Aber er grunzte nur und drehte sich auf die andere Seite.

Shelly stand da und begutachtete ihr Bett, auf dem sich kreuz und quer schlafende Gestalten breit gemacht hatten, die sie in diesem Moment am meisten verabscheute. Das also brachte ein Urlaub mit sich – *Hass gegenüber seinen Mitmenschen.*

So kam es, dass Shelly Green endlich ihren Mann im Bett hatte. Die Frau hätte einen Freudensprung machen können.

Direkt von der nächsten Klippe.

Das Wetter

Männer finden, Frauen sind wie Zyklone: Sie sind feucht, wenn sie kommen, und wenn sie gehen, nehmen sie das ganze Haus mit.

Frauen haben erkannt, dass vielmehr Männer wie Zyklone sind: Man weiß nie, wann sie kommen, wie lange sie bleiben … und wie viele Zentimeter man abkriegt.

Das Exekutionskommando

16

»Nengland.«

Es war das erste Wort, das Shelly hörte, als sie aus nebulösem Schlaf erwachte.

»Häh?« Offenbar hatte sie ein zermatschtes Maltesers im Ohr.

»Du lebst in England?«

Shelly öffnete vorsichtig ein Auge und sah ein grünäugiges Mädchen, das gelassen ihren Blick erwiderte. Sie teilten sich ein Kissen. Jetzt erinnerte sie sich wieder. Es war ihre Stieftochter.

»Ob ich in England lebe? Ähm – ja.«

Draußen fegte immer noch der Sturm. Regen schlug horizontal gegen die Fensterscheiben. Zu ihrer Erleichterung stellte sie fest, dass Coco verschwunden war, und sie versuchte, sich darauf zu konzentrieren, was das kleine Mädchen zu ihr sagte. »Wie bitte?«

»Willst du nicht meine neue Mama sein?« Unschuldig und engelsgleich schaute Matilda Shelly an. Sie war schön wie ihr Vater, nur auf eine weichere, sanftere Weise.

»Ich kann nicht deine Mama sein, du hast doch schon eine.«

»Sie ist megaistisch.«

»Moment mal. Deine Mutter ist mega-was?«

»Sie denkt nur an sich«, erläuterte Matilda.

»Fehlt sie dir denn nicht, Matty?«, sagte Shelly und pulte Maltesersreste aus ihrem Innenohr.

»Mein Papa ist der besteste. Und meine Mama die schlimmimmste. Ich mag sie ja … ich bin bloß einfach aus ihr herausgewachsen, weißt du?«, erklärte sie feierlich und leckte sich einen Maltesersfleck von ihrem Pyjamaärmel.

»Aber deine Mutter liebt dich doch sicherlich ...«

Matilda schüttelte das blasse Gesicht und drückte schutzsuchend ihr »Hissy die Schlange«-Beanie-Baby an sich. »Aber Daddy liebt mich. Darum sind wir weggegangen. Und jetzt muss sie eben die Kompetenzen tragen.«

»Ach ja?« Shelly lächelte unwillkürlich.

»Liebt dich deine Mama?«, fragte die Kleine.

»Ja, früher. Sehr sogar. Aber jetzt ist sie im Himmel beim lieben Gott.«

Ihre meergrünen Augen weiteten sich begeistert. »Dann kriegt sie Gottes Toast.«

»Du meinst Gottes Trost.«

»Hab ich doch gesagt, du Hirni. Passt jetzt dein Daddy auf dich auf?«

»Ähm ... eher nicht.«

»Na, dann kann *mein* Daddy ja mit auf dich aufpassen. Ein Erwachsener reicht nämlich, weißt du.«

»Ja, aber *siehst du irgendwo einen*?«, sagte Shelly und warf Kit, der soeben mit Mühe ein Augenlid öffente, einen bedeutungsvollen bösen Blick zu.

Kit lächelte teuflisch. »Oh Shelly – mit dir aufzuwachen erinnert mich so sehr an die Zeit, als wir noch glücklich waren!«

»Ach ja?«, fragte Shelly kühl. »An dem Tag muss ich geschlafen haben. Denn bei dir, Kit Kinkade, schlagen gute Zeiten sofort in schlechte Zeiten um.«

In Kits Lachen lag jetzt wieder der alte, schwungvolle verwegene Charme.

Es ist wahrscheinlich die Erleichterung, nicht mehr lügen zu müssen, vermutete sie, und die Aussicht auf den greifbar nahen glücklichen Ausgang seiner Flucht.

»Wie schön, dass du das lustig findest. Irgendwann werde ich dem Ganzen auch noch die komische Seite abgewinnen können – *in ein oder zwei Jahrzehnten.*«

Es hämmerte laut an der Tür und Shelly, die dort Gaspard wähnte, bugsierte Matilda wie elektrisiert unter die Bettdecke. »Verdammt! Jetzt hat er rausgekriegt, dass wir Coco versteckt haben. Wir kommen alle ins Gefängnis! Wegen Beihilfe zum Selbstmordattentat!«

Kit war nicht ganz so überzeugt. »Der Mann ist doch nicht mal in der Lage, ohne Durchsuchungsbefehl seinen eigenen Schwanz zu finden«, sagte er leise, sodass Matty ihn nicht hören konnte.

Shellys Freude darüber, dass lediglich Dominic der Besucher war, währte nicht lange. Was sie gestern für Donnerschläge gehalten hatten, waren in Wirklichkeit Gewehrschüsse gewesen. Was sie heute für Gewehrschüsse hielten, entpuppte sich nun als Donnerschläge, sehr laute Donnerschläge, die von dermaßen starken Windböen begleitet waren, dass sich ihr Bungalow schüttelte und wand wie im Todeskampf. Unnachgiebig und rücksichtslos raste der Zyklon auf sie zu – wie ein prämenstruelles Syndrom von Mutter Natur.

»Die Bungalows gleisch am Strand sind überschwemmt worden«, sagte Dominic keuchend. »Das passiert, wenn Wellen aus verschiedenen Rischtungen kommen und dursch die 'äuser jagen. Und es wird noch schlimmer werden. Du musst sofort zum Zyklon-Bunker, *chérie*«, bat er Shelly nachdrücklich, während er Kit feindselig im Auge behielt.

»Geh du, Shelly. Ich kann nicht.« Kit fuhr sich mit der Hand durch das zerzauste Haar. »Ich meine, ich brauch zwar die Kohle von Gaby, aber Mann! Es geht auf keinen Fall, dass man Matty entdeckt«, flüsterte er und Sorgenfalten zerfurchten seine Stirn.

»He«, sagte Shelly hilfreich. »Verwandle dich bloß nicht in einen Alien vom Planeten der Verdammnis. Das ist *mein* Job.«

»Gaby?«, horchte Dominic auf. »Was für eine 'eldin! Sie ist in diesem Moment mit ihrem Team da draußen und filmt den Zyklon.«

»Es ist zu riskant«, zauderte Kit und Panik schwang in seiner Stimme.

»Hör mal, Kinkade.« Shelly zog Kit zur Seite. »Ich freu mich ungefähr so sehr darauf, noch mehr Zeit mit dir zu verbringen, wie ich mich auf meine eigene Hinrichtung freue. Aber Matilda ist hier nicht sicher. Außerdem werden wahrscheinlich so viele Leute in dem Bunker sein, dass sie praktisch zu jedem gehören könnte. Wir sagen einfach, sie sei die Tochter von dem Rockstar. Er behauptet zwar, keine Kinder zu haben, aber ich wette, sein Steuerberater weiß es besser.«

»Dépêche-toi!«, drängte Dominic, der die Achtjährige kaum beachtete, die Kit anscheinend aus dem Hut gezaubert hatte und jetzt an seine Brust drückte.

Als sie die Schlafzimmertür erreichten, blähte sich Matildas Nachthemd auf wie ein Papierdrachen. Und draußen war es viel, viel schlimmer. Der Himmel schien zu bersten und die Luft war kalt wie Menthol. Shelly hielt der Sintflut entschlossen ihren Knirps entgegen, aber er stülpte sich um und wurde ihr vom Sturm entrissen. Im selben Augenblick, da sie aus dem Schutz des Bungalows heraustraten, war sie durchnässt bis auf die Knochen. Der gefräßige Wind verschlang alles, was ihm in die Quere kam. Die Bäume winkten wie Betrunkene, ihre Wipfel waren in verrückten Winkeln geneigt und die ehemals üppige Belaubung verdreht und verknotet wie Gorgonenhaar.

Das Meer war schwarz und tückisch. Wellen, weiß wie Reißzähne, verbissen sich in die Küste. Draußen, auf offener See, türmten sich Lawinen aus steilen Wasserwänden auf, die Schaum spuckten, wenn sie gegen die Korallenriffe schlugen. Salzwasser ergoss sich zischend über umgeknickte Baumstämme. Dann baute sich am Horizont eine gewaltige Welle auf, dräuend wie ein riesiges Grinsen. Sie schwappte tosend über die Ferienanlage und griff mit gierig schäumenden Fingern nach den Häusern. Jetzt war es sogar unmöglich, das Meer zu sehen, so dicht war die Luft mit sprühender Gischt gefüllt. Die vier verkrochen sich in einem Hain, um nach Luft zu schnappen, bevor sie den letzen Sprint über offenes Gelände zum Bunker wagten. Die Ungeheuerlichkeit des Wetters brüllte ihnen entgegen. Palmenstämme, deren Blattwerk abhanden gekommen war, reckten sich wie Ausrufezeichen in den Himmel. Und sie haben jedes Recht, alarmiert zu sein, dachte Shelly mitleidig.

»Mach dir keine Sorgen, *chérie*«, schrie Dominic über den heulenden Wind hinweg und legte ihr schützend seinen Arm um die Taille. »Isch werde nischt von deiner Seite weischen.«

»Ach ja?« Kit schützte Matildas Kopf mit seiner Baumwolljacke. »Und ich dachte, du hättest nur eine einzige langjährige Beziehung – die zu deiner rechten Hand. Okay. Los geht's.«

Mit geduckten Köpfen stemmten sie sich wie Comicfiguren gegen den Wind und kamen auf dem durchweichten Rasen etwa einen Zentimeter pro Stunde voran. Polternd brachen sie in den Zyklonbunker ein, der unter dem hinteren Empfangsbereich des Hotels gelegen war. Da es nur eine vergitterte Dachluke und ein paar kleine Doppelfenster gab, die auf den Rasen hinausgingen, sowie zwei kleine Toilettenkabinen, hatte das Ganze das Ambiente eines öffentlichen Klos, ohne jedoch ganz so geräumig zu sein. Nicht einmal eine Sardine hätte sich hier wohl gefühlt. Offensichtlich muss man hier schleunigst eine Art Dienstplan aufstellen, um festzulegen, wer mit Atmen dran ist, dachte Shelly deprimiert.

»Anscheinend haben wir in einem Kakerlakenmotel eingecheckt«, sagte Shelly leise zu ihren durchweichten und bibbernden Begleitern.

Kit begutachtete den Haufen zerdrückter, fadenscheiniger Kissen, die verstreut an der gegenüberliegenden Wand herumlagen. »Was? Keine Kissenpraline? Das soll ein Luxushotel sein? Glaubst du, sie haben Bunkerservice?«

Aber das einzige Essen, das sie im Angebot hatten, war ein Vorrat an Marmeladenstullen, die noch aus der Ära von Enid Blytons Abenteuerbücher stammten – um das Jahr 1945.

Das menschliche Menü war umso vielfältiger. Innerhalb der nächsten Stunde waren etwa vierzig Hotelgäste, Hüfte an Hüfte, in dieser Betonkiste zusammengepfercht. Koksschniefer, gehobenes Pack, schmierige südafrikanische Steuerberater, ein australischer Bierbaron, ein berühmter französischer Pornograf, ehemalige Talkshowmoderatoren und andere B-Prominente knirschten kollektiv mit ihren kosmetisch gepflegten Zähnen. Sie schäumten vor Entrüstung. Diese Leute hatten Sonnenbänke, die auf sie warteten! Und Enthaarungstermine für die Bikinizone! Bei all ihrem rotgesichtigen Ärger war ihnen der Ernst der Lage nicht im Mindesten bewusst. Shelly konnte sich schon die Schlagzeile ausmalen: SKANDAL IN DEN TROPEN: MODEL MUSSTE FUSSKNÖCHELGLÄTTUNGSSEMINAR AUSFALLEN LASSEN.

Der Rockstar auf dem absteigenden Ast kam in einer pharmazeutischen Nebelwolke in den Bunker gestürzt. Instinktiv schob er eine der berühmteren Lenden der Sechzigerjahre in die Mitte der Menge und ließ sich dann neben einem freien Mitarbeiter von *Vanity Fair* nieder, einem in gelben Kaschmir gekleideten Mann. Der war gerade in eine stammelnde Unterhaltung mit irgendeinem Baron vertieft und einer von der Sorte, der »neureich« für ein Kompliment hielt. Der Baron wiederum hatte sich nie von der Peinlichkeit erholt, den jüngeren Sohn eines Marquis am unteren Ende der Tafel hinter einen Lordrichter platziert zu haben, und stellte nun fest, dass er in drangvolle Nähe zu einem It-Girl geraten war, das fest entschlossen zu sein schien, ihm ihre Schamlippen-Piercings zu zeigen, welche sie, wie sie dem verdatterten Adligen versicherte, liebevoll ihre »Gardinenringe« nannte.

Obwohl der Manager vor kurzem in einem Strategieseminar gelernt hatte, wie man im Hotelmanagement mit Pannen fertig wird, zeigte er sich einer Krise nicht ausreichend gewachsen und reichte den organisatorischen Stab an Dominic weiter, der prompt mit seinen Aquaerobic-Damen eine schwungvolle Version von »La Paloma« und »Kumbaya« probte, während ihre grantigen Ehemänner holprig die zweite Stimme dazu brummten. Shelly blickte sich suchend um, aber das einzige weitere Angebot wäre gewesen, sich den sabbernden französischen Greisen anzuschließen, die sich beim Scrabble an englische Wörter zu erinnern versuchten – eine Freizeitbeschäftigung, die albanisches Vorabendfernsehen aufregend erscheinen ließ.

Weil sie immer noch fest entschlossen war, nicht mit ihrem »Mann« zu sprechen, war Shelly bald in ein Gespräch mit dem Tennistrainer der Anlage über die essbaren Pilze auf der Insel vertieft.

Kit erschöpfte unterdessen seine Konversationsthemen bei der Hotelmasseurin, deren telepathische Leitung zu Ramtha, einer dreißigtausend Jahre alten Kriegerin und Königin, im Moment von einem konkurrierenden Medium aus Santa Fe blockiert wurde.

Wollten sie eine Do-it-yourself-Hirnamputation vermeiden, blieb Shelly und Kit am Abend schließlich nichts anderes übrig, als sich miteinander zu unterhalten.

»Das ist so ein Zeitpunkt, wo die meisten verheirateten Paare an einem Strang ziehen und sich gegenseitig beistehen würden. Was sollen *wir* tun?«, witzelte Kit.

»Würdest du dich bitte wegsetzen? Ich möchte nicht, dass die Leute den Eindruck kriegen, wir wären zusammen oder so«, antwortete Shelly.

»Geschweige denn *verheiratet*«, fügte Kit vergnügt hinzu. »Möchtest du zu Abend speisen?« Er bot ihr ein in Zellophan gewickeltes Päckchen an, das auf einem Tablett herumgereicht wurde. «Weißt du, was mir an Ferien auf einer tropischen Insel so wahnsinnig gefällt?«, fragte er sie kumpelhaft. »Das Salz, der Sand, die exotischen Insekten – und alles in einem Sandwich!«

»Stoßen wir auf dich an, Kinkade«, entgegnete Shelly und nahm einen tiefen Schluck aus ihrer Flasche warmen Mineralwassers. »Ohne dich wären Malaria, Sonnenbrand, eitrige Moskitostiche, Fußpilz und vorzeitiger Tod nichts als ein Traum gewesen.«

»Ich muss mich mit dem Manager unterhalten, dass er mir Flugtickets nach Madagaskar besorgt, sobald der Flughafen wieder den Betrieb aufnimmt, nachdem der Zyklon vorbei ist. Außerdem muss ich Gaby wegen dem Rest von meinem Preisgeld finden. Und alles, ohne dass irgendjemand was von Matty mitkriegt.«

»Gaby ist immer noch da draußen und dreht, die Ärmste. Aber es ist doch ganz egal, ob sie was von Matty erfährt. Die nächste Folge ihrer Show – *Flitterwochen im Fegefeuer* – wird ohnehin erst in einem Monat ausgestrahlt.«

»Fernsehleute sind wie Jäger. Sie stellen Fallen auf, legen Köder aus und locken ihre ahnungslose Beute ins Verderben … man darf ihnen niemals trauen.«

»Nein, nicht so, wie man *dir* trauen kann«, konterte Shelly. »Übrigens täuschst du dich in ihr, Kit. Sie ist mir die ganze Zeit eine gute Freundin gewesen.«

»Freundin? Shelly, Fernsehtussis glauben doch, dass die einzigen Frauen, die Freundinnen brauchen, Lesben sind.«

»Zugegeben, sie ist ehrgeizig. Aber hast du überhaupt eine Vorstellung, wie schwer es für eine Frau ist, in dieser Machobranche einen Job als Regisseurin zu kriegen?«

»Ja, und sie würde auch Dias von ihrem Muttermundabstrich verkaufen, solange die verdammten Quote stimmt.«

Kit lächelte verklärt zu Matilda hinunter, die ihre Beanie-Babys einem intensiven und komplizierten Spielplan folgend in ein Barbieboot lud und wieder herausnahm. »Jedenfalls brauche ich jemanden, der auf Matty aufpasst, während ich mit dem Manager spreche. Und in Ermangelung einer verantwortlichen erwachsenen Persönlichkeit schätze ich, dass du herhalten musst.«

»Verantwortlich! Du bist doch der Verantwortungslose. *Ich* bin *keine* Bigamistin. Ich bin absolut in der Lage, mich um ein kleines Mädchen zu kümmern. Das sind übrigens die meisten Frauen«, fügte sie spitz hinzu.

Aber sobald Daddy verschwunden war, versuchte Matilda ihre Kinderrechte unter der Pekinger Konvention auszuüben, nach acht Uhr abends aufzubleiben und Süßigkeiten zu den Mahlzeiten essen zu dürfen. Shellys Vorschlag, dass der Verzehr von Salat zum Abendessen tatsächlich – weil gesünder – dem von Lakritze vorzuziehen sei, rief einen Gesichtsausdruck hervor, den man eher mit dem versehentlich Genuss einer Nacktschnecke verbinden würde.

»Ich bin elektrisch gegen Gemüse«, stöhnte Matty.

»Allergisch?«, schlug Shelly vor.

»Hab ich doch gesagt, Dummi. Außerdem hab ich Kopfschmerzen im Bein.«

»Oh! Was macht denn dein Papa normalerweise, wenn du Kopfschmerzen im Bein hast?«

»Da gibt er mir eine Tablette. Eine halbe.« Sie kramte in ihrer Beanie-Baby-Club-Schultasche und fischte eine Flasche Kinder-Panadol heraus.

»Warte, ich mach sie dir auf. Da ist eine Kindersicherung dran.«

»Ja, aber woher weiß die Flasche, dass ich ein Kind bin?«, fragte sie mit weit aufgerissenen Augen.

»Stimmt.« Shelly lächelte. »Solltest du nicht eigentlich dieses flüssige Zeug nehmen?«

»Calpol?« Matilda warf ihr einen vernichtenden, herablassenden Blick zu. »Das hab ich gekriegt, als ich noch total *klein* war.«

»Ach so.« Shelly lachte. »Im Gegensatz zu jetzt.«

Die restliche Zeit verbrachte Matilda damit, ihr Fragen zu stellen. »Was ist größer? Eine Trillion, ein Billion, eine Squillion, eine Gigantillion oder unendlich?«

»Äh …«

»Warum habe ich zwei Arme, zwei Nasenlöcher, zwei Beine und nur einen Mund?«

»Äh …«

»Wie heißt ein männlicher Marienkäfer? Besitzt die Queen einen Pass? Wieso kommen Motten nicht am Tag raus, wo sie doch Licht so mögen?«

»Äh … äh … äh …«

Es dauerte nicht einmal eine halbe Stunde, bis Shelly zusammenbrach. »Ich *weiß* es nicht, okay? Ich weiß nicht, warum die Ägypter ihren Toten Verbände angelegt haben, obwohl es zu spät war, sie wieder gesund zu machen. Ich *weiß* nicht, wieso Adam einen Bauchnabel hatte, obwohl er von Gott geschaffen wurde. Ich weiß nicht, wieso Katzen ihr Fell mit nasser Spucke trocknen können. Und ich weiß *auch* nicht, warum Bodendielen immer nur im Dunkeln knarren. Vielleicht weiß es dein Papa. Wir gehen ihn fragen, ja?«

Als sie Kit entdeckten, der in ein ernsthaftes Gespräch mit dem Hotelmanager vertieft war, klebte Matty Shelly einen »Bananas in Pyjamas«-Sticker aufs Handgelenk. »Das bekommst du, weil du eine gute Anfängermama bist.« Sie grinste.

Shelly zog hastig die Hand zurück. »Ich? Nicht doch. Also wirklich nicht«, verfiel sie in Panik. »Vielleicht solltest du dein kleines Mädchen zum Hersteller zurückbringen, Kinkade, und dir ein neues geben lassen. Ich meine, *dieses* hier ist offensichtlich defekt.«

»Das sagt sie bloß, Matty, weil sie mich vorübergehend nicht mehr liebt.«

»Das geht gar nicht, Matty, weil ich deinen Daddy nämlich *nie* geliebt habe!«

Wie auf Kommando erschien Dominic, endlich seiner Kumbaya- und Hokuspokus-Pflichten entledigt, ergriff stürmisch Shellys Hand und küsste sich kannibalistisch den Weg an ihrem Arm bis zu ihrem Mund hinauf.

»Ich glaube, dein jugendlicher Liebhaber leidet unter der irrigen Annahme, dass er eine Talkshow moderiert«, stänkerte Kit.

»Dominic gibt zur Begrüßung immer Küsschen. Die Franzosen sind darin vorbildlich zivilisiert«, belehrte sie ihn.

»Das war kein Küsschen. Das war Mund-zu-Mund-Beatmung.«

»Er ist ein ausgebildeter Lebensretter. Er kann nicht anders.«

»Er ist ein ausgebildeter Anmacher von jämmerlichen, leichtgläubigen Frauen in Bars. Mann, deine Mutter wäre echt stolz auf dich.«

»Lass dir gesagt sein, dass Dominic hier nur so lange arbeitet, bis er sich als Schauspieler einen Namen gemacht hat.«

Kit lachte herzlich, dann stöhnte er: »Die Welt braucht ja nichts *dringender* als noch einen Schauspieler.«

»Du bist zu sensibel für diesen *con, ma chérie*. Zu sinnlisch. Du brauchst einen Mann, der disch leuschten lässt. Du bist zu 'ell, um in seinem Schatten zu ste'en.« Der schlangenhüftige Animateur mit der kunstvoll zerzausten blonden Frisur arbeitete sich diesmal mit sanften, zarten Küssen an Shellys Hals hoch.

»Siehst du, was für ein gefälliger Mensch er ist?«, schnurrte Shelly.

»Na klar – er tut so, als ob ihm jedes deiner Worte gefällt. Mach dir nichts vor, Shelly. Dieser Schleimer baggert dich doch nur an, damit Gaby ihm eine Rolle in ihrer grauenhaften Realityserie gibt. Wenn du das nicht durchschaust, dann hat deine Mutter während ihrer Schwangerschaft offensichtlich getrunken.«

»Nein. Ich hab nur alle meine wichtigen Gehirnlappen abgegeben, als ich dich *geheiratet* habe!«

Manko schwappte ihnen mit dem unvermeidlichen Silent Mike im Schlepptau entgegen. »Verdammte Scheiße!«, grölte er und schüttelte mehrere Schichten regennasser Kleidung ab. »Das ist ein totales Kackwetter da draußen! Ich bin nass wie der Furz eines Arabers.« Silent Mike kicherte in pflichtschuldiger Speichelleckerei.

»Gib's zu«, hänselte Kit den Kameramann. »Du hast dich schon wieder bei Shakespeare bedient! Was für eine klasse Nummer. Für eure erbärmliche TV-Ausbeute das Leben anderer Leute auszusaugen wie die Vampire.«

»He, du hast dich auch nicht gerade ausgebeutet gefühlt, als man dir die 25 000 Flocken überreicht hat, wie mir auffiel, du scheinheiliges Arschloch«, sagte Gaby, die mit durchnässtem Haar und beschlagenen Brillengläsern hinter ihrer Crew angekeucht kam. Sie schälte sich aus ihrem Regenmantel und gab Manko ein Zeichen, Kit zu filmen. »Und Action«, sagte sie, ihre glänzende Beherrschung des TV-Jargons zur Schau stellend.

Ein tropfnasser, mit den Zähnen klappernder und zutiefst mit seinem Schicksal hadernder Manko gehorchte widerwillig, schaute in den Sucher, fing an zu drehen und grummelte: »Kamera läuft.«

»Ja, und ich fühle mich inzwischen durch deine Show ausgebeutet«, entgegnete Kit wütend. »Reality-TV ist wie *This is Your Life*, nur mit *Satan* als Gastgeber. Und wo wir gerade von Geld reden, du schuldest mir weitere 25 000, weißt du noch? Die heute fällig sind. Shelly und ich sind jetzt eine Woche offiziell verheiratet.«

»Was für eine Show? Ich habe keine Show! Das Diaphragma der Braut setzt Schimmel an! Sie sieht ihr Lebensglück in der Scheidung! Meine Serie wäre längst total den Bach runter, wenn wir den Zyklon nicht hätten! Ich hab unglaubliches Material zusammenbekommen. Es ist das reine Inferno da draußen«, schwärmte Gaby begeistert. »Entwurzelte Häuser! Bäume, die wie Wurfspeere durch die Gegend fliegen! Ich habe eine Nachricht von der nächsten CNN-Station in Mauritius gekriegt – sie wollen Filmmaterial. Wenn es jetzt noch Tote gibt, bin ich weltweit dabei! Das heißt jede Menge Nebeneinnahmen. So gesehen brauch ich ja auch noch Material aus dem Bunker … Mike, hast du den Ton laufen lassen?«

Kit hatte plötzlich das Gefühl, in einem anderen Raum-Zeit-Kontinuum zu sein. »CNN«, murmelte er. »Weltweit?« Jetzt waren sie nicht bloß vierzig Leute, die in einem Raum eingeschlossen waren, jetzt waren sie ein interessantes Feature.

Manko näherte sich, um eine Nahaufnahme von Matilda zu machen, die sich eifrig über ihren Abendbrotteller beugte und mit der Hingabe eines forensischen Wissenschaftlers an ihrem Sandwich herumpickte, wobei sie jedes anstößige Detail entfernte – Blattgemüse oder ein Stück Protein – und diese in einer vorwurfsvollen Reihe auf ihrer Serviette auslegte. »Du wirst mich *nicht* noch mal filmen und übrigens auch niemand anders.« Kit hatte sich zwischen Matilda und die Kamera gestellt. »Ist das klar?«

»Dann gib mir die Kohle wieder. Und das Flugticket. Von mir aus kannst du zu Fuß nach Hause laufen.« Gaby schaute ihn aus vergrößerten Augen durch ihre Brillengläser an.

»Ich hab das Geld nicht mehr. Ist alles ausgegeben.«

»Quatsch. Die Firma ist für alles aufgekommen. So viel kann kein Mensch ausgeben. Wenn du dich nicht bereit erklärst, bis exakt zum Ende dieser sieben Tage deiner Flitterwochen gefilmt zu werden, dann ist das Vertragsbruch, Kinkade, dann kriegst du gar nichts!«

»Pech für dich, Kleine. Denn ich hau hier ab. Geh und erzähl das CNN, sobald die Chirurgen diese Kamera aus dem Darmgang deines Kumpels hier entfernt haben, denn genau dort werde ich sie ihm hinschieben, wenn er versucht, mich nur noch ein einziges verdammtes Mal zu filmen!«

Als Kit sich zum anderen Ende des Bunkers hindurch zwängte, machte Shelly Matilda heimlich ein Zeichen, ihrem Vater zu folgen. Sobald das Kind außer Hörweite war, flehte sie Gaby an, ihrem Mann den fälligen Scheck zu geben.

»Warum zum Teufel sollte ich?«

»Er hat jeden Grund, nicht mehr gefilmt werden zu wollen. Nicht jetzt, wo du für internationale Nachrichtensender drehst. Davon stand nichts in seinem Vertrag.«

»Kann ihm doch scheißegal sein, oder?«

»Ihm liegt eine Menge auf der Seele, falls das Wort bei ihm angebracht ist.«

Gabys Frettchennase nahm Witterung auf. »Irgendwas geht doch hier vor, oder?«

Shelly zuckte die Achseln. »Hm.«

»Zwing mich nicht zwischen deinen ›Hm‹ zu lesen, Green. Na komm schon, wir Mädels müssen zusammenhalten. Habe ich mich nicht immer für dich eingesetzt? Hab ich nicht Manko daran gehindert, unschmeichelhaftes Filmmaterial von deinem verkaterten Morgen danach aufzunehmen? Habe ich dich nicht vor seinen sexuellen Avancen beschützt? Alte Fehler suchen einen am Ende immer wieder heim, Shelly – *besonders auf Video*.«

»Was willst du damit sagen?«

»Wenn du mir nicht erzählst, was hier läuft, könnte ich versucht sein, das ganze Zeugs zu senden, dass Manko *tatsächlich* von dir gedreht hat. Beim Kotzen, Untergehen, und oh Schreck, beim Tanzen.«

Angst, Erschöpfung und Enttäuschung hatten Shellys kritische Urteilskraft so weit angegriffen, dass sie nicht nur glaubte,

Gaby scherzte, sondern Ehrlichkeit für eine gute Idee hielt. »Du musst mir versprechen, niemandem etwas davon zu erzählen ...«

»Natürlich, versprochen.« Erwartungsvoll rückte Gaby ihre Brille auf dem Nasenrücken zurecht.

»Ich sollte es dir ja nicht sagen, aber wenn erst mal die Doku über unsere Flitterwochen gesendet wird, ist es sowieso egal. Siehst du das kleine Mädchen da hinten? Die immer hinter Kit herläuft? Das ist seine Tochter.«

»Wie bitte?«

»Er versucht sie nur zu beschützen. Darum hat er sie ihrer Mutter weggenommen. Und darum darfst du ihn nicht mehr filmen. Er ist auf der Flucht vor seiner Frau.« Shelly setzte die Bruchteile des zerrissenen Polaroidfotos von Pandora zusammen, die sie in ihrer Handtasche aufgehoben hatte. »Das ist seine Hauptfrau – ich bin nur die kleine, behelfsmäßige Nebenfrau«, fügte sie traurig hinzu.

»Wahnsinn. Willst du damit sagen, dass dein Mann eine Frau zu viel hat?« Gaby setzte ihre Brille ab und begann sie heftig zu polieren. »So was nennt man Bigamie, oder?«

»Ich glaube, *er* würde es Monogamie nennen«, seufzte Shelly.

»Nur, damit ich es richtig verstanden habe: Dein Männe ist ein Bigamist?«, widerholte Gaby fassungslos. »Und ein Kidnapper dazu?«

»Im wahrsten Sinne des Wortes.« Beide Frauen drehten sich nach dem fraglichen Kid um. »Ich billige nicht, was er getan hat, Gaby, aber man kann sich einfach nicht vorstellen, wie elend und verzweifelt sich ein Vater fühlt, dem jeder Kontakt zu seinem Kind verwehrt wird.« (Obwohl *mein* Vater offenbar nicht allzu sehr gelitten hat, dachte sie bitter.) »Ich bin mir nicht sicher, wie legal deren Ehe ist. Ich denke mal, es war so eine Art Jerry-und-Jagger-mäßige Hals-über-Kopf-Heirat. Aber er hat immer noch Vaterrechte. Wenn wir hier rauskommen, werde ich ihn bestimmt davon überzeugen können, dem britischen Rechtssystem zu vertrauen. Er kann sein Preisgeld dafür verwenden, vor Gericht um sein Sorgerecht zu kämpfen.«

»Hhhhhhm«, sagte Gaby. »Hhhhhm.«

Aber Shelly war viel zu müde, um zwischen ihren Hhhhhm zu lesen.

Der Zyklon lauerte mit seiner bedrohlichen Gegenwart in unmittelbarer Nähe der Küste. Sie warteten und warteten, dass die schlimmsten Winde noch losschlagen würden. Die Nacht zog sich hin, während das Wetter dem Bunker zusetzte. Shelly vertrieb sich die Zeit damit, den Mücken zuzusehen, die im Sturzflug ihre schlafenden Opfer attackierten, und den Geckos, die an den Wänden entlanghuschten und Jagd auf Motten machten. Sie hörte, wie der freie Mitarbeiter immer wieder in einer tödlich gelangweilten Stimme »wie faszinerend« und »wie überaus interessant« zu dem Bierbaron sagte, während er hingerissen seinen letzten Artikel in *Vanity Fair* las.

Die ganze Zeit über wiegte Kit Matilda in seinen Armen, und ein begeisterter Blick der Vaterliebe stahl sich über sein Gesicht, wenn er sich unbeobachtet fühlte. Stunde um Stunde wachte er über sie, mit einem wehmütigen Lächeln auf den Lippen. Während Shelly ihm zusah, wie er sein kleines Kind beruhigte, streichelte und zärtlich betrachte, verspürte sie einen inneren Schmerz – einen stechenden Schmerz, der bewirkte, dass sie Trost suchend ihr Kissen vor den Bauch drückte und sich zusammenkrümmte.

Als Shelly mit einem sauren Geschmack im Mund und steifen Gelenken erwachte, leckte sie sich mit einer bemoosten Zunge über die Zähne. Matilda war in der Nacht zu ihr gekrochen und hatte sich wie ein heißes, niedliches Bündel an sie gekuschelt; ihre Finger umklammerten Shellys Hand.

Durch eins der beiden doppelverglasten Maschendrahtoberlichter sah Shelly, wie ein wasserklarer Tag anbrach. Der Wind schien etwas weniger asthmatisch zu sein als am Vortag und der Regen nicht ganz so dramatisch, was sie froh und erleichtert stimmte. Der schlimmste Sturm war vorbei.

Der Bunker roch leicht nach ungewaschenen Suspensorien. Die Luft dröhnte vor Schnarchtönen und war durchdrungen von gebrautem Tee, süßen Keksen und schalen Zigaretten.

»Ist es morgen, heute oder noch gestern?«, fragte Matty verschlafen. »Ist der Sturm vorbei?«

»Ja. Ich höre das Meer nicht mehr jammern, du?«

»Die Flut ist wieder weg – weil sie von all den Schwämmen aufgesaugt wurde.«

»Ach ja?«, schmunzelte Shelly.

»Das hat mir mein Daddy beigebracht. Er hat mir eine Menge beigebracht.«

»Was denn zum Beispiel?«

»Dass ich nie einem Hund sagen darf, er soll auf mein Essen aufpassen, während ich aufs Klo gehe. Und dass Mami mich unter der Haut liebt. Dass sie nur nicht weiß, wie sie es zeigen soll. So was. Die Erwachsenen sagen uns immer, dass wir Kleinen erwachsen werden sollen, aber ich glaube, dass Erwachsene lieber kleinwachsen sollten. Du machst dir immer so viel Sorgen und redest mit deiner bösen Stimme.«

»Findest du?«

»Allerdings«, lächelte Matildas Vater, der soeben neben ihnen erwachte. »Und wie.« Aber Matilda wusste gar nicht, über wie viele Dinge sich Shelly tatsächlich Sorgen machen und böse werden musste. Auch ahnte sie nicht, dass Shellys Sorgen drauf und dran waren, noch viel größer zu werden.

Nachdem sich der Manager erhoben und prüfend auf das Wetter geschaut hatte, gab er Entwarnung. Die Anwesenden rappelten sich auf, räkelten sich und entwarfen im Geiste schon die Anekdoten, mit denen sie die Gäste ihrer Abendpartys ergötzen würden, wenn sie wieder in die Zivilisation zurückgekehrt waren. Vierzig Menschen traten sich dann in einem Knäuel aus Zehen und Beinen beim Run auf die Tür auf die Füße. Eine Erleichterung, die mit den Händen zu greifen war, machte sich im Raum breit – allerdings nur so lange, bis der Manager den Riegel der Bunkertür zur Seite schob. Mit aller Macht drückte er sich gegen die zyklonsichere Tür. Andere Männer kamen ihm zu Hilfe und stemmten sich ächzend mit den Schultern dagegen.

»Sie scheint verklemmt zu sein«, keuchte der Manager und wackelte mit seinen grotesken Groucho-Marx-Augenbrauen.

»Oder vielleicht verbarrikadiert«, berichtigte ihn der freie Mitarbeiter im Zitronenkaschmir, als er durch das Oberlicht direkt in den Lauf einer Uzi spähte.

Das Oberlicht war von Männern in Dschungeldrillich mit gezückten Pistolen umzingelt. Glas splitterte, als ein Gewehrkolben durch die Luke krachte und eine Machete das Netzgeflecht durchtrennte.

Shelly hatte sich einverstanden erklärt, bei einer kleinen Herzblatt-Show über Liebe und Ehe mitzumachen. Nicht in einem Horrorstreifen ab 18.

»Keine Bewegung«, sagte ein junger Mann in einem kreolisch gefärbten Singsang. »Das 'ier ist eine Geiselnahme.«

Shelly hatte den Verdacht, dass sie im Schlamassel saßen. Tief in der *merde,* genauer gesagt.

Animalische Anziehungskraft

Männer bezeichnen Frauen oft als blöde Kühe.

Frauen wissen zuverlässig, dass Männer niemals an Rinderwahnsinn erkranken können ... weil sie nämlich Schweine sind.

Tarnbombe

17 Der Sterbeprozess beginnt in dem Moment, wo wir auf die Welt kommen – beschleunigt sich aber rapide nach der Ehe. »Bis dass der Tod uns scheidet« erscheint so in einem völlig neuen Licht. Als Shelly den Koffer für ihre Flitterwochen gepackt hatte, hatte sie anscheinend das Maschinengewehr und die kleinen Handgranaten übersehen, die heutzutage bei Flitterwochen in den Tropen absolut *de rigueur* sind.

Die Kellertür öffnete sich und eine Hand voll Rebellen stürmte in den Bunker. Der Anführer der Rebellengruppe, ein Milchbubi um die neunzehn, erläuterte ihnen in gebrochenem Englisch, dass sie, die Befreiungsfront, sich auf der Flucht vor der Polizei befänden, welche sie vom Rathaus aus verfolgt und hierher getrieben hätte. Sie bräuchten Publicity und Geld, sagte er, und Geiselnahmen waren anscheinend lukrativ und werbewirksam. »CNN ist auf dem Weg 'ier'er!«, rief er begeistert.

Kit erbleichte, zweifellos weil ihm klar wurde, dass die Experten der Spätnachrichten in Paris, London und Washington bald bedenklich auf ihren Brillenbügeln kauen würden, während sie im Monitor auf ihren Bunker schauten und ihre Kommentare abgaben. Inbrünstig schloss er Matty in die Arme, als würden draußen arktische Temperaturen und nicht die obligatorischen vierzig Grad im Schatten herrschen.

Shellys Zähne klapperten ebenfalls wie Kastagnetten, trotz der tropischen Hitzegrade. »Diese … diese Teenager können doch unmöglich die Rebellen sein, die die französischen Beamten erschossen haben, oder?«

»Na ja, ich denke schon, dass die Überbleibsel von Körperteilen auf ihren Schuhen durchaus ein kleiner Hinweis sein könnten.«

»Ähm, Kit, kannst du dich entsinnen, ob in unserer Reiseversicherung *klaffende Schusswunden* abgedeckt sind?« Shelly gelang es nicht ganz, den hysterischen Unterton aus ihrer Stimme fern zu halten. »Oh ja, das entspricht *definitiv* meiner Vorstellung von einem Traumurlaub. *Werte Gäste, bitte benutzen Sie zu Ihrem eigenen Schutz nie die Hotelanlagen, ohne einen tragbaren Flammenwerfer bei sich zu führen.*« Eine Frau, die sich von nackter Leidenschaft leiten lässt, braucht sich nicht zu wundern, wenn sie sich so was einhandelt, warf sie sich im Stillen vor: einen Totenschein.

»Kein Grund zur Panik. Leute in Blümchenhemd und Lai sind denkbar schlechte Geiselnehmer«, sagte Kit leichthin, während ein kurzes Nicken und mahnend geweitete Augen Shelly an die beeindruckende Anwesenheit Mattys erinnerten. »Kleine Halbstarke. Die haben wahrscheinlich Viagra-Augentropfen genommen, damit sie einen harten Blick kriegen. Außerdem« – Kit senkte die Stimme – »habe ich eine Waffe.« Er wühlte in seiner Hosentasche und zog ein Schweizer Taschenmesser hervor. Aber da es ewig nicht mehr benutzt worden war, klemmte es so stark, dass sich nur der Löffel ausklappen ließ.

»Na toll. Zur Not kannst du jemanden *erlöffeln*.«

»Dann guck dich um«, flüsterte er Shelly zu. »Irgendwas muss es doch geben, womit wir uns beschützen können.«

Shelly suchte den Bunker mit den Augen ab. Aber sie entdeckte nur einen gewöhnlichen Klammeraffen in einem Karton, in dem die Büromaterialien des Hotels lagerten. Sie überreichte ihn Kit. »Wenigstens ist er geladen.«

»Warum überrumpeln wir sie nicht einfach?«, schlug die literarische New Yorker Koryphäe in Zitronenkaschmir vor, obwohl der Mann, wie Shelly bemerkte, vorsichtigerweise sitzen blieb.

»Ja, Kit«, fügte Shelly hinzu. »Sie sehen tatsächlich nicht ganz so gut bewaffnet aus wie ein durchschnittlicher Oberstufenschüler aus den Ballungszentren.« Die hochgradig schutzbetonten Kampfanzüge der sechs Teenagerterroristen schienen hauptsächlich aus Britney-Spears-T-Shirts und gebatikten Strandtüchern zu bestehen, die ihre unteren Gesichtshälften nur teilweise verdeckten.

»Sie haben auch nicht gerade das beeindruckendste Aufgebot von Feuerwaffen der Welt bei sich«, räumte Kit ein, während er das Arsenal begutachtete. »Abgesehen von der einen Uzi scheinen die verrosteten Pistolen noch aus dem Vietnamkrieg zu stammen und die vergammelten Rückstoß-Winchester etwa aus der Zeit des Burenkriegs.«

»Woher weißt du, wie diese Waffen heißen?«

»Aus meiner Zeit bei der Armee.«

»Du warst in der Armee?«, fragte sie erstaunt.

»Hab ich dir doch erzählt. Kurz vor meiner Zeit als Pornostar. Zur Armee zu gehen war die einzige Art, dem Heim für Knaben zu entkommen.«

»Heim für Knaben? Pornostar? Army? Natürlich. Wie dumm von mir – hätte ich mir doch denken können.« Gibt es irgendwas an ihm, was mich noch schockieren konnte, fragte Shelly sich. Die Sphinx war ein offenes Buch gegen ihn. »Weißt du was, Kit, du solltest wirklich versuchen, ein bisschen weniger rumzukommen.«

»Jetzt reicht's aber, Mann!«, brach es plötzlich aus dem Rockstar heraus, der sich auf ansteckende Weise im Schritt kratzte. »Ich muss jetzt echt meinem *Remix* den letzten Schliff geben.« In Erwartung der gewohnten allseitigen Unterwürfigkeit bewegte er sich stolzen Schritts auf den Ausgang zu. Aber die Rebellen blickten ihn leidenschaftslos an. »Macht die Tür auf, ihr Waschlappen, sonst kriegt keiner von euch ein Autogramm von mir«, befahl er übellaunig und von oben herab.

Kit stellte sich schützend vor Matty. »Das war wirklich schlau. Ich finde es irgendwie besser, Terroristen nicht zu beleidigen – besonders, wenn sie schießwütig sind und einen als Geisel genommen haben.«

Eine Kugel prallte mit ohrenbetäubendem Knall neben dem Kopf des heroischen Rockstars vom Feuerlöscher ab und Shellys Schädel dröhnte. Der Rockstar ließ einen Schrei los, der sonst nur mit Geburtswehen in Verbindung gebracht wird.

Das Gejaule, das der große, testosterongeladene harte Bursche Manko nun ausstieß, war dem einer Katze, die gerade von einer Kettensäge zerlegt wird, täuschend ähnlich. Ein nasskalter Geruch ängstlicher Achselhöhlen machte sich im Bunker breit, als die Gäste einsahen, dass die Eindringlinge mehr als nur demonstrierende Dissidenten waren. Eine erstickende Stille legte sich über den Raum. Schließlich brach das It-Girl das Schweigen und tat mit beklommener Stimme ihre Meinung kund.

»Wahrscheinlich sind sie alle Kannibalen!«

Shelly verdrehte die Augen. »Ja, ganz bestimmt. Ehe du dich's versiehst, tragen sie deine Ohrläppchen an einer Kette um den Hals.«

»Daddy, werden wir jetzt aufgegessen?«, fragte Matty mit schreckensgeweiteten Augen.

»Nein, mein Schatz, natürlich nicht«, beruhigte sie Kit und warf dem Model einen vernichtenden Blick zu. »Wie ich gehört habe, soll gebratenes Mannequin, genau wie gebratener Hund, nur auf dem Land eine Delikatesse sein.«

Mit plötzlicher Dringlichkeit scheuchten die Militanten ihre Geiseln wie Hühner zum hinteren Ende des Bunkers. So viel dazu, die Rebell zu »überrumpeln«. Die Hotelgäste hatten sich im Nu die Apathie von Gefangenen zu Eigen gemacht und befolgten wie zahme Haustiere jeden Befehl.

Danach verbarrikadierten die Revolutionäre mit Stühlen die Tür. Zwei Posten stellten sich an den geöffnetem Doppelglasscheiben auf und lugten wachsam hinaus, ihre Gewehrläufe über die Fensterbretter geschoben. Die restlichen Militanten brachen Ziegel und Steine aus der Wand, um daraus handliche Geschosse zu machen, oder sie füllten zwecks Bombenherstellung mitgebrachtes Kerosin in leere Flaschen. Die Geiseln starrten mit großen Augen auf ihre nicht geladenen Gastgeber, bevor sie wie ein Mann Hilfe suchend zum Hotelmanager hinüberschauten. Aber leider war dieser gerade damit beschäftigt, sich in schleimigen Zuckungen zu Füßen der Freiheitskämpfer zu winden und, wie zu vermuten stand, um sein jämmerliches Leben zu winseln. Daraufhin wandten sich die Gäste instinktiv Kit zu.

»Und was machen wir jetzt?«, fragte Dominic mit Quengelstimme.

»Woher zum Teufel soll ich das wissen? Soll ich mal eben meine Survival-Ausrüstung für Militärputsche aus meinem Zimmer holen?«

»Aber wie lange werden uns diese Idioten hier festhalten?«, wollte als Nächstes Gaby von Kit wissen.

»Werden wir überleben?«, beschwor ihn die Frau des Bierbarons.

Manko malmte seinen vorstehenden Kiefer. »Nicht ohne Lebensmittel. Ich hab so einen Kohldampf, dass ich den Bürzel einer tief fliegenden Ente essen könnte.«

»Wir haben bisher nichts als Sandwiches bekommen, wo ich doch auf meiner weizenfreien Courteney-Cox-Diät bin!«, schluchzte das It-Girl. Entgeistert schaute Shelly das Model an. Wie konnte sie in einem solchen Augenblick an Essen denken? Wenn sie ein wenig Glück hatten, würde der Hunger irgendwann die Bulimiker zwingen, die Magersüchtigen zu verzehren.

»Immerhin sind wir hier in einem Hotel. Ich bin sicher, dass sie irgendwo einen Zweiwochenvorrat an Maraschinokirschen haben«, warf Kit betont schnoddrig ein, um Matty zu beruhigen.

Gaby funkelte ihn wütend an. »Jetzt mal im Ernst! Diese Wahnsinnigen sind bewaffnet. Und Gewehre sind wie Männer … Es ist nur eine Frage der Zeit, wann sie *losgehen.*«

Kit legte Gaby gerade nahe, zur Abwechslung erst einmal nachzudenken, bevor sie wieder solchen Stuss von sich gab, als eine Explosion ihr Gegreine verstummen ließ.

»Was war das denn, um Gottes willen?«, fragte Shelly ängstlich.

»Irgendwie glaube ich nicht, dass sie jetzt schon den französischen Nationalfeiertag begehen«, antwortete Kit ernst.

Die Lampen begannen stoßweise zu flackern. Der Deckenventilator vollführte in seinem elektrischen Sockel eine letzte exzentrische Umlaufbahn, bevor er stotternd zum Stehen kam. Im schwachen Licht des Bunkers konnte Shelly immer noch die Anspannung erkennen, die sich in den Gesichtern der verängstigten Gäste abzeichnete. Da ihr Magen rebellierte, trat sie an eines der kleinen Fenster, die auf den Rasen hinausgingen, um nach Luft zu schnappen. Draußen erblickte sie Polizisten in Darth-Vader-Helmen, die Schatten wie Grabsteine warfen, während sie zwischen den Bäumen wie die Haie hin und her huschten.

Durch das zerstörte Oberlicht drang nun das metallische Knistern eines eingeschalteten Funkgeräts. Shelly erkannte die von einem Megaphon verzerrte Stimme Gaspards. »Achtung! Sie brauchen keine Angst zu 'aben!«, versicherte er den Geiseln – zweifellos aus einem feuer- und bombensicheren gepanzerten Fahrzeug, dachte Shelly bitter.

Der Manager, der mit dem Rebellenführer nahe der verbarrikadierten Tür eine ernsthafte Unterhaltung geführt hatte, kam zurück und räusperte sich nervös, um vor versammelter Mannschaft etwas zu verkünden. Sein gummiglattes, sattes Babygesicht wirkte auf absurde Weise feierlich. Shelly machte sich auf ein weiteres Kapitel aus dem üblichen *Ich bin ein verlogenes*

Arschloch und rede mit gespaltener Zunge-Brevier des Hotelmanagers gefasst, erst auf Französisch, dann auf Englisch.

»Ich will ganz offen sprechen«, piepste er, was sie als »Es folgt nun eine Lüge« dechriffrierte.

»In aller Aufrichtigkeit …« was sich als »… und zwar eine richtig dicke, fette Lüge« übersetzen ließ.

»Es besteht kein Grund, nicht der geringste Grund zur Panik.« Eine nette kleine Phrase, von der Shelly wusste, dass sie bedeutete: »Alle Anwesenden mit Zyankalikapseln sollten sie *jetzt* nehmen.«

»Die Polizei hat die Situation unter Kontrolle. Unsere Freunde hier haben per Funk die Verhandlungen aufgenommen. Es wird von einer Amnestie gesprochen.«

»Was hat der schwitzende Mann gesagt?« Matty zupfte Shelly am Ärmel. »Er redet so rückwärts.«

»Besser hätte ich's auch nicht ausdrücken können, Matty.« Shelly wandte sich Kit zu. »Ich hoffe, dass Gaspard verhandelt. Was heißt ›Bitte tun Sie nichts Unüberlegtes‹ auf Französisch?«

»Aus früheren Erfahrungen weiß ich, dass es die Wendung nicht gibt«, sagte Kit ernst.

»Na gut, was heißt dann ›Besprechen wir die Sache in Ruhe und kommen wir zu einem irgendwie gearteten Kompromiss mit den Rebellen‹ auf Französisch?«

»Jemanden grün und blau zu schlagen, das ist französische Diplomatie, Shelly. Weißt du noch, Ruanda und die Elfenbeinküste?« Während Matilda in einer überdrehten, tonlosen Stimme »Old Macdonald Had a Farm« trällerte, schnorrte sich Kit vom kettenrauchenden Rockstar eine Zigarette und zündete sie sich an. Es war das erste Mal, dass sie ihn seit ihrer Fahrt in der Limousine rauchen sah.

»Ich dachte, du hast aufgehört?«

»Weißt du, ich glaube eigentlich nicht, dass im Moment gesundheitliche Langzeitschäden unser Thema sind«, sagte er unheilvoll und fügte leise hinzu: «Im Grunde macht man sich über nur noch ganz wenige Dinge Sorgen, wenn die eigene Lebenserwartung schätzungsweise *höchstens fünf bis zehn Minuten* beträgt.«

»Wie meinst du das?« Shelly spürte, wie ihr ein eiskaltes Händchen das Herz zusammendrückte.

Kit beugte sich hinunter zu ihrem Ohr. »Gaspard hat versprochen, dass er verhandeln will. Aber das haben die Franzosen vor Jahren auch schon bei dem Geiseldrama in Neukaledonien behauptet, kurz bevor sie den Laden gestürmt und alle erschossen haben. Er schindet nur Zeit, bis er seine Scharfschützen auf dem Dach der Hotelanlage postiert hat. Die Gendarmen haben gepanzerte Lastwagen mit aufmontierten Geschützen, aus denen sie mehrere hundert Schuss pro Minute abfeuern können. Gaspard wird uns schneller verraten, als du *Vichywasser* sagen kannst.« Kit drückte seine Zigarette aus und schaute ihr verzweifelt ins Gesicht. »Wie konnte ich Matty nur dieser Gefahr aussetzen? Ihre Mutter hatte Recht. Ich bin als Vater ein Versager.« Tiefe Trauer machte sich in seinem Gesicht breit. Dann nahm er sein kleines Mädchen in die ausgebreiteten Arme. »Matilda.« Er sprach ihren Namen wie in einem Gebet. Als er sie mit seiner Liebe einhüllte, wurde Shelly bewusst, dass dies die einzige Sache war, über die er nicht gelogen hatte – die Hingabe zu seiner Tochter.

»Du kennst doch Jesus Christus?«, fragte Matty Shelly nebenbei über die Schulter ihres Vaters und in gänzlicher Unkenntnis seiner Angst.

»Nicht persönlich, aber …«

»Ist er echt oder unecht? Er ist doch aus irgendeinem komischen Grund auf die Erde gekommen. War das vor meiner Geburt?«

»Ähm, ja also …«

»Hat der Weihnachtsmann die Telefonnummer vom lieben Gott?«

»Äh …«

»Was für eine Telefonnummer hat der liebe Gott?«

»Äh …«

»Wahrscheinlich 000000000000 und so weiter und so weiter, bis unendlich. Daddy, haben böse Leute Antikörper? Und haben Babys auch welche? Die müssen dann sehr klein sein. Wenn ich von einer Kugel getroffen werde, sind dann meine Antikörper zu klein, um mich zu retten?«

Kit antworte irgendetwas mit erstickter Stimme. Shelly hatte ihn noch nie zuvor so verletzlich erlebt. Er konnte kaum sprechen, so sehr lag ihm der bittere Geschmack der Reue im Mund.

Diese Veränderung in ihm schockierte sie. Shelly spürte, wie es ihr das Herz zerriss – bis ihr einfiel, wie es erst Mattys *Mutter* ergehen musste.

Gaby, die ein Ohr an ihr Handy gepresst hatte, unterbrach Shellys wehmütige Gedanken, als sie direkt auf die Geiselnehmer zuging und dabei ein weißes T-Shirt schwenkte. »Gaby!« Shelly hielt sie am Ellbogen fest. »Wo willst du hin, um Himmels willen?«

»Ich werde ihnen vorschlagen, ein Interview für CNN mit ihnen zu machen. Ich habe gerade grünes Licht von Atlanta bekommen, außerdem könnten diese Arschlöcher, wenn ich ihnen eine Plattform gebe, eine *internationale* Plattform, auf der sie ihre Ziele und Proteste äußern dürfen, vielleicht so weit beschwichtigt werden, dass sie ein paar von uns freilassen.«

Kit setzte Matty ab und versperrte Gaby den Weg. »Das sind Terroristen, Conran. Keine heldenhaften schnauzbärtigen ›Von den Reichen nehmen und an die Armen verteilen‹-Batmantypen mit komischen Gefährten.«

Aber die Regisseurin von *Verzweifelt und Vereinsamt* wich ihm verächtlich aus und ging unberirrt weiter.

»Daddy, wer ist stärker? Batman oder Superman?«, fragte Matty. »Oder du?« Dann zog sie Shelly am Ärmel. »Wie oft muss ich noch schlafen, bis wir wieder gehen können?«

»Gar nicht mehr, Schätzchen. Wir kommen ganz bald hier raus. Da, trink das.« Sie gab Matty ein Glas Orangensaft, der nach Dose schmeckte.

»Wie viele Minuten noch?«

»Oh, praktisch jeden Moment.«

»Wie viele Momente?«

»Nur noch ein paar.« Shelly nahm einen Schluck von dem blechernen Getränk und wünschte sich, es sei etwas Kräftigeres gewesen.

»Bist du sicher? Bist du eine Million, Milliarde, Trilliarde sicher?«

Aber Shelly war sich über gar nichts mehr sicher …

»Und, hast du sie gefragt, ob sie in letzter Zeit ein paar gute französische Filme gesehen haben? Wahrscheinlich nicht. Denn es gibt ja keine«, sagte Kit, als Gaby endlich von ihrem Tête-à-Tête mit den Rebellen zurückkehrte.

»Was haben sie gesagt?«, hakte Shelly nach.

»Ach, nur das übliche großspurige Gewäsch. Wir haben keine Gerechtigkeit, darum besteht ihre Gerechtigkeit aus Kanonen und Gewehrkugeln. Dass sie wieder los müssen, um ihren Anführer in den Bergen zu beschützen, bla bla, bla.«

»Hast du was mit ihnen ausgehandelt?«, beharrte Kit.

Offenbar war es keine Frage, die Gaby beantworten wollte. Nicht, dass sie gekonnt hätte, denn in diesem Augenblick begann der Angriff, den Kit vorhergesagt hatte. Die Polizisten stürmten den Bunker und schossen dabei Rauchbomben ab, immer zehn Stück auf einmal. Die Rebellen bewiesen entweder Mut oder Blödheit, indem sie halb zum Oberlicht hinausstürzten und alle Gegenstände, deren sie habhaft werden konnten, auf die erhobenen Schilde der Gendarmen niederprasseln ließen, sodass abprallende Steine und Ziegelbrocken wild durch die Gegend flogen. Senfgas züngelte in den Raum und bahnte sich einen Weg hinein. Kit machte einen Satz und bedeckte Matilda und Shelly schützend mit seinem Körper. Der Rauch trieb ihnen die Tränen in die Augen und schnürte ihnen die Luft ab. Der Tod, dachte Shelly keuchend, kann durchaus eine atemberaubende Erfahrung sein.

Erst als sie aufgehört hatte zu husten, registrierte sie, dass der Beschuss des Bunkers beendet war. Als sich die Dunst- und Rauchschwaden hoben, stellte sie entgeistert fest, dass sie noch am Leben war. Sie klopfte ihre Gliedmaßen ab, um sich zu vergewissern, dass alles noch vorhanden war, womit sie hereingekommen war.

Der ganze Bunker schien in einer Art gestauter Stille die Luft anzuhalten. Die Stimmung war tränenreich, eine Folge der Senfgasschleier und des Gewehrrauchs. Die Kampfhandlungen hatten sich anscheinend in die Nähe des Polizeiaufgebots auf den Rasen nach draußen verlagert. Shelly tastete sich zum Fenster vor und erspähte durch brennende Augenschlitze verschwommen einige Nahkampfaktionen vor dem Bunker, bei denen Knüppel auf Schädel niedersausten, als sich schwarze Polizisten mit weißen Polizisten prügelten.

Einer der Halbstarkenrebellen wickelte sich einen Schal um die Nase und verschwand nach draußen. Als er schließlich mit Senfgaspusteln auf der Haut wieder aus dem Nebel auftauchte, verkündete er, Gaspard habe nicht berücksichtigt, dass seine halbe Streitmacht aus Kreolen bestand. Und als es hart auf hart kam, hatten diese sich geweigert, ihren schwarzen Brüdern etwas anzutun. Sie hatten ihre Gewehre auf die Franzosen gerichtet, und zwar als Erstes gegen die befehlshabenden Offiziere. Jetzt waren es Gaspard und seine Franzosen, die Reißaus nahmen.

Das It-Girl fing an, unkontrolliert zu schluchzen und zwischendurch immer wieder schrill zu rufen: »Wissen Sie eigentlich, wer ich bin?«

Minuten später stellte sich heraus, dass es genau das war, was die Rebellen *wirklich* wissen wollten. Nachdem sie sich vorübergehend einer Festnahme entzogen hatten, verfielen sie jetzt wieder auf den »empfohlenen Terroristenfluchtplan für alle Eventualitäten«, der darin bestand, mit einem menschlichen Schutzschild in die Berge zu fliehen – vorzugsweise einem gut betuchten.

Kit reagierte mit aufgesetzter Nonchalance. »Na, da hast du leider Pech gehabt, Kumpel, denn weißt du, hier gibt's nur absolute *Nobodys*«, frotzelte er.

Die adleräugigen Rebellen beugten sich über Matilda, als sei sie ein Kätzchen, das sich verlaufen hatte.

»Eine Million Dollar, dann wirst du mit dem *l'enfant* wieder freigelassen – Baron Rupert Rochester«, sagte einer der Kreolen, während seine Genossen Kit umzingelten wie Aasgeier ein überfahrenes Tier.

Es war eine schreckliche Enthüllung. Shelly spürte, wie Kit sich versteifte, um sich gegen den Schlag zu wappnen. Als der Anführer sein Gewehr auf Kit richtete, hob er nur eine Augenbraue –, aber sie sah, wie ein Muskel unter seiner weichen Wange zuckte.

»He, Kumpel«, antwortete er kühl. »Ich hab leider keine Ahnung, wovon du sprichst. Ich heiße nicht Rupert, ich heiße Kit Kinkade.«

Daraufhin erhielt er mit dem Gewehrkolben einen Schlag auf die Schläfe. Matilda quietschte herrzerreißend und Tränen kullerten ihr über die Nase. Kit nahm sie in die Arme und drückte ihr aschfahles kleines Gesicht in einer fieberhaften, bebenden Umklammerung gegen seine Brust. Von seiner Stirn tropfte Blut.

»Woher wisst ihr das?«, fragte Kit leise und seine Körpersprache drückte elende Mutlosigkeit aus.

Der immer noch reizbar wirkende Rebellenführer zeigte mit seinem Gewehr auf Gaby.

Die starrte Kit aus kalten, hungrigen Augen an – mit dem Blick eines Raubtiers, das sich gleich auf sein erbeutetes Kaninchen stürzen wird.

Shelly spürte, wie sich ihr der Magen umdrehte. Sie hörte nur noch ihren eigenen abgehackten, röchelnden Atem. »Ich … ich wollte sie nur überreden, dir den Rest deines Preisgeldes zu geben. Ich …« Ihre Stimme verkam zu einem jämmerlichen Flüstern, als sie sich umdrehte und Gaby verständnislos ansah.

Die Reality-TV-Regisseurin lächelte spröde, bevor sie ihrem Team ein Zeichen machte, den flüchtigen Gatten zu filmen. Manko blickte erwartungsvoll zu den Rebellen hinüber. Sie berieten sich einsilbig, bevor sie ihm durch ein kurzes Nicken bedeuteten, dass die Dreharbeiten wieder aufgenommen werden durften.

Das also war der Deal, den Gaby ausgehandelt hat, stellte Shelly fassungslos fest. »Ich … ich habe ihr vertraut.«

»Ja, und ich habe *dir* vertraut, Shelly«, sagte Kit, und in seinen Augen lag nackte Verzweiflung. Vielleicht hatte Shelly ihn geheiratet, weil er sie so schmachtend anschauen konnte, aber *dieser* Blick drückte nur Verachtung aus. »Was war's denn, he? Bist du eifersüchtig gewesen, weil Matty einen Vater hat, der sie liebt, und du nicht? War es das?«

Shelly krümmte sich innerlich wie die Rinde eines alten Butterbrots und beschwor ihn schwach und immer wieder: »Es tut mir Leid, es tut mir so wahnsinnig Leid.«

»Wie kannst du dich auf seine Seite stellen, Shelly?« Gaby stieß Manko an, damit er seine Kamera auf Shelly richtete. »Ausgerechnet du, die du von einer alleinerziehenden Mutter aufgezogen wurdest! Kannst du dir eigentlich vorstellen, was die arme Mama von der Kleinen jetzt durchmacht?«

Kit trat mit den Füßen nach Gabys Kamera. »Stell das Scheißding ab!«

»Warum denn? Grausamkeit, Gewalt und verlogene Machoärsche sind Teil der menschlichen Natur. Warum sollten sich die Leute das nicht im Fernsehen ansehen wollen?«, sagte Gaby mit der gleichgültigen, kalkuliert-praktischen Ader einer Bankangestellten und befahl ihrem Team, weiterzufilmen.

Die Rebellen sammelten ihre Verletzten ein und machten Kit mit ihren Gewehren ein Zeichen, ihnen zu folgen. Kit bewegte sich, als würde er gegen die Flut waten.

»Falls du die Unannehmlichkeit vermeiden willst, von deinem Skrotum getrennt zu werden«, sagte Gaby kühl, »würde ich dir raten, zu tun, was sie sagen … Du kannst aber auch auf deine Frau warten. Hatte ich erwähnt, dass sie hier eintrifft, sobald der Flughafen wieder geöffnet ist? Ich habe mir erlaubt, sie anzurufen. Pandora Vain Temple. Ich hab sie auf dem Foto erkannt. Die Slipeinlagen-Erbin.«

Kit sah Shelly voller Verachtung an. Sie spürte, wie sich ihr Darm in Korkenzieherlocken verkrampfte. Die Stimme ihres Mannes bebte vor Zorn. »Oh ja, deine Mutter hat ganze Arbeit bei dir geleistet, was? Von dir ist doch bloß noch eine Hülle übrig, wie bei einem Insekt, das von einer Spinne ausgesaugt wurde. Du bist nichts als eine leere Larve.«

Matilda, die zwischen die finsteren Anfeindungen der Erwachsenen geraten war, schaute bestürzt zu Shelly hinauf.

»Matty«, sagte Shelly und breitete die Arme aus. »Lass mich mitkommen. Erlaube mir, mich um sie zu kümmern, Kit.«

»So, wie du dich bisher um uns gekümmert hast? Nein danke, wirklich nicht«, antwortete er bitter, mit einem Gesichtsausdruck, der so müde wirkte wie ein ungemachtes Bett.

Und dann wurde Kit rasch abgeführt. Matty in seinem Arm schaute mit schreckensgeweiteten Augen zu ihr zurück.

Freizeit

Männer glauben, auf dem Klo zu sitzen sei eine Freizeitbeschäftigung.

Die Freizeitbeschäftigung einer Frau sieht so aus, dass sie den Gewürzschrank neu sortiert, Schulbücher in Folie einschlägt, Urlaubsschnappschüsse in Fotoalben klebt, die Geschirrspülmaschine einräumt, die Geschirrspülmaschine ausräumt, den Inhalt des Gewürzschranks alphabetisch ordnet, den Kinder Schulbrote macht, die Schuluniformen der Kinder bügelt, die Schuhe der Kinder putzt, das Geld für den Schulausflug passend heraussucht, die Schularbeiten der Kinder fertig macht (was beinhaltet, die *Odyssee* von vorn bis hinten zu lesen, auf *Griechisch*), mit dem Hund Gassi zu gehen, weil kein anderer Lust dazu hat, sich auf masochistische Weise für ihren Mann mit Wachs zu enthaaren, eigenhändig schwedisches Müsli zu backen, weil eins der Kinder Vegetarier geworden ist, ihre Schwiegermutter anzurufen und ihr mitzuteilen, wie sehr ihr Sohn sie liebt, zu versuchen, für eine Esseneinladung, die ihr Mann in letzter Minute an seine Kollegen ausgesprochen hat, schnell noch einen Coq au vin hinzukriegen, ihre eigene Arbeit zu schaffen, die sie aus dem Büro mit nach Hause gebracht hat, das ausgebüxte Meerschweinchen einzufangen, das hinter dem Bücherregal verschwunden ist, und anschließend eine halbe Stunde nach ihrem Mann zu suchen – der immer noch auf dem Klo sitzt.

Der Hinterhalt

18

»Er hat mich nur wegen meines Geldes geheiratet, weißt du. Das Wort Alimente versteht er im Gegensatz zu den meisten Männern nicht als Verpflichtung, sondern als Einnahmequelle.«

»Kit will dein Geld nicht, Pandora. Er hat Matty nur entführt, weil er so wahnsinnige Angst hatte, sie zu verlieren.«

Gaspard war mit einer Garde französischer Wachtposten zum Hotel zurückgekehrt. Anderthalb Tage lang hatte er vor dem Empfangsbereich gestanden und Wagen durchgewinkt oder angehalten, um ihre kreolischen Insassen zu vernehmen. Shelly hatte beobachtet, wie festgenommene Rebellen im Teenageralter, in deren Gesichtern sich Angst und Verachtung spiegelte, in Polizeifahrzeuge verfrachtet wurden. Dann hatte sie schließlich eine elegante, tiefer gelegte Limousine anfahren sehen, die sich langsam an den Wachtposten vorbeischlängelte. Die Tür war schwungvoll aufgegangen und ein wohlgeformtes gebräuntes Bein hatte sich herausgewunden. Die frisierte Frau, die auf das Bein folgte, hatte Shelly ausgiebig und kühl gemustert und dabei Shellys Nettowert haarscharf auf dem FTSE-Index kalkuliert.

»Und *Sie* sind?« Die Frau hatte ihre Armani-Sonnenbrille abgenommen und Shelly angestarrt wie eine Mikrobe unter dem Mikroskop.

»Shelly Green. Ich bin …« Was zum Teufel *war* sie eigentlich? »auch ein Hotelgast«, war das Beste, was ihr unter den exzentrischen Umständen eingefallen war. »Möchten Sie einen Drink?

Ich jedenfalls *brauche* einen«, hatte sie angeboten. »Und Ihre … Freunde auch«, hatte sie ein wenig verwirrt hinzugefügt, nachdem zwei fiese Muskelmänner im Anzug-, Bürstenschnitt- und Sonnenbrillen-Outfit, das nicht gerade dazu beitrug, ihre »Erst Schießen, dann Fragen stellen«-Einstellung zu kaschieren, einem zweiten Wagen entstiegen waren.

»Lösungen auf Geschäftsebene – Unterhändler bei Geiselnahmen«, erklärte Pandora schnodderig. »Sie werden Kontakt zu den Rebellen aufnehmen und die Verhandlungen einleiten.«

Die beiden hatten Shelly mit gewieftem Zockerblick gemustert. Irritiert hatte sie sodann Pandora, die auftrat wie ein Kaufhausmannequin, schnell zu den windgeschüttelten Überresten der Pagode am Pool geführt.

Pandora hatte sich daraufhin mit origamihafter Präzision auf den Stuhl drapiert, die Knitterfalten in ihrem Designerkleid glatt gestrichen, das so offensichtlich teuer war, als hinge ein Preisschild daran, und dann das Krokodillederreisetäschchen auf ihre Knie gesetzt – bevor sie verächtlich die von Kugeln zerschossenen und vom Mörserfeuer pockennarbigen Gebäude betrachtete. »Ein *Kein*sternehotel, ja?«, fragte sie in einem Prinzessin-Anne-haften näselnden Akzent. »Wie nennt man das? Ein *Pleite*kurhotel.«

Shelly war Pandoras vorwurfsvollem Blick zum wellenzerklüfteten Strand hinunter gefolgt, wo sich ein Wall aus Treibgut gebildet hatte, das der Sturm gegen die eingestürzte Landebrücke geworfen hatte. Bäume waren durch Ketten aus Seetang aneinander gefesselt. Matschige grüne Algenperücken bildeten Girlanden an den Hauswänden. Pandora, die eine unsichtbare Tiara zu tragen schien, hatte schaudern müssen. Shelly konnte nur mutmaßen, dass die Frau ganz verrückt war vor Sorge und lediglich nach außen hin den Schein wahrte – einen Schein, der zwar dicker war als der Gummianzug eines Froschmanns, aber immerhin doch ein Schein.

»Kannst du dir vorstellen, was die arme Mutter in diesem Moment durchmacht?«, hatte Shelly Gaby im Zyklonbunker gefragt.

Shelly *konnte* es sich vorstellen, das war ja das Schlimme. Wie oft schon hatte sie sich in den letzten Tagen den Nervenzusammenbruch ihrer eigenen Mutter ausgemalt, hätte ihr Vater sie als Kind entführt. Shelly konnte sich sehr gut in den traumatisierten, gemarterten Zustand versetzen, in dem sich Pandora jetzt befinden musste. Kit mochte seine Tochter noch so sehr lieben, aber nur ein Mutterherz kannte die intensive Verzückung, die instinktiv mit dem Akt der Geburt eines Kindes einherging, und dass sich das eigene Leben wie ein Akkordeon auffächerte, um das Leben, das man in die Welt gesetzt hatte, zu beherbergen. Matildas Mutter würde Beruhigung, Trost, Zuspruch, vielleicht sogar intravenös verabreichten Whiskey brauchen – und Shelly würde alles tun, was in ihrer Macht stand, um ihr in ihrer Not beizustehen.

»Wie ich schon sagte«, wiederholte Shelly, »Kit liebt Matty abgöttisch. Und als es dann mit eurer Ehe schief ging …«

Pandoras Krokodillederköfferchen wand sich auf ihrem Schoß wie eine lebende Kreatur. »Natürlich gibt es bei jeder gescheiterten Ehe immer zwei Seiten. In diesem Fall meine und die des Arschlochs. Ehrlich, ich weiß nicht, was ich je an ihm gefunden habe«, sagte sie und ihre Enttäuschung klang eher gereizt. »Ich muss wohl unter Drogen gestanden haben! Wenn man's recht bedenkt, ich *stand* ja unter Drogen. Und dann war da natürlich sein gewaltiger Pimmel.« Sie lächelte wie eine Katze, die gerade einen Kanarienvogel verzehrt hatte.

Shelly keuchte hörbar vor Entsetzen. Kits Gattin schien die sexuelle Zuneigung einer Gottesanbeterin zu besitzen. Aber sie gab nicht auf. »Ich weiß, dass du eine unheimliche Wut auf ihn hast, weil er dir deine kleine Tochter weggenommen hat, aber versuch es auch mal aus seiner Warte zu sehen. Okay«, gestand sie, »dafür wirst du wahrscheinlich die Augen ziemlich doll zusammenkneifen müssen, aber …«

Pandora schaute Shelly an, als hätte sie auf eine Zitrone gebissen. »Glaubt er im *Ernst,* ich würde zulassen, dass er seine kleinen Dreckfinger in Mattys Treuhandvermögen stecken kann?« Die Edelsteine in den Ringen der reichen Erbin leuchteten auf wie Verkehrsampeln. »Nur darum hat er sie doch entführt. Ich muss sie wiederkriegen, bevor er sie *vollends* versaut. Sie ist in letzter Zeit so aufsässig und ungestüm geworden. Genau wie *er.* Mir wird *speiübel,* wenn ich höre, wie Matilda ›Klo‹ anstatt ›Toilette‹ sagt. Oder ›Kartoffelbrei‹ anstatt ›Kartoffelpüree‹. Oder wenn sie ›Pommes‹ sagt und nicht ›Pommes frites‹.« (Hier sprach sie das »s« stumm.)

Oder wenn sie Betonung mit »h« schreibt, dachte Shelly verdutzt. Konnte es sein, dass Matildas Mutter die weite Reise auf sich genommen und so viel Geld locker gemacht hatte, um ihr Kind vor einem schlechten Vokabular zu retten? Sie war versucht, den Kellner zu rufen, um eine zweite Meinung einzuholen. »In Wirklichkeit ist sie eine *Thunderbirds*-Puppe, nicht wahr?« Aber der Kellner war gerade dabei, Pandoras Unterhändler zu beschwichtigen, die sich über die Abwesenheit von Badenixen beschwerten. Das Einzige, was an dieser Poolbar oben ohne war, war die Tatsache, dass der Wind das Dach abgedeckt hatte.

Pandora lächelte unterkühlt. »Aber im Internat wird man ihr diese Verfehlungen mit der Zeit schon abgewöhnen.« Selbst hier in den Tropen verströmte sie einen nahezu nuklearen Winter. »Mir hat es ja auch gut getan!«

Allerdings, dachte Shelly. Kit hatte ihr erzählt, dass Pandoras Einstellung gegenüber einem gemeinsamen Sorgerecht beinhaltete, das Kind gleichmäßig aufzuteilen – *zwischen dem Internat und dem Kindermädchen.* Aber sie hatte nicht glauben wollen, dass eine Frau so pingelig und lieblos sein konnte. Kit hatte scherzhaft gesagt, Pandoras Interesse an Kindern zeige sich am besten in einem Autoaufkleber mit der Aufschrift »Mir doch egal, wer an Bord ist«. Zumindest hatte sie damals *geglaubt*, dass er es scherzhaft meine.

»Ich hatte nie besonders was für Babys übrig.« Pandora nestelte an der wuchtigen weißen Perlenkette, die ihren botoxbehandelten Hals zierte. »Nun ja, ich habe immer vage gedacht, ich würde eines *Tages* mal ein Kind haben …« Sie hielt inne, und Shelly nickte ihr aufmunternd zu. »… weißt du, für den Fall, dass ich mal eine Organspende brauche.«

Shelly war fassungslos, dass das Herz einer Mutter bei solchen Wachsfigurenkabinetttemperaturen überhaupt schlagen konnte.

»Aber ich hatte ja keine Ahnung, wie zeitraubend so eine Mutterschaft ist.« Pandora versuchte, ihre mangelnde Moral mit einem leidvollen Seufzer zu rechtfertigen. »Furchtbar. Die Fragen, die sie einem ewig stellt!« Pandora bebte vor lauter mütterlicher Selbstgerechtigkeit, bevor sie sich wieder zusammenriss. »Aber Kinder sind keine Hunde. Man kann sie nicht einfach einschläfern lassen. Darum ist es *meine* Aufgabe, ihr einigermaßen akzeptable Umgangsformen angedeihen zu lassen. Kinder müssen stubenrein gemacht werden.«

Oder salonfähig, dachte Shelly zunehmend genervt, während Pandoras schneidende Worte ihr wehtaten wie Messerstiche.

Als würde sie sich auf Zehenspitzen einem schlafenden Baby nähern, freundete sich Shelly langsam mit dem Gedanken an, dass Kit tatsächlich die Wahrheit über seine Frau gesagt hatte. Sie war auch allmählich bereit, seiner Behauptung etwas abzugewinnen, dass Pandora eifersüchtig auf ihre Tochter war. Hatte eine unbewusste Sehnsucht nach einem eigenen Vater sie in ihren Gefühlen voreingenommen gemacht? Natürlich nicht nach so einem Vater wie Kit. Nein, nach einem Papa, der im Garten stand und den Grill anwarf, ein Lied von Elvis pfiff und sie innig liebte – *Love me tender, love me true.*

Der einsame und überarbeitete Kellner reichte ihnen eine Schale mit Nüssen und Chips, aber Pandora schüttelte den Kopf. Sie saugte gerade mit einem nassen, schlürfenden Geräusch das flüssige Innere aus einem Bonbon, als sie ihn ansprach. »Was sind Sie eigentlich? Hutu oder Tutu?«

»Ähm, also ein Tutu ist eher so was wie ein Ballettröckchen«, flüsterte Shelly und verging förmlich vor Peinlichkeit. »Du meinst Tutsi. Aber die leben in Ostafrika«, erklärte sie Pandora, die soeben den Beweis erbracht hatte, dass ein wenig mehr als eine gute Maniküre dazugehört, einer Frau den letzten Schliff zu verleihen.

»Ich habe keinen Hunger.« Pandora scheuchte den Kellner mit divenhafter Großspurigkeit davon, während sie ihre langen und perfekt gelaserten Beine übereinander schlug.

»Wahrscheinlich hat es was mit deiner Nase zu tun«, sagte Shelly schroff, als sie den verräterischen Ring weißen Puders unter Pandoras linkem Nasenloch entdeckte. »Ich kann mir nicht vorstellen, dass das Inhalieren von halb Bolivien Teil deines Zwölfstufenprogramms ist, oder doch?« Also hatte Kit auch nicht in dem Punkt gelogen, dass seine Gattin Kurt Cobain wie einen Abstinenzler aussehen ließ.

Pandora funkelte sie indigniert an. »Alles, was dir Kitson Kinkade oder Rupert Rochester, wie er sich selber lächerlicherweise nennt, über mich erzählt hat, sind absolute Lügenmärchen«, verkündete sie und kramte hastig in ihrer Handtasche nach besagtem Gegenstand, um das narkotische Beweismaterial verschwinden zu lassen. »Kindesentführung ist ein schweres Vergehen. Und dafür wird er bezahlen!« Ihr kleiner Mund war schmal vor Abscheu. »Wir sind über Paris geflogen, wo ich eine einstweilige Verfügung erwirkt habe, die hier auf Réunion rechtswirksam ist und mir das volle Sorgerecht für Matilda gibt. Ich habe meine Unterhändler instruiert, den Rebellen eine halbe Million für die Freilassung Matildas zu bieten. Ich werde ihnen allerdings auch zusätzliches Geld bieten, damit sie Kinkade *behalten*. Ein ziemlich genialer Einfall von mir. Denn auf diese Weise wird es diesem miesen Arschloch verwehrt sein, meine Tochter *je* wieder zu sehen!«

Shelly spürte, wie sie von einem heftigen Elendsgefühl erfasst wurde, als ihr klar wurde, dass sie sich die ganze Zeit etwas vorgemacht hatte. *Wieder* einmal. He, die »Wir machen uns was vor«-Gewerkschaft würde sie mit Kusshand nehmen. Alles, was Kit gesagt hatte, war die reine Wahrheit gewesen. Shelly hätte heulen können vor Horror. Sie machte ein Geräusch, das man sonst nur von sich gibt, kurz bevor man mit dem Auto in ein unausweichliches Hindernis hineinrast. Genauso war ihr Leben geworden – einer dieser fürchterlichen Autounfälle, bei denen die Leute auf der Gegenspur das Tempo verlangsamen, um zu gaffen und dann, nachdem sie das ganze entsetzliche Ausmaß gesehen haben, im Affenzahn das Weite zu suchen.

Nur einer hing garantiert noch weiter herum, um das Blutbad zu verfolgen. Halb versteckt hinter den Trümmern der eingestürzten Bühne des La Caravelle erspähte Shelly ein Paar stämmiger, behaarter Beine in Shorts, die mit gelben Liegestühlen und dunkelhäutigen Hulatänzerinnen bedruckt waren. Sie spürte, wie Ekel sie erfasste. »Seit wann filmst du uns schon, Manko?«

»Filmen?«, kreischte Pandora. »Sofort aufhören!« Sie schnippte mit den Fingern, woraufhin sich ihr Personal von »Lösungen auf Geschäftsebene« eine Gasse aus umgekippten Tischen und Stühlen schlug und bedrohlich vor Manko aufbaute.

Mankos unsteter Blick wanderte vom einen zum anderen. Er jaulte wie ein Welpe, der sich verlaufen hat. »Es war die T-Shirt-Schlampe. Ich hab euch ja gesagt, dass sie eine verlogene Fotze ist.« Wenn er sich außerhalb der Gerichtsbarkeit seiner Chefin befand, ließ der Kameramann seinem Hass auf die Regisseurin gern freien Lauf. »Ich würde mich gar nicht wundern, wenn dieser Scheißzyklon und der verpisste Putsch von ihr arrangiert waren, um besseres Hintergrundmaterial zu bekommen!«, zeterte er.

Shelly wusste, dass es für Manko wenig Verwendung gab, außer in der Methangasproduktion. (Der Kameramann selbst nannte seine melodischen Fürze »würzige Brise«). Aber die Reality-TV-Regisseurin war die *tricoteuse* der Guillotine: Sie holte sich die Nahaufnahmen bei emotionalen Hinrichtungen.

»Wo ist sie?«, fragte Shelly, als Pandora, von ihren Leibwächtern flankiert, wieder zum Hotel zurückstolzierte, besser gesagt zu dem, was von ihm noch übrig geblieben war. Der immer noch zutiefst verängstigte Manko zeigte ins Unterholz. Shelly kämpfte sich wütend durch herabgestürzte Palmwedel.

Auf den Oberlippen von Menschen, die sich schuldig fühlen, bilden sich meistens nur im Film Schweißtröpfchen. Im richtigen Leben bleiben die Schuldigen kühl und beherrscht. »Und, bist du bereit für deine Nahaufnahme?«, fragte Gaby gleichmütig, während sie Shelly mit ihrer Steadycam filmte.

Shellys Augen wurden zu Schlitzen. »Gaby Conran. Du solltest dich was schämen. Hast du denn jegliche Selbstachtung verloren?«

Gaby zuckte die Achseln und sah sich um. »Irgendwo muss sie doch sein … wahrscheinlich liegt sie unter einem Stein.«

»Warum hast du Kit eigentlich verpetzt? Und den Rebellen gesteckt, wie wertvoll Matilda als Geisel ist? Ganz zu schweigen davon, dass du Pandora hierher locken musstest?«

»Na, um die Sache noch dramatischer und verzweifelter erscheinen zu lassen, natürlich«, sagte Gaby mit einem verständnislosen, arroganten und eingebildeten Blick. »Das Interesse des Publikums an jungen, schönen Menschen, denen die ganze Welt zu Füßen liegt, erlahmt irgendwann – besonders, wenn diese jungen, schönen Menschen alle Chancen verschmähen, die diese Welt für sie bereithält. Erst wenn gar nichts mehr für sie geht, erwacht das Interesse des Publikums wieder, wenn es dann heißt ›Krabbencocktail für zwei, in der Bar zur Letzten Chance‹, schloss sie ruhig und absichtlich grausam. »Das Fernsehen ist ein Piranhabecken, Green, und ich sage das mit der allergrößten Zuneigung zu diesem Medium. Oh, hier ist übrigens deine nächste Rate. 25 000 Pfund.« Sie entnahm ihrer Umhängetasche ein dickes Bündel Geldscheine. »Nur ein kleiner Anreiz, damit du immer schön in die Kamera lächelst«, sagte sie und machte einen Schritt auf Shelly zu, um ihre Nahaufnahme zu schießen.

»Tu sofort die Kamera weg! Es sei denn, du hast eine gute Lebensversicherung und Todessehnsucht! Deinetwegen sind Kit und Matty jetzt irgendwo an einen Heizkörper gekettet, ernähren sich von rohen Ratten und versuchen, sich die eigenen Füße abzuknabbern!« Shelly schnappte sich das angebotene Geld. »Ich betrachte das als vorzeitige Entlassung aus meinem Vertrag – als Freigang wegen guter Führung.«

Gaby packte sie an der Schulter. »Wenn du dich nicht kooperativ zeigst, habe ich keine andere Wahl, als das Material zu senden, das wir von euch in der Limousine gedreht haben. An jenem ersten Tag. Mit versteckter Kamera. Danach werden sich so manche Zuschauer … mindestens alle zehn Finger lecken.«

Während Shelly diese widerwärtige Enthüllung zu verdauen versuchte, machte nun Silent Mike seiner Empörung Luft. Er war so entrüstet, dass er hinter dem Kameramann hervortrat, seinen Kopfhörer abnahm, den Mund aufmachte und zum ersten Mal tatsächlich etwas sagte, noch dazu in einem herrlichen irischen Singsang. »Aber … aber was ist mit ihrem Vertrag? Auf dem Klo und beim Sex dürfen wir sie nicht filmen, hast du gesagt.«

»Na ja, so richtig Sex hatten sie ja nicht. Kit hat nur eine erste Kostprobe genommen, Schatz.«

Der gar nicht mehr so stumme Mike legte den Galgen ab und stöpselte das Gerät aus. »Ich hab gute Miene zum bösen Spiel gemacht, als Manko beim Tauchausflug den Hundekadaver ins Meer geworfen hat, in der Hoffnung, Haie vom Riff anzulocken … und als du Shelly so viel Chili ins Essen getan hast, damit sie kotzen musste … und als wir auf der Insel Kinkades Klamotten geklaut haben … und als du so getan hast, als würdest du sie vor Mankos Anbaggereien in Schutz nehmen, damit sie dir vertraut. Und bei all den anderen kleinen Streichen …« Sie schauten alle erstaunt auf den unscheinbaren kleinen Kerl, der da seine Beichte stammelte. »Aber ich habe mich nie und nimmer damit einverstanden erklärt, einen Pornofilm zu drehen. Was würde meine Mutter dazu sagen? Weißt du was? Putsche, Zyklone, kein anständiges Bier in der Bar … Mir reicht's, du kannst dir deinen Job in den Arsch schieben.«

»Ich glaube fast, ich fand's besser, als du noch nicht gesprochen hast, du Giftzwerg.« Dann zeigte Gaby auf ihren Kameramann. »Komm schon, Unterbelichteter. Du kannst doch zur Not dieses Galgendingsda mitbedienen, oder?«, befahl sie und stellte damit die Grenzen ihres technischen Wissen einmal mehr unter Beweis.

Manko schüttelte begeistert den Kopf. »Nee, Puppe. Gewerkschaftsvorschriften. Die Show ist gelaufen! Dann geh ich mir jetzt mal einen runterholen und mach ein kleines Nickerchen«, verkündete Manko gähnend, bevor er seinem neuerdings so redseligen Toningeniuer an den Strand folgte.

Shelly, die endlich ihre Stimmbänder wiedergefunden hatte, ließ nun ein langes, entrüstetes hohles Heulen los. »Du hast uns heimlich gefilmt? In der Limousine? Oh mein Gott. Mike hat Recht. Das ist kein Dokumentarfilm. Das ist ein Porno.«

»Ja. Pornos kommen nun mal gut im Fernsehen«, verkündete Gaby mit grimmiger Freude und drehte ungerührt weiter.

»Nein. *Das* kommt gut im Fernsehen.« Shelly sprachs und kletterte wutentbrannt auf die Tonbühne, wo sie Mankos Kamera umstieß, die mit einem lauten Knall zu Boden krachte.

Leichen, verwüstete Dörfer, verzweifelte Väter – nichts von alledem hatte Gaby Conran Gefühle entlocken können. Doch nun verzog sich ihr Mund und sie stieß einen herzzerreißenden Schrei aus. »Neeeeiiiiiin!!!«

Genau diesen Augenblick wählte Dominic für seinen großen Auftritt in der Rolle des neuen und geläuterten Freundes.

Er war frisch geduscht und rasiert, hatte sein Calvin-Klein-Aftershave auf »umwerfend« programmiert und seine eng anliegenden Hosen – die Kit einmal »Modell französischer Traubenschmuggler« genannt hatte – überließen nichts der Fantasie. Hier war ein Mann, der definitiv für eine Nahaufnahme bereit war … Und dem vor Schreck der Unterkiefer herunterklappte, als er sah, wie Shelly die Kamera zertrümmerte. Das Interesse, das der Animateur für sie bekundet hatte, verpuffte schneller als die Luft aus einer Luftmatratze, die am Ende des Sommers neben dem Pool vergessen worden war. »Du hast die Kamera kaputtgemacht?«, fuhr er sie an. Der Mann schien einen abrupten Launensturz durchzumachen. »Das ist mein großer Moment! Glaubst du, isch will mein Leben lang mit diesen dicken, fetten 'ässlischen Weibern, diesen *vieilles peaux*, im Swimmingpool 'erumplanschen?« Er fuchtelte mit dem Zeigefinger vor Shellys Gesicht herum wie mit einem Bajonett. »Das ist meine letzte Chance, international auf misch aufmerksam zu machen!«

Shelly war bisher die Zahnarztbohrerstimme des Mannes nicht aufgefallen – gnadenlos und schmerzhaft. Und das ärgerte sie plötzlich. Erstaunt stellte sie fest, dass ihr Kits honigweiches Nuscheln fehlte. »Das heißt also, dass du mich die ganze Zeit nur verführen wolltest, um ins Fernsehen zu kommen?«, fragte sie entgeistert.

»*Mon dieu!* Isch *verführe* keine Frauen! Isch bien Franzosä! Die Frauen, sie werfen sisch mir zu Füßen.«

»Ach ja? Weil sie besoffen sind, oder was?«

Französischer Charme ist wie Mayonnaise, wurde Shelly schlagartig klar: Man braucht immer noch irgendwas dazu. Also hatte Kit doch Recht gefabt, was Dominic betraf. Bei Lichte betrachtet hatte er in ziemlich vielen Dingen Recht gehabt.

»Hau bloß ab, Mensch, und trink dein Bidetwasser, du Scharlatan.«

»Du wirst Dominic *nicht* abweisen«, knurrte Gaby. »Du wirst mir nicht meinen verdammten Handlungsstrang versauen, klar? Der Mann ist von mir persönlich handverlesen! Er ist die Auflösung meiner Story!« Sie setzte ihre verschmierte Brille ab und betrachtete Shelly durch zusammengekniffene Augen, während sie mit dem Hemdzipfel die Gläser putzte. »Dominic ist eins dieser ganz seltenen Exemplare – ein Mann ohne Fehler!« Shelly sah, wie Dominics Gesicht vor Freude glühte. Triumphierend legte er den Kopf in den Nacken.

»Ähm, ja aber gerade das betrachte ich als einen Fehler, Dominic, dass du denkst, du hättest keine«, entgegnete Shelly. Zumindest wusste Kit, dass er voller Fehler war, was ihn in ihren Augen so ziemlich perfekt erscheinen ließ. »Weißt du, was eine Frau sich am meisten wünscht? Einen Mann, der perfekt genug ist, um zu begreifen, dass *sie* es *nicht* ist.«

»Scheiße, ich brauche ein verdammtes Happyend!« Gabys kalte Augen bohrten sich mit chirurgischer Präzision in ihr Gegenüber. Sie sprang auf die Tonbühne. »Und *du* wirst es mir ermöglichen!« Sie drehte Shelly den Arm um, als wollte sie ihn auskugeln. »Dominic ist das französische Gegengift zu diesem arroganten Ami-Arschloch Kinkade. Dominic verkörpert die zivilisierte europäische Kultur. Kinkade ist das Paradebeispiel aller Amerikaner – knackiger Hintern, wenig Hirn.«

Gerade dieser knackige Hintern hatte es Shelly angetan, aber auch, wie sie plötzlich wehmütig bemerkte, das Hirn und das Herz, das dieser Mann besaß. Sie hatte ein flaues Gefühl in der Magengrube. Im Spiegel hinter der Bar sah sie ihr Gesicht.

Gelblich und krank sah sie aus, als hätte sie eine schlechte Auster gegessen oder würde eine Grippe ausbrüten oder als hätte sie sich heftig, rasend und unsterblich verliebt. »Was ist mit der Solidarität unter Schwestern, Gaby? Wie war das noch mal, wir Mädels müssen zusammenhalten? Das Traurige an dir ist, dass du dich in genau so ein rücksichtsloses arrogantes Alpha-Männchen verwandelt hast, wie du sie angeblich verabscheust.«

Während Gaby verzweifelt versuchte, die Kamera wieder aufzurichten, begab sich Shelly in rasender Eile zu ihrem Bungalow, um zu packen. Der Boden unter ihren Füßen schien sich wie ein Wasserbett zu wölben und die Konturen der Gebäude wankten und schwankten.

Trotz ihrer Erleichterung angesichts von Sonnenlicht und Sauerstoff nach dem Tag im Bunker, war Shellys Stimmung literarisch, als sie am Pool vorbeirannte: düster wie in der *Sturmhöhe*, kälter als Mrs Danvers in *Rebecca*.

Was Shelly für das Tosen der Brandung gehalten hatte, verwandelte sich in den Lärm gepanzerter Fahrzeuge und Polizeiwagen, die dabei waren, die Strandpromenade abzuriegeln. Die Ferienanlage mit ihrem Fischerhafen und den sandigen Buchten war normalerweise ein beliebtes Ausflugsziel, doch als sie jetzt unpassenderweise vor Granaten, Haubitzen und Raketenwerfern zu strotzen begann, wurde sie zu einem unwirtlichen Ort. In dem ehemals lieblich duftenden Hain lungerten zwei Lastwagen mit Tarnanstrich und Radarausrüstung herum. Shelly ließ sich davon so ablenken, dass sie Hals über Kopf mit Pandoras Geiselunterhändlern zusammenstieß, die soeben von ihrem Erkundungsgang um die Anlage zurückkehrten.

»Unterhändler bei Geiselnahmen?« Shelly setzte ein heuchlerisch breites Lächeln auf. »Wow! Wie aufregend!«

Die misstrauischen Augen der beiden Männer schossen durch die Gegend wie summende Fliegen. »Obwohl offen gestanden mein erster Gedanke war – die armen Kidnapper! Kennen Sie Pandoras Tochter? Also glauben Sie mir, die wird sie binnen kürzester Zeit so mit Fragen zugequatscht haben, dass die sich ganz von selbst ergeben. Wer lebt länger? Der liebe Gott, der Osterhase oder der Weihnachtsmann? Trägt die Freiheitsstatue auch Unterhosen? Diese Rebellen werden in ein paar Stunden den Berg heruntertaumeln und euch auf Knien anflehen, dass ihr ihnen die Geiseln wieder abnehmt. Verdammt noch mal, die werden euch dafür *bezahlen*! Sie werden euch wahrscheinlich sogar einen Begrüßungscocktail anbieten! ›Schnell! Bevor die Kleine mich noch mal fragen kann, wo sich Straßen in der Unendlichkeit treffen!‹«

Die beiden Männer lächelten nicht gerade, aber sie wirkten merklich lockerer. Der eine ging sogar so weit, sein Jackett auszuziehen, wodurch sein Hakenkreuztattoo zum Vorschein kam.

»Und dieser grauenhafte Mann von Pandora«, fuhr Shelly fort. »Kein Wunder, dass sie euch instruiert hat, den Rebellen 500 000 Dollar für das kleine Mädchen zu bieten und noch mehr, wenn sie Kit behalten.«

»Behalten, genau, oder noch besser, töten«, sagte der wuchtigere von den beiden in einem südafrikanischen Akzent, der nach Büffeljagd und luftgetrocknetem Rindfleisch klang. »Billiger als Scheidung.« Er zwinkerte ihr zu, aber es lag kein Humor darin, nur ein Lauern.

»Jawoll, bis dass der Scheißtod sie scheidet«, höhnte der andere, dem eine halb zerkaute Zigarre im Mundwinkel hing.

Pandora zu verlassen war offenbar kein Grund zur Scheidung – sondern ein Grund zum Töten.

Die Wirklichkeit offenbarte sich ihr wie ein kalter Wasserstrahl ins Gesicht. Unter den düsteren Überlegungen, die ihr im Kopf herumgeisterten, war sich Shelly nur einer Sache sicher. Sie musste Kit vor ihnen erreichen. Aber wie? Wieder einmal erwies sich ihr Abschluss in klassischer Musik als dermaßen nützlich! Wenn es ihr nun nicht gelang, vor den Unterhändlern im Hauptquartier der Rebellen anzukommen, was dann? Pandora konnte sich mit ihrem vielen Geld vielleicht keine Liebe kaufen, aber eine bessere Verhandlungsposition verschaffte es ihr ganz bestimmt …

Humor

Männer behaupten, Frauen könnten sich keine Witze merken.

Das stimmt. Und Frauen heiraten Männer, nur um zu sehen, ob sie denselben Witz nach tausendmal Hören nicht doch endlich behalten können.

Mobilmachung

19

Bei Urlaubsreisen sind neuerdings mehr unnatürliche Todesfälle zu beklagen als bei Filmstunts, beim Stierkampf und in der Raumfahrt. Hallo! Machen Sie Ferien in den französischen Kolonien und unterstützen auch Sie die Bestattungsindustrie!

All das ging Shelly durch den Kopf, als sie ihr Zimmer betrat und die Tür abschloss, nur um festzustellen, als sie sich umdrehte, dass irgendetwas durch die Schatten huschte. Eine Urangst elektrisierte ihre Sinne, und ihre Haut kribbelte, als würden unsichtbare Tierchen darauf herumkrabbeln. Als sich ihre Augen an die Dunkelheit gewöhnt hatten, verstärkte sich ihr Gefühl, beobachtet zu werden. Hastig kramte Shelly in ihrer Wäscheschublade nach Cocos Pistole. Gewalt war Shellys Sache nicht, aber Not und Dringlichkeit hatten bewirkt, dass ihre Wut in vorsätzliches Handeln umschlug. Sie verscheuchte den Gedanken, dass alle Serienkiller auch einmal so angefangen hatten, entsicherte die Pistole und zielte. Nicht nur besaß Shelly keine Lizenz zum Töten, sie hatte auch keinen Waffenschein. Dennoch erwies sich die Pistole als überzeugend genug, ihren Gegner zu veranlassen, aus seinem Versteck zu kriechen.

»*Merde!* Isch 'ab misch die ganze Zeit gefragt, wo diese Pistole ist.« Shelly zog die Jalousien hoch und erkannte nun Coco, die aus ihrer geduckten Position hinter dem Bett hervorkam. Die Französin streckte die Hand nach der Waffe aus. »Gib 'er.«

»Nix da. Stattdessen bringst du mich jetzt zum Rebellenstützpunkt.«

Coco lachte. »Vergiss es. Ich ge'e, aber allein. Isch bin 'ergekommen, um mir ein paar von deinen Sachen auszulei'en.« Shelly fiel nun auf, dass Coco ihren Drillichanzug abgelegt hatte und eins von ihren Sommerkleidchen trug – ein Kleid, das mit Blumen übersät war wie ein ganzes Feld, ein Kleid, das an Coco viel besser aussah, wie Shelly ärgerlich zugeben musste.

»Und jetzt muss isch los«, sagte Coco.

»Und ich komme mit. Kit ist bei euch und er schwebt in Lebensgefahr.«

»Nur, wenn du mir die Knarre wiedergibst.«

Shelly gab sie ihr und Coco verstaute sie zusammen mit ihren Springerstiefeln in ihrem massigen Rucksack. *»Au revoir, chérie.«*

»Du hast versprochen, mich zu Kit zu bringen.«

»Das schaffst du sowieso nie«, sagte Coco verächtlich und setzte sich eine Sonnenbrille und einen Sonnenhut auf, um ihre Verkleidung als Feriengast zu vervollkommnen. Sie spähte einmal vorsichtig aus der Hütte und federte dann, als die Luft rein war, barfuß Richtung Strand davon.

Shelly stopfte ein paar Habseligkeiten in ihren Rucksack und lief ihr hinterher.

Vor einem Tag hatte es hier eine Revolte und ein Geiseldrama gegeben, aber Glasbodenboote, Jetski- und Wasserskibetreiber waren schon wieder dabei, sich in der Menge der Badenden gegenseitig im Meer zu bedrängen. Die Touristen waren mit surrealem Eifer wieder zur Tagesordnung übergegangen.

Eins war klar. Shelly würde ganz bestimmt diese Ferien von den Flitterwochen benötigen, die Kit ihr versprochen hatte. Wo waren eigentlich die trägen Tage, die sie sich für Réunion erhofft hatte, an denen man einfach nur müßig in der Hängematte lag und auf den goldenen Sand starrte? Stattdessen hatte man ihr bisher Zyklone, korrupte Bullen, bewaffnete Aufstände, Geiselnahmen, Beihilfe zu terroristischen Gewaltakten und Bedrohung mit vorgehaltener Schusswaffe geboten, und jetzt war sie auch noch unterwegs, um sich in ein überfülltes Dritte-Welt-Gefängnis einsperren zu lassen, wo sie, ausgemergelt und durchfallgeschüttelt, zweifellos Tag und Nacht erleben durfte, wie manische lesbische Aufseherinnen, die immer eine Colaflasche parat hatten, Geständnisse aus ihr herauspressten.

Das Gute an der Sache war: Shelly fürchtete sich dermaßen vor ihrer bevorstehenden Gefangennahme, dass sie ihre panische Angst vor Mutter Natur vergessen hatte. Auf diesem Teil der Insel erstreckten sich kurvenreiche Strände von der korallenumrankten Spitze der Hotelbucht bis zum erloschenen Vulkan. Diesen Weg nahm Coco nun, um eine Begegnung mit den Gendarmen zu vermeiden, aus dem Ort hinaus und hinein in den Dschungel.

»'ör auf, mir nachzulaufen!«, zischte Coco eine Viertelstunde später ihrer Verfolgerin zu.

»Ich laufe dir nicht nach. Ich mache nur einen strammen Spaziergang durchs Gelände.«

»Ach ja?« Coco zeigte auf einen bedrohlich wirkenden Fluss, der vor ihnen lag und sich schäumend ins Meer ergoss. »Wie stehst du zu Salzwasserkrokodilen, du große Tierfreundin? Man kann sisch im Shop Taucherbrillen und Schnorschel auslei'en, aber« – kicherte sie – *»es werden nie besonders viele zurückgegeben.«*

»Ich habe auch nicht die Absicht, zu schwimmen, Coco.« Shelly ging zielstrebig zu einem Felsvorsprung hinüber, wo während des Sturms eines der Aluminiumboote der Ferienanlage gestrandet war, und schleppte es zum Flussufer. »Siehst du, wie nützlich ich bin?«

Coco warf ihr einen Blick zu, der so viel besagte wie: »ungefähr so nützlich wie ein solarbetriebener Vibrator an einem Regentag«, kletterte dann aber an Bord. Nachdem er erst ein paarmal gescheut hatte, sprang der Motor stotternd an und Coco übernahm das Ruder. Das Boot tuckerte eine Weile die Küste entlang, bis sie ein riesiges Umgetüm erkennen konnten, das am Strand hinter ihnen sichtbar wurde und sich bald als Panzer entpuppte. Coco steuerte automatisch hinter das Riff aufs offene Meer hinaus, hinein in die schäumende Gischt. Das kleine Boot stöhnte unter den Wellenbrechern. Obwohl Shelly versuchte, sich ihre Seekrankheit nicht anmerken zu lassen, verliehen ihr die grünen und gelben Flecken auf der Stirn, die rot geränderten Augen und ihr klammes Haar das Aussehen einer Frau auf einem Gemälde von Picasso.

Da Coco Shellys Schwachstelle nicht entgangen war, tat sie alles, um die englische Touristin weiter einzuschüchtern, damit diese ihr Vorhaben aufgeben würde. Als Erstes teilte sie ihr mit, dass sie in der Nähe des Boots bleiben sollte, falls sie kenterten. Ein Boot voller Wasser sei immer noch sicherer, als in diesen gefährlichen Gewässern an Land zu schwimmen. *Coco* würde natürlich zur Küste schwimmen, aber nur, weil sie eine ausgezeichnete Schwimmerin war. Sollte das Boot auf dem offenen Meer treiben, so schärfte sie Shelly ein, könne es Tage dauern, bevor man sie rettete. Darum riet sie ihr, den Seetang zu essen, der am Schiffsrumpf wuchs. »Auch Fische werden im Boot Zuflucht suchen. Die fängst du, denn zu dem Zeitpunkt wirst du wahnsinnisch sein vor Durst, darum musst du die Flüssischkeit aus ihrem Fleisch pressen und ihre Augäpfel schlürfen.«

Es versteht sich von selbst, dass Shelly im weiteren Verlauf der Bootsfahrt anhaltend über den Bug kotzte und einmal auch auf eine Riesenqualle, die der Sturm landeinwärts gespült hatte und nur darauf wartete, sie zu Tode zu stechen, falls sie über Bord ging. Das Tageslicht wurde schwächer und der Vulkan namens Piton des Neiges warf seine unheimlichen Schatten übers Wasser, als sie endlich an einem Felsenstrand anlegten. Coco zog ihre Stiefel an, während es der freizeitsportbegeisteren Shelly gelang, als Erstes auf den Algen auszurutschen und sich einen Hintern voller Seeigel-Stacheln zu holen.

»Es reischt jetzt wirklisch«, seufzte Coco. »Geh zurück. Bald kommt die Nacht, und isch 'abe keine Zeit, dir zu 'elfen.«

Aber Shelly gab nicht auf. Während sie sich die Berghänge hinaufmühte und keuchend versuchte, mit Coco Schritt zu halten, sah sich La Tigresse gezwungen, ihre Panikkampagne weiterzuführen. Ihr erster Rat für den Fall, dass Coco in den Abgrund einer der steil abfallenden Schluchten stürzte und sie Shelly mutterseelenallein in der Wildnis zurückließ, lautete: »Du musst disch auf dem Kamm 'alten und nischt in die Täler ge'en, weil disch die Rettungsmannschaften oben e'er finden können.« Sie erzählte ihr, ein aus Schokoladenalupapier gefaltetes und auf die Felsen gebreitetes Dreieck gelte weltweit als Notsignal. »Schade nur, dass wir keine Schokolade dabei 'aben. Das 'eißt, dass du auch sehr 'ungrisch sein wirst. Aber du solltest trotzdem nischt deine Energiereserven verbrauchen, indem du 'erumläufst und Fallen aufstellst, um Tiere zum Verzehr zu fangen.«

Tiere zum Verzehr fangen? Shelly hatte in ihrem ganzen Leben nur einmal gezeltet, als Kind bei den Pfadfindern. Damals war das Essen von einem *Caterer* angeliefert worden. Und selbst da hatte sie noch Probleme gehabt, satt zu werden!

»Man kann mehrere Tage ohne Essen auskommen«, fuhr Coco fort, »aber natürlich nicht bei Kälte. Und weißt du, auf dem Cirque Ma Fate wird es 'öllisch kalt. Wenn du nischts zu essen hast, dann wälz disch einfach in Schlamm und Blättern, um disch warm zu 'alten, such dir einen Unterschlupf und bete, dass du nischt an Unterkühlung eingehst. Dabei erfrieren einzelne Körperteile, die einfach irgendwann abbreschen. Es ist ein langsamer und qualvoller Tod.« Coco riet ihr, in einem solchen Fall Wasser zu sammeln, indem sie sich Lumpen um die Füße wickelte und damit im Morgentau durchs Laub lief. »Oder wenn du vor Kälte nicht mehr ge'en kannst, trink deine eigene Pisse«, fügte sie fröhlich hinzu.

»Wir müssten doch längst da sein!«, ächzte die vollkommen verängstigte und erschöpfte Shelly. »Ich meine, wir haben doch jetzt schon drei Zeitzonen durchquert.«

»Also, was ist, kehrst du jetzt um?«, fragte Coco böse.

Shelly wagte einen Blick in die Richtung, aus der sie gekommen waren. Die milchige See im Mondschein sah aus, als sei sie geronnen. Dann schaute sie auf die schroffe Landschaft, die vor ihnen lag. In der Dunkelheit entfalteten Bäume und Hügelketten eine fürchterliche Feindseligkeit. Aber Sorge und Schuldgefühle trieben sie weiter. Sie kletterte über Felsen und folgte Coco, bis der Mond unterging und es zu dunkel war, ihren Weg fortzusetzen.

Coco baute sich ein Bett aus Blättern und Shelly tat es ihr gleich. Nachdem sie sich hingelegt hatte, sagte Coco äußerst hilfreich: »Es gibt nur eine Spinnenart, vor der du disch in Acht nehmen musst. Sie versprüht tödlische Säure aus ihrem 'interteil. *Bonne nuit.*« Sprachs, drehte sich in ihrem Kompostbettchen auf die andere Seite und schlief ein.

Als Shelly in die geheimnisvollen Schatten starrte, wurde ihr die Gegenwart von Millionen vieläugiger Kreaturen nur zu bewusst, die dort in den Büschen lauerten und darauf warteten, sie zu verschlingen. Ein aufgeschreckter Vogel kreischte so markerschütternd, als würde jemand abgeschlachtet. Selbst der Bergkamm sah aus wie ein gewaltiges kauerndes Biest, das zum Sprung ansetzte. Und wer oder was verursachte eigentlich diese seltsam scharrenden Geräusche? Waren es die fanatischen südafrikanischen Prämienjäger? Oder eine Horde tödlicher, säuresprühender Spinnen, die alle mit ihrem Hinterteil auf sie zielten? Als sie mühsam versuchte, in der Dunkelheit zu sehen, glitt eine Schlange aus dem Unterholz. Oh, um wie viel hübscher würde sie doch als Gürtel an einem Mannequin aussehen, dachte Shelly, während sie in rasender Eile einen Baumstamm hinaufkletterte und plötzlich fand, dass sie eigentlich gar nicht so müde war.

Mit vor Schlaflosigkeit geröteten Augen, einer ausgedörrten Kehle und einem mit Seeigel-Stacheln gespickten Po lehnte sie fröstelnd und mit hochgezogenen Schultern an einem Ast und fragte sich, wie zum Teufel sie jemals zum Ziel kommen sollte. Und was für ein Empfang stand ihr bevor, selbst wenn sie es schaffte? Diese Rebellen waren Menschen von der Sorte, die für den Friedensnobelpreis einen Mord begehen würden. Außerdem war Kit wahrscheinlich gerade in diesem Moment dabei, etwas Voreiliges und Blödes zu tun, woraufhin er dann erschossen und damit ihre ganze gefährliche Tour überflüssig machen würde. Es brachte vielleicht Unglück, den Bräutigam unmittelbar vor der Hochzeit zu sehen – aber verdammt noch mal, man konnte noch viel mehr Pech haben, wenn man ihn danach sah!

Dennoch war der Gedanke an Kit wie eine Umarmung in der Dunkelheit. Shelly tastete im Geiste nach einem imaginären Rosenkranz und fing an, für Kits und Mattys Sicherheit zu beten.

Das größte Ärgernis für junge Bräute ist angeblich ein Gatte, der keinen hochkriegt. Daher die Gucklochdessous in der Aussteuer und das Arsenal an Ehespielzeug. Wenn sie das hier je überlebte, würde sie ihre bahnbrechende Erkenntnis an die Zeitschrift *Bräute von heute* weitergeben: Die moderne Frau sollte für ihre tropischen Flitterwochen etwas viel Praktischeres einpacken – zum Beispiel *ein verdecktes SOKO-Team.*

Partnerwahl

Männer klagen häufig: »Was wollt ihr Frauen eigentlich?«

Frauen antworten offen und ehrlich: »Im Grunde nichts Besonderes: Er sollte einen Waschbrettbauch, Doktortitel und knackigen Arsch haben, eine profeministische Einstellung, Superbräune und einen belesenen Penis, außerdem Soufflés hinkriegen, Krokodile mit der bloßen Hand erlegen, sich eine intensive, liebevolle Beziehung wünschen und atemberaubenden Sex machen können ... ist das denn wirklich zu viel verlangt von einem Milliardär?«

Rückzug

20

Man muss nur lange genug leben, dann wird man schon feststellen, dass man sich in ungefähr allem getäuscht hat. Das war die Lektion, die Shelly verinnerlicht hatte, als Coco sie schließlich doch noch unbeschadet ins Lager der Rebellen führte.

Das Rebellenhauptquartier entpuppte sich als halb eingestürzter Schuppen, der aussah, als hätte sich Pavarotti einmal draufgesetzt. Tatsächlich hatte Shelly die heruntergekommene, baufällige Ansammlung von Strohhütten auf den ersten Blick für Termitenhügel gehalten. Bei näherem Hinschauen ähnelte das Lager der mächtigen Widerstandsfront, das in einer Bergspalte versteckt lag, der Behausung der Beverly Hillbillies, bevor sie Tennessee verließen. Ein in der Sonne dösender Wachtposten trug ein T-Shirt mit dem Aufdruck »Jesus kommt. Versuch einen guten Eindruck zu machen«.

Teenager in Turnschuhen liefen in der Gegend herum, spielten Fußball und kratzen sich hin und wieder mit der Mündung ihrer verrosteten russischen Gewehre, Baujahr etwa 1802, am Ohr.

Was für eine Streitmacht! Die Befreiungsfront sah aus, als könne sie sich nicht einmal gegen eine Frau mit PMS verteidigen. Die einzige echte Gefahr ging Shellys Meinung nach von all dem überflüssigen Plunder aus, den man ihr andrehen wollte – Aschenbecher aus Kokosnussschalen, Büstenhalter aus Meeresmuscheln und irgendwelche scheußlichen Webarbeiten, mit denen sie ein herbeieilender Kinderschwarm empfing.

So dachte sie zumindest, bis sie den Rebellenführer sah. Sie erkannte ihn daran, dass Coco sich stürmisch in seine muskulösen Arme warf und ihre Lippen fieberhaft an seinem Mund saugten. Wer kann es ihr verdenken?, fand Shelly. Er war das wandelnde Klischee eines romantischen Revoluzzers. Glühende Augen, sinnliche Lippen, schwarzes Haar, das sich um ein sonnengebräuntes Gesicht wellte, Springerstiefel, Dschungeldrillich und jene bodenlose Entrüstung, die unter Ideologen so verbreitet ist, rundeten den Che-Guevara-Look perfekt ab. Coco flüsterte ihm etwas ins Ohr, woraufhin sich Gaston Fock nachdenklich durch den Bart strich, seine AK-47 ablegte und Shelly in perfektem Englisch ansprach.

»Hier in diesem Kar haben meine Vorfahren nach den Sklavenaufständen Zuflucht vor den Kolonialbehörden gefunden. Dann haben sie sich in Dörfern organisiert, die von demokratisch gewählten Häuptlingen geführt wurden, und für das Fortbestehen ihrer Unabhängigkeit gekämpft. Der Kampf dauert immer noch an.«

Shelly hatte irgendwie den Eindruck, dass Smalltalk nicht angesagt war, und entschied sich für ein aufmunterndes Kopfnicken.

»Nicht einmal jetzt wollen wir Gewalt anwenden«, sagte Gaston in mildem, besänftigendem Tonfall. »Ich war Lehrer. Aber die Franzosen sind rücksichtslos. Sie werden nicht verhandeln. Die Verträge von Versailles 1919, die den Deutschen so grausame Bedingungen auferlegten, machten Hitler unvermeidlich. Als dann Hitler auftauchte, hat sich Frankreich natürlich einfach ergeben. Oder soll ich sagen ›kooperativ gezeigt‹. Das Wort ›Vichy‹ ist der Inbegriff von Verrat geworden. Und wie hat de Gaulle seine Dankbarkeit gezeigt, nachdem englische und amerikanische Truppen Frankreich befreit hatten? Indem er sein Veto benutzte, um zu verhindern, dass die Briten dem gemeinsamen Markt beitreten, indem er sich bei der Gründung der Nato die

Amerikaner vom Leib gehalten hat und Frankreich sie jetzt bei den Vereinten Nationen nicht unterstützt.«

Shelly nickte abermals begeistert, während sie sich ängstlich nach Kit umschaute. Coco jedoch lauschte hingerissen jedem seiner Worte. Während Monsieur Fock predigte, kam sich Shelly langsam vor wie ein nickender Hund auf der Heckablage eines Autos. Seine dogmatischen Auslassungen waren nur eine umständliche Art, zu sagen, dass die Revolution nichts anderes sei als eine Kettenreaktion auf ihre Ketten. Das Fazit war, dass Réunion sehr bald komplett renoviert werden und unter einem neuen Management wiedereröffnen würde. Shelly, die von dem exzessiven Nicken ein Schleudertrauma bekommen hatte, sehnte sich nach einer Nackenstütze, als er seine Schmähreden endlich beendete und ihr ein erfrischendes »Feuerwasser« anbot.

»Auch unter dem Namen ›Schneller Tod‹ bekannt«, klärte Coco sie auf.

Ein Schluck des einheimischen Gebräus genügte, um Shelly zu überzeugen, dass Cava in unmittelbarer Zukunft dem Champagner als Lieblingsaperitif der freien Welt nicht den Rang ablaufen würde. Es folgte ein Angebot von Speisen – ein spinatähnliches Gemüse namens *brédes* und eine Art scharf gewürztes Tomatenchutney, genannt *rougail*. Shelly lehnte den Fischeintopf dankend ab, da es ihr nicht ratsam erschien, so weit im Landesinneren Meeresfrüchte auf der Speisekarte zu führen, wenn keine Tiefkühltruhe zur Verfügung stand. Salmonellensuppe, lecker! Als sie fragte, wo die Toilette sei, jaulte Coco höhnisch auf.

»Oh, wir 'aben mobile Fünfsterneklos«, sagte sie. »Damen nach links ins freie Feld, 'erren nach reschts.«

Nachdem Shelly sich ängstlich hinter einen Strauch gehockt hatte, der sich jedoch als eine Ansammlung von Brennnesseln entpuppte, und sich kurz darauf ein Blutegel an ihren Schamlippen festsaugte, merkte sie, dass ihre Nerven allmählich blank lagen. Daher deutete sie, als sie ins Lager zurückkehrte, Coco gegenüber an, es sei möglicherweise an der Zeit, ihren Göttergatten zu sehen. Coco lachte wieder, nicht weniger höhnisch als zuvor. Während Shelly ihr zusah, wie sie sich mit Gaston beriet, wurde ihr klar, dass hier in den Bergen nicht Greenwich, sondern die Guerillas für die Zeitansage verantwortlich zeichneten.

»Hast du das Lösegeld mit?«, fragte der Rebellenführer Shelly barsch.

»Einen Teil. Ich hatte ein bisschen auf einen Rabatt gehofft, weil ich Engländerin bin und von de Gaulle reingelegt wurde, wissen Sie«, improvisierte sie. »Denken Sie an Dünkirchen …« Sein Gesicht blieb ausdruckslos, darum überreichte sie ihm unsicher die zwei Raten ihres Preisgeldes, lächerliche 50 000 britische Pfund.

Während er die Scheine zählte, verfinsterte sich die Miene des Freischärlers. »Diese Anzahlung kann vielleicht gerade mal die Rückkehr einer oder zweier seiner Zähne garantieren. Ich treffe mich heute mit einem französischen Waffenhändler.« Er blickte sie mit harten anthrazitfarbenen Augen an. »Was kann ich davon kaufen? Eine Steinschleuder? Wir machen hier nicht in David und Goliath. Ich brauche Waffen. Wo ist der Rest des Lösegelds? Du hast nur eine einzige Chance, mir eine akzeptable Antwort zu geben.«

Shelly sah, wie seine Hand langsam zu der Machete wanderte, die auf seinen Knien lag. Als ihr bewusst wurde, dass man sich an diesem Ort im wahrsten Sinne des Wortes um Kopf und Kragen reden konnte, verfiel sie in eine Art Starre. »Äh … der Rest des Lösegelds«, stammelte sie. Coco bewahrte sie davor, die falsche Antwort zu geben, indem sie mit einer dramatischschwungvollen Geste etwas aus ihrem Rucksack hervorholte: Pandoras krokodilledernes Reiseköfferchen.

Gaston machte sich emsig daran, die Schlösser elegant mit seiner Machete abzuschlagen, während Coco erläuterte: »Isch 'abe misch in Pandoras Zimmer versteckt. Als isch sah, wie diese bourgeoise Zicke ihr Geld gezählt 'at, Geld, das vom Schweiß ausgebeuteter Massen stammt, von den Sklaven ihrer Aristokratenfamilie, da dachte isch, *bon.* Besser *neu* als *reisch,* non? Darum 'abe isch ihr eins übergezogen.«

Shelly lachte zustimmend. »Sie ist so reich, dass sie das Geld nicht mal vermissen wird. Wenn sie einen Scheck ausstellt, platzt die *Bank*.«

Auch Coco lachte. »Isch werde eusch Turteltäubschen bald holen und den Berg hinunterführen. Isch 'ab nämlisch eine große Schwäsche für romantische Liebe.«

Sie stieß Gaston an, der ein paar Halbstarken mit Pistolen zunickte, die daraufhin Shelly durch den Dschungel zur Gefängnishütte führten. Sie holte tief Luft und stemmte die morsche Tür auf.

»Was zum Teufel willst du denn hier?«, fuhr Kit sie wütend an, als Shelly sich unter einen Balken duckte und das muffige Versteck betrat. Er lag auf einer alten Matratze; neben ihm schlief die kleine Matty. Er sah aus wie etwas, das das Meer auf den Strand geworfen hatte, erschöpft und verwahrlost. Aber Shellys Herz fing an, in Viertelnoten zu schlagen, dann in Achtelnoten und schließlich in einer Sechzehntelnotenpolka namens Herzstillstand in Anbetungs-Dur. »Scheiße. Erzähl mir bloß nicht, dass du die Bullen mitgebracht hast. Was ist hier los?«

»Eigentlich finde ich«, sagte Shelly, »dass jetzt die Stelle kommt, wo du mir Weintrauben schälst und mit Lotosblättern Luft zufächelst.«

»Ich hab dir doch gesagt, ich will dich nie wieder sehen.«

Shelly spürte, wie sich ihr Herz zusammenzog. Sie hatte zwar einen kühlen Empfang erwartet, aber der hier war geradezu sibirisch.

»Also, was zum Teufel *machst* du hier, Shelly?«

»Ich will dich und Matty retten, wenn du's genau wissen willst. Mit ein bisschen Unterstützung von Coco. Ich bin sicher, dass ich eines Tages ein wahnsinnig schlechtes Gewissen haben werden, weil sie Pandora das Lösegeld geklaut hat, Schuldgefühle, die etwa *zwei Sekunden* dauern.«

Kit brauchte einen Moment, bis er begriff, dass sich sein Schicksal gewendet hatte. »Weißt du eigentlich, dass du ganz besonders bescheuert bist?« Seine Stimme, die eben noch gereizt und angespannt geklungen hatte, war nun weich vor Erleichterung. Ein Lächeln, breit wie eine klaffende Wunde, erschien auf seinem kriegsmüden Gesicht, als er sich von seinem Feldbett erhob und jetzt verwundert vor Shelly stand.

»Coco kommt gleich, um uns den Berg hinunterzuführen. Also, kann ich jetzt mit deiner Vergebung rechnen?«, erkundigte sich Shelly förmlich.

Augenzwinkernd entgegnete Kit: »Wie willst du sie haben, mit Ketchup oder Mayo?«

»Und« – zum ersten Mal seit Tagen lächelte sie wieder – »was machen wir jetzt?«

»Wahrscheinlich wäre jetzt nicht der geeignete Zeitpunkt, die *Marseillaise* zu pfeifen«, mutmaßte Kit und lächelte zurück.

»Shelly!« Die Unruhe im Raum hatte Matty geweckt, die sich nun wie eine Cruise Missile auf Shelly stürzte. Shelly wurde von einer Woge der Freude erfasst, als sie das kleine Mädchen, ein warmes Knäuel aus verhedderten Gliedmaßen und schlaftrunkenen Augen, wieder im Arm hielt. »Eine Schlange ist in unsere Hütte gekommen! Daddy hat sie totgemacht. Ich dachte, es ist ein Wurm.«

»Nein, es war ganz bestimmt eine Schlange«, sagte Kit und sammelte seine Habseligkeiten zusammen.

»Schlangen und Würmer sind Verwandte, weißt du. Aber nur angeheiratete«, sagte Matty unschuldig.

»Ah«, sagte Kit. »Kindermund ... Matty, pack deine Sachen, okay, mein Goldschatz? Also, ist Pandora da?«, fügte er vorsichtig hinzu, als Matty außer Hörweite war.

»Sie ist gestern eingeflogen. Mein Gott. Das Einzige, was an dieser Frau tief ist, ist ihre Sonnenbräune. Pandora mag ja schön sein, aber« – Shelly senkte die Stimme – »innerlich ist sie so was von hässlich. Berechnend, unnachgiebig, hartherzig. Ich meine, was war ich nur für eine Idiotin, dich zu verurteilen, bevor ich sie kennen lernte, Kit. Das war voreilig und total engstirnig. Es war auch ausgesprochen bescheuert, Gaby alles zu erzählen. Auch was sie betrifft, hattest du vollkommen Recht, Kit – sie ist ein Piranha durch und durch. Ich fass es einfach nicht, wie blöd ich war.«

Kit starrte sie schelmisch an. »Hör auf, dich für dumm zu verkaufen. Gib anderen auch mal 'ne Chance.« Er lächelte. »Weißt du, was du mir jetzt nämlich vermasselt hast? Ich kann jetzt nicht mehr herumlaufen und mir einbilden, dass alle Frauen Miststücke sind. Du hast etwas sehr Mutiges getan, Shelly.«

Shelly lief knallrot an. »Mutig, also ich weiß nicht recht. Im Augenblick interessiert mich mehr, wie ich die Seeigel-Stachel aus meinem Hintern kriege.«

Matty kicherte.

»Bitte«, erbot sich Kit mit einer leichten Verbeugung. »Darf ich helfen?«

Shelly ließ ihre Jeans fallen und beugte sich über den Holzstuhl.

»Verdammte Scheiße! Wie hast du dir denn diese fiesen Dinger eingefangen?«

»Au! Indem ich mich aufgeführt habe wie Jane Bond. Du hast mir übrigens auch was vermasselt. Ich kann jetzt nicht mehr durch die Gegend laufen und mir einbilden, dass alle Männer Schweine sind. Denn weißt du, autsch!, nachdem ich Pandora kennen gelernt habe, gehen mir solche Binsenwahrheiten am Arsch vorbei.«

»Genau. Und was für ein süßer Arsch!«, grinste Kit.

Shelly zog sich die Jeans wieder hoch und lächelte kokett, erleichtert, dass sie sich von nun an nur noch necken und nicht zanken würden; erleichtert, dass in ihrem Geschlechterkampf endlich Waffenruhe eingekehrt war. *Echte* Waffenruhe. Nein, *dieser* Pakt hat nichts Chamberlain- oder Appeasement-mäßiges an sich, beschloss sie … oder doch?

»Jedenfalls bin ich froh, dass du nicht mehr alle Frauen hasst. Ich war mir ohnehin sicher, dass deine Sturheit irgendwann nachlassen musste.«

»Sturheit! He, ich hab nur die ganze Zeit gewartet, dass du endlich von deinem hohen Ross runterkommst.«

»Hohem Ross!« Shelly spürte, wie sich ihr Lächeln verkrampfte. »*Hallo?* Du hast mich vom ersten Tag an belogen. Nur deshalb hab ich mich in den Sattel geschwungen.«

»Na schön, dann komm ich dir auf halber Strecke entgegen«, hänselte Kit. »Ich geb zu, dass ich Unrecht hatte, wenn du zugibst, dass ich Recht hatte.«

»Man stelle sich vor«, gab Shelly schmallippig zurück, »dass ich mir eingebildet habe, ich hätte den Richtigen geheiratet – ohne zu ahnen, dass er nur richtig rechthaberisch ist.« Shelly hatte das schreckliche Gefühl, dass Hitler gleich in die Tschechoslowakei einmarschieren würde.

»Hör mal«, widersprach ihr Kit und ein Hauch von Ungehaltenheit schlich sich in seine Stimme. »Du hast dich doch nur geweigert zu glauben, dass ein *Mann* für die Sache der *Frauen* zu gewinnen ist, weil nichts davon in deiner komischen Mutteroffenbarung steht.«

Kits Anziehungskraft auf Shelly erlosch wie eine ausgepustete Kerze. »Mann, bist du arrogant! Wieso hast du nicht einfach um deine *eigene* Hand angehalten! Ich fass es nicht, dass ich mein Leben riskiert habe, um dich zu retten, wo du die ganze Zeit …«

»Leben? Was für ein Leben? Ist das ein Leben, debilen Punks ein paar Riffs beizubringen? Bevor du mich kennen gelernt hast, waren doch die Höhepunkte in deinem Leben, wenn dir deine Tankstelle einen Weihnachtskalender geschenkt hat.«

Shelly blickte Kit aus eng zusammengekniffenen Augen an. Sie hatte sich geirrt. Sie empfand gar keine Liebe. Es musste so etwas wie die Grippe gewesen sein oder eine Fischvergiftung.

»Ja, ich wollte ein bisschen leben … Aber mit *dir* zu leben gefährdet ja die Gesundheit!« (Hallo! Dr. Freud bitte in die Notaufnahme! Shelly schloss nun, dass ihre ursprüngliche Reaktion die richtige gewesen war. Der Mann war ein Abklatsch ihres Vaters – selbstsüchtig, rücksichts- und rückgratlos. Ein einziges überflüssiges Ärgernis. Sie konnte mühelos eine Einkaufsliste seiner Verfehlungen zusammenstellen, einer Liste von Dingen, die sie *ganz dringend nicht benötigte*. Eins ist klar, dachte sie, das Geheimnis einer glücklichen Ehe ist verdammt gut gehütet.)

Matilda zog ihren Vater heftig an der Hand. Beide Erwachsene blickten verwundert in ihr ernstes, dreckverkrustetes Gesicht hinunter.

»Was ist, Baby?«, fragte Kit.

Matty zeigte auf den Eingang der Hütte. Dort lehnte La Tigresse im Türrahmen, lässig ein Gewehr überm Arm, und beobachtete sie misstrauisch.

Angesichts Cocos »Schwäsche für romantische Liebe«, dachte Shelly, wäre es vielleicht unbesonnen, wenn nicht ausgesprochen gefährlich, sich *jetzt gleich* zu trennen. In die Mündung einer Kalaschnikow zu starren war bestimmt ein Moment, der jedes Paar zusammenschweißt. Zwar hätte sie gern im Streit mit Kit das letzte Wort gehabt, aber nicht auf ihren *Grabstein gemeißelt*.

»Coco«, sagte Matty neugierig, die Hände in die schmalen Hüften gestemmt, und pflanzte sich tapfer vor der Revolutionärin auf. »Verbrechensbekämpfer kämpfen gegen Verbrechen. Feuerwehrleute gegen Feuer. Und wogegen kämpfen Freiheitskämpfer? Gegen die Freiheit kann es ja nicht sein, weil du ja jetzt Daddy und mich und Shelly freilässt, stimmt's?«

Mein Gott. Ganz der Vater, dachte Shelly verzweifelt. Sie und Kit schauten gleichzeitig mit bebender Angst auf Coco.

Aber La Tigresse lachte rund heraus. »Als wir den Berg 'inaufgestiegen sind, 'ätte isch disch jederzeit töten können, Shelly.«

»Stimmt auch wieder«, sagte Shelly, so locker dies ihr unmittelbar bevorstehender Herzstillstand zuließ.

»Aber weißt du, Matty ...« Coco zuckte die Achseln. »Shelly ist eine Romantikerin, wie isch. Und es ist zurzeit so en vogue, auf den Idealismus 'erabzuschauen. Aber ich sage eusch, die Welt braucht verrückte Träume ... und eine AK-47.« Sie warf sich das Gewehr über die Schulter. »Isch 'abe Gaston erzählt, wie ihr mir ge'olfen 'abt, wie ihr zuerst meine Kaution bezahlt und misch dann vor dem Super Flic versteckt 'abt. Wir 'aben jetzt das Lösegeld von Pandora. Darum gibt er eusch euer Preisgeld wieder zurück.« Dankbar nahm Shelly den braunen Umschlag entgegen. »Euer kleines Flitterwochenabenteuer, es ist noch nischt vorbei. Ihr müsst se'en, dass ihr nach Madagaskar ab'aut, bevor eusch Super Flic auf die Spur kommt. Es gibt 'ier in der Nä'e ein kleines Fischerdorf. Dort könnt ihr ein Boot mieten. Aber wenn Kit sisch wie ein *grand salaud* aufführt, dann willst du ihn vielleischt lieber in die Eier treten und allein fahren?«, schlug sie schmunzelnd vor.

»Hör mal.« Kit lachte nervös. »Shelly und ich haben vielleicht unsere kleinen Kabbeleien, aber unsere Beziehung steht auf festen Füßen, weil wir so viele Gemeinsamkeiten haben ...«

»Ja, gegenseitige Abscheu und Ekelgefühle.« Shelly machte den Umschlag mit den 50 000 Pfund auf und überreichte Kit seinen Anteil. »Wenn wir erst einmal diese Insel hinter uns gelassen haben, können wir einfach getrennte Wege gehen.« Schließlich, so seufzte sie innerlich, war sie eine viel beschäftigte Frau … sie musste unbedingt zurück und die 1000-Stunden-Wartung ihres Vibrators vornehmen lassen.

Coco warf ein Autoschlüsselbund in die Luft und fing es gekonnt wieder auf. »Kommst du mit, Kit?«

»Warte mal …« Kit legte nachdenklich einen Finger ans Kinn. »Also ich weiß nicht. Ob ich mein erotisches Feng-Shui-Seminar wirklich sausen lassen kann? Klar komm ich!«

Was wahrscheinlich überall sonst auf der Welt als Verkehrshindernis betrachtet wurde, hielt Coco allen Ernstes für eine Straße.

Der klapperige alte Saab des französischen Revoluzzers rumpelte, schwankte und schoss die unbefestigten Bergpfade hinunter, bis sie schließlich die Küste erreichten. Bei der rasanten Autofahrt drohten Shelly die Plomben aus den Zähnen herauszufallen.

In jedem Dorf, an dem sie vorbeikamen, konnten sie die Verwüstung sehen, die der Zyklon angerichtet hatte. Die zusammengeschusterten Hütten waren eingestürzt wie Kartenhäuser und Türen schwangen beschwipst in ihren Scharnieren. Zementstümpfe, aus denen die Eternithäuser herausgerissen worden waren, säumten die Straße wie Backenzähne.

Wenn Frauen ihre Hormone spüren, konsumieren sie Unmengen von Schokolade, womit normalerweise ein kleiner Schuhkauf einhergeht. Aber Mutter Natur ist in ihren Stimmungsschwankungen nicht ganz so leicht zu besänftigen. Bald wurde klar, dass sie trotz ihres stürmischen Ausbruchs noch nicht all ihren Zorn losgeworden war.

Matilda entdeckte den grauen Schnee als Erste. Sie klatschte aufgeregt in die Hände und bettelte, anzuhalten und einen

Schneemann bauen zu dürfen. Zuerst dachte Shelly, es handele sich um Asche, die von einem Waldbrand zurückgeblieben war, aber je mehr sie sich der Hauptstadt Saint-Denis näherten, desto mehr von dem rußigen Schuppenzeugs schneite auf sie herab. Der Himmel verdüsterte sich, obwohl es gerade erst Nachmittag war. Als dann der Wind drehte, brachte er einen starken Schwefelgeruch mit sich.

»*Merde!*«, keuchte Coco. »Es ist Old Smokey.«

»Was?«

Shelly sah, wie Coco nach Worten suchte, die am wenigsten beängstigend waren. »Sorry, Leute, aber es gibt irgendwie keine schonende Art zu sagen, dass wir demnächst in einer Flut aus Lava verbrutzeln werden.«

Ein Erdstoß erschütterte das Auto und erläuterte die Situation besser als Cocos Worte.

»Heilige Maria, Mutter Gottes!«, rief der vom Katholizismus abtrünnige Kit aus, als eine gewaltige Wolke weiß glühender Gase in Richtung Erde geschleudert wurde. »Sag bloß nicht, dass der Vulkan jetzt ausbricht.«

»*Der Vulkan bricht aus?*« Shelly drehte sich zum Rücksitz um und wiederholte die Worte in dem Versuch, die barocke Absurdität des Ganzen zu begreifen. Erst ein Zyklon und jetzt auch noch ein Vulkan? Das Wetter auf dieser Insel war wechselhafter als eine Travestieshow.

»Keine Panik. Isch 'abe nur Witze gemacht. Le Piton de la Fournaise brischt einmal im Jahr aus. Er ist der aktivste Vulkan der Welt«, beruhigte sie Coco.

Ein seismisches Beben erhob sich donnernd aus der Mittelerde, woraufhin sich der Wagen zusammenfaltete wie ein Akkordeon und zum Stehen kam. Während sich Coco mit der Zündung abmühte, nahmen Shellys Augen im aschenen Dunst reichlich Bewegung auf der Straße wahr. Wie eine biblische Plage schlängelten, krabbelten und huschten Schlangen, Riesentausendfüßler und Mungos den Berg hinunter und überquerten direkt vor ihnen den Weg.

Kit zischte wütend, warum denn die Meteorologen nicht vorausgesagt hätten, dass der Berg zum Rumpeln bereit war?

»Es gab mal ein Observatorium, das Institut Physique de Globe, aber der Zyklon 'at es zerstört«, erklärte Coco beiläufig. »Le Piton de la Fournaise liegt im Südosten der Insel. Dieser vulkanische Berg, auf dem wir jetzt sind, der ist erloschen. Wir 'aben gar nischts zu befürschten.«

Aber als ihr Auto über die Bergstraßen schlingerte, wurde klar, dass dies die blanke Unwahrheit war. Nicht Le Piton de la Fournaise hatte seinen Deckel gesprengt. Sondern der Berg, auf dem sie sich befanden, der Piton des Neiges, erlebte gerade eine geologische Ejakulation.

Herrgott noch mal, war Shelly wirklich die *Einzige*, bei der es nie zur Sache ging? Selbst der Berg hatte Sex: Coitus eruptus. Aber als sie um die nächste Kurve torkelten, stellte Shelly fest, dass jetzt keine Zeit zum Spaßen war. Der Gipfel hatte sich gehoben und gespalten und spuckte glühend heiße, geschmolzene Lava in Richtung Meer.

Der Magmastrom begrub auf seinem Weg alle Häuser und Autos unter sich, die ihm in die Quere kamen, und direkt vor ihren Augen suppte der siedend heiße Haferflockenbrei mit einer Geschwindigkeit von einhundertfünfzig Stundenkilometern den Berg hinab, begleitet von einem Regen aus Asche und Bimsstein. Wohin sie sahen, ging die Vegetation in Flammen auf.

Lodernde Angst züngelte nun auch an Shelly. »Ich dachte, der Vulkan sei erloschen?«, quietschte sie. Bis zu ihren Flitterwochen hatte sie sich hin und wieder Gedanken über das Leben nach dem Tod gemacht. Doch neuerdings schien sie sich nur noch Sorgen über das Leben *vor* dem Tod zu machen, zum Beispiel: *Würde sie eins haben?* Bis ans Ende ihrer Tage würde

Shelly sich vorwerfen, Kit geheiratet zu haben – falls sie solange lebte. Ein eindeutiger Fall von plötzlichem Erwachsenentod. Ja, so war es. Als eine sichere Methode, die eigene Lebenserwartung auf ein Minimum zu reduzieren, konnte Shelly nur die Ehe empfehlen.

»Heilige, verdammte Scheiße. Wir sind in echt in Gefahr, oder?«, erkundigte sich Kit eindringlich.

»Richtisch«, stimmte Coco ihm grimmig zu.

Ausnahmsweise hatte nicht einmal mehr Matilda eine Frage.

Gesundheit

Frauen bekommen Erkältungen, Kopfschmerzen, den Blues.

Männer mit denselben Symptomen kriegen Grippe, Migräne und eine Midlife-Crisis.

»Hypochonder« ist ein Euphemismus für »Mann«. Sollte ein Mann dies bestreiten, ist Hypochondrie die einzige Krankheit, an der er *nicht* leidet.

Kamikaze

21 Es gibt viele Ursachen, die bei einem Menschen zu einem spontanen religiösen Erweckungserlebnis führen. Ein besonders guter wäre, sich in der Schusslinie eines ausbrechenden Vulkans zu befinden, während man zusammen mit einem Flüchtling und einer gesuchten Terroristin im Auto sitzt und sich auf der Flucht vor Kopfgeldjägern und einem psychotischen Polizeichef befindet.

Darum betete Shelly, nachdem der Wagen wieder angesprungen war, um nun ein Abfahrtsrennen gegen die Lava vom Berg hinab zum Meer zu veranstalten. Als die geteerte Straße in einen unzulänglichen Sandweg überging, riss Coco das Steuer nach links und fuhr auf das Fischerdorf zu. Zunächst empfand Shelly unbändige Erleichterung. Aber als sie sich der kleinen Ortschaft näherten, erkannte sie, dass es eine Geisterstadt war, die in vulkanischer Asche verpackt war wie ein Geschenk.

»Wo sind die Leute?«, fragte Shelly entmutigt, während sie in der grauen Asche nach Spuren menschlichen Lebens Ausschau hielt.

»Ich glaube, wir können davon ausgehen«, sagte Kit nüchtern, »dass Bewohner, die ein bisschen abweisend oder unfreundlich wirken … einfach *tot* sind.«

»Ihr werdet euer Glück am Flug'afen versuchen müssen«, beschloss Coco.

Aber nach wenigen Kilometern wurde klar, dass sie nicht die Einzigen waren, die für den Luftweg optierten. Die gesamte Bevölkerung der Insel Réunion schien in dieselbe Richtung unterwegs zu sein. Die Sonne wurde mehr und mehr von Wolken verfinstert und der Himmel hatte eine dunkle, graugelbe Farbe angenommen. Der Boden grollte wie der Bauch eines Riesen. Es war, als setzte die Welt zum Sprung an. Ein unnatürlich heißer Wind fegte über die Berghänge ins Tal, als wolle er vor dem Gipfel fliehen, und kam ihnen entgegengebraust wie ein Heißluftrockner aus der Hölle. In dichten Schüben drangen Rauchschwaden wie Wellenbrecher durch die Pinienhaine. Shelly meinte, von der eindeutig mit faulen Eiern angereicherten Luft Asche in die Lunge bekommen zu haben, möglicherweise hatte sich aber auch ein kleiner Haufen Streusand in ihrem Magen festgesetzt. Die rationale Welt schien komplett aus den Fugen geraten zu sein. Ein weiteres tiefes Grollen erhob sich, gefolgt von einem Donnern, als Magma wie bei einem Feuerwerk herausgeschleudert wurde und sich noch mehr Lava über die bebenden Bergflanken ergoss.

Shelly schaute Kit an. Sein Körper wirkte so steif, als sei er erschossen worden.

»Ist euch auch aufgefallen, dass nie irgendwelche Reisebüromitarbeiter in der Nähe sind, wenn man sie mal wirklich braucht?«, sagte er leichthin, um Matty zu beruhigen, die ihn mit verängstigtem Blick ansah.

Shellys Magen drehte sich um, als befänden sie sich auf sturmgepeitschter hoher See. Das Leben machte gerade einen Totalentzug bei ihr. »Denkst du oft an den Tod?«, flüsterte sie Kit deprimiert zu.

»Nee, überhaupt nicht«, antwortete Kit. »Das ist das *Letzte,* was ich tun würde.«

»Wie kann man in einem solchen Augenblick nur Witze machen?«

»Wie kann man es *nicht*?«

Asche prasselte jetzt aufs Wagendach wie schwarzer Regen. Überall gingen die Autoscheinwerfer an, um ein Weiterkommen zu erleichtern – nicht, dass in diesen verstopften Straßen von einem Weiterkommen groß die Rede sein konnte. In diesem Verkehrsstau würde man für die fünfzehn Kilometer bis zum Flughafen Stunden brauchen, aber Coco schaffte es auf Nebenstraßen und Seitenwegen, die sie erstaunlicherweise wie ihre Westentasche kannte, in nur zehn Minuten. Mit ausgeschalteten Scheinwerfern fuhr sie eine Abkürzung durch eine Elendssiedlung voller Einbahnstraßen und verfallenen Fischereigenossenschaften.

»Wo fahren wir hin, Daddy?«, fragte Matty zaghaft.

»Das ist doch egal«, schluchzte Shelly und vergrub ihr Gesicht in den Händen. »Alle Wege führen in die Hölle!«

»Och, können wir dann nicht woanders hinfahren? Ich bin verheiratet. Ich war schon mal da«, frotzelte Kit, obwohl ihm die Anspannung deutlich anzuhören war. Er zog Matty fester an sich, als der Wagen auf zwei Rädern kreischend um eine Kurve fuhr. »Guck mal, wie schön der Vulkan von hier unten aussieht.« Er versuchte seine Tochter abzulenken und zeigte auf die heißen Orangenlippen des Berges, die sich dem Himmel entgegenstülpten. Aber er erreichte damit genau das Gegenteil. Matty stockte der Atem, als eine neue Welle kochender roter Larven aus der offenen Erdwunde herausgeschleudert wurde.

Shelly tätschelte Matty die Hand. »Der einzige schöne Blick über die Insel Réunion wird der aus unserem Flugzeugfenster sein, wenn wir das hier alles hinter uns lassen, verdammt noch mal«, sagte sie entschlossen.

Coco ließ sie am Ende der Landebahn aussteigen. Sie zeigte auf ein Loch im Zaun. »So kommt ihr am Zoll vorbei. In der Abflug'alle wird das große Chaos 'errschen, das ist gut für eusch. Da geht ihr in der Menge unter. Passt auf euer Chakra auf, ihr verrückten Träumer!« Die falsche Hippiebraut und gar nicht so fatale *femme* zwinkerte den drei entgeisterten Touristen zu. »Wenn isch in meine Kristallkugel blicke, was sehe isch da? …

Goldfische. Und jetzt muss isch los und mit meinem Karma ein paar Dogmen überfahren.« Sie gluckste vor Vergnügen, als sie mit ihrem gefährlichen Geschoss über die menschenleere Landstraße von dannen klapperte.

Ihr Spurt über die Rollbahn ins Flughafengebäude verlief zwar ohne Zwischenfälle, dennoch waren ihre Gefühle so gedämpft wie ihre Schritte auf der grausligen Acrylauslegware. Das aufdringliche, gnadenlose Licht aus den Neonröhren schien Shelly auf Schritt und Tritt zu verfolgen wie eine Verhörlampe. Aber Coco hatte Recht gehabt. Will man sich in einen Flughafen schleichen, dann ist ein Vulkanausbruch so ungefähr die beste Tarnung, die man sich wünschen kann. Kein Mensch interessierte sich für Leute, die *hereinkamen,* sondern ausschließlich für die, die *raus* wollten. Die Hölle war losgebrochen. Es gab einen einzigen Flug – eine 747 der Air Mauritius mit 350 Sitzplätzen –, aber ungefähr fünftausend Menschen, die versuchten, an Bord zu gelangen. Die Air France mit ihrem feinen Gespür für rassistische Empfindlichkeiten nahm nur die weißen, im Exil lebenden Ausländer auf, zusammen mit deren Hunden und anderen Haustieren; das kreolische Dienstpersonal musste leider draußen bleiben. Shelly passte auf Matty auf, als Kit loszog, um irgendwie Flugtickets zu beschaffen.

Kaum war er fort, kam erst auf Französisch und dann in englischer Sprache die Ansage, dass der Flughafen, der gerade erst nach dem Zyklon wiedereröffnet worden war, wegen des vulkanischen Staubs und der Lavabrocken, die ständig auf die Landebahn fielen, erneut bis auf Weiteres geschlossen werden müsse. Das Hindernisrennen zur Abflughalle erwies sich im Nachhinein als lächerlich im Vergleich zu der Flutwelle aus wütenden Menschen, die nun die Informationsschalter stürmten und wild durcheinander schrien. Wie zwei Kleinkinder, die von einer hohen Brandung erfasst wurden, gingen Shelly und Matty unter. Matty wurde vom Strudel der Menge aufgesaugt.

Shelly geriet in helle Panik und fuchtelte wild mit den Armen, bis sie in dem Derwischwirbel aus Armen und Beinen endlich eine heiße kleine Hand zu fassen bekam und die Kleine wieder an sich zog.

»Passen Sie doch auf, wo Sie hingehen!«, schrie Shelly in ausdruckslose Gesichter, als Kit sie fand. »Ey! Verstehen Sie kein einfaches Englisch?«

»Ähm, Shelly«, sagte Kit amüsiert. »Das sind *Franzosen*.«

Immerhin brachte er gute Neuigkeiten. CNN hatte auf Mauritius ein Wasserflugzeug gechartert, das Gaby und ihr wertvolles Filmmaterial einsammeln sollte. Er führte sie zu einer abgeschiedenen Ecke der Abflughalle und zeigte durch ein Fenster auf das alte, knollennasige Wasserflugzeug, das in der Bucht an einem Ponton festgemacht war. Es sah aus, als hätte es zu viel Kerosin gesoffen, wie ein W. C. Fields mit Tragflächen. Shelly seufzte erleichtert, aber wären sie in einem Film gewesen, hätte jetzt finster anschwellende Musik die Ankunft des Bösewichts angekündigt …

»Keine Zeit.« Es war Gabys Stimme. »Muss mein Flugzeug kriegen«, sagte sie und drängte sich an ihnen vorbei.

Hinter ihr kam Manko angewalzt, schwer beladen mit Scheinwerfern, Aufnahmegerät und Kamera sowie unzähligen Behältern mit Videokassetten. Sein Gesicht war voller Flecken, die auf überhöhten Alkoholgenuss zurückzuführen waren, und Verzweiflung troff aus seinen Poren wie ranziger Schweiß. Noch nie war der Spitzname des Kameramannes so treffend gewesen wie heute. Es fehlt ihm praktisch an allem, was den Menschen vom Tier unterscheidet, dachte Shelly.

»Wir sehen uns an Bord«, sagte Shelly vorwitzig.

»Oder auch *nicht*!«, erwiderte Gaby gehässig. »Adieu, Kit. Was für ein dramatisches Ende für meine Doku – Ehemann in mysteriöser vulkanischer Tragödie verschollen. Mein Filmpreis ist zum Greifen nahe«, verkündete sie mit ernüchterndem Enthusiasmus. »Du kannst mitkommen, Green. Wir haben nur noch zwei freie Plätze, also bring die Kleine mit. Dann können wir auch die Wiedervereinigung mit ihrer Mutter drehen. Die Zuschauer sind ja total versessen auf so eine rührselige Scheiße. Pandora ist vor einer Stunde mit ihrem Privathubschrauber nach Port Louis geflogen. Offenbar ein dringender Enthaarungstermin.«

»Gaby«, bat Kit. »Wenn du nur ein paar von den schweren Gegenständen deiner Ausrüstung hier lässt, können wir alle mitfliegen.«

»Ja«, brummte Manko. »Wir brauchen eigentlich nur die Videos.«

»He, ich bin nicht als Zicke auf die Welt gekommen, wisst ihr. Erst Männer wie Kinkade haben mich dazu gemacht!« Sie trat Kit zwischen die Beine. »Das zum Dank dafür, dass du mir meine Doku vermasselt hast.« Daraufhin verschwanden Gaby und ihr fernsehpreisverdächtiges CNN-Material in der kleinen Abflughalle, die den glücklichen Passagieren des Wasserflugzeugs vorbehalten war.

»Ich glaube, sie fängt allmählich an, mich zu mögen«, sagte Kit durch zusammengebissene Zähne zu Shelly.

»Wirklich?«

»Wirklich. Sie hat mich heute nur einmal in die Eier getreten.«

»Was meinte Gaby, als sie sagte, es sind nur zwei Plätze frei?«, wollte Shelly wissen.

Kit erklärte ihr widerwillig, der mauritische Pilot habe ihm mitgeteilt, dass der Rockstar und sein It-Girl sich bereits mit Bestechungsgeldern ihren Weg an Bord geschmiert hätten und daher die Maschine nur noch einen weiteren Erwachsenen und ein kleines Kind aufnehmen könne. Das von CNN gesponserte Flugzeug drohe sonst, vor Übergewicht nicht starten zu können.

»Shelly, du fliegst mit Matilda. Ich miete irgendwo ein Fischerboot. Wenn der Wind günstig und die Hafenbehörde großzügig ist, brauche ich nach Mauritius übers Wasser nur einen Tag.«

»Ohne mich!«, rief Matilda plötzlich, die die ganze Zeit mucksmäuschenstill gewesen war. »Ich fahre *nicht* ohne meinen Daddy! Nie-, nie-mals!«

»Daddy weiß am besten, was für dich gut ist, meine Süße. Shelly passt auf dich auf.«

»Nein, tut sie nicht. Ich steige nicht in dieses Flugzeug«, widersprach Shelly. »*Du* fliegst.«

»Ach sei still, Shelly. Es ist beschlosse Sache.«

»Hallo? Siehst du hier vielleicht irgendwo eine Schreibmaschine? Ich bin nicht deine Sekretärin, also hör auf, mir zu *diktieren*!«

»Was für ein Anblick. Das glücklisch ver'eiratete Paar. Ihr müsst eusch nischt streiten. Weil nämlisch keiner von eusch fliegt. *Wir* fliegen.«

Es war Gaspard, der in ihren innigen Ehekrach hineinplatzte, mitsamt seiner Geliebten – der Kellnerin aus der Hotelbar. Shelly spürte, wie ihr die Angst auf feinen Spinnenbeinen den Rücken hinaufkroch. Aber während sie fand, dass ein anerkennendes Schweigen zu diesem Zeitpunkt die beste Taktik war, stöhnte Kit laut auf.

»Oh Mann! Nicht *Sie* schon wieder! Sie kommen mir vor wie eine widerliche Kreatur aus einem Horrorfilm, die einfach nicht totzukriegen ist!«

»Mein Leben, es ist in Gefahr. Die zwei Plätze im Wasserflugzeug werden Sie mir überlassen.«

Als Antwort zeigte Kit ihm den Mittelfinger. Shelly hoffte inständig, dass der französische Polizeichef glaubte, es handele sich um das vulkanische Zeichen für Wohlstand und ein langes Leben.

Aber die Aufmerksamkeit des Kommandanten war auf das Fenster gerichtet, von wo aus er die Prozession der Passagiere verfolgen konnte – Gaby, Manko, der Rockstar und die Pornografin, die sich vorsichtig über das Rollfeld zum sturmumtosten Ponton lavierten. Gaspard machte einen Satz zur Tür hin, mit seiner Mätresse an der Hand.

»Wollen Sie etwa einem Kind den letzten Platz wegnehmen?«, rief Shelly vorwurfsvoll Gaspards magersüchtiger Geliebten zu, die wahrscheinlich auch nicht mehr wog als Matty, wenn man's recht bedachte. Dann wandte sie sich an Gaspard. »Müssten Sie nicht eigentlich einen Aufstand niederschlagen? Es überrascht mich ein bisschen, dass Sie so feige sind. Das französische Wappentier ist doch ein Hahn, nicht ein Hase, oder? Oder ist es in Ihrer speziellen Familie die Gazelle, so schnell, wie Sie abhauen?«

Gaspard blieb wie angewurzelt stehen und machte kehrt, um Shelly hart ins Gesicht zu schlagen. Einmal, zweimal. Er hätte noch ein drittes Mal zugeschlagen, wäre Kit ihm nicht in den Arm gefallen.

»Genau das mag ich an euch Franzosen«, sagte Kit. »Ihr seid so elegant und ihr versteht wirklich was von Frauen – vor allem, wie man sie einschüchtert. Die Schwarzen und uns Amis natürlich auch.«

Shellys Wut auf Kit ließ sofort nach. Na schön, ihr Mann mochte vielleicht der einzige ihr bekannte Kerl sein, der alle Brücken abbrach, *bevor* er sie erreichte, aber sie musste zugeben, dass Kit Kinkade nicht nur Eier aus Stahl hatte, sondern sogar aus Titan. Und Gaspards Gesichtsausdruck nach zu urteilen, würde er sie verdammt noch mal auch brauchen.

Wenn jemand ein Messer gegen die Leistengegend des eigenen Ehemannes richtet, ist das Interessante dabei, wie klein die Spitze der Klinge ist und wie gewaltig sie einem dennoch zukünftige Fortpflanzungspläne verhageln kann, dachte Shelly, während sie Matty aus der Schusslinie zog und den Atem anhielt.

Hass loderte im Gesicht des Super Flic auf und schließlich unbändige Wut. »Dafür sollte isch Sie umbringen«, kochte Gaspard und stieß mit dem Messer in Kits Richtung.

»Wäre ich jedes Mal, wenn Sie das gesagt haben, tatsächlich draufgegangen« – höhnte Kit und wich geschickt jedem Messerhieb aus –, »könnte ich jetzt ein Bestattungsunternehmen eröffnen.« Er bewegte sich rückwärts in Richtung des Gepäckbands, um Gaspard mit seinem Messer so weit wie möglich von Matty und Shelly fortzulocken.

»Aber warum bleiben Sie denn nicht, um Ihre kleine Rebellion im Keim zu ersticken? Ach, natürlich! Rückzug ist ja ein Manöver, das ihr Franzmänner schon seit 1870 perfektioniert habt. *Vivent les 'osenscheißer!* Die französische Armee hat ja lediglich Erfahrung in den Finessen militärischer Kapitulation gewonnen, nicht wahr? Immerhin, mit der weißen Fahne zu wedeln und sich trotzdem noch als arrogante Arschlöcher aufzuführen, das erfordert schon einiges Geschick. Bei welcher Einheit haben Sie gleich noch mal gedient, Gaspard? Le Régiment du Collaborateur Français, oder?« Mit einer gewandten Bewegung kickte er dem Polizeichef das Messer aus der Hand.

Die wichtigste Regel für Flugreisende ist, dass die bewaffneten Passagiere immer Vorfahrt haben – eine Wahrheit, die Kit nun allmählich begriff, als Gaspard anfing, ihm mit dem Kolben seiner Pistole, die er aus seiner Manteltasche gezogen hatte, ins Gesicht zu schlagen. Der Bulle war sauer, außer sich, rot vor Wut, und er nahm weder Shellys gellendes Aufheulen noch Matildas angstverzerrtes Gesicht wahr, als sie um sich trat und wie am Spieß schrie. So lange nicht, bis das laute Fluchen seiner Geliebten ihn auf den unmittelbar bevorstehenden Abflug des Wasserflugzeugs aufmerksam machte.

Ein verlassener Koffer war während Gaspards rasender Attacke aufgegangen, und seine schmuddelige Unterwäsche ergoss sich nun über das Gepäckband. Kit fiel hintenüber in die müffelnde Wäsche hinein. Shelly war eigentlich zu sehr damit beschäftigt, sich ihren Mann mit einem Zettel am großen Zeh vorzustellen, als dass sie den Polizeikommandanten gehen sah, aber sie hörte, wie die Tür der Abflughalle schwer ins Schloss fiel, so endgültig wie das Schließen der Luke in einem U-Boot.

Matty kletterte auf Kits Schoß und heulte Rotz und Wasser. Shelly legte Kits Kopf sanft auf ihre Schulter. Das Blut von seinem Gesicht tropfte auf ihr Bein. Es sah unecht aus, wie in einem schlechten Film.

Durch die großen Glasfenster konnten sie beobachten, wie Gaspard und sein Verhältnis die Startbahn überquerten, zum windgepeitschten Ponton hinüberliefen und dann einstiegen. Mit sinkendem Mut sahen sie zu, wie das Flugzeug über das Wasser glitt, dann direkt in den Wind stieg, sich gegen die untergehende Sonne abhob und in Sicherheit brachte. Sie saßen in einem unbehaglichen Schweigen zusammen und atmeten die beißenden Abgase von Kerosin und Kordit ein.

»Mach dir keine Sorgen«, flötete Matty. »Daddy rettet uns schon. Er ist wie dieser amerikanische Filmstar. Arnold Schmerzgehwegger.«

Das war zu viel für Kit. »Ich hab euch beide hängen lassen«, sagte er, und seine Stimme zitterte. »Es tut mir so unendlich Leid.«

»Was tut dir Leid? Dass du deine Tochter liebst? Ich weiß, dass du eine paar verrückte, oder besser gesagt grunddämliche Sachen gemacht hast, Kit, aber du hast immer aus Liebe gehandelt. Und das macht dich so …« Sie sah ihn an. Kit ähnelte ihrem Vater insofern, als er einem ziemlich auf die Nerven ging, wenn er da war, aber im Gegensatz zu ihrem Papa schlug er einem aufs Herz, wenn er *nicht* da war. Und vor allem war er immer für sein kleines Mädchen da.

»Was macht es Daddy?« Matty zupfte Shelly am Ärmel.

»Attraktiv«, flüsterte Shelly verlegen.

»*Attraktiv?* Meinst du, du findest mich nach zwanzig Jahren im Knast immer noch attraktiv?«, fragte Kit betrübt. »Denn Pandora wird bestimmt dafür sorgen, dass ich da hinkomme.«

»Darum hab ich mich irgendwie …«, beharrte Shelly. Na ja, jetzt oder nie. »… in dich verliebt, verdammt noch mal.« Sie biss sich auf die Zunge, um sich für das, was sie gesagt hatte, zu bestrafen. Zärtliche Worte zu einem *Mann*? War sie jetzt vollkommen durchgeknallt? »Obwohl es auch eine Erkältung sein könnte.«

Aber Kit begriff offenbar nicht, was für ein emotionales Geständnis ihm Shelly soeben gemacht hatte. »Du hast dich nicht verliebt, du bist reingetreten – und jetzt ist es an der Zeit, dass du mich von deinem Schuh abkratzt«, sagte er. Es gelang ihm kaum, die Augen zu öffnen. »Pandora hatte Recht. Ich schaff's ja nicht mal, mich um mich selbst zu kümmern. Geschweige denn um meine Tochter. Ich bin in meinem Leben nur als Versager erfolgreich gewesen. Ich baue einfach immer Scheiße.«

»Weißt du was?«, sagte Shelly grob. »Du hast Recht. Du hast auch Scheiße gebaut, was mich betrifft. Ich meine, ich hab mich in meinem abgrundtiefen Hass auf Männer immer so berechtigt gefühlt, und dann kommst du und bist dermaßen tapfer und heroisch und aufopfernd und *nett* zu mir! Wie egoistisch von dir! Du bist ein ganz herzloses Schwein.« Sie knuffte Kit spielerisch in den Arm, was ihm ein mattes Lächeln entlockte.

»Weißt *du* was? Ich glaube, ich sitze schon zu lange auf diesem Gepäckband, weil ich anfange, auch *dich* wieder attraktiv zu finden. Und nicht halb so rechthaberisch, wie ich dich in Erinnerung habe.«

»Entweder haben die Schläge auf den Kopf dazu beigetragen, dass du intelligenter und reifer geworden bist«, erwiderte Shelly, »eine Theorie, für die wenig spricht, oder zum ersten Mal in deinen Leben meinst du ernst, was du sagst …«

Aber die Antwort wurde Shelly vorenthalten, weil in diesem Augenblick eine keuchende und zerzauste Coco um die Ecke kam und auf sie zurannte. Ihr schwarzes Haar wehte hinter ihr her, ein Tuch bedeckte Mund und Nase.

»*Dieu!*«, stieß sie atemlos hervor. »Bin isch froh, dass ihr noch 'ier seid«, hechelte sie.

»Warum?«, fragten Kit und Shelly unisono.

»Touristendollar. Das ist es doch, was das Regime unterstützt, *n'est-ce pas*? Gaston 'at den Befehl gegeben, dass Flugzeuge, die Touristen an Bord 'aben, legitime militärische Ziele geworden sind. Gott sei Dank seid ihr nischt mitgeflogen.«

»Was heißt das genau?«, wollte Kit wissen.

Coco hielt einen Augenblick inne und schaute mit böser Vorahnung aus dem Fenster in den Nachthimmel hinaus. »Es gibt eine Bombe.«

»Willst du uns damit sagen«, erkundigte sich eine verwirrte, um Klarheit bemühte Shelly, »dass das Wasserflugzeugprozedere euch Terroristen erlaubt, vor den anderen an Bord zu gehen?«

Coco nickte. Und dann tat Shelly das einzige Vernünftige, was man nach einem solchen Tag tun konnte – sie fiel in Ohnmacht.

Autosuggestion

Männer treiben es gern im Wagen – wahrscheinlich wegen des Hinweises: »Objekte im Spiegel wirken größer, als sie sind.«

Bedingungslose Kapitulation

22

»Was willst du mal werden, wenn du groß bist?«, fragte Shelly Matty, als sie an der abgeschiedenen Küste standen, die in sattes, dickflüssiges Sonnenlicht getaucht war. Der Himmel war blass wie Milch und mit kleinen, schnörkeligen Cremewolken gesprenkelt.

»Ärztin, Krankenschwester, Rechtsanwältin, Staatsanwältin, Richterin, Schauspielerin, Gärtnerin und Wokstar. Außerdem eine Riesin, Hexenmeisterin und Assistentin einer Hexenmeisterin.«

»Meinst du vielleicht Zauberlehrling?« Shelly lächelte. Die große, gemächliche See, die in einem tiefdunklen, schläfrigen Blau lag, saugte am Sand und spülte Wasser über ihre Füße.

»Ja. Und Ritter. Und die Königin von Amerika. Was willst *du* werden, wenn du groß bist?«

Die Frage erwischte Shelly auf dem falschen Fuß.

»Ist doch ganz einfach.« Kit, der gerade hinzugekomen war, hatte die Antwort parat. »Konzertgitarristin.«

»Daddy, psst! Lass Shelly antworten«, sagte Matty in ihrer besten Gouvernantenstimme. »Shelly«, drängte sie, »sag's mir und Daddy. Was willst du werden, wenn du groß bist?«

»Ähm, größer vielleicht?« Shelly grinste konspirativ zu Kit hinüber.

Kit warf ihr einen abschätzenden Blick zu. »Weil Bach bei dir immer den Bach runtergeht?«

»Haha.« Shelly verzog angesichts dieses grottenschlechten Wortspiels schmerzhaft das Gesicht.

»Daddy! Das Baby-U-Boot!« Matilda zeigte auf die aufgeblähte

Kaulquappe, die soeben in ihrer abgelegenen Bucht auftauchte. »Oh, ist es nicht süß? Wo sind seine Mami und sein Papi?«

»Weißt du was? Ich glaube, es braucht Mama und Papa gar nicht. Ich finde, es schwimmt allein schon ganz prima, was meinst du, Süße?«

Kit schloss Matty in die Arme, wo sie sich zufrieden strahlend an ihn schmiegte. Shelly versuchte sich vorzustellen, wie es sich wohl anfühlte, so beschützt zu werden, so tief geborgen zu sein in der liebevollen Umarmung eines Vaters, und sie verspürte einen wehmütigen, sehnsüchtigen Stich.

»Coco sagte, dass uns das U-Boot zu einem Fischerdorf im Südteil der Insel bringt. Von dort aus können wir auf einem Trawler nach Madagaskar übersetzen.«

»Ist das Ding auch sicher?«, fragte Shelly und schaute zu dem Badewannenspielzeug hinüber, das auf dem Wasser vor ihnen auf und ab schaukelte. »Ich meine, nur zur Abwechslung wäre es doch mal schön, wenn wir zusammen was unternehmen, ohne dass mindestens einer von uns in einem Polizeiwagen oder einer Ambulanz abtransportiert wird.«

»Ich schwöre hoch und heilig, dass ich nie mehr etwas tun werde, das dich in die Abendnachrichten bringt«, sagte Kit und legte die Hand aufs Herz.

»Aber Madagaskar? Wie komme ich von da bloß nach England?«

»Was willst du denn noch in dem Scheißland? Möchtest du den Rest deines Lebens damit verbringen, Punkbands namens Klebrige Finger oder Peter Pimmel und die Pisser die Coverversion von ›Tote Mädchen wollen immer‹ beizubringen?«

Ganz Unrecht hatte er nicht. Vor ein paar Monaten war der Klavierlehrer ihrer Schule in einer Zwangsjacke aus dem Musikunterricht abgeführt worden, während er noch schluchzte: »Das war eine verdammte Viertelnote, du dämliches Stück, keine halbe!!«

»Du darfst nicht weggehen, Shelly!«, rief jetzt Matty. »Weil, weißt du – hör mal weg, Dad!« Sie hielt ihrem Vater die Ohren zu und flüsterte Shelly zu: »Ich habe rausgekriegt, dass mein Daddy die Zahnfee ist.«

»Tatsächlich?«

»Ja. Pssst. Sag ihm nicht, dass ich es weiß. Aber wie kannst du zulassen, dass er jede Nacht aus dem Haus geht, um als Zahnfee zu arbeiten, und mich ganz alleine zu lassen?« Ihre grün gesprenkelten Augen, die denen ihres Vaters so ähnelten, waren groß und feucht und sahen sie beschwörend an.

Shelly spürte, wie sich ihr Herz zusammenzog. »Aber was wäre die Alternative?« Sie schaute auf den bindungsängstlichen Kit Kinkade. Den Mann, der gern frei, ungebunden und entlobt war. Der amerikanische Liebesgott, der an das Leben, die Unabhängigkeit und das Jagdglück glaubte.

»Also, ähm …« Ausnahmsweise rang Kit nach Worten. Es fiel ihm schwer, seine Zuneigung zu bekunden. »Ich dachte, du könntest, na ja, mehr oder weniger mit uns rumhängen.«

»Kann ich das bitte schriftlich haben?«, fragte Shelly schließlich. »Das ist nicht irgendein lächerliches Ehegelübde wie gehabt, Kit. Ich meine, das hier zählt *wirklich*.«

Kit warf ihr ein amüsiertes, lüsternes Lächeln zu, ein vielversprechendes Lächeln voller Möglichkeiten und Wonnen – und unwillkürlich kletterte ein Schauer ihre Innenschenkel hinauf.

Das gestohlene Mini-U-Boot, die Blaue Safari 800, hatte Platz für sechs Passagiere und den kreolischen Kapitän, von dem Coco ihnen versicherte, er sei an der französischen Marineakademie ausgebildet worden. Das Boot enthielt zwei durchsichtige Glasblasen, die durch eine Tür miteinander verbunden waren. Jede Kabine gewährte einen großzügigen Panoramablick und sie ließen staunend die Welt Neptuns auf sich einwirken. Im Gegensatz zu ihrem Gefährt, das jetzt abwärts tauchte, stieg die Stimmung von Matty, Kit und Shelly, denn sie waren glücklich, nicht nur der

Insel Réunion, sondern auch dem Sensenmann entkommen zu sein. Zyklone, Vulkane, bewaffnete Aufstände, terroristische Sprengladungen – er hatte es bitter ernst gemeint, todernst.

Der Strahl des Scheinwerfers beleuchtete die stumme Fischsinfonie, bei der Anemonenfische, Feuerfische, Papageienfische, Kugelfische, Falterfische und Doktorfische in bunter Choreografie zwischen den Korallmassiven hin und her huschten. In etwa fünfundzwanzig bis dreißig Meter Tiefe kam wie auf Kommando ein scheuer und etwas verdrießlicher grauer Ammenhai angeschwommen, aber Shelly war zu sehr mit ihrem eigenen Dilemma beschäftigt, um ihn zu bemerken.

Als sie auf dem gekräuselten, sandigen Meeresgrund entlangtuckerten, ließ Kit Matty bei Coco zurück und gesellte sich zu Shelly, die in der hinteren Kabine still vor sich hinbrütete. »Hey, hab ich dich nicht schon mal irgendwo geheiratet?«, fragte er neckend.

»Es klappt nicht mit uns, Kit.« Shelly blickte auf den gerippten, zerfurchten Sand des Ozeanbettes hinaus. »Wir sind zu verschieden.«

»Stimmt. Ich bin ein Mensch und du bist so ein Klingonenmädchen. Aber he, in einem Punkt haben die Franzosen doch Recht. *Vive la différence*.« Er schloss die Verbindungstür. »Gegensätze ziehen sich an.«

»Aber wir haben absolut nichts gemeinsam – außer einem Trauschein.«

»Stimmt, aber wahre Liebe setzt sich über alle Hindernisse hinweg.« Ein heimliches Licht stahl sich aus der Unterwasserwelt zu ihnen herein, während er sie an sich zog.

»Nein, das stimmt nicht, Kit.« Die Luft schien zu flackern und von einem wässerigen Schimmer durchdrungen zu sein, das sich kräuselnd in der Kabine reflektierte. »Sie setzt sich zum Beispiel nicht darüber hinweg, dass du an glamouröse Frauen wie Pandora gewöhnt bist. Und ich bin so *un*glamourös. Ich meine, guck dir nur mal mein Haar an! Es ist schon ganz christlich geworden.«

»Tatsächlich?«, fragte er verständnislos.

»Ja. Ganz fad, ölig und glatt.« Sie steckte sich ein paar aufsässige Strähnen hinters Ohr. Die letzten Tage waren so anstrengend gewesen, dass sie allmählich ihrem eigenen Passfoto zu ähneln begann. Sie entzog sich seinem prüfenden Blick. »Guck mich nicht an.«

»Christlich, ja? Das heißt doch hoffentlich nicht, dass du brav sein willst?« Er streichelte ihre Brüste und knetete ihre Brustwarzen mit begehrlichen Fingern. »Was ist mit deinem anderen Haar? Wie geht's Farrah Fawcett Major?« Er schob seine Hand in ihre Jeans und in ihre Moschushitze hinein.

In einem Anfall totaler Befehlsverweigerung warf sich ihr Körper an ihn heran. »Ich habe dich doch gewarnt, dass du da vielleicht den legendären verlorenen Tempel der Xinguanos entdeckst, weißt du noch?«

Kit lachte heiser. »Boah, ich hab den Mitspieler von Big Brother gar nicht ausgecheckt, der nicht mitgekriegt hat, dass die Staffel vorbei ist.«

Shelly hörte auf, ihn anzuschmachten. *»Boah? Ausgecheckt?«* Sie schüttelte sich. »Also wirklich! Auch die größte Liebe kann nicht über die Tatsache hinwegtäuschen, dass du der Meinung bist, ›Diktion‹ bedeute ›übergewichtig‹.«

Langsam ließ er die Finger an ihrem Körper entlangwandern, als dirigiere er das Legato eines erotischen Konzerts. Wie Sonnenschein breitete sich seine sinnliche Berührung auf ihrer Haut aus. »Weißt du was? Du hast Recht, Shelly. Es kann nie und nimmer klappen. Ich bin mein eigener Herr. Impulsiv. Rücksichtslos. Während du an die Spontaneität dieser blasierten britischen Societytanten gewöhnt bist, die dich drei Jahre im Voraus buchen und dir die Tischordnung zuschicken, damit man sich dann trifft, um über Klit'sche Geometrie zu reden. Wer möchte schon über Klit'sche Geometrie sprechen, wenn er einen *Ständer* hat?«

Wie wahr!

»Klit'sche? Könnte es sein, dass du *euklidische* Geometrie meinst?«, korrigierte ihn Shelly und versuchte, ihre brennende Leidenschaft zu unterdrücken. »Auch kann die Liebe nicht über die Tatsache hinwegtäuschen, dass du dermaßen ungebildet bist. Du glaubst ja, Dante sei eine Art, wie die Italiener Spaghetti zubereiten.«

»Wie? Ist es das *nicht*?« Er knabberte an ihrem Ohr. »Stimmt genau. Du hast vollkommen Recht. Wir sind das perfekte ungleiche Paar.« Die Glut ihrer beider Körper vermischte sich, als sie sich umschlangen. »Du hast einen gehobenen Geschmack, meiner ist unterirdisch«, hauchte er auf ihren Hals. »Du bist eine verklemmte Britin – du zupfst ja sogar dein Badelaken stramm – und ich bin ein relaxter Ami. Ich bin von der Sorte, die sich in der Natur heimisch fühlt, während du es ihr *heimzahlst*. Ehrlich, Shelly, wenn du irgendwann mit deinen Sonnenblockersprays und Insektenschutzmitteln durch bist, gibt's im ganzen verdammten Indischen Ozean keine Ozonschicht mehr!«

Während er ihr die Jeans über die Schenkel streifte, fühlte Shelly, dass sie schillerte wie eine Paillette, dass sie schwebte wie ein Wunsch. »Und dann ist da noch die Tatsache, dass du keiner Frau über den Weg traust.«

»Und dann ist da noch die Tatsache, dass *du* alle Männer hasst.«

»Sicher.« Shelly zerrte an seinen Jeans und er strampelte sie ab. Die Hose landete auf dem Boden, die Beine zeigten auf drei viertel eins. Obwohl Shelly und Kit fast nackt waren, sponnen sie sich mit jedem Kuss in einen Kokon aus Zärtlichkeit und Seufzern ein.

»Gäbe es doch nur ein drittes Geschlecht«, keuchte Shelly.

»Wär das schön.« Kit strich mit der Hand über ihre Taille und Hüften, wo sich ihr Körper rundete wie eine Gitarre. Shelly wurde es flau vor Wonne, als er an ihr zupfte. Eine Panikminute lang befürchtete sie, sie würde in Ohnmacht fallen. Das war Narkose, was er mit ihr veranstaltete. Der Druck pumpt Stickstoff in die Blutlaufbahn, was einen verrückt und so schwindlig macht, dass man nicht einmal merkt, wenn der Sauerstoff knapp wird. Man nennt das »Tiefenkoller«.

Um Halt zu finden, griff ihm Shelly zwischen die Schenkel. Sein Körper wurde von einem heftigen Beben erschüttert. Auch Kit schien unter der emotionalen Taucherkrankheit zu leiden. «Das Schlimmste an diesen Flitterwochen ist, dass du es geschafft hast, dass ich die Frauen nicht mehr als das schwache Geschlecht sehe. Und das verzeihe ich dir nie.«

»Schwaches Geschlecht? Ist das nicht eher was, das man vom Kinderkriegen bekommt?« Sie kniete sich vor ihn hin.

»Ob du das je herausfinden wirst?«, murmelte er lustvoll in ihr Haar. »Ich könnte auf jeden Fall ein zweites Kind gebrauchen. Ich meine, es sind ja bloß noch ein paar Jahre, bis sich Matty in ihr Zimmer verzieht und ich sie erst wieder zu Gesicht bekomme, wenn sie ihren Führerschein macht.«

Shelly zog ihn zu sich auf den Boden. »Und ich verzeihe *dir* nie, dass du mich dazu gebracht hast, mich in Matilda zu verlieben. Denn inzwischen wünsche ich mir unbedingt, gegen jede Vernunft, eine süße kleine Tochter.«

»Die Leute verschwenden so viel Zeit damit, sich Sorgen zu machen, ob sie glücklich und zufrieden sind. Das Beste daran, Kinder zu haben, ist dass man viel zu sehr beschäftigt ist, um sich so was überhaupt zu fragen.«

Aber als sie seine Hand auf der nackten Haut ihres Bauchs fühlte, war sie schon glücklich, so glücklich, dass sie kaum glauben konnte, nicht auf einer Wolke zu sitzen. »Und ich verzeihe dir nie, Kit, dass du mich zum Umdenken gebracht hast, was Männer angeht. Jetzt muss ich von der ›Alle Männer sind Arschlöcher‹- zur ›*Fast* alle Männer sind Arschlöcher‹-Schule wechseln. Das tut ganz schön weh!«

Kit lachte sein mitternächtliches, angerautes, sexy Lachen, das sie so lange nicht gehört hatte. »Weißt du, gegensätzlich zu sein ist gar nicht so übel. Wir können uns gegenseitg ergänzen, einander bereichern. Vielleicht können wir den Waffenstillstand im Krieg der Geschlechter jetzt doch einläuten ...?«

Sie nahm ihren goldenen Ring ab und schob ihn auf seinen kleinen Finger, dann küsste sie ihn und nahm sein heißes Stöhnen in sich auf.

»Nur, wenn du bereit bist, bedingungslos zu kapitulieren, Kinkade.«

»Wenn *du* bereit bist, meinst du wohl.« Seine Umarmung glich der einer Krake, seine Hände waren überall. Kit hielt ihr die Arme über dem Kopf fest und presste sich so hart an sie, dass sie sich nicht mehr bewegen konnte, geschweige denn atmen oder denken. »Du bist meine Gefangene.«

»Ich ergebe mich nicht. Nicht mal unter Folter.«

»Ach nein? Und wenn ich sage, dass ich dich zwingen werde, noch mal mit mir auf Réunion Flitterwochen zu machen?«

»Okay, okay. Alles, nur nicht das! Ich tu ja schon, was du sagst.«

»Alles?«

»Was schwebt dir denn vor?«

»Besatzung.« Er spreizte ihre Beine mit seinem Knie.

»Was ist, wenn ich Widerstand leiste?« Sie krallte ihre Fingernägel so fest in seinen Rücken, dass er blutete. »Vielleicht trag ich ja einen Sprenggürtel.«

»In dem Fall muss ich leider eine vollständige Leibesvisitation durchführen.« Wieder hielt er ihre Arme mit einer Hand fest und benutzte die andere, um ihr die auf Halbmast hängenden Jeans abzustreifen und die Bluse aufzureißen.

»Ich glaube, du musst noch mal zur Manöverübung, Kinkade.« Shelly biss ihn in den Hals. Sein Kopf fiel ihm infolge der plötzlichen Grausamkeit mit einem Ruck in den Nacken. Sie schüttelte ihn ab und wälzte sich, in seinen Händen schlüpfrig wie ein Fisch, auf ihn. »Du unterschätzt meine Unabhängigkeitsbewegung.«

»Das heißt, du gibst mir kein freies Geleit?«

»Ich glaube, ich gewähre dir Zuflucht und Asyl, aber erst, wenn wir ein Gleichgewicht der Kräfte erzielt haben.« Sie ging in die Hocke und setzte sich in perfekter Balance auf ihn.

Sie mussten Friedensgespräche führen, verhandeln, vermitteln, schlichten, wirklich, unbedingt, nur gibt es bei der Sprache der Liebe immer wieder das Problem, dass Orgasmen das Gespräch dominieren. Es gab nichts weiter zu sagen als »oh« und »ja« und »nimm mich jetzt« und »hmmmm«, als sie sich endlich, voller Entzücken, einander ergaben.

So kam es, dass sie am Ende beinahe doch noch in die Abendnachrichten gekommen wären – als erste Heteros, die im Mile Under Club aufgenommen worden waren.

Unterdessen saß Matty bei Coco und dem Piloten am Schaltpult des U-Boots, während sie durch ein Meer tuckerten, das von sonnenbeschienenen Pailletten und bunten Fischen wimmelte.

»Es sieht ganz so aus, als 'ättest du eine neue Mami bekommen.« Coco zwinkerte ihr zu.

»Wird auch Zeit«, sagte Matty. »Erwachsene sind ja sooo blöd. Sie können nicht mal Erdkunde, weißt du?«

»Tatsäschlisch?«, fragte Coco amüsiert.

»Na ja, Shelly hat mir erzählt, dass sich Männer und Frauen nie vertragen werden, weil Männer vom Mars kommen. Und Daddy hat mir erzählt, dass Männer und Frauen sich nie vetragen werden, weil Frauen von der Venus kommen. Aber Männer und Frauen kommen vom selben Planeten«, stellte sie klar. »Vom Planeten Erde. Also« – sie zuckte philosophisch, wenn nicht gar französisch mit den Achseln – »kommt einfach damit klar, Leute.«

Bedürfnisse

Männer: Die Ehe bekommt Männern besser als Frauen. Verheiratete Männer leben länger als Junggesellen und haben weniger Herzinfarkte oder psychische Probleme.

Frauen: Machen wir uns nichts vor: Wenn unser Vibrator Spinnen in der Wanne totmachen, den Grill anwerfen, uns auf die Augenlider küssen und sagen könnte, dass wir in Stretchlycra überhaupt nicht dick aussehen, bräuchten wir die Männer doch gar nicht, oder?

Liste der Toten und Verletzten

23 Eine Woche später – sieben Uhr abends. Fröhliche Menschen aller Altersgruppen, Hautfarben und Größen werden aus einer Bar, in der Freigetränke serviert wurden, in ein großes Fernsehstudio in Südlondon geschleust. Das Studio, das für eine Flirtshow aufgebaut wurde, kommt ganz in kurvenreicher Pop-Art daher, die Musik ist beschwingt. Aber Musik und Stimmung am Set sind wegen des traurigen Tenors dieser Übertragung gedämpft.

Das englische Fernsehpublikum schaut gebannt zu, als der Moderator, der seine Heavy-Metal-Rockstar-Mähne wegen des ernsten Anlasses mit Gel gebändigt hat, die tragischen Ereignisse dieser außergewöhnlich realen Erfahrung der Reality-Show *Verzweifelt und Vereinsamt* noch einmal Revue passieren lässt, die die Sensationspresse als »absonderlichste Flitterwochen seit Menschengedenken« bezeichnet hat. Es gibt kein dokumentarisches Filmmaterial, keine Braut, keinen Bräutigam und keine Regisseurin. Der Betroffenheit ausstrahlende Moderator zählt die Erlebnisse des Paars auf der Insel auf – den Zyklon, die Geiselnahme, das tragische Verschwinden des Flugzeugs, in dem vermutlich alle Passagiere umkamen – und fragt sich, ob das verhängnisvolle Paar es noch geschafft hat, einen Waffenstillstand im Krieg der Geschlechter herbeizuführen. War es ihnen noch gelungen, eine Aussöhnung der feindlichen Lager zu erzielen?

Der Moderator verkündet weiter, dass ein pikantes Erinnerungsstück der Braut existiert. Am Vortag ist ein Videoband eingetroffen, auf dem sie Gitarre spielt. Dann wird ein grobkörniger Film von Shelly eingeblendet, in dem sie, versiert und schwungvoll, Bachs *Vierte Lautensuite* spielt, einmal ganz durch von Anfang bis Ende.

In Mayfair, auf der anderen Seite der Stadt, sieht Pandora Vain Temple gerade die Sendung im Fernsehen, als ein Finanzbeamter an der Tür klingelt und ihr eine Vorladung wegen Steuerhinterziehung aushändigt.

Es versteht sich von selbst, dass Pandoras Slipeinlagenfirma unmittelbar darauf steil abstürzt, obwohl ihre Produkte Flügel haben.

Auf einer unbewohnten Insel im Indischen Ozean wird Gaby aus dem Flugzeugwrack an eine einsame Bucht gespült. Die Reality-TV-Expertin findet, allmählich sei es mit der Realität zu viel des Guten. Einen kläglichen Augenblick lang hofft sie, dass sie vielleicht nur eine ahnungslose Kandiatin der *Survivor*-Serie sei, in der man Leute auf einer tödlichen, von Schlangen wimmelnden verlassenen Insel aussetzt, wo man außer Käferlarven nichts zu essen findet, nur dass es da immer eingeschleuste Sanitäter, Notstandsreserven und liebe nette Leute von der Filmcrew gibt, die einem ein paar Leckerbissen zustecken, wenn man sie braucht.

Einen ganzen Tag lang sucht sie die Insel nach einem solchen Filmteam ab, nur um festzustellen, dass sie tatsächlich gestrandet ist. Sie findet nichts. Null. Nada. Nur etwas, das noch schlimmer ist als sämtliche Giftschlangen und böse, eklige Kriech- und Krabbeltiere, denen sie begegnet ist. Es ist ihr Kameramann, nackt bis auf den selbst gebastelten Lendenschurz.

»Gerettet!«, ruft er. »Ich dachte, ich wär verdonnert, Captain Solo bis an mein Lebensende selbst zu rubbeln. Aber jetzt bist du ja da, um Papis bestes Stück hinter den Ohren zu kraulen!!«

»Pfui Deibel. Ich würd dich nicht mal vögeln, wenn ich mit dir auf einer einsamen Insel wäre«, antwortet sie.

»Was willst du machen, Gaby? Mich *feuern*? Hab dich nicht so. Lass den Dicken mal rein.«

Gaby hat nur einen Gedanken: Ich weiß, ich bin ein Nichts, aber bittebittebitte: *Lasst mich hier raus!!!*

Im Rebellenlager erhebt sich lautes Triumphgeheul, als die Nachricht eintrifft, dass Gaspard verschollen und höchstwahrscheinlich tot sei. Außerdem wird er von der internationalen Presse *in absentia* wegen seiner übereifrigen Handhabung des Aufstands und der Entfernung von seinem Posten verurteilt.

Coco, eine verkappte Katholikin, hält sich mit ihrer Begeisterung zurück. »Der Mann war ein Arschloch, zugegeben«, sagt sie auf Französisch, »aber er ist gerade von einer Bombe in Stücke gerissen worden. Wenn man über die Toten nichts Gutes sagen kann, sollte man besser schweigen.«

»Er ist tot. Gut«, sagt der Rebellenführer.

In dem Versuch, eine betagte, reiche Erbin mit ein paar Drachenfliegerstunts im Sturm zu erobern, wird Dominic von einem Aufwind erfasst, möglicherweise infolge seiner eigenen Schaumschlägerei. Zuletzt wurde er von der verblüfften British-Airways-Crew gesehen, als er Kurs auf die Raumstation Mir nahm. Rettungsmannschaften halten noch immer Ausschau nach einem übermäßig gebräunten Mann mit Goldkettchen und einem großzügigen Anhängsel.

Auf der ganzen Welt diskutieren Experten in Talkshows, Radiosendungen und Leitartikeln den Krieg der Geschlechter. Keine Frau ist eine Insel. Aber wenn wir eine wären, würden wir nicht kolonisiert werden wollen? Würden wir nicht wollen, dass man uns sagt, was wir zu tun haben? Dass man die Dinge für uns erledigt?

»Liebe kann *durchaus* demokratisch sein«, erklärt ein Kommentator. »Gleichheit nach innen, Solidarität nach außen.«

»Wie kommt es dann, dass sich Männer und Frauen pausenlos und mit gespenstischem Scharfblick gegenseitig ihre Unzulänglichkeiten vorwerfen?«, will ein anderer aus der Runde wissen.

»Die Sache ist doch die«, empört sich eine Talkrundenteilnehmerin, »wie können wir den Krieg der Geschlechter denn beilegen, wenn wir uns ständig mit dem Feind verbrüdern?«

»Weil verbrüdern solchen Spaß macht, verdammt noch mal!«

»Aber Männer und Frauen! Wir wollen doch unterschiedliche Dinge!«, entgegnet sie.

»Ja, Männer wollen Frauen und Frauen wollen Männer!«

Ob Gaspard zusammen mit der Freundin des Rockstars, dem It-Girl, je gemeinsam im Mile High Club angekommen ist und ob die französische Pornografin ihren Stunt auf Video bannen konnte, darüber werden wir erst Gewissheit haben, wenn Taucher die Black Box am Grunde des Indischen Ozeans geborgen haben.

In einer Strandbar in Madagaskar liest Matty *Aesops Fabeln*, die, wie sie ihrem Vater versichert, von einem griechischen Knaben namen Aesophagus verfasst wurden – und beschließt, ihr eigenes Fabelbuch zu schreiben mit dem Titel *Kinder sind vom Pluto, Eltern aus einer völlig anderen Galaxie*.

Kit Kinkade und Shelly Green gelten als verschollen – unauffindbar glücklich …

Eine Geschichte, deren Fortsetzung bis an ihr Lebensende folgt, so hoffen Shelly und Kit … solange *sie* aufhört, ihn zu zwingen, muffigen Käse zu essen, und endlich der Tatsache ins Auge blickt, dass die »All you can eat«-Abende im Hotel um die Ecke das darstellen, was für die meisten Männer der Höhepunkt an Haute Cuisine ist. Solange *er* zugibt, dass Amerikaner ein dermaßen aufgeblähtes Ego haben, dass man von Rechts wegen sein Eintrittsgeld zurückverlangen darf, wenn man hinter ihnen im Kino sitzt, und *sie* zugibt, dass die Engländer in der Liliputanerliga spielen. Solange *er* nicht nur das Bett macht, sondern auch daran denkt, die Zierkissen draufzutun, und solange *sie* sich von dem Gedanken verabschiedet, dass dieser Scheißfilm über eine einbeinige polnische Lesbe, die eine unendliche Busreise durch Rumänien macht, um zu sich selbst zu finden, Kunst ist, nur weil er OmU gezeigt wird. Solange *er* aufhört zu gähnen, wenn sie über ihre Beziehung sprechen will, und *sie* aufhört zu gähnen, sobald er seinen Benzinverbrauch diskutieren möchte. Solange *er* sich verkneift, jedes Mal »Zum Mitnehmen oder gleich hier essen?« zu sagen, wann immer sie sich »ein bisschen Respekt« ausbittet. Solange *sie* es unterlässt, ihm eine Woche im Voraus mitzuteilen, dass sie ihn nicht zu dem Baseballspiel begleiten kann, weil sie dann »unpässlich« sein wird. Solange *er* lernt, dass es kein wirkungsvoller Geruchsvertilger ist, nach dem Pupsen mit der Bettdecke zu wedeln, und *sie* begreift, dass Männer ihre Abhängigkeit von der Fernbedienung nie überwinden werden. Solange *er* kapiert, dass auch er ein Kavalier am Steuer sein kann, und *sie* lernt, dass es durchaus möglich ist, eine Autofahrt im Beifahrersitz still zu genießen und dabei die Klappe zu halten, verdammt noch mal. Solange *er* realisiert, dass es keine olympische Leistung ist, nach dem Sex wach zu bleiben, und *ihr* klar ist, dass Männer genetisch nicht in der Lage sind, zu merken, dass eine Frau beim Friseur war. Solange *er* versteht, dass auch Frauen genetisch so gepolt sind, dass sie nicht an einem Ausverkauf in einem Schuhgeschäft vorbeigehen können, ohne sich etwas Irrationales mit Riemchen zu kaufen, und *sie* begreift, dass Männer emotional nicht in der Lage sind, ihre Weihnachtseinkäufe vor Heiligabend zu erledigen. Und solange *er* damit klarkommt, dass Frauen auf der Grundlage des weiblichen Verhaltenskodex strikt untersagt ist, ein Telefongespräch unter einer halben Stunde zu führen, und *sie* weiß, dass Männer, wenn sie nichts sagen, nicht dabei sind, einem etwas zu verschweigen; sondern in Wirklichkeit an einen denken, und …

Dank

Das Material, das für dieses Buch über den Krieg der Geschlechter zusammenkam, wurde direkt der freien Wildbahn entnommen, was für die tapfere Autorin ein ernsthaftes persönliches Risiko war! Dank gebührt aber auch Geoffrey Robertson, wie immer, meiner Lektorin Suzanne Baboneau, die so unglaublich charmant und gut gelaunt das Gejammer von Leuten erträgt, die glauben, dass sie schreiben können (ein Wahn, der unter veröffentlichten Autoren besonders verbreitet ist!), Alison Summers, einer guten Freundin und gnadenlosen Rotstiftansetzerin, »Doc« für seine Tauchtipps, Antoine Laurent, der mir offenbarte, dass das Französische über mehr Worte als *lingerie, liaison* und *rendez-vous* verfügt, John Talamini, der meine amerikanischen Slangausdrücke überprüft hat (danke auch für den tollen Kaffee), meinem mauritischen Freund Guy Ollivry für die kreolische Aussprache, Jane Belson für juristischen Rat, Denise Fisher, australische Generakonsulin in Noumea, meinem Agenten Ed Victor, dem Ed-Ocet-Geschoss, Melissa Weatherill und Tabitha Peebles für praktische Hilfe, Robert McCrum für den englischen Originaltitel, der *dead sexy* ist, Patrick Cook, weil er mich immer zum Lachen bringt, und natürlich meinen Bonsaischätzchen Julius und Georgina, die meine vielen Überstunden ertragen haben, ohne die Fortsetzung von *Unsere liebste Rabenmutter* geschrieben zu haben. Ich danke euch.